KB157269

메이든스

THE MAIDENS

The Maidens

메이든스

마이클리디스 장편소설
옮김

해냄

확신을 가질 용기를 준 소피 한나에게

그대의 첫사랑 얘기를 해주세요.

4월의 희망, 가능성에 기대는 바보.

무덤이 움직이기 시작할 때까지,

그리고 죽은 자가 춤추기 시작할 때까지.

_ 앨프리드 테니슨, 『죄악의 환영』

차례

프롤로그

에드워드 포스카는 살인자다.

이건 사실이다. 마리아나가 그저 머리로 생각해 아는 것이 아니다. 몸이 알고 있는 사실이다. 그녀는 뼛속과 혈관을 따라 존재하는 모든 세포 하나하나로 그 사실을 느꼈다.

에드워드 포스카는 죄를 지었다.

하지만 그녀는 아직 그의 죄를 증명하지 못했다. 어쩌면 영영 증명하지 못할 수도 있다. 적어도 두 사람을 죽인 이 사람, 이 괴물이 어쩌면 자유롭게 풀려날 수도 있다.

그는 너무나 거만하고 자신감이 넘쳤다. 그자는 빠져나갈 수 있다고 생각하는 거야. 그는 자신이 이겼다고 생각했다.

하지만 그렇지 않다. 아직은.

마리아나는 머리를 써서 그를 뛰어넘기로 했다. 그래야만 했다.

그녀는 밤새도록 그동안 벌어진 모든 일을 떠올렸다. 이곳 케임브리지의 작고 어두운 방에서 밤새 앉아 생각하고 궁리해낼 것이다. 그녀는 벽에 매달린 전기 히터의 빨간 램프를 멍하니 바라보았다. 달아올라 어둠 속에서 이글거리는 난로는 그녀를 일종의 무아지경에 빠지게 했다.

그녀는 머릿속에서 맨 처음으로 돌아가 모든 걸 기억해낼 것이다. 아주 사소한 하나하나까지.

그리고 그를 잡아낼 것이다.

1부 슬픔과 상실

슬픔이 두려움과 이렇게 비슷한 느낌이라는 걸
아무도 내게 말해주지 않았다.
_ C. S. 루이스, 『헤아려본 슬픔』

1

며칠 전 마리아나는 런던에 있는 집에 있었다.

그녀는 상자에 둘러싸인 채 바닥에 무릎을 꿇고 앉아 있었다. 내키지 않았지만 서배스천의 물건을 정리해보려 다시 한번 애쓰던 중이었다.

하지만 잘되지 않았다. 그가 죽은 지 1년이 지났지만, 그가 남긴 물건 대부분은 집에 여기저기 쌓여 있거나 절반쯤 채운 상자에 들어 있었다. 그녀는 짐을 제대로 정리할 자신이 없었다.

마리아나는 여전히 그를 사랑했다. 그것이 문제였다. 서배스천을 다시 만날 수 없다는 걸 알면서도(그는 영원히 떠나버렸음에도) 여전히 그를 사랑했고, 이 모든 사랑을 어떻게 해야 할지 알 수 없었다. 너무 큰 사랑이 온통 넘쳐나 엉망이었다. 사랑은 그녀로부터 새어 나오고, 흘러넘치고 굴러 나왔다. 마치 솔기가 터져버린 낡은 봉제 인형 속에서 쏟아져 나오는 내용물 같았다.

그의 물건을 정리하는 것처럼, 그녀의 사랑을 상자에 담을 수만 있다면. 정말이지 처량한 광경이었다. 한 사람의 인생이 쓸모없는 물건이 되어 벼룩시장에서 팔릴 준비를 하고 있었다.

마리아나는 가장 가까운 상자로 손을 뻗어 신발 한 켤레를 꺼냈다. 기억났다. 그이가 해변에서 뛸 때 신었던 낡은 녹색 운동화였다. 밑창에 여전히 모래가 붙은 채로 물에 살짝 젖은 느낌이었다.

없애버려. 마리아나는 속으로 생각했다. 쓰레기통에 던져. 얼른.

이런 생각을 하면서도 그럴 수 없다는 걸 알았다. 신발은 서배스천이 아니었다. 신발은 그녀가 사랑했고, 영원히 사랑할 남자가 아니었다. 그냥 낡은 한 켤레의 신발에 불과했다. 그럼에도 신발과 이별하는 건 그녀에게 자해 행위였다. 팔에 칼을 들이대고 피부를 살짝 베어내는 것처럼.

마리아나는 신발을 버리는 대신 가슴으로 가져갔다. 신발이 아기라도 되는 것처럼 품에 꼭 안았다. 그리고 눈물을 흘렸다.

어쩌다 이렇게 되고 말았을까?

겨우 1년 사이에, 평소였다면 거의 알아차릴 수도 없이 휙 지나가버렸을 정도의 시간에. 하지만 지난 1년은 이제 허리케인에 초토화된 황량한 풍경처럼 마리아나의 뒤쪽으로 뻗어 있다. 지금까지 알던 인생은 흔적도 없이 사라지고, 마리아나는 여기 덩그러니 남았다. 서른여섯 살 나이에 일요일 밤 혼자 술에 취해 죽은 남자의 신발이 무슨 신성한 유물이라도 되는 것처럼 끌어안은 모습으로.

사실 어떻게 보면 신발은 유물이기도 했다.

뭔가 아름답고 신성한 것이 죽어버렸다. 남은 것이라고는 그가 읽던 책, 입던 옷, 만졌던 물건들뿐이었다. 물건에서는 여전히 그의 냄새가 났고, 그녀의 혀끝에서는 그의 맛이 느껴졌다.

그래서 그녀는 그의 물건을 버리지 못했다. 물건들을 버리지 않고 보관함으로써 서배스천을 조금이라도 살려놓을 수 있었다. 그의 물건을 모두 버리면 그를 완전히 잃게 될 터였다.

마리아나는 최근 병적인 호기심으로, 자신이 뭘 상대로 씨름하는지 이해하기 위해 프로이트가 슬픔과 상실에 관해 쓴 모든 글을 다시 읽고 있었다. 프로이트는 사랑하는 사람이 죽고 나면 그가 사라졌다는 걸 심리적으로 받아들이고 죽은 이를 포기해야만 하는데, 그렇게 하지 못하면 병적인 애도에 스스로 굴복하게 된다고 주장하면서 그걸 멜랑콜리아라고 불렀다. 우리가 우울증이라 부르는 상태다.

마리아나는 이해했다. 서배스천을 포기해야 한다는 사실을. 하지만 그럴 수 없었다. 여전히 그를 사랑하기 때문이었다. 그녀는 그가 영원히 사라졌음에도, 베일 뒤로 사라졌음에도 그를 사랑했다. '베일 뒤, 베일 뒤.' 어디서 나온 말이더라? 테니슨이겠지, 아마도.

베일 뒤.

그런 느낌이었다. 서배스천이 죽은 뒤 마리아나는 더는 세상이 여러 가지 색으로 보이지 않았다. 삶은 침묵에 빠졌고, 마치 베일 뒤에 숨은 것처럼 잿빛으로 멀게 보였다. 슬픔의 안개 뒤에 있는 것처럼.

그녀는 세상에서, 세상의 모든 소음과 고통으로부터 숨어서 이곳, 작은 노란색 집에 혼자 처박힌 채 일에만 열중하고 싶었다. 그리고 아마 그렇게 머물렀을 것이다. 조이가 10월 그날 밤 케임브리지에서 전화를 걸어오지 않았더라면.

월요일 저녁 집단 상담이 끝난 뒤에 조이가 걸어온 전화, 그것이 모든 일의 시작이었다.

그렇게 악몽은 시작되었다.

2

월요일 저녁 집단 상담은 마리아나의 집 거실에서 진행되었다.

꽤 넓은 방이었다. 마리아나와 서배스천이 노란 집으로 이사 오자마자 그곳은 상담실로 사용되기 시작했다.

두 사람은 그 집을 매우 좋아했다. 노스웨스트 런던의 프림로즈 힐 기슭에 있었는데, 그들은 여름이면 언덕에 피는 프림로즈 꽃과 똑같은, 밝은 노란색으로 집을 칠했다. 인동덩굴은 바깥벽을 타고 올라가며 집을 하얗고 달콤한 냄새가 나는 꽃으로 덮었고, 여름철이면 꽃향기가 열린 창문을 통해 집 안으로 살금살금 들어와서 계단을 타고 올라와 복도와 여러 방을 달콤함으로 가득 채웠다.

그날 월요일 저녁은 계절에 어울리지 않게 더웠다. 이른 10월에 찾아온 인디언 서머는 돌아갈 생각 없는 귀찮은 손님처럼, 나무에 매달려 죽어가는 나뭇잎들이 이제 가야 할 시간이라며 보여주는 신호에도 무심했다. 늦은 오후 햇볕이 거실로 쏟아져 들어와 실내를 황금빛으로 흠뻑 적시다가 빨갛게 물들였다. 마리아나는 상담 치료를 시작하기 전에 커튼을 내렸지만, 내리닫이창은 한 뼘 정도 열어두어 바깥 공기가 좀 들어오게 했다.

그러고 나서 의자들을 다시 원 모양으로 정리했다.

의자 아홉 개. 그룹에 속한 각 멤버들에게 하나씩, 그리고 하나는 마리아나를 위한 의자였다. 이론적으로 의자는 서로 똑같아야 했다. 하지만 인생은 그런 식으로 굴러가지 않는 법. 최선을 다했지만, 그녀가 여러 해 동안 모은 등받이 의자들은 재질과 모양과 크기가 모두 제각각이었다. 의자에 대한 느긋한 태도는 어쩌면 그녀가 상담을 어떻게 진행하는지 특징을 보여주는 것일 수도 있다. 마리아나는 격식을 차리지 않았고, 심지어 관습에 얽매이지도 않는 접근법을 구사했다.

정신 치료, 특히 집단 상담 치료는 마리아나가 아이러니하게 선택한 직업이었다. 그녀는 어릴 때부터 집단 치료에 대해 늘 애증이 엇갈렸다. 심지어 의심하기도 했다.

그녀는 그리스의 아테네 외곽에서 자랐다. 가족은 금방이라도 무너질 것 같은 낡고 큰 집에서 살았는데, 집이 자리 잡은 언덕 꼭대기는 검정과 녹색이 어우러진 올리브 숲이 뒤덮고 있었다. 어린 소녀였던 마리아나는 정원에 있는 녹슨 그네에 앉아 아래쪽으로 멀리 보이는, 다른 언덕 꼭대기 위 파르테논 신전 기둥이 있는 곳까지 펼쳐진 고대의 도시를 바라보며 생각에 잠기곤 했다. 도시는 너무나 거대하고 끝이 없는 것 같았다. 스스로 너무 작고 하찮은 존재로 느껴진 그녀는 미신에서 비롯한 불길한 예감을 품고 그 풍경을 지켜보곤 했다.

가정부를 따라 사람 많고 부산한 아테네 시내 시장에 장을 보러 갈 때면 마리아나는 늘 긴장했다. 그리고 아무 탈 없이 집에 돌아오면 안심이 되면서 조금 놀라기도 했다. 나이가 들어가면서 그녀는 사람이 많이 모인 곳을 겁냈다. 학교에서는 방관자가 되어 친구들과 잘 어울릴 수 없다는 기분을 느끼곤 했다. 그렇게 남과 어울리지 못하는 감정은 도저히 떨쳐낼 수 없었다. 세월이 흐르고 치료를 받으면서 그녀는 학교 운동장이 가족 단위에서의 대우주라는 걸 이해하게 되었다. 그녀가 느끼는 불편한 감정은 자신이 현재 있는 곳이 아니라(학교 운동장 자체나 아테네의 시장 또는 그녀가 속하게 되는 그 어떤 무리라기보다는) 자신이 자란 가족에 관한 것, 그녀가 성장했던 외로운 집에 관한 것이라는 사실을 알게 된 것이다.

그녀가 자란 집은 햇빛이 풍부한 그리스임에도 늘 추웠다. 그리고 집은 텅 비어 있었다. 실제로나 감정적으로나 온기가 없었다. 가장 큰 이유는 마리아나의 아버지에게 있었는데, 아버지는 여러 면에서 늘 뛰어난 사람이었지만(잘생겼고, 건강했고, 아주 예리했다) 마찬가지로 매우 복잡했다. 마리아나는 아버지가 어린 시절 도저히 회복할 수 없는 상처를 입은 것이 아닌지 의심했다. 마리아나는 친조부모를 한 번도 본 적이 없었고, 아버지도 그분들에 관해 입에 올리는 법이 없었다. 할아버지는 선원이었고, 할머니에 관해 아버지는 최대한 말을 아꼈다. 아버지 말로는 할머니가 부두에서 일했다고 했는데, 엄청나게 부끄러워하는 아버지의 표정을 본 마리아나는 할머니가 분명히 창녀였으리라 생각했다.

마리아나의 아버지는 아테네의 빈민가와 피레에프스의 항구 주변에서 자랐다. 어렸을 적부터 배에서 잡일을 시작해 금세 장사하는 법을 배웠다. 커피와 밀을 수입하는 일을 했고, 마리아나가 상상하기로는 건전하지 않은 품목도 다뤘다. 아버지는 스물다섯 살이 되었을 때 자기 배를 샀고 그때부터 해운업을 시작했다. 그 뒤로는 인정사정 보지 않고 피땀을 흘려가며 자신만의 작은 제국을 만들어냈다.

마리아나는 아버지가 마치 왕 같다고 생각했다. 아니면 독재자랄까. 마리아나는 나중에야 아버지가 어마어마하게 부자였다는 사실을 알게 되었다. 엄격한 스파르타 방식으로 살았던 가족을 생각하면 상상하기 어려울 정도의 재산이었다. 만약 마리아나의 어머니가 (점잖고 섬세했던 어머니는 영국 출생이었다) 살아 있었더라면 아버지를 부드럽게 만들 수 있었을지도 몰랐다. 하지만 어머니는 비극적이게도 마리아나가 태어나자마자 젊은 나이에 죽었다.

마리아나는 어머니의 죽음을 통렬하게 인식하며 자랐다. 심리치료사인 마리아나는 아기는 처음에 부모의 시선을 통해 자신의 존재를 인식한다는 것을 알았다. 우리는 지켜보는 대상으로 태어난다. 부모의 표정, 거울처럼 그들 눈 속에 비친 자신의 모습이 우리가 스스로 어떻게 보는지를 결정한다. 마리아나는 어머니의 눈길을 잃었다. 그리고 아버지는 딸을 똑바로 보기 힘들어했다. 아버지는 마리아나에게 다가올 때면 그녀의 어깨 뒤쪽을 보곤 했다. 마리아나는 아버지가 자신을 바라봐주길 바라면서 계속 자세나 위치를 바꾸고 몸을 뒤틀고 아버지의 시야 속으로 들어가려 애썼다. 하지만 어떻게 된 일인지 그녀는 늘 아버지의 시야 밖에 있었다.

아주 가끔이지만 마리아나는 아버지의 눈빛 속에서 경멸하는 듯한, 불타오르는 실망감을 살짝 알아볼 수 있었다. 아버지는 진실을 말해주었다. 마리아나는 기대에 미치지 못했다. 마리아나는 아무리 애써도 늘 자신이 부족하고 간신히 뭔가를 해내는 데 그치거나 엉뚱한 말을 한다는 걸 감지했다. 그녀가 보기에는 자신의 존재 자체가 아버지를 짜증스럽게 하는 것 같았다. 아버지는 그녀와 늘 의견이 달랐고, 어떤 상황에서든 〈말괄량이 길들이기〉에서 페트루치오가 케이트 대하듯 했다. 마리아나가 춥다고 하면 아버지는 덥다고 했고, 그녀가 맑다고 하면 아버지는 비가 올 거라며 우겼다. 하지만 그런 비판과 고집에도 마리아나는 아버지를 사랑했다. 그녀에게 아버지는 전부였으며 아버지로부터 사랑받을 가치가 있는 사람이 될 수 있기를 고대했다.

어린 시절에는 소중하고 작은 사랑도 있었다. 마리아나에게는 언니가 한 명 있었지만, 두 사람은 가깝지 않았다. 엘리사는 그녀보다 일곱 살 많았고, 수줍음 많은 여동생에게는 관심이 없었다. 그래서 마리아나는 긴 여름을 혼자 보냈고, 가정부의 매서운 눈길 아래 정원에서 혼자 놀며 지내야 했다. 그러니 그녀가 약간 고립된 채 자란 것이나 다른 사람들 앞에서 불편해하는 일은 이상한 일도 아니었다.

마리아나가 집단 심리 치료 전문가가 되었다는 아이러니는 그녀에게 별 소용이 없었다. 하지만 역설적으로 타인에게 다가서지 못하는 성격이 오히려 도움이 되었다. 집단 심리 치료에서 초점은 각 개인이 아닌 집단이다. 성공적인 집단 심리상담가가 되기 위해서는 어느 정도는 안 보이는 사람이 되어야 한다.

마리아나는 스스로 보이지 않는 사람이 되는 일에 능숙했다.

상담할 때 그녀는 늘 집단에 속한 사람들 시야에서 최대한 벗어나 있었다. 사람들 사이에서 의사소통이 단절되거나, 자신의 설명이 도움이 될 때, 또는 뭔가 잘못되었을 때만 개입했다.

월요일인 오늘은 시작하자마자 논란거리가 발생해 드물게도 마리아나가 개입할 수밖에 없었다. 문제는 언제나 그렇듯 헨리였다.

3

헨리는 다른 사람들보다 늦게 도착했다. 얼굴이 상기되고 숨찬 모습이었고 걸음걸이가 조금 불안정했다. 마리아나는 혹시 그가 약에 취한 게 아닌지 궁금했다. 그렇다고 해도 놀라지 않을 터였다. 그녀는 헨리가 약물을 남용하고 있다고 의심했다. 하지만 그녀는 헨리의 상담사지 의사가 아니었기에 그런 상황에서 할 수 있는 건 별로 없었다.

헨리 부스는 이제 겨우 서른다섯 살이었지만 더 나이가 들어 보였다. 불그스레한 머리칼에는 군데군데 센 머리가 섞였고, 얼굴에는 그가 입은 구겨진 셔츠처럼 주름이 가득했다. 그는 또 늘 찡그린 얼굴을 하고 있었고, 꼬인 스프링처럼 항상 긴장한 인상을 주었다. 마리아나는 그를 보면 권투선수나 싸움꾼이 다음 주먹을 날리려고, 또는 맞으려고 준비하고 있는 모습이 떠올랐다.

헨리는 투덜거리며 지각한 걸 사과했다. 그러더니 손에 커피가 담긴 종이컵을 쥔 채 자리에 앉았다. 바로 그 종이컵이 문제였다.

70대 중반의 은퇴한 교사인 리즈가 바로 입을 열었다. 고지식하고 까다로워 그녀 자신의 표현으로 무엇이든 '제대로' 해내야만 하는 사람이었다. 마리아나의 경험으로 보면 리즈는 견디기 어려운 사람으로 짜증이 날 때가 있었다. 그리고 그녀는 리즈가 무슨 말을 할지 짐작이 되었다.

"그걸 가져오면 안 되죠." 리즈는 화가 나 떨리는 손가락으로 헨리가 든 종이컵을 가리켰다. "우린 밖에서 아무것도 가지고 오면 안 돼요. 다들 그걸 알고 있습니다."

헨리는 투덜거렸다. "안 될 건 뭐요?"

"규칙이 그러니까요, 헨리."

"닥쳐요, 리즈."

"뭐라고요? 마리아나, 저 사람이 방금 나한테 한 말 들었어요?"

리즈는 금세 눈물이 차올랐고, 상황은 그 순간부터 악화됐다. 결국에는 이번에도 헨리, 그리고 그를 향한 분노로 하나로 뭉친 나머지 사람 모두가 서로 맞서 열띤 대치를 이어갔다.

마리아나는 헨리를 보호하려는 마음을 품고 상황을 조심스레 지켜보았다. 그가 어떻게 받아들이는지 보고 싶었다. 헨리는 허세를 잔뜩 부리기는 하지만, 무척 여린 사람이었다. 어렸을 때 아버지의 손에 끔찍한 육체적, 성적 학대를 받았고, 결국 보육 시설을 거처 여러 위탁 가정을 전전하며 자랐다. 하지만 온갖 트라우마에도 헨리는 놀라울 정도로 똑똑한 사람이었다. 잠시였지만 과거에는 그의 똑똑한 머리가 그를 충분히 구해낼 수 있을 것 같기도 했다. 그는 열여덟 살에 대학에 진학해 물리학을 공부했다. 하지만 몇 주도 견디지 못하고 과거에 발목이 잡혔다. 그는 심각한 신경쇠약을 겪었고 아예 회복하지 못했다. 그 이후 슬픈 자해와 약물중독을 거쳐 반복적인 신경쇠약 증세로 병원을 들락거렸다. 그러다가 그를 맡았던 정신과 의사가 그를 마리아나에게 보냈다.

마리아나는 헨리에게 특별한 애착이 있었는데, 어쩌면 그가 겪은 엄청난 불운 때문일지도 몰랐다. 하지만 그럼에도 헨리를 집단 치료에 포함해야 하는지 확신이 서지 않았다. 그가 다른 구성원들보다 심각하게 상태가 좋지 않아 그런 것만은 아니었다. 심각하게 병든 환자들도 집단의 다른 구성원들에 의해 매우 효과적으로 치료되기도 한다. 하지만 마찬가지로 다른 구성원들을 붕괴 수준으로 흔들어놓을 수도 있다. 모든 집단은 형성되는 즉시 시기와 공격을 불러일으킨다. 그런 상황은 반드시 외부 또는 집단에서 배제된 자들로부터 비롯되는 것이 아니며 집단 자체에 내재한 어둡고 위험한 힘에서 나오기도 한다. 그리고 몇 달 전 치료에 합류한 헨리는 끊임없는 갈등의 근원이 되어왔다. 그는 갈등을 가져왔다. 그의 몸속에는 공격성과 부글거리는 분노가 잠복해 있었고, 그것들은 가끔 억누르기 어려웠다.

하지만 마리아나는 쉽게 포기하지 않았다. 환자 그룹을 통제할 수 있는 한, 헨리를 계속 데려가고 싶었다. 그녀는 이곳에 원을 그리고 앉은 여덟 명을 믿고 있었다. 둥글게 모여 앉은 사람들의 치유 능력을 믿었다. 좀 더 공상에 빠질 때면 마리아나는 둥글게 모인 사람들이 상당히 신비롭기까지 했다. 태양과 달, 그리고 지구라는 원. 행성들이 하늘 위에서 회전하는 모습. 바퀴 속의 원. 교회의 돔 모양. 아니면 결혼반지까지. 플라톤은 영혼이 출생에서 죽음으로 가는 원이라고 말했다. 마리아나는 이해할 수 있었다. 삶도 원이 아니겠는가?

집단 치료가 성공적일 때는 원 안에서 일종의 기적이 벌어졌다. 별도의 독립체가 태어나는 것이다. 집단의 영혼, 집단의 마음. 그런 걸 '큰 정신'이라고 부르는데, 각자의 정신을 합친 것보다 크다. 상담사나 환자 개개인보다 더 지적인 정신이다. 큰 정신은 지혜롭고 치유 능력이 있으며 억제하는 능력이 강하다. 마리아나는 그런 힘을 여러 번 직접 목격했다. 그녀의 거실에서는 오랜 세월 동안 많은 영혼이 이 원 안으로 불려 나왔고, 다시 안식에 들었다.

오늘은 리즈가 두려움에 떨 차례였다. 그녀는 그저 종이컵을 그냥 두고 볼 수 없었을 뿐이다. 종이컵 때문에 너무 화가 났고 분했다. 헨리가 자신은 규칙을 지키지 않아도 되고, 경멸하듯 규칙을 깨뜨려도 그만이라고 생각하는 사실이 문제였다. 리즈는 갑자기 헨리가 그녀의 오빠를 떠올리게 한다는 사실을 깨달았다. 늘 제멋대로 행동하던 깡패 같은 오빠였다. 억눌렸던 리즈의 오빠에 대한 모든 분노가 겉으로 드러나기 시작하는 건 좋은 일이라고 마리아나는 생각했다. 그런 감정은 드러내야 할 필요가 있었다. 헨리가 스스로 심리적인 동네북 신세가 되는 걸 참아낼 수만 있다면.

하지만 물론 헨리는 참을 리 없었다.

헨리는 갑자기 펄쩍 뛰듯 일어서며 고통에 찬 비명을 질렀다. 그러곤 커피가 담긴 종이컵을 바닥에 내던졌다. 종이컵은 원의 중앙에서 바닥에 부딪혀 터졌고, 검은색 커피는 마룻바닥에 흘러나와 점점 넓게 퍼졌다.

다른 환자들은 그 상황에 분노하며 신경질적으로 소리를 질렀다. 리즈는 또 눈물이 터졌고 헨리는 자리를 벗어나려고 했다. 하지만 마리아나는 헨리를 설득해 앉게 한 뒤 무슨 일이 있었는지 이야기하도록 유도했다.

"그냥 빌어먹을 종이컵이잖아요. 대체 이게 뭐라고 그래요?" 헨리는 화난 어린아이처럼 말했다.

"종이컵 때문에 그러는 게 아니에요." 마리아나가 말했다. "한계를 지적한 거죠. 이 모임에서의 한계, 우리가 이곳에서 지키는 규칙 말이에요. 우리는 전에도 이런 이야기를 했어요. 우리가 안전하다고 느끼지 못하면 여기에 참여할 수 없어요. 경계선이 있어야 우리는 안전하다고 느껴요. 상담은 경계선에 관한 거예요."

헨리는 마리아나를 멍하니 바라보았다. 마리아나는 그가 이해하지 못했다는 걸 알았다. 경계선은 아동이 학대당할 때 당연히 맨 처음 점검해야 하는 내용이다. 헨리의 경계선은 그가 아주 어린아이일 때 무너져 가루가 되어버렸다. 그 결과 그는 경계라는 개념을 이해하지 못했다. 그러니 자신이 자주 그러는 것처럼 다른 사람을 불편하게 할 때도 그는 그들의 개인적, 또는 심리적 공간을 침해하면서도 그런 사실을 알지 못했다. 다른 사람에게 말할 때 너무 가까이 다가갔고, 마리아나가 다른 환자들에게서 한 번도 경험해보지 못한 수준의 애정 결핍을 드러내 보였다. 도무지 만족이라는 걸 몰랐다. 허락만 한다면 마리아나의 집에 들어와 살려고 할 정도였다. 환자들 사이의 경계를 유지하는 건 마리아나에게 달려 있었다. 건강한 방식으로 환자들 사이에서 한도를 정의하는 것, 그것이 헨리의 상담을 맡은 그녀가 해야 할 일이었다.

하지만 헨리는 늘 그녀를 밀어붙이고 찔러대고 짜증스럽게 했다. 그리고 여러 면에서 마리아나는 그런 상황을 점점 더 다루기 힘들어졌다.

4

헨리는 다른 사람들이 모두 떠난 뒤에도 남아서 어슬렁거렸다. 겉으로는 뒷정리를 도우려는 것처럼 행동했다. 하지만 마리아나는 뭔가 더 있다는 걸 알았다. 늘 그런 식이었다. 그는 조용히 그녀를 지켜보며 서성댔다. 마리아나는 살짝 격려해주기로 했다.

"왜 그래요, 헨리. 가야 할 시간이잖아요. 뭐 할 얘기 있어요?"

헨리는 고개를 끄덕였지만 대답하지는 않았다. 그러더니 주머니에 손을 넣었다.

"여기요." 그는 말했다. "뭘 좀 가져왔어요."

그는 반지를 하나 꺼냈다. 빨간색 화려한 플라스틱 반지였다. 시리얼을 사면 사은품으로 주는 물건처럼 보였다.

"선생님 주려고요. 선물이에요."

마리아나는 고개를 흔들었다.

"그런 거 받을 수 없다는 거 알잖아요."

"왜요?"

"헨리, 저한테 선물 가져오는 거 그만둬야 해요. 알겠어요? 이제 진짜 집에 갈 시간이에요."

하지만 헨리는 움직이지 않았다. 마리아나는 잠시 생각했다. 지금 이런 식으로 그와 맞설 생각은 아니었지만 왠지 오늘이 좋을 것 같았다.

"헨리, 우리 얘기 좀 해요."

"네?"

"목요일 밤 단체 상담이 끝나고 제가 창밖을 내다봤거든요. 그때 당신이 밖에 있는 걸 봤어요. 길 건너 가로등 옆에요. 우리 집을 보고 있었어요."

"그거 저 아니에요."

"아니, 맞아요. 당신 얼굴을 봤어요. 그리고 당신을 그곳에서 본 게 처음도 아니었고요."

헨리는 얼굴이 붉어지더니 눈길을 피했다. 그러곤 고개를 흔들며 말했다. "그거 저 아니에요, 그게 아니라……."

"헨리, 내가 진행하는 다른 단체 상담이 어떤지 궁금해하는 건 괜찮아요. 하지만 그런 건 여기서, 단체 상담할 때 말해야 해요. 밖에서 다른 행동으로 보이면 안 된다고요. 날 감시하는 것도 안 돼요. 그런 행동을 하면 내가 침해당하고 위협당하는 느낌이 들어요. 그리고……."

"감시 아닙니다! 그냥 거기 서 있었을 뿐이에요. 젠장, 그래서 뭐 어쨌다고요?"

"그럼, 거기 있었다는 건 인정해요?"

헨리는 마리아나에게 한 걸음 다가왔다.

"그냥 둘이 상담하는 건 왜 안 돼요? 다른 사람들 없이 왜 날 만날 수 없죠?"

"이유는 알잖아요. 내가 당신을 단체에 속한 일부로 보기 때문이에요. 나는 개인적으로 당신과 따로 만날 수 없어요. 만일 개인 상담이 필요하면 다른 동료 상담사를 소개해줄 수도……."

"아뇨, 난 당신을 원하니까."

헨리는 갑자기 한 걸음 더 그녀에게 다가섰다. 마리아나는 물러서는 대신 손을 들어 올렸다.

"그만해요. 알겠어요? 지금 너무 가까워요. 헨리……."

"잠깐만. 이걸 봐요."

미처 말리기도 전에 헨리는 무거운 검은색 스웨터를 걷어 올렸다. 그의 창백하고 털이 나지 않은 몸통은 끔찍한 모습이었다.

그의 몸은 면도칼이 깊숙이 긋고 지나간 자국으로 가득했다. 다양한 크기의 핏빛으로 물든 십자가가 가슴과 복부에 그려져 있었다. 어떤 상처는 여전히 피가 흘러내리고 있었다. 딱지가 앉으면서 빨간색 콩알 모양으로 피가 굳은 곳도 있었다. 마치 엉겨 붙은 피눈물 같았다.

마리아나는 속이 뒤집히는 것 같았다. 울컥 욕지기가 솟구쳤고,

고개를 돌리고 싶었지만 그럴 수 없었다. 이건 도와달라는 비명이었다. 물론 근심 어린 반응을 끌어내려는 시도였지만, 그것 이상이었다. 헨리의 행동은 그녀에 대한 감정 공격이자 심리적인 습격이었다. 헨리는 마침내 마리아나의 방어막을 뚫고 들어와 그녀를 괴롭히기 시작한 것이다. 그리고 마리아나는 그러는 헨리가 증오스러웠다.

"무슨 짓을 한 거예요, 헨리?"

"저, 저는 어쩔 수가 없었어요. 이렇게 해야만 했습니다. 그리고 선생님은 이걸 봐야만 했어요."

"그럼 이제 제가 봤으니, 제 기분이 어떨 것 같아요? 내가 얼마나 화가 났는지 알겠어요? 당신을 돕고 싶어요. 하지만……."

"하지만 뭐죠?" 헨리는 웃었다. "당신은 왜 날 돕지 않는 겁니까?"

"내가 당신에게 도움을 줄 수 있는 시간은 단체 상담할 때예요. 오늘 저녁에도 당신은 기회가 있었지만 그걸 사용하지 않았잖아요. 우리는 모두 도움을 받을 수 있어요. 우리 모두 당신을 도우려고 여기에……."

"나는 **다른 사람들** 도움은 원하지 않아요. 당신을 원해요. 마리아나, 내게 필요한 건 바로 당신……."

마리아나는 헨리를 보내야 한다는 걸 알았다. 그의 상처를 치료하는 건 그녀가 할 일이 아니었다. 헨리는 병원에 가야 했다. 그녀는 헨리를 위해서도 그녀 자신을 위해서도 단호해져야만 했다. 하지만 차마 헨리를 내쫓을 수 없었다. 그리고 이번이 처음이 아니지만, 마리아나의 감정 이입은 자신의 상식을 앞서고 있었다.

"잠깐, 잠깐만 기다려요."

마리아나는 화장대로 가서 서랍을 열고 안을 뒤졌다. 그러곤 구급상자를 꺼냈다. 막 상자를 열려는데 휴대전화가 울렸다.

번호를 확인했더니 조이였다.

"조이?"

"통화 가능해요? 중요한 일이에요."

"잠깐만. 내가 다시 걸게."

마리아나는 전화를 끊고 헨리에게 돌아섰다. 그녀는 구급상자를 내밀었다.

"헨리, 이걸 받아요. 알아서 몸을 닦아요. 그리고 필요하면 동네 병원에 가서 의사에게 치료를 받아요. 알았죠? 내일 전화할게요."

"끝이에요? 그러고도 스스로 빌어먹을 상담사라는 거예요?"

"지나치네요. 그만해요. 이제 그만 가줘요."

마리아나는 헨리의 항의는 무시한 채 단호히 그를 복도로, 현관 밖으로 내몰았다. 그가 나가자 문을 닫았다. 문을 잠그고 싶은 충동이 일었지만, 간신히 참았다. 그러고 나서 그녀는 주방으로 갔다. 냉장고를 열고 소비뇽 블랑 한 병을 꺼냈다.

마음이 무척 혼란스러웠다. 조이에게 다시 전화를 걸기 전에 마음을 추스려야 했다. 어린 조이가 이미 지고 있는 마음의 짐을 더 무겁게 만들 수는 없었다. 서배스천이 죽은 뒤 두 사람 관계의 균형은 깨졌다. 그리고 마리아나는 이제부터 균형을 되찾을 생각이었다. 깊게 숨을 몰아쉬고 마음을 가라앉혔다. 그러고 나서 큰 잔에 와인을 따른 다음 전화를 걸었다.

조이는 벨이 울리자마자 전화를 받았다.

"마리아나?"

마리아나는 즉시 뭔가 잘못되었다는 걸 알았다. 긴장한 조이의 목소리에서 긴박한 순간의 위기감이 느껴졌다. 겁에 질려 있어. 심장이 조금 빨리 뛰는 걸 느꼈다.

"조이, 괜찮은 거니? 무슨 일이야?"

잠시 아무 말이 없더니 조이가 대답했다.

"TV 틀어봐요." 그녀는 작은 목소리로 말했다. "뉴스를 봐요."

5

마리아나는 리모컨으로 손을 뻗었다.

그러곤 전자레인지 위에 놓인, 오래되고 낡은 휴대용 TV의 전원을 켰다. 서배스천이 남긴 신성한 유물 가운데 하나로, 그가 학생이었던 시절 주말에 식사를 준비하는 마리아나를 돕는 척하면서 크리켓과 럭비를 볼 때 사용하던 물건이었다. 신경질적인 TV는 몇 번 깜박거리더니 화면이 밝아졌다.

마리아나는 BBC 뉴스 채널을 돌렸다. 중년의 남자 기자가 소식을 전하고 있었다. 기자는 야외에 서 있었다. 어두워지는 시간이라 어느 곳인지 정확히 알아보기는 어려웠다. 들판이나 풀밭처럼 보였다. 그는 카메라를 바라보며 말하고 있었다.

"파라다이스라고 알려진 케임브리지의 자연보호구역에서 발견된 것입니다. 여기 현장을 발견한 목격자가 나와 있습니다. 무슨 일인지 말씀해주실 수 있을까요?"

기자는 카메라에 보이지 않는 누군가에게 질문했다. 카메라가 획 돌아가더니 화면에 키가 작고 긴장한 60대 중반의 얼굴이 불그스레한 남자가 등장했다. 조명이 비추자 남자는 눈이 부신 듯 눈꺼풀을 깜박였다.

그는 머뭇거리더니 말했다. "몇 시간 전이었는데요…… 저는 늘 4시에 개를 데리고 나옵니다. 그러니까 아마 그때쯤이었을 겁니다. 어쩌면 15분이나 20분쯤 지났을 거예요. 개랑 강변에 있는 길을 따라 걷는데…… 우리는 파라다이스를 가로질러 지나고 있었습니다. 그런데……."

남자는 잠시 횡설수설하더니 제대로 말을 마치지 못했다. 그러다 다시 시도했다.

"개 때문이었습니다. 개가 늪지 옆 풀숲 속으로 사라졌거든요. 제가 불러도 안 나오더라고요. 그래서 새나 뭐, 여우 같은 걸 잡았나 했죠. 그래서 그리로 가서 확인했습니다. 나무 사이로 걸어 들어가서…… 늪지 끝 물가로 갔는데…… 거기, 그곳에 있었습니다."

남자의 얼굴에 끔찍한 표정이 떠올랐다. 마리아나가 너무 잘 아는 표정이었다.

뭔가 끔찍한 걸 본 거야. 듣고 싶지 않아. 저 남자가 뭘 봤는지 알고 싶지 않다고.

남자는 가차 없이, 아까보다 빠르게 말을 이었다. 마치 뭔가를 내쫓는 것 같았다.

"여자였어요. 스무 살도 안 된 것 같았습니다. 빨간 머리가 길었어요. 어쨌거나 제가 보기에는 빨간 머리였어요. 온통 피투성이였습니다. 피가 엄청나게 많이 보였는데……."

남자가 말꼬리를 흐리자 기자가 재촉했다.

"시체였나요?"

"맞아요." 남자가 고개를 끄덕였다. "칼에 찔렸어요. 여러 번. 그리고, 얼굴이…… 맙소사, 정말 끔찍했습니다. 두 눈이, 두 눈을 뜬 채로…… 쳐다보는데……."

말을 멈춘 남자의 눈에 눈물이 차올랐다.

충격이 컸군. 저런 사람을 인터뷰해서는 안 돼. 누군가가 나서서 막아야지.

아니나 다를까, 바로 그 순간(어쩌면 너무 지나쳤다고 생각했는지도 몰랐다) 기자는 인터뷰를 중단했고, 카메라는 다시 휙 돌아 그를 비쳤다.

"케임브리지 현장에서 속보를 전해드리고 있습니다. 경찰이 시체를 한 구 발견해 조사 중입니다. 광적인 칼부림 공격의 희생자는 20대 초반의 젊은 여성으로 보이며……."

마리아나는 TV를 껐다. 너무 놀라는 바람에 잠시 움직일 수가 없어 꺼진 TV를 멍하니 보고 있었다. 그러다가 손에 든 전화기를 떠올렸다. 전화기를 귀로 가져갔다.

"조이? 듣고 있는 거지?"

"내 생각엔 타라인 것 같아요."

"뭐?"

타라는 조이의 친한 친구였다. 두 사람은 같은 해 케임브리지대학교의 성 크리스토퍼 칼리지에 입학했다. 마리아나는 조바심 나는 목소리를 숨기려 애썼다.

"왜 그런 말을 해?"

"타라 같으니까요. 그리고 어제 이후 타라를 본 사람이 없어요. 계속 사람들에게 묻고 있는데, 나 너무 무서워요. 어떻게 해야 할지도 모르겠고……."

"천천히 얘기해. 타라를 마지막으로 본 게 언제야?"

"어젯밤요." 조이가 잠시 말을 멈췄다. "그리고 마리아나, 타라는 너무 이상했어요. 내가……."

"이상하다니 무슨 말이야?"

"뭔가를 말했어요. 말도 안 되는 얘기."

"말도 안 된다니, 무슨 뜻이야?"

잠시 침묵이 흐르더니 조이가 속삭이듯 대답했다. "지금은 말할 수 없어요. 하지만 와줄 거죠?"

"물론 가야지. 하지만 조이, 잘 들어. 학교에 얘기했니? 학교에 말해야 해. 학장님에게 이야기해야 한다고."

"뭐라고 말해야 할지 모르겠어요."

"그냥 지금 나한테 한 얘기를 해. 타라가 걱정스럽다고 하면서. 사람들이 경찰과 타라의 부모님께 연락할 거야."

"타라네 부모님요? 하지만, 내 말이 틀리면 어쩌죠?"

"분명히 네 생각이 맞지 않을 거야." 마리아나는 스스로 느끼는 것보다 더 자신감 넘치게 말했다. "분명히 타라는 괜찮을 거야. 하지만 확실히 하는 게 중요해. 너도 무슨 말인지 알지? 내가 대신 학교에 전화해서 말할까?"

"아니, 아니에요. 괜찮아요. 내가 할게요."

"좋아. 그럼 이제 그만 자렴. 내일 아침에 그리로 최대한 일찍 갈 테니까."

"고마워요, 마리아나. 사랑해요."

"나도 사랑한다."

마리아나는 전화를 끊었다. 잔에 따라둔 화이트 와인은 손도 대지 않은 채 놓여 있었다. 그녀는 잔을 들고 단번에 마셨다. 병을 잡고 한 잔을 더 따르는 그녀의 손이 떨리고 있었다.

6

마리아나는 위층으로 올라가 작은 가방에 짐을 싸기 시작했다. 케임브리지에서 하루나 이틀 밤을 묵어야 할지도 모르기 때문이다.

정신을 가다듬으려 애썼지만 쉽지 않았다. 믿기 어려울 정도로 긴장되었다. 어딘가 저 밖에 위험할 정도로 비정상인 한 남자가(극단적 폭력을 사용한 공격 내용으로 볼 때 범인은 아마도 남자일 것이다) 젊은 여자를 끔찍하게 살해했다. 어쩌면 그녀가 사랑하는 조이가 잠든 곳에서 몇 걸음 떨어진 데서 살던 젊은 여자를.

마리아나는 희생자가 조이였을 수도 있다는 가능성은 무시하고 싶었지만 그런 생각을 완벽하게 억누를 수는 없었다. 그런 종류의 두려움으로 토할 것 같았던 때는 과거에 딱 한 번 있었다. 바로 서배스천이 죽던 날이었다. 무기력한 느낌. 몸에 전혀 힘이 느껴지지 않고, 사랑하는 사람들을 보호하기에 끔찍할 정도로 무능력한 기분.

마리아나는 오른손을 바라보았다. 떨리는 손을 멈출 수가 없었다. 손으로 주먹을 쥔 다음 꽉 힘을 주었다. 이러면 안 됐다. 무너질 수 없었다, 적어도 지금은. 그녀는 차분함을 유지할 것이다. 정신을 바짝 차릴 것이다.

조이는 그녀가 필요했다. 중요한 건 오직 그 사실이었다.

만일 서배스천이 여기 있었다면, 그라면 어떻게 해야 할지 알았을 것이다. 그는 신중하게 일정을 뒤로 미루면서 여행 가방을 싸고 있지 않았을 것이다. 조이와 전화를 하다 말고 자동차 키를 움켜쥐고 문으로 달려 나갔을 것이다. 서배스천이라면 그렇게 했을 것이다. 그녀는 왜 그러지 못하는 걸까?

너는 겁쟁이니까.

그건 사실이었다. 그녀에게 서배스천의 능력이 조금이라도 있었더라면. 조금이라도 그이처럼 용감했더라면. 힘내, 여보. 그가 말하는 소리가 들렸다. 나랑 손잡고 망할 놈들과 맞서는 거야.

마리아나는 침대에 누워 생각에 빠져 있다 잠들었다. 1년이 넘는 기간 동안 처음으로 잠에 드는 순간에 세상을 떠난 남편 생각을 하지 않았다. 그 대신 그녀는 다른 남자를 생각하는 자신을 발견했다. 불쌍한 여자에게 그렇게 끔찍한 짓을 저지른, 칼을 든 남자의 어렴풋한 모습. 눈꺼풀이 파르르 떨리다가 닫힐 때 마리아나는 머릿속으로 그 남자를 생각했다. 어떤 사람인지 궁금했다. 지금,

이 순간에는 뭘 하고 있는지, 어디 있는지 궁금했다.

그리고 그자가 무슨 생각을 하는지도.

7

10월 7일

다른 사람을 죽이고 나면 되돌아갈 방법은 없다.

이제 나는 그걸 안다. 내가 아예 다른 사람이 되었다는 걸 안다.

아마도 다시 태어나는 것과 비슷할지도 모른다. 그러나 일반적인 탄생과는 다르다. 이건 탈바꿈, 변태(變態)다. 재 속에서 솟구쳐 오르는 건 불사조가 아니라 더 흉측해진 괴물이다. 기형인 모습에 날지도 못하고, 발톱을 이용해 자르고 찢는 포식자일 뿐.

지금은 제정신을 차리고 이걸 쓰고 있다. 바로 지금 나는 차분하고 제정신이다. 그러나 내 속에는 내가 여럿 있다.

피에 목마른, 미치광이인 다른 내가 모습을 드러내 복수의 기회를 잡는 건 단지 시간문제일 뿐이다. 그리고 다른 나는 기회를 찾을 때까지 쉬지 않을 것이다.

내 속에는 내가 둘 있다. 나의 일부는 비밀을 지키고 있지만(그는 혼자 진실을 알고 있다) 포로로 잡힌 채 갇혀 조용히 목소리를 내지 못하고 있다. 그는 그를 가둔 자가 정신을 다른 곳에 팔고 있을 때만 감정을 표현한다. 내가 취하거나 잠에 빠지면 그는 말을 꺼내려 시도한다. 하지만 쉽지 않다. 의사소통은 발작적으로 이루어진다. 수용소에서 포로들이 비밀리에 세워둔 탈출 계획과도 같다. 그가 너무 가까이 다가오면 보초를 서던 포로는 메시지를 지워버린다. 벽이 나타난다. 어둠이 마음속을 채운다. 내가 떠올리려 애썼던 기억은 사라져버린다.

하지만 나는 견뎌낼 것이다. 어떻게든 나는 연기와 어둠을 뚫고 멀쩡한 정신인 나를 만날 것이다. 사람들을 해치길 원하지 않는 나. 그는 내게 해줄 말이 많을 것이다. 내가 알아야 할 많은 것들. 어떻게, 그리고 왜 내가 이런 모습이 되었는지. 왜 이렇게 내가 되고 싶던 존재와 동떨어진 사람이 되었는지. 증오와 분노가 가득하고 뒤틀린 내면을 갖게 되었는지.

아니면 나는 자신에게 거짓말을 하는 걸까? 나는 늘 이랬지만, 인정하고 싶지 않았던 걸까?

아니다. 그건 믿을 수 없다.

어쨌든 모든 사람은 각자의 이야기 속에서 영웅이다. 그러니 나는 내 이야기 속 영웅이 되어야만 한다. 비록 영웅이 아닐지라도.

나는 주인공 악당이다.

8

다음 날 아침, 집을 떠나는 마리아나는 헨리를 본 것 같다는 생각이 들었다.

그는 도로 건너편 나무 뒤에서 서성거리고 있었다.

그러나 뒤를 돌아봤을 때는 아무도 보이지 않았다. 아마도 상상이었을 거라고 그녀는 생각했다. 상상이 아니라고 해도, 마리아나는 당장 걱정해야 할 더 중요한 일들이 있었다. 그녀는 머릿속에서 헨리에 관한 생각을 지워버리고 지하철을 타고 킹스크로스 역으로 향했다.

역에 도착해 케임브리지로 가는 급행열차에 올랐다. 맑은 날이었고 하늘은 완벽하게 파랬으며 아주 가끔 길게 하얀 구름이 떠 있었다. 그녀는 창가 좌석에 앉아 녹색 생나무 울타리와 넓게 펼쳐진 채 이리저리 흔들리는 노란색 바다처럼, 바람에 흔들리는 황금빛 밀밭을 기차가 가로지르는 동안 창밖을 바라보고 있었다.

마리아나는 자신의 얼굴에 햇볕을 쬐어줄 수 있어서 좋았다. 몸이 떨렸다. 추워서가 아니라 긴장했기 때문이었다. 벌어진 상황 탓에 걱정을 멈출 수가 없었다. 지난밤 이후 조이는 마리아나에게 아무 연락도 하지 않았다. 마리아나가 오늘 아침 문자를 보냈지만, 아직 답은 오지 않았다.

어쩌면 전부 잘못된 걱정이었을지도 몰랐다. 아니면 조이가 오해한 것일 수도 있지 않을까?

마리아나는 진정으로 그렇기를 바랐다. 타라와 개인적으로 아는 사이여서 그런 것만은 아니었다. 타라는 서배스천이 죽기 몇 달 전 주말에 런던에 와서 마리아나의 집에서 묵기도 했다. 이기적이긴 하지만 조이 때문에 타라를 걱정하는 면이 가장 컸다.

조이는 다양한 이유로 어려운 사춘기를 보냈고, 힘겹게 극복했다. 아니, 극복 그 이상이었다. 서배스천의 표현에 따르면 '의기양양하게 한계를 초월했다'. 초월 과정은 케임브리지대학교 영문학과에 합격하며 정점에 달했다. 타라는 조이가 케임브리지에서 만난 첫 친구였고, 마리아나의 생각에 타라를 상상할 수 없을 정도로 끔찍하게 잃는 상황은 조이가 완전히 궤도를 벗어나게 만드는 일일 수도 있었다.

이유는 모르겠지만 마리아나는 두 사람 사이의 통화를 계속 생각했다. 알 수 없는 뭔가가 그녀를 괴롭혔다. 정확히 뭐가 걱정스러운 건지 짚어낼 수 없었다.

조이의 말투 때문이었을까? 마리아나는 조이가 뭔가를 감추는 듯한 느낌을 받았다. 타라가 조이에게 했다는 '말도 안 되는' 이야기에 관해 마리아나가 물었을 때 조이는 살짝 머뭇거리다 못해 오히려 질문을 회피하려고 하지 않았던가?

지금은 말할 수 없어요.

왜지?

타라가 정확히 뭐라고 말했던 걸까?

어쩌면 아무것도 아닐지 몰라. 그만. 그만 생각해.

그녀는 기차를 타고 거의 한 시간을 더 가야 했다. 그동안 내내 여기 앉아 미쳐버릴 수는 없는 일이다. 도착할 때가 되면 스스로 무너져 내리고 말 것이다. 뭔가 다른 생각을 해야 했다.

마리아나는 가방에 손을 넣어 《영국 정신의학 저널》 잡지를 한 권 꺼냈다. 열심히 잡지를 뒤적였지만 어떤 기사에도 정신을 집중할 수 없었다.

생각은 어쩔 수 없이 자꾸 서배스천에게 돌아갔다. 서배스천 없이 케임브리지에 돌아간다는 생각만 해도 마리아나는 머리에 두려움이 가득 찼다. 그가 죽고 나서 한 번도 가본 적이 없었다.

두 사람은 케임브리지에 조이를 만나러 자주 갔고, 마리아나는 그때의 추억을 떠올리길 좋아했다. 처음 조이를 성 크리스토퍼 칼리지에 데려다주고 짐을 풀고 적응하는 걸 돕던 날을 기억했다. 그들이 함께 보낸 가장 행복한 날들 가운데 하루였고, 사랑하는 그들의 어린 수양딸에게 자랑스러운 부모의 마음마저 느꼈다.

그날 두 사람이 조이를 두고 떠나려 준비할 때, 조이는 무척이나 작고 약해 보였다. 작별 인사를 할 때 마리아나는 두려움이 뒤섞인 호감과 사랑의 표정을 지으며 조이를 바라보는 서배스천의 모습을 봤다. 마치 자기 진짜 자식을 보는 듯한 모습이었는데, 어떻게 보면 실제로 그런 감정이었다. 조이의 기숙사 방을 나온 두 사람은 그대로 케임브리지를 떠나기가 힘들어 젊었을 때 그랬던 것처럼 팔짱을 끼고 함께 강을 따라 걸었다. 두 사람 모두 그곳에서 학창 시절을 보냈고, 그래서 케임브리지대학교는 학교가 있는 도시와 함께 두 사람의 사랑을 복잡하게 연결해주고 있었다.

마리아나가 겨우 열아홉 살일 때 두 사람은 그곳에서 만났다.

두 사람의 만남은 순전히 우연이었다. 그들이 만날 이유는 없었다. 서로 다른 칼리지에서 다른 전공을 공부하고 있었다. 서배스천은 경제학을, 마리아나는 영문학을 공부했다. 두 사람이 절대 만나지 못했을 수도 있었다는 사실에 마리아나는 두려움을 느끼기도 했다. 만나지 못했다면? 그녀의 인생은 어땠을까? 더 좋았을까? 아니면 더 나빠졌을까?

마리아나는 요즘 끝없이 기억을 되새기고 있었다. 과거를 돌아보며 확실하게 떠올리려 애쓰고 있다. 두 사람이 함께했던 여행을 이해하고 앞뒤를 맞춰보려 노력했다. 그들이 했던 작은 일들을 기억하려 애썼고, 머릿속에서 잊힌 두 사람의 대화를 되살리며 모든 순간에 서배스천이었다면 뭐라고 말했을지 어떻게 했을지 상상했다. 하지만 되살린 기억이 얼마나 진짜인지 확신할 수 없었다. 다시 떠올리면 떠올릴수록 서배스천은 신화로 변하는 것 같았다. 이제 그는 영혼이 되어버렸다. 모두 허구의 이야기였다.

마리아나는 열여덟 살 때 영국으로 이주했다. 어릴 때부터 낭만적으로 꿈꿔오던 나라였다. 그녀의 영국인 어머니가 아테네에 있는 집에 그렇게 많은 걸 남겨둔 걸 생각하면 어쩔 수 없었던 일이었는지도 몰랐다. 방마다 책장과 선반이 책으로 가득했고, 작은 서재에도 영어로 된 책이 잔뜩이었다. 소설, 희곡, 시집. 마리아나가 태어나기도 전에 어떻게 그리도 많은 책을 그 집에 가져왔는지 신기했을 정도였다.

마리아나는 어머니가 아테네에 도착하던 순간을 애정을 담아 상상하곤 했다. 옷 대신에 트렁크와 가방을 가득 채운 책을 든 모습. 어머니가 없는 외로운 소녀는 위안과 친구를 찾아 어머니가 남긴 책으로 관심을 돌렸다. 긴 여름날 오후, 마리아나는 손에 든 책의 느낌과 종이의 냄새, 페이지가 넘어가는 느낌을 사랑하기 시작했다. 그늘 속 녹슨 그네에 앉아 아삭거리는 녹색 사과나 무른 복숭아를 먹으면서 이야기 속에 정신없이 빠져들곤 했다.

그런 이야기를 통해 마리아나는 상상 속 영국 그리고 영국다움과 사랑에 빠졌다. 읽은 책들 속에서 말고는 실제로 존재할 수 없는 영국이었다. 따끈한 여름비가 내리는 영국, 촉촉이 젖은 푸른

잎들, 사과꽃, 굽이굽이 흐르는 강과 버드나무, 불꽃이 이글거리는 시골의 술집들. 〈페이머스 파이브〉와 〈피터팬과 웬디〉에 나오는 영국. 〈아서왕과 카멜롯〉, 『폭풍의 언덕』과 제인 오스틴, 셰익스피어 그리고 테니슨까지.

그리고 그 대목에서 서배스천은 처음으로 마리아나의 이야기에 등장했다. 그녀가 아주 어린 소녀였을 때. 모든 착한 영웅이 그렇듯 서배스천은 실제로 나타나기 전에도 이미 그의 존재는 느낄 수 있었다. 마리아나는 자신의 머릿속에 존재하는 신비한 영웅이 어떤 모습일지 아직 몰랐지만, 그가 실제로 존재한다는 건 확신하고 있었다. 그는 어딘가에 존재하고 있었다. 그리고 언젠가 그녀는 그를 찾아낼 터였다.

그리고 몇 년 뒤 그녀가 케임브리지에 학생이 되어 처음 도착했을 때, 그곳은 너무 아름답고 꿈 같아서 그녀는 마치 동화 속 이야기에 발을 디딘 것처럼 느껴졌다. 테니슨의 시에 등장하는 매혹적인 도시에 온 것 같았다. 그리고 마리아나는 신비로운 장소인 그곳에서 그를 찾아낼 수 있으리라 확신했다. 그녀는 사랑을 찾아낼 터였다.

하지만 슬프게도 현실에서 케임브리지는 동화가 아니었다. 그곳은 다른 곳들과 마찬가지로 그냥 장소에 불과했다. 그리고 마리아나의 말도 안 되는 상상의 문제는 그녀가 그런 상상에 빠져 살았다는 점이었다. 이 사실은 몇 년 뒤 상담을 받으면서 알게 되었다. 어린 시절 학교에서 적응하려 몸부림치면서, 쉬는 시간이 되면 가만히 있지 못하고 유령처럼 복도를 외로이 돌아다녔다. 그녀는 중

력에 끌리듯 도서관으로 향했다. 그곳에서 편안함과 탈출구를 찾을 수 있었다. 그리고 이제 학생이 되어 성 크리스토퍼 칼리지에 오니 같은 패턴이 반복되었다. 마리아나는 대부분의 시간을 도서관에서 보냈고, 친구라고 해봐야 그녀와 비슷하게 수줍음 많고 책만 보는 소수의 학생밖에 없었다. 그녀는 같은 학년의 남학생들로부터 아무런 관심도 얻지 못했고, 그 누구도 그녀에게 데이트를 신청하지 않았다.

그녀가 매력이 부족해서 그런 건 아닐까? 마리아나는 검은색 머리칼과 놀랍도록 검은 눈동자까지 어머니보다는 아버지를 닮았다. 여러 해가 지나고 나서 서배스천은 가끔 마리아나에게 그녀가 얼마나 아름다운지 말하곤 했지만, 그녀가 속으로 전혀 그렇다고 느끼지 못하는 것이 문제였다. 그리고 그녀는 만일 자신이 아름다웠다면, 그건 오직 서배스천의 덕이 아닐까 생각하기도 했다. 그의 따뜻한 햇볕을 받은 그녀가 꽃처럼 피어난 것이다. 하지만 그것도 나중에 알게 된 사실이었다. 마리아나는 10대 시절 자신의 외모에 전혀 자신감을 느끼지 못했고, 눈이 나빠 열 살부터 어쩔 수 없이 보기 흉하고 두꺼운 안경을 껴야 했으니 더욱 그럴 수밖에 없었다. 열다섯 살 이후 콘택트렌즈를 끼기 시작했는데, 혹시 그러면 자신이 다르게 보이지 않을지 궁금했다. 거울 앞에 서서 자신의 모습을 보며 마리아나는 자신을 명확하게 보려고 했다. 하지만 그럴 때마다 실패하면서 한 번도 자신의 외모에 행복해본 적이 없었다. 어린 나이였음에도 마리아나는 희미하게나마 외적 매력은 내적 세계와 뭔가 연결되어 있다고 생각하곤 했다. 그녀에게 부족한 것이 바로 내적 자신감이었다. 그렇지만 그녀가 사랑하는 이야기 속 주인공들처럼 마리아나는 사랑을 믿었다. 대학에서 불운한 첫 두 학기를 보냈음에도 그녀는 희망을 버리길 거부했다. 그녀는 신데렐라처럼 희망을 절대 놓지 않았다.

성 크리스토퍼 칼리지의 댄스파티는 백스에서 열렸다. 백스는 물가로 길게 이어진 잔디밭이다. 큰 천막이 설치되고 그곳은 음식과 술, 음악과 춤으로 채워졌다. 마리아나는 친구 몇 명과 만나기로 약속했지만, 많은 사람 속에서 그들을 찾을 수 없었다. 혼자 댄스파티에 참석하겠다며 잔뜩 용기를 냈지만, 그녀는 후회하고 있었다. 강가에 서서 복장을 제대로 차려입은 아름다운 여학생들과 젊은 남자들 사이에서 끔찍할 정도로 소외감을 느끼고 있었다. 다른 학생들은 모두 끝 모를 세련미와 자신감으로 가득 차 있었다. 마리아나는 자신이 느끼는 감정인 슬픔과 수줍음이 유쾌하고 떠들썩한 주변과는 전혀 어울리지 않는다는 걸 알아차렸다. 그렇게 옆으로 물러서 있는 것(가장자리에서 인생을 바라보는 것)이 마리아나에게는 제대로 된 역할인 것이 명백했다. 다른 삶이 있으리라 상상이라도 했던 것이 실수였다. 그녀는 포기하고 기숙사로 돌아가기로 했다.

그리고 바로 그 순간 크게 물이 튀는 소리가 들렸다.

마리아나가 뒤를 돌아보자 또 물이 튀는 소리가 들리더니 웃고 고함치는 소리가 났다. 가까운 곳 강 위에서 남학생 몇 명이 노를 저으며 배를 타고 있었다. 그런데 남학생 한 명이 균형을 잃고 물로 떨어진 것이다.

마리아나는 물속에서 허우적대다가 물 위로 솟구쳐 나오는 젊은 남자를 지켜보았다. 그는 강둑까지 헤엄쳐 나오더니 뭔가 기이한 신화 속 생명체처럼, 물에서 빠져나왔다. 물에서 태어난 반인반신이었다. 남자는 열아홉 살에 불과했지만, 소년이 아니라 남자처럼 보였다. 키가 크고 근육질에다 물에 흠뻑 젖은 모습. 셔츠와 바지가 몸에 휘감겼고, 금발 머리가 얼굴에 들러붙어 앞이 보이지 않았다. 그는 고개를 들고 머리칼을 쓸어넘기고 앞을 보았다. 거기 마리아나가 있었다.

이상하게 시간이 느껴지지 않는 순간이었다. 바로 둘이 처음 만나던 순간이었다. 시간이 느려지고 멈추고 늘어나는 것 같았다. 마리아나는 그 자리에 서서 꼼짝도 하지 못한 채 그를 바라볼 뿐 고개를 다른 곳으로 돌릴 수 없었다. 이상한 느낌이었다. 마치 누군가를 알아보는 것 같은 기분. 그녀가 아주 친하게 지냈지만 언제 어디서였는지 모르게 연락이 끊어졌던 사람을 다시 만난 것 같은 느낌이었다.

젊은 남자는 친구들의 야유를 무시하고는 호기심 넘치는 모습으로 활짝 웃으며 다가왔다.

"안녕." 그는 말했다. "난 서배스천이라고 해요."

그것이 전부였다.

'이렇게 적혀 있다'라는 말은 그리스어 표현이다. 간단하게 뜻을 말하자면, 그 순간부터 그들의 운명은 정해졌다는 말이다. 마리아나는 가끔 다시 생각하면서 그 운명적인 첫날 밤의 모든 걸 자세하게 떠올리려 애썼다. 그들이 무슨 이야기를 나누고 얼마나 오래

춤췄는지, 그리고 그들이 언제 첫 키스를 했는지. 하지만 아무리 애써봐도 세부적인 일들은 손에 움켜쥔 모래알처럼 미끄러져 빠져나가고 말았다. 기억할 수 있는 거라고는 그들이 해가 뜰 무렵 키스했다는 사실뿐이었다. 그리고 그 순간부터 그들은 서로 떨어질 수 없었다.

그들은 첫 번째 여름을 케임브리지에서 함께 보냈다. 석 달 동안 서로의 품에 안긴 채 외부 세상에는 아무 신경도 쓰지 않았다. 시간을 초월한 곳에서 시간은 멈춰버렸다. 늘 해가 비쳤고 두 사람은 사랑을 나누거나 백스에서 긴 시간 소풍을 즐기며 술에 취하거나 강에 나가 돌다리 아래서 배를 타고 버드나무를 지나면서 탁 트인 들판에서 풀 뜯는 소들을 구경하기도 했다. 서배스천은 배 뒤쪽에 서서 긴 장대로 강바닥을 밀어 배가 앞으로 나가게 했고, 술에 살짝 취한 마리아나는 손가락을 물에 담근 채 미끄러지듯 지나가는 백조들을 물끄러미 바라보았다. 그때는 몰랐지만 그녀는 이미 깊은 사랑에 빠져 있었고, 사랑에서 빠져나올 방법은 없었다.

어떤 면에서 보자면 그들은 상대방이 되었다. 그들은 수은처럼 결합했다.

그렇다고 해서 두 사람이 다른 점이 없었다는 건 아니었다. 마리아나가 부유한 환경에서 자란 것과 달리 서배스천은 가난하게 컸다. 부모는 이혼했고 그는 부모 가운데 어느 쪽과도 가깝게 지내지 못했다. 그는 부모가 그에게 인생의 좋은 출발점을 제공하지 못했다고 느꼈다. 그래서 처음부터 자신의 길을 만들어나가야만 했다. 여러 면에서 서배스천은 마리아나의 아버지와 성공하려는 그의 노력을 잘 이해했다. 돈은 서배스천에게도 중요했다. 마리아나와 달리 그는 돈 없이 성장했고, 그래서 돈을 중요하게 여겼으며, 도시에서 돈을 많이 벌어 잘 살겠다고 마음먹었다.

"그래야 우리와 미래를 위해 안전한 뭔가를 만들어낼 수 있어. 우리 아이들을 위해서도 말이야."

갓 스무 살 때나 할 법한 말이다. 어설픈 어른이 된 것이다. 그리고 두 사람이 남은 인생을 함께하리라 순진하게 생각하는 것이다. 그 당시 두 사람은 미래를 보며 살았고 끝없이 미래를 계획했다. 그리고 절대로 과거, 그리고 두 사람이 만나게 될 때까지 이어진 불행한 세월에 관해서는 서로 말하는 법이 없었다. 여러 면에서 마리아나와 서배스천의 삶은 두 사람이 만난 뒤, 강가에서 서로를 처음 본 바로 그 순간에 시작되었다. 마리아나는 두 사람의 사랑이 영원히 이어지리라 믿었다. 결코 끝날 수 없는…….

돌이켜 생각하면 그런 식의 가정에 뭔가 불경스러운 면이 있었던 걸까? 일종의 오만함 같은 걸지도 몰랐다.

이곳 열차에 앉은 그녀는 홀로 여행하고 있다. 두 사람은 인생의 여러 단계에서 매번 다른 기분으로(대부분은 행복했고, 가끔은 그렇지 않았다) 이야기하고 책을 읽거나 잠을 자며 수도 없이 이렇게 여행했다. 그럴 때마다 마리아나는 그의 어깨에 머리를 기대고 있었다. 아무 사건 없는 그런 평범한 시간을 되찾을 수만 있다면 그녀는 무엇이든 바칠 수 있었다.

마리아나는 서배스천이 옆에 있다고 느낄 수 있을 것 같았다. 그것도 객차 안 그녀 옆자리에. 만일 창문 유리를 보면 자신의 얼굴

옆에, 스쳐 지나가는 경치에 겹쳐진 모습으로 서배스천의 얼굴이 비칠 것만 같았다. 그러나 그 대신 마리아나는 다른 얼굴이 보였다.

어떤 남자의 얼굴이 그녀를 바라보고 있었다.

불안해진 마리아나는 눈을 깜박였다. 그녀는 고개를 돌려 남자를 바라보았다. 남자는 그녀 맞은편 자리에 앉아 사과를 먹고 있었다. 남자가 웃었다.

9

남자는 계속 마리아나를 바라보고 있었다. 그를 남자라고 부르는 것만 해도 관대한 거라고 마리아나는 생각했다. 아직 서른도 되지 않은 것처럼 보였기 때문이었다. 소년 같은 얼굴에 갈색 곱슬머리, 털도 많지 않은 뺨에 주근깨가 뿌려져 있어 그런지 더 어리게 보였다.

갈퀴처럼 마르고 키가 컸고, 검은색 코듀로이 재킷에 구겨진 하얀 셔츠 차림에다 파란색과 붉은색, 노란색이 섞인 대학 스카프를 매고 있었다. 구닥다리 금테 안경에 일부 가려진 그의 갈색 눈동자는 지성과 호기심이 가득 차 있었고, 분명한 관심을 품고 마리아나를 바라보고 있었다.

"안녕하세요?" 남자가 말했다.

마리아나는 조금 혼란스러워하며 그를 바라보았다. "우리, 서로 아는 사이인가요?"

남자는 씩 웃었다. "아직은요. 하지만 그럴 수 있으면 좋겠네요."

마리아나는 대답하지 않고 고개를 돌렸다. 잠시 침묵이 흘렀다. 그러자 남자가 다시 물었다.

"하나 드시겠어요?"

남자는 과일이 가득 든 커다란 갈색 종이봉투를 내밀었다. 포도, 바나나, 사과.

"하나 드세요." 남자는 마리아나에게 권하며 말했다. "바나나는 어떠세요."

마리아나는 예의 바르게 웃었다. 목소리는 좋군. 하지만 이내 고개를 흔들었다.

"아뇨, 고맙지만 괜찮아요."

"정말 괜찮으시겠어요?"

"네, 그래요."

마리아나는 고개를 돌리고 밖을 내다보았다. 그걸로 대화가 끝났기를 바랐다. 마리아나는 창문에 비친 모습으로 남자가 어깨를 으쓱하며 실망하는 모습을 지켜보았다. 그는 긴 팔을 제대로 제어하지 못하더니 결국엔 마시던 컵을 쏟아버리고 말았다. 차가 테이블 위로 흘렀고, 대부분 그의 무릎으로 쏟아졌다.

"이런 젠장."

남자는 펄쩍 뛰어 일어나며 주머니에서 휴지를 꺼냈다. 그리고 테이블 위로 흐른 차를 훔치고 바지에 생긴 얼룩에 휴지를 대고 두드렸다. 그는 마리아나를 향해 미안하다는 표정을 지어 보였다.

"죄송하게 됐습니다. 혹시 튀지 않았죠?"

"괜찮아요."

"다행이네요."

남자는 다시 앉았다. 그가 바라보고 있다는 걸 느낄 수 있었다. 잠시 후 남자가 말했다. "혹시…… 학생이에요?"

마리아나는 고개를 저었다. "아니에요."

"아, 케임브리지에서 일하시나요?"

마리아나는 고개를 흔들었다. "아뇨."

"그렇다면…… 여행 중이신가요?"

"아닙니다."

"흠." 당황한 기색이 역력한 남자는 얼굴을 찌푸렸다.

침묵이 흘렀다.

결국 마리아나는 포기하고 말했다. "저는 누구를…… 조카를 만나러 가요."

"오, 벌써 조카가 있으시군요."

남자는 마리아나를 어떤 범주에 넣을 수 있게 되어 안심한 모양인지 미소를 지었다.

"저는 박사 과정을 밟고 있어요." 남자는 마리아나가 묻지도 않았는데 자진해 자신에 관한 정보를 말했다. "수학자죠. 엄밀히 말하면 이론물리학을 하고 있어요."

그는 잠시 말을 멈추더니 안경을 벗어 휴지로 닦았다. 안경을 벗은 남자는 벌거벗은 것처럼 보였다. 그리고 마리아나는 처음으로 남자가 잘생겼다는 사실을 알게 되었다. 아니, 조금 더 자라면 미남이 될 것 같은 얼굴이었다.

남자는 다시 안경을 쓰고 그녀를 바라보았다.

"아, 그런데 저는 프레더릭이라고 해요. 프레드라고도 부릅니다. 성함이 어떻게 되나요?"

마리아나는 이름을 말해주고 싶지 않았다. 남자가 그녀에게 추파를 던지려 한다는 느낌이 들어서였다. 기분이 좋기도 하지만 불안하기도 했다. 남자가 연애 상대로는 너무 어리다는 명백한 사실 말고도 이유는 있었다. 그녀는 아직 준비가 되지 않았다. 영원히 준비될 일은 없을 터였다. 그런 생각을 하기만 해도 끔찍한 배신이라는 느낌이 들었다.

그녀는 긴장한 채 공손히 대답했다. "제 이름은…… 마리아나라고 해요."

"아, 아름다운 이름이네요."

프레드는 그녀를 대화로 끌어들이기 위해 애쓰면서 이야기를 이어나갔다. 하지만 마리아나의 대답은 점점 더 간결해졌다. 그녀는 대화에서 벗어날 수 있을 때까지 아무 말 없이 시간만 재고 있었다.

케임브리지에 도착하자 마리아나는 슬쩍 빠져나가 사람들 사이로 숨으려고 시도했다. 하지만 프레드가 기차역 밖에서 그녀를 따라잡았다.

"시내까지 동행해도 될까요? 같이 버스라도 탈까요?"

"전 걸어갈게요."

"좋죠. 저는 여기 자전거가 있지만, 함께 걸어가겠습니다. 아니면 혹시 자전거를 타시겠어요?"

남자는 기대하는 듯 그녀를 바라보았다. 마리아나는 자기도 모르게 남자에게 미안한 기분이 들었다. 하지만 이번에는 좀 더 단호하게 말했다.

"저는 그냥 혼자인 편이 좋아요. 그쪽이 괜찮다면요."

"물론 저야 괜찮습니다만…… 알겠습니다. 이해해요. 혹시, 나중에 커피라도? 아니면 술? 오늘 밤은 어떠세요?"

마리아나는 고개를 가로젓고 시계를 보는 척했다. "저는 여기에 그렇게 오래 있지 않을 거예요."

"그럼 혹시 전화번호 알려주실 수 있어요?" 남자는 살짝 얼굴을 붉혔고, 뺨의 주근깨가 빨갛게 타올랐다. "그건 좀 그런가요?"

마리아나는 고개를 흔들었다. "그런다고 해서……"

"안 돼요?"

"네." 마리아나는 어색한 나머지 고개를 돌리며 말했다. "죄송해요, 저는……"

"미안해하지 마세요. 저는 실망하지 않습니다. 우린 곧 또 만날 겁니다."

남자의 말투에 마리아나는 약간 짜증이 났다. "저는 그렇게 생각하지 않아요."

"아, 만날 거예요. 저는 미리 볼 수 있어요. 그런 걸 보는 능력이 있거든요. 예지력이나 예감 같은 거죠. 유전으로 받은 능력입니다. 다른 사람들이 보지 못하는 걸 보는 거죠."

프레드는 미소를 짓더니 도로로 내려섰다. 자전거를 탄 사람이 그를 피해 옆으로 비키며 지나갔다.

"조심해요." 마리아나는 남자의 팔에 손을 대며 말했다.

자전거를 탄 사람이 계속 달리면서 프레드에게 욕설을 퍼부었다.

"죄송해요." 프레드가 말했다. "제가 조금 어설프죠."

"아주 조금 그래요." 마리아나는 웃었다. "잘 가요, 프레드."

"다시 만날 때까지 안녕, 마리아나."

프레드는 자전거들이 줄지어 서 있는 곳으로 걸어갔다. 마리아나는 프레드가 자전거에 올라탄 후 손을 흔들며 지나가는 모습을 지켜보았다. 프레드는 모퉁이를 돌아 사라졌다.

마리아나는 안도의 한숨을 내쉬었다. 그리고 시내를 향해 걷기 시작했다.

10

성 크리스토퍼 칼리지로 걸어가면서 마리아나는 그곳에서 뭘 발견하게 될지 알 수 없어 점점 더 긴장이 커졌다.

그곳 상황이 어떤지 전혀 알 수 없었다. 경찰이나 기자들이 몰려와 있을 수도 있지만, 케임브리지의 도로를 보면서 그럴 것이라 믿기는 어려웠다. 주변에는 뭔가 뜻밖의 사건이 벌어졌다는 기미는 전혀 보이지 않았고 살인 사건이 벌어지기는 한 걸까, 하는 생각이 들 정도였다.

런던에 비하면 놀라울 정도로 평화로운 것 같았다. 오가는 차도 거의 없고 들리는 소리라고는 새소리뿐이었으며, 검은색 학교 가운을 입고 자전거를 탄 채 지나가는 학생들이 울리는 벨 소리가 새 떼가 지저귀며 합창하는 것처럼 들렸다.

마리아나는 걸어가면서 몇 번 누군가 자신을 지켜보는(또는 미행하는) 기분을 느꼈다. 혹시 프레드가 자전거를 타고 가던 길을 되돌아와 자신의 뒤를 따라오는 게 아닐까 생각했지만, 엉뚱한 생각이라며 잊어버리기로 했다. 어쨌든 그녀는 뒤를 몇 번 돌아보며 확인했고, 당연히 뒤에는 아무도 보이지 않았다.

학교에 가까워지면서 주위 풍경은 한 걸음 내디딜 때마다 점점 더 아름다워졌다. 머리 위쪽으로 첨탑과 망루들이 보이고 너도밤나무들이 늘어선 길거리에는 떨어진 황금빛 낙엽들을 긁어서 도로를 따라 여기저기 모아둔 모습이 보였다. 검은색 자전거들이 연철 난간에 묶인 채 길게 늘어서 있었다. 난간 위쪽 제라늄 화분 때문에 빨간 벽돌로 이루어진 학교 건물이 분홍색과 흰색 물결로 생동감 넘쳤다.

마리아나는 난간에 붙은 신입생 주간 행사 홍보용 포스터를 열심히 들여다보고 있는, 1학년으로 보이는 한 무리의 학생들을 바라보았다.

신입생처럼 보이는 그들은 너무 어리게 보여 마치 아기들 같았다. 그녀와 서배스천도 저렇게 어리게 보였을까? 왠지 불가능한 일처럼 생각되었다. 저렇게 순수하고 착한 애들에게 뭔가 나쁜 일이 벌어진다는 건 상상하기 더욱 어려웠다. 하지만 그녀는 학생들 가운데 몇 사람의 미래에서 비극이 기다리고 있을지 궁금했다.

마리아나는 늪지에서 살해당한 불쌍한 여학생에 대해 다시 생각했다. 그게 누군지는 아직 알 수 없지만, 희생자가 조이의 친구인 타라가 아니라고 해도 그녀는 누군가의 친구이고 누군가의 딸일 것이다. 사건이 무시무시한 건 그런 이유 때문이다. 우리는 비극이 오직 다른 사람들에게만 벌어지기를 마음속으로 기도한다. 하지만 마리아나는 비극이 언젠가 누구에게든 벌어질 수 있다는 사실을 알고 있다.

마리아나에게 있어 죽음의 신은 낯설지 않았다. 죽음은 그녀가 어렸을 때부터 여행의 동반자였고, 등 뒤에 바짝 붙어 어깨 바로 위에서 맴돌고 있었다. 가끔은 자신이 그리스 신화 속에 등장하는 심술궂은 여신의 저주를 받아서 사랑하는 모든 사람을 잃어야만 하는 신세라는 느낌이 들었다. 마리아나가 아기일 때 어머니를 앗아간 것은 암이었다. 세월이 흐른 뒤 끔찍한 자동차 사고로 마리아나의 언니 부부가 죽으면서 조이는 고아가 되고 말았다. 그리고 올리브 과수원에서 마리아나의 아버지를 덮친 심장마비는 그를 끈적거리고 뭉개진 올리브 열매들 위에서 죽어가게 했다.

마지막으로 가장 큰 비극은 서배스천의 죽음이었다.

두 사람은 정말 몇 년 함께하지도 못했다. 졸업 후 두 사람은 런던으로 이사했고, 마리아나는 이런저런 과정을 거쳐 결국 집단 요법을 주로 하는 심리상담사가 되었고, 서배스천은 금융계에서 일했다. 그러나 고집스러운 사업가 정신을 가진 서배스천은 스스로 사업을 하고 싶어 했다. 그래서 마리아나는 서배스천에게 아버지와 상의해보라고 말했다.

정말이지 그러지 말았어야 했다. 그러나 그녀는 비밀리에 감상적인 희망을 품고 있었다. 아버지가 서배스천을 자신의 날개 아래로 받아들여 가업에 참여할 수 있도록 허락할 줄 알았다. 서배스천이 가업을 물려받아 언젠가는 두 사람의 아이들에게 전해줄 수 있도록. 마리아나는 그런 상상까지 하고 있었다. 하지만 이런 계획을 아버지나 서배스천에게 말하지 않는 편이 더 좋다는 건 알고 있었다. 어쨌든 두 사람의 첫 만남은 재앙이 되고 말았다. 서배스천은 마리아나에게 청혼하고 아버지로부터도 허락을 얻는 낭만적인 임무를 띠고 아테네로 날아갔다. 하지만 아버지는 처음 만난 그를 싫어했다. 그에게 일자리를 제의하기는커녕 서배스천이 돈을 노리고 마리아나에게 접근하는 거라고 말했다. 아버지는 마리아나가 서배스천과 결혼한다면 재산을 물려주지 않겠다고 했다.

아이러니한 일은 결국 서배스천은 해운업에 뛰어들었다는 점이다. 하지만 시장에서 그녀의 아버지와는 반대편에 섰다. 서배스천은 돈이 되는 분야에는 등을 돌리고 그 대신 세계의 불안하고 혜택받지 못한 사회에 필수 상품(음식이나 다른 생필품)의 수송을 돕는 분야에서 일했다. 마리아나는 서배스천이 여러 면에서 자신의 아버지와는 거울에 비친 것처럼 반대의 모습이라고 생각했다. 그리고 그 점은 그녀에게 끊임없이 자부심을 제공하는 원천이 되었다.

고집스럽던 아버지가 결국 세상을 떠났을 때, 그는 다시 한번 두 사람을 놀라게 했다. 결국 그는 모든 걸 마리아나에게 남겨주었기 때문이다. 어마어마한 재산이었다. 서배스천은 그녀의 아버지가 그렇게 재산이 많으면서도 검소하게 살았다는 점에 매우 놀랐다.

"그러니까, 정말 가난한 사람처럼 말이야. 즐기는 건 전혀 없으셨잖아. 도대체 뭘 얻으며 사셨던 거지?"

마리아나는 잠시 생각할 수밖에 없었다.

"안전이지." 그녀는 말했다. "아버지는 모든 재산이 어떻게든 아버지를 보호한다고 생각했던 거야. 내 생각에 아버지는 두려워한 것 같아."

"두려워하셨다니…… 뭘?"

서배스천의 질문에 마리아나는 대답할 수 없었다. 그녀는 어쩔 줄 몰라 고개를 흔들었다.

"아버지도 스스로 잘 모르지 않았을까."

재산을 모두 물려받았음에도 그녀와 서배스천은 딱 하나만 사치를 부리는 것으로 만족했다. 두 사람은 프림로즈 힐 기슭에 작고 노란 집을 한 채 샀다. 두 사람이 한눈에 반한 집이었다. 나머지 돈은 서배스천의 주장에 따라 미래를, 두 사람의 아이들을 위해 그냥 남겨두기로 했다.

두 사람 사이에서 유일하게 아픈 구석이 바로 아이들 문제였는데, 술을 좀 많이 마시거나 아주 가끔이지만 아이 생각이 간절해질 때면 서배스천은 상처받은 마음을 억누르지 못했다. 서배스천은 절실하게 아기를 원했다. 아들이든 딸이든 상관없이 그의 머릿속에 있는 가족이라는 그림을 완성하기 위해서는 아이가 필요했다. 마리아나 역시 아이들을 원했지만, 시간이 더 필요했다. 그녀는 공부를 마치고 심리상담사로서 경력을 쌓고 싶었는데, 그러려면 몇 년 기다려야 했다. 그게 무슨 문제란 말인가? 두 사람에게는 시간이 많이 남아 있었다.

하지만 그렇지 않았다. 그 점이 마리아나의 유일한 후회였다. 그녀는 너무 오만하고 어리석어서 미래가 당연히 찾아올 거라고 여기고 있었다.

30대 초반이 되었을 때 그녀는 아기를 가져보려고 했지만, 임신이 잘 되지 않았다. 뜻밖에 갑자기 등장한 방해물에 그녀는 불안해졌다. 의사는 그럴수록 도움이 되지 않는다고 말했다.

베크 박사는 아버지 같은 분위기를 풍기는 나이 든 의사였고, 마리아나는 그를 보면 안심이 되었다. 박사는 불임 검사를 하고 적절한 치료를 시작하기 전에 마리아나와 서배스천이 전혀 스트레스를 받지 않는 곳으로 휴가를 다녀오는 것이 어떠냐고 제안했다.

"몇 주 동안 해변에서 늘어지게 쉬면서 즐겨요." 베크 박사가 윙크하며 말했다. "어떻게 되는지 보자고요. 조금만 편히 쉬어도 기적이 일어나곤 하거든요."

서배스천은 별로 내켜 하지 않았다. 할 일이 쌓여 있어서 런던을 떠나고 싶어 하지 않았다. 나중에 마리아나가 알고 보니 서배스천은 재정적으로 엄청난 압박을 받고 있었고, 그해 여름 그의 사업은 상당히 어려운 상황이었다. 그는 자존심이 강해 그녀에게 돈을 요구하지는 못했다. 그녀에게서 한 푼도 받아간 적이 없었다. 그가 죽고 난 뒤 그런 사실을 알고 가슴이 아팠다. 그는 죽기 전 마지막 몇 달 동안 이런 불필요한 돈 걱정을 혼자 짊어지고 살았다. 어떻게 그런 일을 눈치채지 못했을까? 사실 그녀는 그해 여름 이기적이게도 아이 가지는 일만 걱정하고 있었다.

그리고 그녀는 서배스천에게 8월에 2주 동안 그리스로 휴가를 떠나자고 주장했고, 결국 그들은 낙소스 섬의 절벽 꼭대기에 있는 마리아나 가족의 여름 별장을 방문했다.

두 사람은 비행기를 타고 아테네로 간 다음 항구에서 배를 타고 섬에 도착했다. 하늘에는 구름 한 점 보이지 않았고 바다가 차분하고 유리처럼 잔잔해서 마리아나는 길조라고 생각했다.

낙소스 섬 항구에서 차를 한 대 불러 타고 두 사람은 별장이 있는 해변을 따라 달렸다. 별장은 마리아나의 아버지 소유였던 곳으로 지금은 엄밀히 말해 마리아나와 서배스천의 소유였지만 두 사람은 한 번도 사용해본 적이 없었다.

별장 건물은 먼지가 쌓이고 다 허물어져 가고 있었지만 놀라울 정도로 좋은 위치에 있어서 절벽 위에서 깊고 푸른 에게해를 내려다볼 수 있었다. 바위를 깎아 만든 계단을 통해 절벽을 내려가면 아래쪽 해변으로 접근할 수 있었다. 그리고 그곳 해변에는 수백만 년에 걸쳐 무수한 분홍색 산호 조각이 부서져 모래알과 섞였다. 그래서 모래사장이 파란 바다나 하늘과 대조가 되는 분홍색으로 빛났다.

마리아나는 목가적이고 마법 같은 곳이라고 생각했다. 이미 몸이 느긋해지는 느낌이었고, 낙소스 섬이 어쩌면 그녀에게 필요한 작은 기적을 일으켜줄지도 모른다는 희망이 남몰래 느껴졌다.

두 사람은 처음 며칠 동안 긴장을 풀고 해변에서 늘어지게 쉬었다. 서배스천도 결국은 오길 잘했다고 말했다. 그는 몇 달 만에 처음으로 휴식을 취했다. 그는 학생 때부터 해변에서 오래된 스릴러 소설을 읽는 습관이 있었고, 마리아나가 모래밭 파라솔 아래에서 낮잠을 자는 동안 서프보드에 누워 애거사 크리스티의 『ABC 살인 사건』에 행복하게 몰두했다.

그러다가 사흘째 되던 날 마리아나는 차를 타고 언덕 위로 올라가 사원을 구경하자고 했다. 마리아나는 어렸을 때 고대 사원을 찾아가 폐허 속을 돌아다니면서 상상 속 온갖 마법을 투영해보던 일을 떠올렸다. 서배스천도 같은 경험을 해보길 원했다. 그래서 두 사람은 소풍을 준비해 길을 떠났다.

그들은 낡고 구불거리는 산길을 따라 달렸고, 길은 산을 오르면서 점점 좁아지더니 결국은 염소똥이 굴러다니는 흙길로 바뀌었다. 그리고 그곳 꼭대기에 있는 평평한 곳에 폐허가 된 사원이 있었다.

낙소스 섬의 대리석으로 지은 고대 그리스 사원은 한때는 빛나는 곳이었지만 지금은 지저분해지고 비바람에 시달린 모습이었다. 3,000년이 흐르고 난 뒤 남은 거라고는 파란 하늘을 배경으로 서 있는 부서진 기둥 몇 개가 전부였다.

사원은 대지의 여신(생명의 여신)인 데메테르와 그녀의 딸인 페르세포네(죽음의 여신)에게 바친 곳이다. 두 여신은 가끔 동전의 양면처럼 함께 받들어지곤 한다. 어머니와 딸, 삶과 죽음의 여신으로. 그리스에서 페르세포네는 간단하게 '코리'라고 알려져 있는데, '처녀'라는 뜻이다.

소풍 가기에 좋은 아름다운 곳이었다. 두 사람은 올리브나무 아래 그늘에 파란 담요를 펼치고 누워 아이스박스에 담아온 먹을 것들을 꺼냈다. 소비뇽 블랑 한 병, 수박, 짭짤한 그리스 치즈 한 덩이. 칼을 가져오는 걸 깜박해서 서배스천이 수박을 해골처럼 생긴 바위에 내리쳐 깨뜨렸다. 두 사람은 달콤한 과육을 먹고 딱딱한 씨앗은 내뱉었다.

"사랑해." 서배스천은 끈끈해진 입술에 키스했다. "언제까지나."

마리아나도 그에게 키스하며 말했다. "영원히, 언제까지나."

식사를 마치고 두 사람은 폐허를 거닐었다. 마리아나는 흥분한 아이처럼 폐허를 기어오르는 서배스천을 바라보았다. 그를 바라보면서 마리아나는 데메테르에게, 그리고 처녀 여신에게 속으로 기도했다. 서배스천과 자기 자신을 위해(두 사람의 행복을 위해), 그리고 그들의 사랑을 위해 기도했다.

그녀가 조용히 기도하는 순간 한 점 구름이 갑자기 나타나 태양을 가렸다. 그리고 그 순간 서배스천의 몸이 어둠 속으로 사라져 파란 하늘을 배경으로 실루엣으로만 보였다. 마리아나는 몸이 떨리면서 이유도 알지 못한 채 두려움에 빠졌다.

그 순간은 찾아온 것처럼 빠르게 지나갔다. 잠시 후 태양이 구름에서 나왔고 마리아나는 모든 걸 잊었다. 그러나 물론 그 순간을 나중에 다시 떠올렸다.

다음 날 아침 서배스천은 새벽에 일어났다. 그는 낡은 녹색 운동복을 입고 마리아나에게 해변으로 달리기를 하러 나간다고 속삭였다. 그는 그녀에게 키스하고 집을 나섰다.

마리아나는 침대에 누워 반은 잠들고 반은 깬 채 밖에서 들리는 바람 소리를 들으며 시간이 흘러가는 걸 느끼고 있었다. 산들바람으로 시작한 것이 점점 힘과 속도를 더하더니 올리브 나뭇가지 사이에서 울부짖는 소리를 냈다. 나무가 창문에 부딪히며 내는 소리가 마치 긴 손가락이 조급하게 유리를 두드려대는 것처럼 들렸다.

마리아나는 잠시 파도가 얼마나 거칠지 생각했다. 그리고 혹시 서배스천이 달리기를 마치고 가끔 그러는 것처럼 수영하러 간 것은 아닌지 궁금했다. 하지만 걱정스럽지는 않았다. 서배스천은 수영을 매우 잘했고, 강인한 몸을 유지하고 있었다. 그이는 불멸의 존재야. 그녀는 생각했다.

바람이 점점 더 거칠어지며 바다 쪽에서 불어왔다. 하지만 그런데도 서배스천은 집으로 돌아오지 않았다. 걱정스러워지기 시작했지만, 걱정하지 않으려 애쓰며 마리아나는 집을 나섰다.

그녀는 강풍에 휩쓸릴까 두려운 마음에 바위를 손으로 꼭 잡고 절벽에 난 계단을 따라 내려갔다. 해변에 서배스천의 모습은 보이지 않았다. 바람이 만든 소용돌이를 타고 떠오른 분홍색 모래알이 얼굴을 때렸다. 서배스천을 찾던 마리아나는 모래 때문에 눈을 가려야 했다. 바다에도 그의 모습은 보이지 않았다. 보이는 것이라고는 거대한 검은 파도가 멀리 수평선까지 울렁거리는 모습뿐이었다.

마리아나는 소리쳐 불렀다. "서배스천! 서배스천! 서……."

그러나 바람이 그녀의 목소리를 집어삼켰다. 그녀는 자신이 당황하기 시작했다는 걸 느꼈다. 바람이 귓속에서 휘파람 소리를 내자 제대로 생각할 수 없었다. 그리고 휘파람 소리 뒤에서는 마치 하이에나들이 비명을 지르는 것처럼 매미들의 합창 소리가 끝없이 울렸다.

그리고 더 희미하게 멀리서 들리는 건 웃음소리인가?

여신이 차갑게 조롱하는 웃음소리?

아니야. 그만. 그만해. 정신을 차리고 집중해야 했다. 서배스천을 찾아야 했다. 어디 간 거지? 날씨가 이런데 수영하러 갔을 리는 없다. 그이가 이렇게 멍청하게 군 적은 절대로…….

그 순간 발견했다.

서배스천의 신발이었다. 그의 낡은 녹색 운동화가 모래밭에…… 바로 물가에 가지런히 놓여 있었다.

그 뒤로 모든 것이 흐릿해졌다. 마리아나는 미친 사람처럼 바닷속으로 걸어 들어간 후 하피(그리스 신화에서 여자 머리와 몸에 새의 날개와 발을 가진 괴물-옮긴이)처럼 끝없이 울부짖었다.

그러고는…… 아무것도 보이지 않았다.

사흘 뒤 서배스천의 시체가 해변으로 밀려왔다.

11

서배스천이 죽은 지 약 14개월이 지났다. 하지만 여러 면에서 마리아나는 여전히 그곳, 낙소스 섬의 해변에 묶여 있었고, 앞으로 영원히 그럴 터였다.

그녀는 마비된 채 꼼짝하지 못했다. 하데스가 사랑하는 딸 페르세포네를 납치해 신부로 삼으려고 지하세계로 데려갔을 때 데메테르가 그랬던 것처럼. 데메테르는 무너져 내린 채 슬픔에 압도당했다. 그녀는 어떤 식으로든 움직이는 걸 거부했다. 그냥 앉아서 울었다. 자기 주위의 모든 것, 자연 세계는 데메테르와 함께 슬퍼했다. 여름은 겨울로, 낮은 밤으로 바뀌었다. 온 지구가 슬픔에 빠졌다. 아니, 좀 더 정확히 표현하면 우울증에 빠졌다.

마리아나는 그런 상황에 공감했다. 그리고 지금은 성 크리스토퍼 칼리지에 가까워지면서 점점 자신의 손발이 떨리는 걸 발견했고, 익숙한 길거리가 눈에 보이자 머릿속으로 쏟아져 들어오는 옛 추억을 도저히 막을 수 없었다. 서배스천의 영혼이 모퉁이마다 그녀를 기다리고 있었다. 마리아나는 마치 적지에서 들키지 않고 지나가려는 군인처럼 고개를 숙인 채 위쪽은 바라보지 않았다. 조이에게 조금이라도 도움이 되려면 우선 자신부터 마음을 가다듬어야 했다.

이곳에 온 이유는 바로 조이 때문이다. 마리아나는 다시는 케임브리지에 오지 않으려 했다. 이곳을 찾아오는 건 생각했던 것보다 더 힘들었다. 하지만 그녀는 조이를 위해 해낼 것이다. 이제 그녀에게는 조이밖에 남지 않았다.

마리아나는 킹스 퍼레이드로 방향을 바꿔 너무 잘 아는 울퉁불퉁한 자갈길로 올라섰다. 자갈길을 따라 길 막다른 곳에 있는 오래된 나무 출입문으로 향했다. 고개를 들고 문을 바라보았다.

성 크리스토퍼 칼리지의 출입문은 높이가 적어도 그녀 키의 두 배는 되는 것 같았다. 문은 아주 오래된 담쟁이덩굴이 휘감은 빨간 벽돌벽에 자리 잡고 있었다. 처음으로 이 문 앞에 섰던 때를 떠올렸다. 그리스에서 입학 면접을 보기 위해 이곳에 왔던 건 겨우 열일곱 살 때였다. 그때는 스스로 너무 작게 느껴졌고, 두렵고 외로웠다. 거의 20년이 지난 지금도 정확히 같은 느낌이 드는 건 정말 흥미로웠다.

그녀는 문을 열고 안으로 들어섰다.

12

성 크리스토퍼 칼리지는 그녀의 기억 그대로 그곳에 있었다.

마리아나는 자신의 러브 스토리의 배경이었던 학교를 다시 찾기가 두려웠다. 그러나 고맙게도 학교의 아름다움이 구해주었다. 그녀의 가슴은 무너져 내리지 않고 오히려 노래했다.

성 크리스토퍼는 케임브리지대학교 내에서 가장 오래되고 가장 예쁜 단과대학이었다. 교정은 여러 개의 안마당과 강으로 이어지는 정원들로 이루어졌는데, 수백 년 동안 다시 세우거나 증축하는 과정을 거치면서 고딕, 네오클래식, 르네상스 등 다양한 건축 양식이 섞여 있었다. 계획에 없는 유기적인 성장이었다. 그리고 마리아나의 생각으로는 그러면서 더욱 사랑스러운 모습이 되었다.

그녀는 메인 코트 안에 있는 경비실 옆에 서 있었다. 메인 코트는 그곳에 제일 먼저 생긴, 가장 큰 안마당이다. 그녀 앞으로 흠 하나 없는 녹색 잔디가 안마당 반대편 끝에 서 있는, 짙은 녹색 등나무로 덮인 벽까지 이어지며 펼쳐져 있었다. 중간중간 하얀색 장미물결이 뿌려진 푸른 등나무 잎새들은 마치 정교한 태피스트리처럼 교회까지 이어지는 담벼락 전체를 덮고 있다. 교회 벽에 난 스테인드글라스 창문이 햇빛을 받아 녹색, 파란색, 붉은색으로 반짝거리고, 교회 안쪽에서는 대학 합창단이 연습하는 소리가 하늘로 날아오르며 화음을 이루었다.

속삭이는 목소리가(혹시 서배스천의 목소리였을까?) 마리아나에게 이곳은 안전하다고 말했다. 그녀는 자신이 갈망하던 평화를 찾아 쉴 수 있었다.

몸의 긴장이 풀리면서 한숨이 나올 것 같았다. 갑자기 익숙하지 않은 편안함이 느껴졌다. 시간의 흔적이 느껴지지 않았다. 변함없는 오래된 벽들과 기둥 아치들은 순간적이나마 슬픔을 멀리 보이는 광경쯤으로 볼 수 있도록 바꿔주었다. 그녀는 눈앞에 펼쳐진 마법과도 같은 공간이 그녀나 서배스천에게만 속한 것이 아니라는 걸 알았다. 이곳은 누군가의 소유가 아니라 공간 그 자체였다. 그리고 그들 두 사람의 이야기는 그저 이곳에서 벌어졌던 무수한 이야기 가운데 하나로 다른 이야기보다 조금도 더 중요하지 않았다.

그녀는 웃음 띤 얼굴로 둘러보면서 주위에서 벌어지는 다양한 모습을 바라보았다. 이미 새로운 학기가 시작했음에도 새 학기를 위한 막바지 준비가 여전히 진행되고 있었고, 마치 연극이 막 시작되려는 극장 안에 있는 것처럼 뚜렷한 기대감을 느낄 수 있었다. 잔디밭 반대편에서는 정원사가 풀을 깎고 있었다. 검은 양복에 중산모를 쓴 대학 수위 한 명이 커다란 녹색 앞치마를 두르고 깃털 먼지떨이를 긴 막대에 매달아 아치의 높은 곳 구석과 구멍에 있는 거미줄을 걷어내고 있었다. 다른 수위 여러 명이 잔디밭에 긴 나무 벤치들을 늘어놓고 있었는데, 아마도 입학 사진을 위한 작업인 것 같았다.

마리아나는 긴장한 모습의 10대 아이가 안마당을 가로지르는 모습을 발견했다. 신입생이 분명해 보였는데, 부모가 여행 가방을 들고 말다툼을 벌이며 그 뒤를 따라가고 있었다. 마리아나는 애정이 담긴 웃음이 흘러나왔다.

그리고 그 순간 안마당 너머에서 뭔가 다른 걸 포착했다. 제복을 입은 경찰관들이 시커멓게 몰려 서 있었다. 마리아나의 얼굴에서 서서히 웃음기가 사라졌다. 경찰관들은 학장과 함께 학장실에서 나오는 중이었다. 마리아나가 보니 학장은 얼굴이 벌겋게 상기되었고 당황한 표정이었다.

이 장면이 뜻하는 바는 한 가지밖에 없었다. 최악의 상황이 벌어진 것이다. 경찰이 와 있었다. 그렇다면 조이가 옳았다는 뜻이다. 타라가 죽었고, 늪지에서 발견된 건 타라의 시체였다.

마리아나는 조이를 찾아야 했다. 당장. 그녀는 돌아서서 서둘러 다음 안마당으로 향했다. 생각에 빠져 있느라 마리아나는 남자가 부르는 소리를 두 번째에야 들었다.

"마리아나? 마리아나!"

돌아서자 한 남자가 손을 흔들고 있었다. 그녀는 남자를 보고 눈을 가늘게 떴지만, 누군지 알아보지 못했다. 하지만 상대방은 그녀를 아는 것 같았다.

"마리아나." 남자가 이번에는 좀 더 확신한다는 듯 말했다. "거기서 기다려."

마리아나는 멈춰 섰다. 그리고 남자가 활짝 웃으며 자갈밭을 가로질러 다가오는 동안 서서 기다렸다.

그럼 그렇지. 줄리언이었군.

마리아나는 남자가 웃는 모습을 보고 알아보았다. 요즘은 꽤 유명해진 웃음이었다.

줄리언 애슈크로프트와 마리아나는 런던에서 심리요법을 함께 공부했다. 오래 만나지 못했지만, TV에서는 그를 자주 볼 수 있었다. 그는 뉴스쇼나 범죄를 다룬 다큐멘터리 프로그램에 단골로 등장했다. 법심리학 전문가였는데, 그가 쓴 영국의 연쇄살인범들과 그들의 어머니들을 다룬 책은 베스트셀러가 되었다. 그는 광기와 죽음에서 외설적 즐거움을 얻는 것 같았는데, 마리아나는 그 점이 약간 역겨웠다.

다가오는 줄리언을 자세히 살펴보았다. 그는 이제 나이가 30대 후반이고 키는 중간 정도였으며 깔끔한 파란색 블레이저에 빳빳한 흰 셔츠와 네이비블루 청바지를 입었다. 머리는 흐트러진 것처럼 멋을 부렸고, 눈동자는 놀랄 정도로 연푸른색이었다. 그리고 자주 그러듯 완벽한 하얀 미소를 띠고 있었다. 뭔가 살짝 인공미가 느껴진다고 마리아나는 생각했다. 어쩌면 그런 면 때문에 방송에 어울리는 건지도 몰랐다.

"안녕, 줄리언."

"마리아나." 줄리언이 다가오며 말했다. "깜짝 놀랐어. 그래도 난 알아봤지. 여기서 뭐하고 있는 거야? 경찰이랑 같이 온 건 아니지?"

"아니, 아니야. 조카가 여기 다니거든."

"오, 그렇군. 젠장. 난 또 우리가 같이 일하게 되는 줄 알았지." 줄리언은 그녀를 향해 살짝 웃어 보였다. 그러더니 목소리를 낮추고 비밀이라는 듯 말했다. "경찰 쪽에서 도움이 필요하다면서 와달라고 했거든."

마리아나는 줄리언이 무슨 말을 하는 건지 알아들었지만, 어쨌거나 두려운 느낌밖에 들지 않았다. 자신의 추측이 맞는지 확인하고 싶지 않았지만 달리 방법이 없었다.

"타라 햄프턴이지?"

줄리언은 살짝 놀라는 표정을 하더니 고개를 끄덕였다. "맞아. 조금 전에 확인이 끝났어. 어떻게 안 거야?"

마리아나는 어깨를 으쓱했다. "하루 정도 행방불명이라고 했거든. 조카한테 들었어."

마리아나는 눈에 눈물이 차오르는 걸 느끼고 얼른 닦아냈다. 그녀는 줄리언을 바라보았다.

"무슨 단서라도 나왔어?"

"없어, 아직은." 줄리언은 고개를 흔들었다. "곧 나오겠지. 솔직히 빨리 나올수록 좋을 것 같아. 지독할 정도로 끔찍했거든."

"면식범이었던 것 같아?"

줄리언은 고개를 끄덕였다. "아마도. 그런 짓을 할 수 있을 정도의 분노라면 대개 가장 가깝고 친했던 사람이었으리라 생각하지 않아?"

"그럴 수 있지." 마리아나는 깊이 생각해보았다.

"남자친구였을 확률이 10분의 1이야."

"남자친구는 아마 없었을 거야."

줄리언이 시계를 확인했다.

"수사 책임자를 만나러 가야 해. 그런데 있잖아, 사건 얘기 더 하고 싶은데…… 한잔하면서 어때?" 그는 웃으며 말했다. "만나서 기뻐, 마리아나. 진짜 오랜만이네. 그동안 살아온 얘기도 하고……."

하지만 마리아나는 이미 발걸음을 돌리고 있었다.

"미안해, 줄리언. 난 조카를 찾아야 해서."

13

조이의 방은 에로스 코트에 있었다. 그곳은 직사각형 잔디밭 주위에 세워진 학생 기숙사가 둘러싸고 있는 안마당이다.

잔디밭 한가운데에는 활과 화살을 움켜쥔, 색이 변한 에로스의 동상이 서 있다. 수백 년 동안 내린 비를 맞고 녹이 슨, 꽤 나이 먹은 동상은 아기 천사를 작고 늙은 녹색 남자로 바꿔놓았다.

안마당 곳곳에 다양한 모습의 계단들이 기숙사 건물로 연결되어 있었다. 건물 구석마다 높은 잿빛 돌탑이 붙어 있었다. 마리아나가 탑들 가운데 한 곳으로 다가서며 3층 창문을 쳐다보니 조이가 그곳에 앉아 있었다.

조이는 그녀를 보지 못했고, 마리아나는 그곳에 선 채 조이를 잠시 바라보고 있었다. 아치 모양 창문은 작은 마름모 모양으로 격자무늬를 이루고 있었는데, 그런 작은 유리창들은 조이의 모습을 여러 개의 다이아몬드로 쪼개놓았다. 마리아나는 여러 개로 갈라진 조이의 모습 속에서 순간적으로 다른 이미지를 조합해냈다. 스무 살 먹은 여자가 아닌 여섯 살의 얼굴이 빨갛고 머리를 땋아 내린 착한 여자아이의 모습.

마리아나는 그 어린 여자아이가 무척 걱정스럽고 사랑스러웠다. 불쌍하고 어린 조이. 너무 많은 일을 겪은 아이. 마리아나는 조이에게 더 상처를 주고 끔찍한 소식을 전해야 하는 일이 두려웠다. 고개를 흔들며 꾸물거리길 멈추고 서둘러 계단이 있는 탑으로 들어섰다. 오래되고 뒤틀린 나선형 나무계단을 따라 조이의 방으로 올라갔다. 문이 열려 있어 안으로 들어갔다.

작고 아늑한 방이었다. 옷이 팔걸이의자에 걸려 있고 지저분한 컵이 싱크대에 그냥 있는 모습이 조금 지저분하긴 했다. 책상과 작은 벽난로가 있고 내닫이창에는 쿠션으로 앉을 곳이 마련되어 있었는데, 조이는 책에 둘러싸인 채 그곳에 앉아 있었다.

마리아나를 본 조이는 나지막이 울음을 터뜨렸다. 그녀는 펄쩍 뛰듯 일어나 마리아나의 품에 안겼다.

"왔군요. 올 거라고 생각하지 않았어요."

"당연히 와야지."

마리아나는 뒤로 한 걸음 물러서려고 해봤지만, 조이는 팔을 풀려고 하지 않았다. 마리아나는 그대로 조이를 안고 있는 것 말고는 달리 방법이 없었다. 마리아나는 따뜻한 사랑을 느꼈다. 이런 식으로 사람을 껴안는 일은 너무나 어색했다. 그녀는 조이를 만나는 것이 얼마나 행복한지 깨달았다. 갑자기 감정이 요동쳤다.

서배스천이 죽고 난 뒤 조이는 마리아나가 가장 좋아하는 사람이었다. 조이는 영국의 기숙학교에 진학했고, 마리아나와 서배스천은 비공식적으로 조이를 입양했다. 작은 노란 집에는 조이의 침실이 마련되었고, 짧은 방학이나 휴일에는 와서 함께 지냈다. 조이는 아버지가 영국인이었기 때문에 영국에서 교육을 받았다. 사실 조이는 4분의 1만 그리스인이었는데, 아버지를 닮아 피부가 하얗고 눈이 파래서 4분의 1만큼 포함된 그리스인의 특성이 특별하게 드러나 보이지는 않았다. 마리아나는 언제 어떻게 그런 특성이 드러날 것인지 가끔 궁금해지고는 했다. 영국의 사립학교 교육이라는 거대한 젖은 담요에 덮이지 않는다면 언젠가는 드러날 것이기 때문이었다.

조이는 한참 만에야 마리아나를 안았던 팔을 풀었다. 그리고 마리아나는 최대한 부드럽게 타라의 시체가 확인되었다는 소식을 전했다.

조이는 멍하니 마리아나를 바라보았다. 소식을 듣는 조이의 뺨에 눈물이 흘러내렸다. 마리아나는 다시 조이를 끌어안았다. 조이는 눈물을 흘리며 마리아나에게 매달렸다.

"괜찮아." 마리아나가 속삭였다. "전부 괜찮아질 거야."

마리아나는 조이를 천천히 침대로 데려가 앉혔다. 조이가 가까스로 흐느낌을 멈추자 마리아나는 차를 준비했다. 작은 싱크대 속에서 머그잔 두 개를 찾아내 씻고 주전자로 물을 끓였다.

그러는 내내 조이는 침대에 똑바로 앉아 있었다. 무릎을 가슴에 안은 채 허공을 응시하면서 뺨에 흘러내리는 눈물을 굳이 닦으려고 하지도 않았다. 그녀는 어릴 적부터 친구인 봉제 인형을 움켜쥐고 있었다. 아주 낡은 검은색 줄무늬 얼룩말 인형이었다. 얼룩말은 한쪽 눈이 없어지고 솔기가 터진 상태였다. 아기 때부터 조이와 함께 한 인형은 학대도 많이 받았고 사랑도 많이 받았다. 조이는 얼룩말을 꼭 붙든 채 아기처럼 좌우로 흔들고 있었다.

마리아나는 김이 솟아오르는 달콤한 차를 어수선한 커피 테이블에 내려놓고는 조이를 걱정스러운 눈으로 바라보았다. 사실 조이는 10대가 되면서 우울증으로 심각하게 고생했다. 툭하면 울음이 터졌고, 기운이 없거나 활기를 잃고 아무 감정도 없이 지내거나 너무 우울해 울지도 못하는 상황에 빠지곤 했다. 그럴 때면 마리아나는 조이가 눈물을 흘리는 것보다 다루기가 더 어려웠다. 그러는 동안 조이에게 손을 내미는 일은 어려웠지만, 그런 모습이 놀랍다고 볼 수는 없었다. 조이의 부모가 매우 젊은 나이에 충격적으로 세상을 떠났기 때문이었다.

어느 해 4월 조이가 마리아나 부부와 학기 중간의 짧은 방학을 보내고 있는데 그들에게 걸려온 전화는 조이의 삶을 영원히 바꿔 놓았다. 전화를 받은 서배스천은 조이에게 그녀의 부모인 마리아나의 언니와 형부가 자동차 사고로 죽었다는 이야기를 전해주어야만 했다. 조이는 무너져내렸고, 서배스천은 손을 내밀어 조이를 끌어안았다. 그 순간부터 그와 마리아나는 조이에게 맹목적인 사랑을 쏟았는데 어쩌면 조금 지나쳤는지도 몰랐다. 하지만 어머니를 잃어본 경험이 있는 마리아나는 자신이 어린 나이에 원했던 모든 것을 조이에게 제공해주리라 굳게 마음먹었다. 모성애, 따뜻함, 애정. 물론 사랑은 양방향으로 흘렀다. 그녀는 조이가 받은 사랑만큼 자신에게 사랑을 돌려주는 느낌이 들었다.

결국 다행스럽게도 조이는 조금씩 슬픔의 모퉁이를 힘겹게 돌았고, 점점 나이를 먹으면서 우울증의 괴로움에서 벗어났다. 스스로 학교에도 지원할 수 있게 되었고, 처음 사춘기가 시작할 때보다는 훨씬 나은 모습으로 그 시기에서 벗어났다. 하지만 마리아나와 서배스천은 조이가 대학 생활에서의 사회적 압박을 어떻게 견뎌낼 것인지 걱정스러웠다. 그래서 조이가 타라와 친하게 지내기 시작했을 때 안심했다. 그리고 그 뒤 서배스천이 죽고 나서 마리아나는 조이에게 기댈 수 있는 친한 친구가 있다는 사실에 감사했다. 마리아나에게는 친한 친구가 한 명도 없었다. 유일한 친구였던 남편을 잃었기 때문이었다.

하지만 이제 새롭게 타라를 잃은 일은(좋은 친구를 끔찍하게 잃었다) 조이에게 어떤 영향을 미치게 될까? 그건 앞으로 두고 봐야 했다.

"조이, 이리 와. 차 좀 마셔. 충격을 줄여줄 거야."

대답이 없었다.

"조이?"

조이는 갑자기 그녀의 말을 들은 것 같았다. 눈물이 글썽거리는 눈으로 마리아나를 바라보았다.

"내 잘못이에요." 조이가 속삭였다. "타라가 죽은 건 전부 내 잘못이라고요."

"그런 말 하지 마. 그럴 리 없잖아……."

"정말이에요. 내 말 좀 들어봐요. 무슨 말인지도 모르면서."

"모르다니, 뭘?"

마리아나는 침대 끄트머리에 앉아 조이가 말을 잇길 기다렸다.

"내 실수라고요, 이모. 내가 행동하지 않아서 그래요. 그날 밤, 타라를 본 다음에. 난 누군가에게 말해야 했어요. 경찰에 전화했어야 했죠. 그랬더라면 타라는 아마 지금도 살아서……."

"경찰이라니? 왜?"

조이는 대답하지 않았다. 마리아나는 얼굴을 찌푸렸다.

"타라가 너한테 뭐라고 그랬는데? 말도 안 되는 소리를 했다고 그러지 않았어?"

조이의 눈에 눈물이 차올랐다. 그러더니 침울한 모습으로 아무 말도 없이 몸만 앞뒤로 흔들었다. 마리아나는 이럴 때 가장 좋은 방법은 그저 옆에서 참을성 있게 조이가 스스로 시간을 두고 짐을 벗을 때를 기다리는 거라는 사실을 알았다. 하지만 시간이 없었다. 그녀는 낮은 목소리로, 단호하지만 안심시킬 수 있도록 조이에게 말했다.

"타라가 뭐라고 했는데, 조이?"

"이모한테 말하지 말았어야 했어요. 타라가 아무한테도 말하면 안 된다고 했거든요."

"이해해. 타라의 믿음을 배신하고 싶지 않겠지. 하지만 그러기엔 이미 너무 늦어버린 것 같구나."

조이는 빤히 그녀를 바라보았다. 조이의 얼굴을 바라보던 마리아나는 조이의 뺨이 붉게 물들고 눈이 커지는 걸 봤다. 아이의 눈이 보였다. 두려움에 사로잡혀 간직하고 싶지 않은 비밀을 털어놓고 싶지만, 말하기에는 너무나 두려운 자그마한 소녀.

그 순간, 조이가 포기했다.

"그제 밤에 타라가 내 방으로 찾아왔어요. 상태가 완전히 엉망이더라고요. 뭔지 모르지만, 뭔가에 취해 있었어요. 무척 화가 나 있었는데…… 그리고 말했어요. 무섭다고……."

"무서워? 뭐가?"

"누군가 자기를 죽이려 한다고 했어요."

마리아나는 잠시 조이를 멍하니 바라보았다.

"계속해."

"아무에게도 말하지 않겠다는 약속을 하라고 했어요. 만일 내가 뭔가 말하고, 그 사람이 그걸 알아내면 그 사람이 타라를 죽일 거라고."

"그 사람? 누굴 말하는 거였지? 누가 죽이겠다고 위협했는지 타라가 말했어?"

조이는 고개를 끄덕였지만, 대답은 하지 않았다.

마리아나는 다시 물었다. "그게 누구야, 조이?"

조이는 확신이 없는 듯 고개를 흔들었다. "너무 말도 안 되는 소리여서……."

"상관없어, 그냥 말해."

"타라는 이곳에서 가르치는 사람이라고 했어요. 교수요."

마리아나는 깜짝 놀라 눈을 깜박였다. "여기라면 성 크리스토퍼 칼리지?"

조이가 고개를 끄덕였다. "네."

"그래. 이름이 뭔데?"

조이는 잠시 머뭇거리더니 낮은 목소리로 말했다. "에드워드 포스카."

14

한 시간도 지나지 않아 조이는 사두 상가 경감에게 같은 이야기를 다시 말하고 있었다.

경감은 학장의 사무실을 차지하고 있었다. 메인 코트를 내려다보는 넓은 공간이었다. 한쪽 벽을 아름답게 조각한 마호가니 책장과 가죽 장정을 한 책들이 채우고 있었다. 다른 벽에 걸린 역대 학장들의 사진은 경찰관들을 의혹 가득한 눈으로 바라보고 있었다.

상가 경감은 커다란 책상 뒤에 앉아 있었다. 그는 가지고 다니는 병을 열더니 차를 한 잔 따랐다. 50대 초반인 그는 검은 눈에 짧게 정리한 희끗희끗한 수염을 길렀고, 회색 블레이저에 넥타이를 맨 깔끔한 차림이었다. 시크교도인 그는 눈에 띄는 감청색 터번을 두르고 있었다. 위엄이 넘치고 강력한 존재감을 드러냈지만, 왠지 긴장한 기색을 풍기는 사람이었다. 깡마르고 허기진 표정을 한 채 쉴 새 없이 발을 구르거나 손가락으로 책상을 두드렸다.

마리아나가 보기에 경감은 약간 짜증스러웠다. 그는 조이가 하는 말에 완전히 집중하는 것처럼 보이지 않았다. 심지어 특별히 관심을 두는 것 같지도 않았다. 조이가 하는 말을 심각하게 받아들이지 않는군.

하지만 그녀의 생각은 틀렸다. 경감은 조이의 말을 심각하게 받아들였다. 그는 찻잔을 내려놓더니 커다란 검은 눈으로 조이를 바라보았다.

"그럼 타라가 이 말을 했을 때 어떤 생각을 했나요?" 경감이 말했다. "그 말을 믿었습니까?"

"모르겠어요……. 타라는 엉망이었거든요. 그러니까, 취해 있었다고요. 하지만 늘 취해 있었기 때문에……." 조이는 어깨를 으쓱하더니 잠시 생각했다. "제 말은 이상하게 들리긴 했는데……."

"포스카 교수가 그녀를 왜 협박했는지 이유를 말했나요?"

조이는 조금 불편해하는 것 같았다. "타라는 교수님과 잤다고 했어요. 그리고 두 사람이 싸웠다나 뭐라고 그랬어요……. 그래서 타라는 대학에 신고해 교수님을 해고당하게 만들겠다고 했대요. 그랬더니 교수님이 말하길, 만일 그렇게 나온다면……."

"죽이겠다고 했다는 건가요?"

조이는 고개를 끄덕였다. "맞아요."

그녀는 숨기고 있던 이야기를 털어놓아 편안해진 것 같았다.

경감은 잠시 생각하는 것 같았다. 그러더니 갑자기 일어섰다.

"포스카 교수와 이야기를 해야겠군요. 여기서 기다릴 수 있죠? 그리고 조이 양은 진술서를 좀 작성해야 할 것 같습니다."

경감은 방을 나갔고, 그가 없는 사이 조이는 경감의 부하 경찰관에게 다시 이야기를 반복해 들려주었고, 경찰관은 내용을 받아적었다. 마리아나는 무슨 일이 벌어지는 건지 궁금해하며 불편한 마음으로 기다렸다.

한참이 지났다. 그 순간 상가 경감이 돌아왔다. 그는 다시 자리에 앉았다.

"포스카 교수는 더할 나위 없이 협조적이었습니다." 그가 말했다. "그의 진술을 받았습니다. 그 사람 말로는 타라가 사망한 밤 10시에 자신은 자기 방에서 수업을 마무리하고 있었다고 합니다. 수업은 8시에서 10시까지였고, 학생은 여섯 명이었습니다. 학생들 이름도 진술했습니다. 지금까지 그 가운데 두 명과 이야기했고, 모두 교수의 진술을 확인해주었습니다."

경감은 조이를 신중한 표정으로 바라보았다.

"결과적으로 저는 포스카 교수에게 어떤 범죄 혐의도 없다고 생각합니다. 그리고 타라가 무슨 말을 했다고 해도 그는 타라의 죽음에 어떤 책임도 없다는 걸 완벽하게 확인한 느낌이 듭니다."

"그렇군요." 조이는 속삭이듯 말했다.

조이는 고개를 숙인 채 무릎만 내려다보고 있었다. 마리아나는 조이가 걱정스러워한다는 생각이 들었다.

"혹시 콘래드 엘리스에 관해서 해줄 수 있는 말이 있나요?" 경감이 말했다. "그는 이곳 학생이 아닙니다. 이 동네에 사는 사람 같아요. 타라의 남자친구인가요?"

조이는 고개를 흔들었다. "그 사람은 타라 남자친구가 아니에요. 그냥 둘이 좀 어울렸을 뿐이에요."

"그렇군요." 경감은 수첩을 들여다보았다. "그 친구 전과가 두 건 있어요. 마약 거래랑 특수 폭행입니다만…… 이웃들 말로는 타라와 그 친구가 여러 번 심하게 다투는 걸 들었다고 하던데요."

조이는 어깨를 으쓱했다. "그 사람도 타라처럼 좀 놀랐어요. 하지만 궁금해하시는 것처럼 타라를 때리거나 하지는 않았어요. 그런 사람 아니에요. 착한 사람이에요."

"흠, 아주 멋진 친구인 것 같군요."

경감은 조이의 말을 믿는 것 같지 않았다. 그러곤 남은 차를 다 마시더니 차가 담긴 병의 뚜껑을 닫았다.

사건 종료로군. 마리아나는 생각했다.

"저기요, 경감님." 마리아나는 조이를 대신해 화내며 말했다. "조이의 말을 좀 더 잘 들어주셔야 할 것 같은데요."

"무슨 말씀이죠?" 상가 경감이 눈을 껌벅거렸다. 마리아나가 입을 열자 놀란 것처럼 보였다. "죄송합니다만, 누구라고 하셨죠?"

"조이 이모고 보호자입니다. 그리고 혹시 필요하다면 조이를 변호하려고 해요."

상가 경감은 마리아나의 말에 살짝 재미있어하는 것 같았다. "제가 보기에 조카분께서는 스스로 완벽하게 변호할 능력이 있는 것 같은데요."

"글쎄요, 조이는 사람 성격을 아주 잘 파악합니다. 늘 그랬죠. 만일 이 아이가 콘래드를 안다면, 그리고 그 사람이 결백하다고 생각한다면 그 말을 심각하게 받아들이셔야 합니다."

경감 얼굴에서 웃음기가 사라졌다. "죄송하지만 제가 따로 만나서 이야기를 해보고 그 친구를 판단하도록 하겠습니다. 명확하게 얘기해두자면 이곳에서는 제가 책임자고, 저는 이래라저래라하는 상황에는 익숙하지 않아서……."

"이래라저래라하는 것이 아니라……."

"방해받는 것도 좋아하지 않습니다. 그러니까 제가 하는 일에 간섭하지 마시고, 수사에 관여하지 않으시길 강력히 권해드립니다. 아시겠습니까?"

마리아나는 다시 반박하려다가 참았다. 대신 억지로 웃음을 지어 보였다.

"물론 그래야죠."

15

학장실을 나온 조이와 마리아나는 안마당 끝에 있는 열두 개의 기둥으로 이루어진 길을 따라 걸었다. 기둥들은 위에 있는 도서관을 받치고 있었다. 매우 오래되어 색이 바랜 기둥들마다 혈관처럼 금이 가 있었다. 기둥 사이로 걷는 두 여자는 바닥에 드리운 기둥 그늘 때문에 가끔 어둠 속으로 모습이 사라지곤 했다.

마리아나는 조이의 어깨에 팔을 둘렀다. "우리 조카, 괜찮니?"

조이는 어깨를 으쓱했다. "잘 모르겠어요."

"혹시 타라가 너에게 거짓말했다고 생각해?"

조이는 고통스러워 보였다. "모르겠어요. 난……."

조이는 갑자기 걸음을 멈추고 얼어붙었다. 갑자기 한 남자가 기둥 뒤에서 나타나 두 사람 앞에 섰다. 남자는 앞에 서서 두 사람이

가던 길을 막았다. 그러곤 조이를 노려보았다.

"안녕, 조이."

"포스카 교수님." 조이는 살짝 숨을 들이마시며 말했다.

"어떻게 된 거야? 너 괜찮니? 이런 일이 벌어지다니 믿을 수가 없구나. 너무 충격적이야."

마리아나는 상대방이 미국 악센트를 사용한다는 걸 알아차렸다. 부드럽고 경쾌한 억양이 느껴졌고, 아주 살짝 영국식 발음을 덧붙이는 정도였다.

"안타깝게 됐구나." 남자는 간절하기 그지없는 어조로 말했다. "너무 안된 일이야, 조이. 너 정말 엄청난 충격을 받았겠어, 정말."

진정으로 마음이 괴로운 것 같았다. 그는 조이에게 팔을 뻗었지만, 조이는 자기도 모르게 살짝 뒤로 물러났다. 마리아나는 그런 모습을 눈치챘고, 그 역시 알아차렸다. 남자는 조이에게 어색한 표정을 지어 보였다.

"잘 들어." 그가 말했다. "내가 형사에게 어떻게 말했는지 정확히 말해주마. 내가 지금 하는 말을 네가 꼭 들어야만 해."

포스카는 마리아나를 무시한 채 조이에게 다가섰다. 마리아나는 이야기하는 남자를 자세히 살펴보았다. 생각했던 것보다는 젊었고, 꽤 잘생긴 얼굴이었다. 40대 초반에 키가 크고 운동선수처럼 몸이 탄탄했다. 광대뼈가 튀어나왔고 검은 눈이 인상적이었다. 모든 것이 검은색인 사람이었다. 눈동자, 수염, 입은 옷까지. 길고 검은 머리칼을 뒤쪽으로 아무렇게나 묶은 모습이었다. 겉에는 졸업식 복장 같은 가운을 걸쳤고 안에는 자락을 꺼내 입은 셔츠에 넥타이를 헐겁게 매고 있었다. 전체적인 모습을 보면 뭔가 카리스마 넘치고 심지어 낭만적으로까지 보였다.

"진실은 이래." 그가 말했다. "어쩌면 내가 제대로 처리하지 못한 건지도 몰라. 너라면 분명히 인정할 수 있을 거야, 조이. 하지만 타라는 공부를 제대로 하지 않았어. 내가 아무리 출석을 더 해야 하고 과제물도 제출해야 한다고 반복해 말했음에도 사실 타라는 제대로 해내지 못했던 거야. 결국 내가 어떻게 해줄 도리가 없었다. 아주 솔직하게 대화를 나누기도 했어. 나는 약물과 관련된 일 때문인지, 아니면 인간관계 때문에 그런 건지 모르겠지만 올해 진급하는데 필요한 공부가 전혀 이루어지지 않았다고 말해줬지. 올해는 작년에 했던 공부를 전부 다시 해야 할 거라고 말이야. 그러지 않으면 퇴학당하는 수밖에 없었거든."

포스카는 지친 것처럼 고개를 흔들었다.

"내가 타라에게 이런 말을 했더니 엄청나게 흥분하더라고. 아버지가 알면 자기는 죽는다면서. 내게 마음을 바꿔달라고 간청하더군. 나는 그럴 문제가 아니라고 했고. 그랬더니 타라의 태도가 변했어. 엄청나게 공격적으로 변한 거야. 그러더니 협박하기 시작했어. 내 경력을 망치고 잘리게 만들겠다고 했어." 그는 한숨을 내쉬었다. "아마 타라가 이런 상황을 만든 것 같아. 네게 했던 모든 이야기 말이다. 나와 성적인 관계가 있었다고 말한 거. 내 평판을 망치려고 그런 말을 한 게 분명해." 포스카는 목소리를 낮췄다. "나는 학생들 그 누구와도 성관계한 적이 없다. 그런 행동은 신뢰를 저버리는 가장 끔찍한 짓이고, 권력의 남용이야. 너도 알다시피 나는 타라를 학생으로서 정말로 아꼈어. 그래서 내게 이런 누명을 씌운 것이 너무 마음이 아파."

마리아나는 자신도 모르게 포스카의 말을 전적으로 믿고 있었다. 거짓말을 하고 있다는 생각이 조금도 들지 않았다. 그의 모든 말에 진심이 담겨 있었다. 타라는 가끔 아버지가 두렵다고 말했고, 스코틀랜드에 있는 타라의 집에 가봤던 조이 말에 따르면 타라의 아버지는 엄격하다 못해 가혹할 정도라고 했다. 마리아나는 타라가 낙제한다면 그녀의 아버지가 어떤 반응을 보였을지 상상할 수 있었다. 또 아버지에게 그런 소식을 전해야 할지도 모른다고 생각했다면 타라가 얼마나 흥분하고 절망했을지도 쉽게 상상할 수 있었다.

마리아나는 조이가 포스카의 말을 어떻게 받아들이는지 살펴보았다. 잘 알 수가 없었다. 조이는 분명히 긴장하고 있었지만, 그저 곤혹스러운 표정으로 발아래 돌바닥만 내려다보고 있었다.

"이걸로 해명이 되었으면 좋겠구나." 포스카가 말했다. "이제 중요한 일은 범인이 누구든 잡을 수 있도록 우리가 경찰을 돕는 일이야. 나는 경찰에게 타라와 어울리곤 했던 콘래드 엘리스를 조사해보라고 말했어. 사람들이 그러는데 그 친구는 아주 끔찍한 녀석이라고 하니까."

조이는 대답하지 않았다. 포스카는 조이를 바라보고 있었다.

"조이? 그럼 된 거지? 우리가 당장 해야 할 일이 얼마나 많은지 몰라. 이런 식으로 네가 날 의심하는 것 말고도 말이야."

조이는 고개를 들고 포스카를 바라보다가 천천히 고개를 끄덕였다. "알겠습니다."

"좋아." 하지만 포스카는 완벽하게 만족스러운 것 같지 않았다. "그럼 나중에 보자. 너도 몸 잘 챙기고, 알았지?"

포스카는 처음으로 마리아나에게 시선을 보내더니 살짝 고개를 숙여 보였다. 그러더니 돌아서서 기둥 뒤쪽으로 사라졌다.

잠시 침묵이 흘렀다. 조이가 마리아나를 향해 고개를 돌렸다. 근심스러운 표정이었다.

"이제 어쩌죠?" 조이는 살짝 한숨을 내쉬었다.

마리아나는 잠시 생각했다. "내가 콘래드를 만나 얘기해볼게."

"하지만 어떻게요? 경감이 하는 말 들었잖아요."

마리아나는 대답하지 않았다. 줄리언 애슈크로프트가 학장실에서 나오는 모습이 보였다. 그녀는 줄리언이 안마당을 가로지르는 모습을 지켜보았다.

그녀는 고개를 끄덕였다. "좋은 생각이 있어."

16

마리아나는 오후 늦게 어렵사리 콘래드 엘리스를 경찰서에서 만날 수 있었다.

"안녕하세요, 콘래드. 저는 마리아나라고 해요."

콘래드는 상가 경감으로부터 조사를 받은 뒤 즉시 체포되었다. 경찰은 정황 증거나 다른 이유가 충분하지 않음에도 콘래드가 그들이 찾던 범인이라고 확신했다.

살아 있는 타라를 마지막으로 본 사람은 학교 경비실 책임자인 모리스 씨였다. 그는 타라가 중앙출입문을 통해 저녁 8시에 학교에서 나가는 걸 목격했다. 그리고 콘래드는 자신의 아파트에서 타라를 기다리고 있었지만, 그녀가 아예 나타나지 않았다고 진술했다. 하지만 콘래드의 말은 그의 주장일 뿐 그는 저녁 내내 아무런 알리바이가 없었다.

그의 아파트를 샅샅이 뒤졌지만, 살인에 사용된 무기는 나오지 않았다. 경찰은 그를 살인과 관련지을 수 있는 뭔가가 나오지 않을까, 하는 희망을 품고 그의 옷과 다른 소지품들을 감식하는 중이었다.

줄리언이 기다렸다는 듯 콘래드를 만나게 주선해준 일에 마리아나는 깜짝 놀랐다.

"내가 들어갈 때 같이 들어가면 돼." 줄리언이 말했다. "어차피 내가 그를 만나서 정신 감정을 해야 하는데, 원한다면 그때 같이 보면 되니까." 그러더니 그는 윙크를 해보였다. "상가한테 들키지만 않으면 돼."

"고마워. 신세 한 번 졌네."

줄리언은 속임수 쓰는 일을 즐거워하는 것 같았다. 두 사람은 경찰서에 들어섰고, 그는 콘래드 엘리스를 유치장에서 데려오라고 말하면서 마리아나에게 윙크를 해보였다.

몇 분 뒤, 두 사람은 콘래드와 취조실에서 만났다. 춥고 창문도 없고 공기도 부족한 방이었다. 안에 있으면 불쾌해지는 공간이었는데, 아마도 일부러 그렇게 만든 것 같았다.

"콘래드, 나는 심리상담사예요. 그리고 조이의 이모이기도 하죠. 조이 알죠? 성 크리스토퍼 칼리지에 다니는?"

콘래드는 잠시 어리둥절해했다. 그러더니 눈에 희미한 빛이 보이면서 멍하니 고개를 끄덕였다. "조이, 타라 친구요?"

"그래요. 조이가 슬퍼하고 있다는 걸 알아주길 바라요. 타라 일 말이에요."

"괜찮은 애죠, 조이는…… 걔 좋아해요. 조이는 다른 사람들하고 달라요."

"다른 사람들?"

"타라의 친구들요." 콘래드는 얼굴을 찌푸렸다. "난 걔들을 마녀들이라고 불러요."

"진짜요? 조이 친구들이 마음에 안 들어요?"

"그쪽에서 날 안 좋아하죠."

"왜요?"

콘래드는 어깨를 으쓱했다. 멍하니 무표정한 얼굴이었다. 마리아나는 콘래드로부터 일종의 감정 섞인 반응을 얻어내길 기대했다. 그래야 그를 파악하는 데 도움이 될 테니까. 그러나 그런 반응은 없었다. 마리아나는 자신의 환자인 헨리가 떠올랐다. 그도 오랜 세월 혹독하게 술과 약물에 취해 지내면서 똑같이 멍한 표정을 보여 줬다. 콘래드의 외모는 그에게 불리하게 작용했다. 그것이 문제의 한 부분이었다. 콘래드는 느릿느릿 움직이고 덩치가 거대하고 몸에는 잔뜩 문신을 새겼다. 하지만 조이가 옳았다. 그에게서는 친절하고 점잖은 기운이 느껴졌다. 말을 시작하면 느리고 혼란스럽게 말했다. 자신에게 어떤 일이 있었는지 명확히 알지 못하는 것 같았다.

"이해가 안 돼요. 사람들은 왜 내가 타라를 해쳤다고 생각하죠? 난 타라를 해치지 않았어요. 사랑해요. 그 애를 사랑했어요."

마리아나는 줄리언이 어떤 반응을 보이는지 슬쩍 확인했다. 그는 조금도 흔들리지 않는 것 같았다. 줄리언은 콘래드에게 그의 삶과 성장 과정에 관해 온갖 불편한 질문을 해댔다. 길어질수록 면담은 더 고통스러워졌고, 콘래드가 처한 상황은 점점 더 나빠졌다.

마리아나는 오히려 콘래드가 결백하다는 느낌이 들었다. 거짓이 아니었다. 그는 비통해하고 있었다. 줄리언의 질문 공세에 지쳐버렸는지 결국 무너져내린 그는 양손으로 머리를 감싸 쥐고 조용히 눈물을 흘렸다.

면담이 끝날 무렵 마리아나가 다시 말했다. "포스카 교수에 대해 알아요? 타라를 가르치는 분?"

"네."

"어떻게 그 사람을 알게 됐죠? 타라를 통해서?"

그는 고개를 끄덕였다. "몇 번 구해다 줬거든요."

마리아나는 눈을 깜박였다. 그리고 줄리언을 바라보았다.

"약 말인가요?"

"어떤 종류였죠?" 줄리언이 물었다.

콘래드는 어깨를 으쓱했다. "그 사람이 원하는 대로요."

"그럼 정기적으로 만났어요? 포스카 교수랑?"

또 한 번 어깨를 으쓱했다. "자주요."

"교수랑 타라의 관계가 어떤 것 같았죠? 어떤 식으로든 이상하게 보이지는 않았어요?"

"글쎄요." 콘래드는 어깨를 으쓱하며 말했다. "그러니까, 교수는 타라한테 반한 거 아니었나요?"

마리아나는 줄리언과 눈길을 주고받았다.

"그랬어요?"

마리아나는 콘래드를 좀 더 압박하려고 했지만, 줄리언은 갑자기 면담을 끝내버렸다. 그는 보고서를 충분히 만들 수 있다고 했다.

"면담 내용이 도움이 되었으면 좋겠네." 줄리언은 경찰서를 나서며 말했다. "아주 연기가 끝내주지 않았어?"

마리아나는 깜짝 놀라 그를 바라보았다. "콘래드는 거짓말한 게 아니야. 꾸며낼 능력도 없는 사람이었잖아."

"날 믿어, 마리아나. 눈물을 보인 건 전부 연극이야. 그게 아니면 자기 연민이거나. 전에도 자주 보던 일이야. 나처럼 오래 일해보면 마리아나도 모든 사건이 울적할 정도로 비슷하다는 걸 알게 될 거야."

마리아나는 줄리언을 바라보았다. "콘래드가 포스카 교수에게 약을 팔았다는 사실이 신경 쓰이지 않는 거야?"

줄리언은 아무렇지 않다는 듯 어깨를 으쓱했다. "가끔 대마초 좀 산다고 해서 살인자가 되는 건 아니야."

"그럼 포스카가 타라한테 반했다는 얘기는?"

"그랬으면 어때? 누가 봐도 타라는 아주 매력적이잖아. 당신도 알던 아이 아니야? 걔가 저 머저리 녀석하고 어떤 관계였겠어?"

마리아나는 슬픈 표정으로 고개를 저었다. "내가 보기에 콘래드는 그냥 이용만 당한 거야."

"약장수로?"

마리아나는 한숨을 내쉬고 고개를 끄덕였다.

줄리언은 그녀를 바라보았다. "그만하자고. 내가 차로 데려다줄게. 아니면 한잔할까?"

"안 돼. 학교로 돌아가야 해. 6시에 타라를 위한 추도식이 있을 거야."

"그럼, 언제든 저녁에 시간 낼 수 있지?" 그는 윙크를 해보였다. "나한테 빚진 거 있잖아. 내일 어때?"

"아마, 여기 없을 거야. 내일 떠날 거라서."

"좋아, 어떻게 맞춰보자고. 필요하면 내가 런던에서 찾아가면 되니까."

줄리언은 웃었다. 하지만 그의 눈이 웃지 않고 있다는 걸 마리아나는 눈치챌 수 있었다. 그의 눈빛은 차갑고 딱딱하고 매몰차 보였다. 그녀를 바라보는 그의 눈빛에서 마리아나는 뭔가 불편한 기색을 분명하게 느낄 수 있었다. 성 크리스토퍼 칼리지로 돌아와 줄리언에게서 벗어나게 된 후에야 마리아나는 마음이 놓였다.

17

6시에 타라를 위한 특별한 추도식이 교회에서 열렸다.

대학교 교회의 건물은 1612년 석재와 목재로 건축되었다. 바닥에는 검은색 대리석이 깔려 있었다. 생기 넘치는 푸른색과 붉은색, 그리고 녹색으로 이루어진 스테인드글라스 유리창에는 성 크리스토퍼의 삶에서 따온 사건들이 그려져 있었다. 모양을 낸 높은 천장을 여러 문장(紋章)과 금빛 라틴어 글귀가 장식하고 있었다.

신도석을 친구들과 학생들이 가득 채우고 있었다. 마리아나와 조이는 앞에서 가까운 쪽에 앉았다. 타라의 부모는 학장, 그리고 담당교수와 함께 앉았다.

타라의 부모인 햄프턴 경과 부인은 스코틀랜드에서 시신을 확인하기 위해 비행기를 타고 왔다. 마리아나는 멀리 떨어진 시골에서부터 이곳까지 오는 동안 그들의 마음이 얼마나 아팠을지 상상할 수 있었다. 에든버러 공항까지 오랫동안 자동차를 타고 움직이고 비행기를 이용해 스탠스테드까지 오는 동안 생각할 시간이 있었다. 희망과 두려움 걱정 끝에 그들은 결국 마지막으로 케임브리지에 있는 시체 안치소에 도착했을 것이다. 그곳에서 다시 만난 딸은 그녀에게 무슨 일이 벌어졌는지 그들에게 보여주었다.

햄프턴 경과 부인은 곧은 자세로 앉아 있었다. 그들의 얼굴은 하얗고 뒤틀린 채 얼어붙어 있었다. 그들을 바라보던 마리아나는 과거의 일이 떠올랐다. 그녀는 그 감정을 기억했다. 냉장고 속에 처박히는 바람에 너무 추워 충격으로 감각이 사라지는 듯한 느낌이었다. 그런 느낌은 오래가지 않았다. 그리고 그런 느낌은 다음에 찾아올 느낌과 비교하면 축복받은 상태였다. 얼음이 녹고 충격이 가시고 나면 그들은 얼마나 엄청난 걸 잃었는지 경험하기 시작했다.

마리아나는 교회에 모습을 드러낸 포스카 교수를 발견했다. 그는 통로를 따라 걸어갔고, 그 뒤를 여섯 명의 눈에 잘 띄는 젊은 여자들이 무리를 이루어 따르고 있었다. 여자들 모두가 긴 하얀색 드레스를 입었고 대단히 아름다워서 눈에 잘 띄었다. 그들은 자신감 넘치는 태도를 보였고, 자의식이 강하며 남들이 자기들을 지켜본다는 사실을 인식하고 있었다. 다른 학생들은 지나가는 그들의 모습을 지켜보았다. 저 학생들이 타라의 친구들인가, 마리아나는 궁금했다. 저들이 콘래드가 그렇게도 싫어하던 바로 그 '마녀들'인가?

추도식이 시작되자 조문객들은 침울한 침묵에 빠졌다. 목에 레이스가 달린 빨간 가운을 입은 합창단이 파이프 오르간 연주와 함께 촛불 곁에서 라틴어로 찬송가를 불렀다. 그들의 천사 같은 목소리가 어둠 속에서 메아리쳤다.

이 행사는 진짜 장례식이 아니었다. 실제 묘지 안장은 스코틀랜드에서 진행될 예정이었다. 이곳에서는 애도할 사람이 없었다. 마리아나는 엉망이 된 몸으로 신체 안치소에 외로이 누워 있을 불쌍한 소녀를 생각했다.

마리아나는 그녀의 사랑이 어떤 모습으로 돌아왔는지 떠올리지 않을 수 없었다. 낙소스 섬의 병원에 있는 콘크리트 시체 안치대 위에. 서배스천의 시체는 그녀가 확인할 때까지도 여전히 물에 젖어 바닥에 물을 뚝뚝 떨어뜨리고 있었다. 눈과 머리카락에는 여전히 모래가 묻어 있었다. 피부 여기저기에는 구멍이 났고, 물고기들이 살점을 조금씩 뜯어먹은 흔적도 보였다. 그리고 손톱 하나가 바다에서 빠졌는지 사라지고 없었다.

마리아나는 생명이 사라져 창백해진 시신을 보자마자 바로 서배스천이 아님을 알아보았다. 그건 그저 껍질이었다. 서배스천은 사라지고 없었다. 그렇다면 그는 어디로 간 걸까?

그가 죽고 난 뒤 마리아나는 멍하니 시간을 보냈다. 충격에서 벗어나지 못한 채 벌어진 상황을 받아들이지 못했다. 아니, 믿을 수 없었다고나 할까. 그녀가 다시는 그를 만날 수 없다는 것, 다시는 그의 목소리를 들을 수 없고 그의 몸을 만질 수 없다는 건 있을 수 없는 일처럼 보였다.

그이는 어디 있지? 그이는 어디로 간 거야?

그러다가 현실을 받아들이기 시작했고, 그제야 무너져내렸다. 그리고 무너지는 댐처럼 모든 눈물이 슬픔의 폭포처럼 쏟아져 내리며 그녀의 삶과 그녀가 생각하는 자신의 모습을 휩쓸었다. 그리고 그 순간 분노가 찾아왔다.

불타오르는 분노, 앞이 보이지 않는 분노였다. 분노는 그녀와 그녀 주변의 모두를 위협했다. 마리아나는 인생에서 처음으로 실제로 자신의 육체에 고통을 만들어내고 싶었다. 누군가를 몰아붙여 상처 내고 싶었고, 가장 그러고 싶은 대상은 그녀 자신이었다.

마리아나는 자신을 비난했다. 당연한 일이었다. 낙소스 섬에 가자고 우겼던 사람이 그녀였다. 서배스천이 원했던 대로 두 사람이 런던에 머물렀더라면, 그는 아직 살아 있을 것이다.

그녀는 서배스천도 원망했다. 어떻게 그리도 무모할 수 있단 말인가? 어떻게 그런 날씨에 수영하러 가서 자신의 목숨뿐 아니라 마리아나의 인생까지 위험에 처하도록 할 수 있단 말인가?

마리아나가 보내는 낮은 끔찍했고, 밤은 그보다 더 나빴다. 처음에는 충분한 양의 술과 수면제를 먹으면 일시적이지만, 약으로 만든 일종의 피난처를 구할 수 있었다. 그렇지만 끊임없이 이어지는 악몽은 가라앉는 배나 열차 충돌, 홍수 같은 재앙들로 가득 찼다. 그녀는 끝없이 여행하는 꿈을 꿨다. 버려진 북극의 평원을 가로질러 얼음 같은 바람과 눈을 뚫고 터벅터벅 걸으며 끝없이 서배스천을 찾아 헤매지만, 도저히 그를 찾지 못했다.

그러다가 약이 듣지 않게 되었고, 마리아나는 새벽 3~4시까지 눈을 뜬 채 누워 있어야 했다. 침대에 누워 그를 그리워했다. 어둠 속에서 떠오르는 옛 추억 말고는 그녀의 갈증을 억누를 수 있는 것이 아무것도 없었다. 둘이 함께했던 지난날의 반짝거리는 모습들, 함께했던 밤들, 함께 보낸 겨울과 여름들. 마침내 슬픔과 불면으로 반쯤 미쳐버린 그녀는 자신을 돌봐주던 의사에게 다시 돌아갔다. 그녀가 수면제를 남용하는 게 분명하다는 걸 아는 베크 박사는 수면제를 처방해주지 않았다. 그 대신 분위기를 바꿔보기를 제안했다.

"당신은 부자잖아요." 그는 냉담하게 덧붙였다. "게다가 돌볼 아이도 없습니다. 해외로 가보면 어때요? 여행은요? 세상을 구경하고 싶지 않아요?"

베크 박사가 마지막으로 제안했던 여행이 남편의 죽음으로 끝났기에 마리아나는 그의 조언을 따르지 않기로 했다. 그 대신 그녀는 자신의 상상 속으로 여행을 떠났다.

눈을 감고 낙소스 섬의 폐허가 된 신전을 떠올리곤 했다. 파란 하늘을 배경으로 선 지저분한 하얀색 기둥들, 그리고 자신이 처녀신에게 올린 기도를 떠올리는 것이다. 두 사람의 행복과 그들의 사랑을 위한 기도를.

그것이 그녀의 실수였을까? 무슨 일인지 여신들이 기분이 나빠졌던 걸까? 페르세포네가 그들을 시기했던 걸까? 아니면 그녀는 잘생긴 남자를 보고 첫눈에 반해 자신이 한때 그런 신세였던 것처럼 그를 납치해 지하세계로 데려간 것일까?

차라리 그랬다면 왠지 조금 견디기 쉬울 것 같았다. 서배스천의 죽음이 초자연적이고 여신의 일시적인 변덕 탓이었다고 생각할 수 있다면. 그의 죽음이 아무 의미도 없고 무작위로 벌어지는 아무 뜻도 없는 사건이라면…… 훨씬 견디기 어려울 것 같았다.

그만. 그만해. 그만두라고. 애처로운 자기 연민의 눈물이 차오르는 걸 느낄 수 있었다. 마리아나는 눈물을 닦았다. 여기서 무너지고 싶지는 않았다. 이곳을, 교회를 빠져나가야 했다.

"바람 좀 쐬어야겠어." 마리아나는 조이에게 속삭였다.

조이는 고개를 끄덕이고 의지가 될 수 있도록 재빨리 그녀의 손을 꼭 쥐었다. 마리아나는 일어서서 서둘러 밖으로 나갔다.

조명이 어둡고 사람으로 붐비는 교회를 빠져나와 텅 빈 안마당으로 나오자 마리아나는 즉시 안도감을 느낄 수 있었다.

보이는 사람은 아무도 없었다. 메인 코트는 조용하고 차분했다. 안마당에 드문드문 서 있는 키 큰 가로등 주변을 제외하고는 어두웠다. 가로등 불빛이 어둠 속에서 반짝이고, 그 주위로 빛이 퍼져 보였다. 짙은 안개가 강에서 밀려와 학교 건물들 사이로 기어 들어가고 있었다.

마리아나는 눈물을 닦았다. 하늘을 올려다보았다. 런던에서는 보이지 않는 별들이 이곳에서는 아주 밝게 빛나고 있었다. 끝없이 펼쳐진 어둠 속에서 수십억 개의 다이아몬드가 빛나고 있었다.

그는 밤하늘 어딘가에 있을 터였다.

"서배스천?" 그녀는 속삭였다. "당신, 어디 있어?"

마리아나는 귀를 기울이고 하늘을 쳐다보며 뭔가 신호가 보이길 기다렸다. 유성이라도, 달을 가리고 지나는 구름이라도. 뭐든. 아무거라도. 하지만 아무것도 보이지 않았다.

어둠뿐이었다.

18

추도식이 끝나고 사람들은 교회 밖 안마당에서 몇 명씩 모여 이야기를 나누고 있었다. 마리아나와 조이는 다른 사람들과 떨어져서 있었고, 마리아나는 조이에게 빠르게 콘래드를 만난 일에 관해 말해주었다. 그리고 그녀는 조이의 판단에 동의한다고 말했다.

"봤죠?" 조이가 말했다. "콘래드는 결백해요. 그는 죽이지 않았어요. 우리는 어떻게든 그를 도와야 해요."

"우리가 달리 뭘 할 수 있을지 모르겠구나." 마리아나가 말했다.

"우리가 뭔가 해야 해요. 내가 보기에 타라는 다른 누군가와 잠자리를 하고 있었어요. 콘래드 아닌 사람요. 걔가 몇 번 그런 낌새를 보였는데…… 혹시 휴대전화에 뭔가 남아 있지 않을까요? 아니면 노트북에? 타라 방에 몰래 들어가서……."

마리아나는 고개를 흔들었다. "그렇게 할 수는 없어, 조이."

"왜요?"

"내 생각엔 전부 경찰에게 맡겨둬야 할 것 같아."

"하지만 형사가 하는 얘기 들었잖아요. 그들은 조사하지 않을 거예요. 이미 결정을 내렸다고요. 우리가 뭔가 해야 해요." 조이는 거친 한숨을 내쉬었다. "서배스천이 있었으면 좋았을 텐데. 이모부라면 어떻게 해야 할지 알았을 거예요."

마리아나는 그녀에 대한 암묵적 비난을 받아들였다.

"나도 그이가 여기 있었으면 좋겠구나." 그녀는 잠시 말을 멈추더니 다시 입을 열었다. "이런 생각도 해봤어. 나랑 며칠 런던에 가 있으면 어떻겠니?"

마리아나는 말을 하자마자 괜히 말했다는 생각이 들었다. 조이는 놀라 그녀를 멍하니 바라보았다.

"네?"

"떠나 있는 편이 도움이 될 수도 있어."

"난 그냥 달아나버릴 수는 없어요. 달아난다고 해서 바뀔 것도 없고요. 서배스천이 있었다면 그렇게 말했을 것 같아요?"

"아니." 마리아나는 갑자기 짜증스러워졌다. "하지만 나는 서배스천이 아니잖아."

"아니죠." 조이에게 마리아나의 짜증이 옮겨간 것 같았다. "아니에요. 서배스천이라면 이모더러 이곳에 머물라고 했을 거예요. 그렇게 말했을 거라고요."

마리아나는 잠시 아무 말도 하지 않았다. 그러다가 뭔가 말하기로 했다. 지난밤 둘이 통화한 뒤에 그녀를 괴롭히던 걱정거리였다.

"조이, 너 진짜…… 나한테 전부 말한 거니?"

"뭘요?"

"모르겠다. 이 사건, 타라에 관해서 말이야. 난 계속 생각하고 있어. 난 네가 뭔가 감추고 있다는 생각이 든다."

"아뇨. 그런 거 없어요." 조이는 고개를 흔들더니 시선을 돌렸다.

마리아나는 의심스러운 느낌이 가시지 않았다. 걱정스러웠다.

"조이, 날 믿니?"

"그런 걸 뭐하러 물어요."

"그럼 잘 들어. 이건 중요한 거야. 넌 내게 말하지 않은 게 있어. 난 알아. 느낄 수 있어. 그러니까 날 믿어야 해. 제발……."

조이는 망설이더니 약해졌다. "마리아나, 내 얘기는."

하지만 그 순간 마리아나의 어깨 너머로 뭔가를 본 조이는 입을 다물고 말았다. 순간적으로 조이의 눈에 이상하고 두려워하는 표정이 스쳐 지났다. 그러더니 금세 사라졌다. 조이는 마리아나에게 고개를 돌리더니 머리를 흔들었다.

"그런 거 없어요. 정말이에요."

마리아나는 고개를 돌려 조이가 뭘 봤는지 확인했다. 그곳에는 교회 입구에 포스카 교수와 그의 무리가 서 있었다. 하얀 드레스를 차려입은 아름다운 여자들이 서로 속삭이며 대화에 깊이 빠져 있었다.

포스카는 담배에 불을 붙이고 있었다. 연기 사이로 그는 마리아나와 눈길이 마주쳤다. 그리고 두 사람은 순간적으로 서로 노려보았다. 그 순간 교수는 무리를 벗어나 두 사람에게 웃으며 다가왔다. 마리아나는 교수가 다가오자 조이가 살짝 한숨을 내쉬는 소리를 들었다.

"안녕하세요." 포스카가 두 사람 앞에 와서 말했다. "제 소개를 드릴 시간이 없었군요. 저는 에드워드 포스카입니다."

"저는 마리아나 안드로스예요." 그녀는 결혼 전 이름을 굳이 사용할 생각은 없었다. 어쩌다 보니 그 이름이 입에서 나왔다. "조이의 이모죠."

"누구신지 압니다. 조이가 이모님에 관해 말했죠. 남편분 일은 정말 안됐습니다."

"아." 마리아나는 깜짝 놀라 말했다. "감사합니다."

"그리고 조이 관련해서도 안된 일입니다." 그는 조이를 보며 말했다. "이모부를 잃더니 이제 또 타라를 잃어서 다시 슬퍼하게 되었군요."

조이는 대답하지 않았다. 그냥 어깨를 으쓱하더니 포스카의 눈길을 피했다.

조이는 뭔가 말하지 않은 게 있었다. 뭔가를 피하고 있었다. **포스카를 두려워하고 있어.** 마리아나는 갑자기 그런 생각이 들었다. 왜지?

마리아나는 포스카에게서 전혀 위협하는 기운을 찾아볼 수 없었다. 그녀가 보기에 포스카는 완벽할 정도로 진실하고 공감하고 있었다. 그는 진심에서 우러나오는 표정을 지어 보였다.

"모든 학생을 대신해 유감스럽게 느끼고 있어요." 그가 말했다.

"이번 사건으로 올해 내내 엉망이 될 겁니다. 학교 전체는 아니더라도 말이죠."

조이는 갑자기 마리아나를 향해 돌아섰다. "나, 가야 해요. 친구들 만나서 한잔하기로 했거든요. 이모도 같이 가실래요?"

마리아나는 고개를 저었다. "클러리사 교수님께 들른다고 했어. 내가 나중에 연락할게."

조이는 고개를 끄덕이더니 걸어가기 시작했다.

마리아나는 포스카가 있던 곳으로 고개를 돌렸지만, 놀랍게도 그는 이미 그 자리를 벗어나 성큼성큼 안마당을 걸어서 멀어지고 있었다. 그가 서 있던 곳에는 담배 연기만 남아 이리저리 흔들리다 공기 중으로 사라지고 있었다.

19

"포스카 교수에 관해 말해주세요." 마리아나가 말했다.

클러리사는 은제 찻주전자로 두 개의 섬세한 도자기 컵에 호박색 차를 따르다가 그녀에게 궁금하다는 표정을 지어 보였다. 그녀는 마리아나에게 찻잔과 잔 받침을 건네주었다.

"포스카 교수? 왜 그 사람에 관해 묻니?"

마리아나는 자세한 이야기를 하지 않는 편이 나을 것 같다는 생각이 들었다.

"그냥요." 그녀는 말했다. "조이가 그 사람 얘기를 하길래요."

클러리사는 어깨를 으쓱했다. "난 그 사람 전혀 몰라. 이 학교에 온 지 몇 년밖에 지나지 않았으니까. 아주 수준 높은 사람이야. 미국인이고. 하버드의 로버트슨 밑에서 박사 학위를 땄다더군."

클러리사는 마리아나의 맞은편, 창가에 있는 낡은 연초록색 팔걸이의자에 앉았다. 그녀는 마리아나를 보며 애정 어린 웃음을 지어 보였다. 70대 후반인 클러리사 밀러 교수는 늙어 보이지 않는 얼굴을 헝클어진 잿빛 머리칼 아래에 숨기고 있었다. 하얀 실크 셔츠에 트위드 치마, 헐렁하게 뜬 녹색 카디건을 입었는데, 아마도 카디건은 그녀가 가르치는 학생 대부분보다 더 나이를 먹었을 것이다.

클러리사는 마리아나가 학생일 때 그녀의 지도교수였다. 성 크리스토퍼 칼리지에서 대부분 강의는 교수와 학생 사이에 일대일로 이루어지고 대개 교수의 연구실에서 진행한다. 정오가 지나면 언제나, 심지어 그전이라도 강의를 진행하는 교수의 판단에 따라 술이 제공되기도 했다. 클러리사의 경우에는 대학 지하에 있는 미로와도 같은 와인 저장고에서 가져온 프랑스산 레드 와인이었고, 술을 마시면서 문학과 주도(酒道) 교육이 동시에 진행되었다.

수업이 훨씬 개인적인 방식으로 이루어지기 때문에 교수와 학생 사이의 거리감이 가까워지고 서로 신뢰하게 되면서 친밀해진다. 클러리사는 어머니가 없는 그리스의 소녀 마리아나에게 마음이 흔들렸고, 심지어 강한 호기심을 느꼈다. 그녀는 마리아나가 성 크리스토퍼에서 공부하는 동안 엄마 같은 눈길을 유지했다. 그리고 마리아나의 입장에서는 클러리사에게서 많은 영감을 받았다. 남자들이 판을 치는 분야에서 그녀가 이뤄낸 놀라운 학문적 업적 뿐 아니라 그녀의 지식과 지식을 전하고자 하는 그녀의 열의도 놀라웠다. 그리고 클러리사의 참을성과 친절함(그리고 가끔 드러나는 성마름)은 마리아나가 그동안 만났던 그 어떤 교수보다 클러리사로부터 많은 걸 배울 수 있다는 뜻이었다.

두 사람은 마리아나가 졸업한 뒤에도 가끔 편지와 엽서를 주고받으며 연락을 유지했고, 그러던 어느 날 마리아나는 클러리사로부터 예상치도 못하게 그녀가 모든 악조건을 물리치고 인터넷 시대에 참여했다는 소식을 담은 이메일을 받았다. 그녀는 서배스천이 죽은 뒤 마리아나에게 진심에서 우러난 위로의 이메일을 보내왔는데, 마리아나는 그 이메일이 무척이나 감동적이어서 저장해두고 여러 번 읽고 또 읽었다.

"제가 듣기로는 포스카 교수가 타라를 가르쳤다던데요?"

"그랬지. 그래, 맞아. 불쌍한 아이 같으니…… 내가 알기로는 그 사람이 타라에게 신경을 많이 썼지." 클러리사가 고개를 끄덕였다.

"그래요?"

"그래, 그 사람 말로는 타라는 성적이 아슬아슬하다고 했어. 말썽도 많이 피웠다고 했고." 클러리사는 한숨을 내쉬더니 고개를 흔들었다. "끔찍한 일이야. 끔찍해."

"맞아요. 정말 그래요."

마리아나는 차를 한 모금 마시고 파이프에 담배를 채우는 클러리사를 바라보았다. 검은색 벚나무를 깎아 만든 아름다운 파이프였다. 파이프 담배는 클러리사가 죽은 남편에게서 배운 습관이었다. 그녀의 방에서는 연기 냄새, 그리고 향긋하고 얼얼한 파이프 담배 냄새가 풍겼다. 오랜 세월이 흘러 그 향기는 벽과 책들의 종이, 클러리사 본인의 몸에도 뱄다. 가끔은 냄새가 심하게 풍겼고, 마리아나는 과거의 학생들이 수업 시간에 클러리사가 담배 피우는 걸 반대했다는 사실을 알고 있었다. 결국 클러리사는 보건 기준의 변화를 따랐고, 그녀의 습관을 학생들에게 강요하지 않게 되었다.

그러나 마리아나는 신경 쓰지 않았다. 그저 이곳에 앉아 있는 지금 자신이 파이프 담배 냄새를 얼마나 그리워했는지 깨달았을 뿐이었다. 바깥세상에서 그녀가 아주 드물게 파이프 담배를 만날 때면 냄새를 맡는 즉시 자신감이 생겼고, 냄새를 풍기며 짙게 피어오르는 연기에서 지혜와 배움, 친절함을 느낄 수 있었다.

클러리사는 파이프에 불을 붙이고 연기를 빨아들여 뿜어내더니 구름 같은 연기 뒤로 모습을 감췄다.

"이해하려면 힘을 들여야 해." 그녀는 말했다. "너도 짐작하겠지만 난 도무지 어떻게 해야 할지 모르겠어. 그동안 수도원에서 사는 것처럼 안전했구나, 하는 생각이 들어. 어쩌면 일부러 바깥세상의 무서운 상황을 외면하면서 사는 걸지도 모르지."

마리아나는 속으로 동의했다. 인생에 관해 책을 읽는다고 해서 삶을 사는 준비가 되지는 않는다. 그녀는 그걸 힘들게 배웠다. 하지만 그렇다고 동조하는 말을 하지는 않았다. 그냥 고개만 끄덕였다.

"그런 식의 폭력은 끔찍해. 그 누구도 이해할 수 없을 거야."

클러리사는 파이프로 마리아나를 가리켰다. 그녀는 가끔 파이프를 지시봉 대신 사용했고, 담뱃불이 날다가 불똥이 떨어진 곳에서 깔개에 검은 구멍이 남곤 했다.

"그리스인들은 그런 상황에 맞는 단어가 있다고 했는데. 그런 종류의 분노 말이야."

마리아나는 호기심이 생겼다. "그래요?"

"메니스(Menis). 영어에는 딱히 똑같은 단어가 없어. 너도 기억하겠지만 호머의 일리아드는 'μῆνιν ἄειδε θεὰ Πηληϊάδεω Ἀχιλῆος'인데, 번역하면 '노래해주소서, 오 여신이여, 아킬레스의 메니스를'로 시작하지."

"그 말이 정확히 뭘 뜻하는 거죠?"

클러리사는 잠시 생각에 잠겼다. "내 생각에 가장 가까운 번역은 도저히 어쩔 수 없는 분노야. 끔찍한 분노. 격분이지."

마리아나는 고개를 끄덕였다. "격분, 그렇죠…… 격분한 거죠."

클러리사는 파이프를 작은 은 재떨이에 내려놓았다. 그러곤 마리아나에게 살짝 웃어 보였다.

"네가 여기 와주어 정말 기쁘구나. 큰 도움이 될 거야."

"전 오늘 밤만 지나고 돌아가요. 그냥 조이를 위해서 왔을 뿐이에요."

클러리사는 실망한 눈치였다. "정말?"

"전 런던으로 돌아가야 해요. 환자들도 있고요."

"물론 그렇겠지, 그래도……." 클러리사는 어깨를 으쓱했다. "며칠이라도 더 묵지 않을래? 학교를 위해서라도?"

"제가 어떤 도움이 될 수 있을지 모르겠어요. 저는 심리상담사지 형사가 아니니까요."

"나도 그건 안단다. 너는 집단 상담을 전문으로 하는 심리상담 사지…… 그리고 지금 상황이 집단 문제가 아니면 뭐란 말이냐?"

"그렇죠, 하지만……."

"너 역시 성 크리스토퍼의 학생이었지. 그것만으로 너는 경찰이 아무리 선의라고 해도 도저히 가질 수 없는 통찰력을 갖고 이해한다고 할 수 있어."

마리아나는 머리를 흔들었다. 스스로 곤혹스러워지는 상황에 다시 한번 살짝 짜증스러워졌다.

"전 범죄학자가 아니에요. 이건 명백히 제 분야가 아니라고요."

클러리사는 실망한 것 같았지만 더 말하지는 않았다. 그러는 대신 마리아나를 잠시 바라보다가 좀 더 부드러운 목소리로 말했다.

"용서하렴. 갑자기 어떤 기분인지 네게 묻지 않았다는 게 생각나는구나."

"뭘요?"

"여기 온 거. 서배스천 없이 말이야."

클러리사가 서배스천을 언급한 것은 이번이 처음이었다. 마리아나는 마음이 흔들렸다. 뭐라고 말해야 할지 알 수 없었다.

"어떤 기분인지 모르겠어요."

"묘한 기분이겠지."

마리아나는 고개를 끄덕였다. "묘하다는 말이 딱 맞겠네요."

"티미가 죽은 뒤에 나도 묘한 기분이었어. 그이는 늘 함께 있었거든. 그러다가 갑자기 옆에 없는 거야. 늘 어딘가 기둥 뒤에서 펄쩍 뛰어나와 날 놀라게 할 것 같았어…… 지금도 그래."

클러리사는 티모시 밀러 교수와 30년 동안 부부로 살았다. 케임브리지의 유명한 두 괴짜였던 그들은 자주 함께 시내를 돌아다녔다. 책을 옆구리에 끼고 머리를 빗지도 않고 늘 그렇듯 이상한 양말을 신고 두 사람만의 대화에 푹 빠진 채. 지금까지 마리아나가 만났던 가장 행복한 부부 가운데 하나였다. 10년 전에 티미가 죽을 때까지 그랬다.

"점점 나아질 거야." 클러리사가 말했다.

"그럴까요?"

"계속 앞을 바라보는 것이 중요해. 영원히 어깨 너머로 뒤를 돌아봐서는 절대 안 돼. 미래를 생각해."

마리아나는 고개를 흔들었다. "솔직히 말해서 미래가 전혀 보이지 않아요…… 별로 볼 수 있는 것이 없어요. 전부……."

그녀는 적당한 단어를 찾았다. 그 순간 기억났다.

"마치 베일 뒤에 가려진 것 같아요. 이게 어디서 온 말이죠? 베일 뒤, 베일 뒤……."

"테니슨이지." 클러리사는 머뭇거리지 않고 말했다. "『인 메모리엄』의 56번째 연일 거야. 내가 잘못 안 것이 아니라면."

마리아나는 웃었다. 교수들은 대개 머릿속에 백과사전이 들어 있다. 클러리사의 머리는 도서관 전체와 맞먹는다. 클러리사는 눈을 감더니 외워둔 시구를 읊조렸다.

"오, 삶은 부질없고 연약합니다! 오, 달래주고 축복해줄 당신의 목소리! 대답 또는 보상의 희망은 무엇인가? 베일 뒤, 베일 뒤에서……."

마리아나는 슬픈 표정으로 고개를 끄덕였다. "네…… 그거예요."

"요즘에는 테니슨이 과소평가되는 것 같구나." 클러리사는 미소를 짓더니 시계를 내려다보았다. "오늘 밤 이곳에 머물 생각이라면 묵을 방을 찾아야지. 경비실에 전화해야겠다."

"감사합니다."

"잠시만 기다리렴."

나이 든 여인은 책장으로 다가갔다. 손가락으로 책등을 매만지다가 책 한 권을 찾아냈다. 그녀는 책을 책장에서 꺼내 마리아나의 손에 쥐여주었다.

"여기. 티미가 죽은 뒤에 내게 많은 위안을 준 책이란다."

검은색 가죽 장정이 되어 있는 얇은 책이었다. 『인 메모리엄 A. H. H.』 '앨프리드 테니슨 지음'이라는 글자가 표지에 희미한 금빛 글자로 새겨져 있었다.

클러리사는 마리아나를 향해 단호한 표정을 지어 보였다. "그걸 읽도록 해."

20

모리스가 마리아나에게 방을 구해주었다. 그는 경비반장이었다.

마리아나는 경비실에서 그를 만나고 깜짝 놀랐다. 그녀는 더 나이 많은 모리스 씨도 잘 알고 있었다. 그는 나이가 많고 삼촌처럼 친근한 사람이었고, 학부생들에게 자비롭기로 유명해 대학에서 인기가 좋았다.

그러나 이 모리스는 서른 살도 안 되었을 정도로 젊고 키가 크고 몸이 탄탄했다. 강인한 턱의 소유자였고, 짙은 갈색 머리를 한쪽에 가르마를 타서 빗어 넘겼다. 검은 양복을 입고 파란색과 녹색이 섞인 대학의 넥타이를 매고 검은 중산모자를 쓰고 있었다.

그는 놀란 표정의 마리아나를 보고 웃어 보였다.

"아마도 다른 사람을 생각하고 계셨나 보네요."

마리아나는 당황해하며 고개를 끄덕였다. "그랬어요, 정말요. 모리스 씨."

"그분은 저의 할아버지예요. 할아버지는 몇 년 전에 돌아가셨습니다."

"그렇군요, 죄송해요."

"전혀 아닙니다. 늘 있는 일이죠. 저는 희미한 복제품일 뿐. 다른 수위들이 가끔 제게 일깨워주곤 하거든요." 그는 윙크를 하더니 모자 끝에 손가락을 대 보였다. "이쪽으로 가시죠. 절 따라오세요."

모리스의 예의 바르고 형식을 갖춘 태도는 전혀 다른 시대의 것 같다고 마리아나는 생각했다. 아마도 더 좋은 시대의 태도.

그는 그녀의 만류에도 굳이 그녀의 가방을 대신 들고 갔다.

"이곳에서 저희는 이런 식으로 일합니다. 알고 계시잖아요. 성 크리스토퍼는 시간이 그대로 머물러 있는 곳 가운데 한 곳이죠."

모리스는 그녀에게 웃음을 지어 보였다. 그는 전체적으로 편안해 보였고, 자신감 넘치는 분위기를 풍기는, 마치 땅을 차지하고 있는 영주처럼 보였다. 마리아나의 경험에 따르면 그건 모든 대학의 수위들이 그랬는데, 그래야 마땅했다. 그들 없이 매일 대학을 운영한다면, 모든 것이 금세 엉망이 되어버리고 말 것이다.

마리아나는 모리스를 따라 가브리엘 코트에 있는 방으로 향했다. 졸업반이었을 때 살았던 바로 그곳이었다. 그녀는 옆을 지나며 낡은 계단을 바라보았다. 그녀와 서배스천은 그 돌계단을 수백만 번 오르내렸다.

그녀는 모리스를 따라 안마당의 구석에 있는 팔각형 모양의 탑으로 향했다. 탑은 대리석 판으로 만들어져 있었는데, 오랜 비바람에 지저분해져 있었다. 탑 속에는 대학의 방문객용 침실로 올라가는 계단이 있었다. 두 사람은 안으로 들어갔고 오크나무로 벽을 두른 계단을 타고 2층으로 올라갔다.

모리스가 잠긴 문을 열더니 마리아나에게 열쇠를 건넸다.

"여기 있습니다."

"고마워요."

마리아나는 안으로 걸어 들어가 실내를 둘러보았다. 작은 방에 내닫이창이 달렸고 벽난로가 있고 오크나무 침대에는 구석 네 곳에 꽈배기 모양 기둥이 박혀 있었다. 침대에는 묵직한 꽃무늬 면직물 천으로 만든 덮개와 커튼이 사방에 달려 있었다. 조금 숨이 막힐 것 같다는 생각이 들었다.

"졸업생을 위한 빈방 가운데 괜찮은 방에 속하는 곳입니다. 방이 조금 작기는 하지만요." 모리스는 마리아나의 가방을 침대 옆 바닥에 내려놓았다. "편안하게 지내시길 바랍니다."

"고마워요. 정말 친절하시네요."

두 사람은 살인 사건에 관해서는 이야기를 나누지 않았지만, 마리아나는 왠지 어떤 식으로든 언급해야 할 것 같은 기분이었다. 가장 큰 이유는 그녀가 끊임없이 사건을 생각하고 있기 때문이었다.

"정말 끔찍한 일이 벌어졌네요."

모리스는 고개를 끄덕였다. "정말 그렇죠?"

"이곳 대학에 있는 분들 모두가 정말 엄청나게 놀라고 걱정했을 것 같아요."

"네, 그렇습니다. 할아버지께서 살아생전에 이런 모습을 보지 않아 다행이죠. 이걸 보셨으면 바로 돌아가셨겠지만요."

"알고 지내던 사이였나요?"

"타라요?" 모리스는 고개를 흔들며 말했다. "소문만 들었죠. 타라는…… 유명했다고 해두죠. 걔랑 그 친구들요."

"친구들?"

"그렇습니다. 뭐랄까, 좀…… 문제 있는 여자애들 무리였죠."

"문제가 있다고요? 단어 선택이 흥미롭네요."

"그런가요?"

모리스는 일부러 뭔가를 숨기는 것처럼 말하고 있었고, 마리아나는 이유가 궁금했다.

"그게 무슨 뜻이죠?"

모리스는 웃으며 말했다. "그냥 걔들이 약간…… 거칠다고 해야 하나. 무슨 말인지 아실지 모르겠습니다. 저희는 늘 그들과 그들이 벌이는 파티를 조심스럽게 지켜보고 있었습니다. 몇 번은 강제로 모임을 중단시키기도 했어요. 별일을 다 벌였거든요."

"그렇군요."

모리스의 표정을 읽기는 쉽지 않았다. 마리아나는 그의 깔끔한 예절과 상냥한 태도 안에 무엇이 숨어 있는지 궁금했다. 이 친구는 실제로 어떤 생각을 하는 걸까?

모리스는 다시 미소를 지었다. "타라에 관해 궁금하시면 침실 담당 직원과 얘기하는 게 좋습니다. 그들은 대학에서 어떤 일이 벌어지는지 모두 아는 것 같거든요. 소문은 모르는 게 없죠."

"머릿속에 넣어두죠, 고마워요."

"괜찮으시면 이제 저는 물러가겠습니다. 편안한 밤 보내세요."

모리스는 문으로 걸어가 미끄러지듯 빠져나갔다. 그는 밖에서 조용히 문을 닫았다.

마리아나는 마침내 혼자가 되었다. 길고 지친 하루의 끝이었다. 그녀는 진이 빠져 침대에 걸터앉았다. 시계를 확인했더니 9시였다. 그냥 잠자리에 들어도 될 시간이었다. 하지만 잠을 이룰 수 없으리라는 걸 알았다. 그녀는 너무 흥분했고 혼란스러웠다. 그리고 그 순간 여행 가방을 열던 마리아나는 클러리사가 준 얇은 시집을 발견했다.

『인 메모리엄』. 그녀는 침대에 앉아 책을 펼쳤다. 오랜 세월에 말라붙은 종이는 뒤틀린 모양으로 뻣뻣해졌고, 여기저기 구겨지고 접힌 모습이었다. 그녀는 책을 펼치고 손가락 끝으로 거칠거칠한 책장을 문질렀다.

클러리사가 뭐라고 했더라? 지금은 책이 다르게 보일 거라고 했던가? 서배스천 때문에?

마리아나는 학생 시절 이 시를 읽은 기억이 났다. 다른 사람들처럼 그녀는 시의 길이에 정이 떨어지고 말았다. 길이가 3,000행이 넘었고 전부 읽은 것만으로도 어마어마한 성취감을 느꼈다. 당시에는 시에 대한 별다른 생각이 없었지만, 그때는 어리고 행복했고 사랑에 빠져 있었고 슬픈 시가 필요 없었다.

한 나이 많은 학자가 쓴 소개 글에 앨프리드 테니슨은 불행한 유년기를 보냈다고 적혀 있었다. 테니슨의 '검은 피'는 악명이 높았다. 주정뱅이에다 마약중독자였던 그의 아버지는 폭력으로 그를 학대했다. 테니슨의 형제자매는 우울증과 정신질환으로 고생했고, 모두 정신병원에 가거나 자살했다. 앨프리드는 열여덟 살의 나이에 집에서 도망쳤다. 그리고 마리아나처럼 갑자기 케임브리지라는 자유와 아름다움으로 가득한 세상에 던져졌다. 그리고 그 역시 사랑을 찾았다. 아서 헨리 핼럼과 테니슨의 관계가 성적이었든 그렇지 않았든, 그들의 사이가 깊고 로맨틱했다는 건 분명했다. 처음 만난 날부터 함께 보낸 첫해의 마지막까지 그들은 잠에서 깨어 있는 모든 순간을 함께 보냈다. 그들은 가끔 손을 잡고 함께 걷는 모습을 보여주기도 했다. 그러다 몇 년 뒤 1833년에 핼럼은 갑자기 동맥류로 세상을 떠났다.

테니슨이 핼럼을 잃고 나서 영원히 그 슬픔에서 빠져나오지 못했는지는 논란의 여지가 있다. 테니슨은 우울함에 빠진 채 씻지도 않았고, 결국 슬픔 앞에 포기하고 말았다. 그는 무너져 내렸다. 그 뒤로 그는 17년 동안 슬퍼했고 조금씩 짧은 시를 짓기만 했다. 몇 행, 몇 구절, 엘레지. 모두 핼럼에 관한 시였다. 마침내 이런 시들을 함께 모아 하나의 거대한 시가 완성되었다. 그 시는 『인 메모리엄 A. H. H.』라는 시집으로 출판되었는데, 금세 영어로 쓴 것들 가운데 가장 위대한 시라는 평가를 받았다.

마리아나는 침대 끝에 걸터앉아 책을 읽기 시작했다. 그의 목소리가 고통스러울 정도로 진심이고 그녀에게 익숙하다는 걸 금세 알 수 있었다. 그녀는 그것이 테니슨의 목소리가 아니라 자신의 목소리 같은, 유체가 이탈한 것 같은 이상한 기분을 느꼈다.

"저는 가끔 절반쯤은 그걸 죄라 여깁니다. 제가 느끼는 슬픔을 말로 표현하는 것을. 자연처럼 말이라는 것은 안에 든 영혼을 절반은 드러내고 절반은 감추기 때문입니다."

테니슨은 마리아나와 똑같이 핼럼이 죽고 1년 뒤 케임브리지에 다시 돌아왔다. 그는 핼럼과 함께 걸었던 같은 길을 걸었다. 그는 그 경험에서 '같은 느낌이었지만, 똑같지는 않았다'고 적었다. 그는 핼럼의 방 밖에 서서 '다른 사람의 이름이 문에 적혀 있었다'고 했다.

그 순간 마리아나는 우연히 너무 유명해져서 영어라는 언어 자체에 스며들게 된 부분을 발견했다. 다른 많은 구절 가운데 묻혀 있다가 갑자기 나타난 그 내용은 뒤에서 몰래 다가오는 능력을 갖추고 있었다. 깜짝 놀란 마리아나는 숨이 멎는 것 같았다.

> 무슨 일이 벌어져도 나는 진실로 인정합니다.
> 더없이 슬플 때 저는 그걸 느낍니다.
> 한 번도 사랑해보지 않는 것보다는,
> 사랑했다가 잃는 편이 낫다는 것을.

마리아나의 눈에 눈물이 차올랐다. 그녀는 책을 내려놓고 창밖을 바라보았다. 하지만 밖은 어두웠고, 창문에 비친 그녀의 얼굴만 보였다. 그녀는 뺨에 눈물이 흘러내리는 동안 자신의 모습을 바라보고 있었다.

이제 어디로 가지? 넌 어디로 가고 있어?

뭘 하고 있는 거야?

조이의 말이 옳았다. 그녀는 달아나고 있었다. 하지만 어디로? 다시 런던으로? 그 유령이 나올 것만 같은 프림로즈 힐의 집으로? 그곳은 이제 집이 아니었다. 그냥 그녀가 몸을 숨길 구멍에 지나지 않았다.

마리아나의 의견과 관계없이 조이는 그녀가 이곳에 있기를 원했다. 마리아나는 조이를 아무렇지도 않게 버릴 수 없었다. 그건 물어보나 마나 한 이야기였다.

마리아나는 갑자기 조이가 교회 밖에서 했던 말이 기억났다. 서배스천이라면 마리아나에게 이곳에 머물라고 말했으리라는 이야기. 조이가 옳았다. 서배스천이라면 마리아나가 굴복하지 않고 싸우길 원할 터였다.

그래, 그런 다음엔?

마리아나는 포스카 교수가 안마당에서 보여준 퍼포먼스를 떠올렸다. 어쩌면 '퍼포먼스'라는 단어가 딱 어울릴 것 같은 행동이었다. 그는 조금은 갈고닦은 것처럼, 마치 **연습한 것처럼** 행동하지 않았나? 그는 알리바이까지 갖고 있는데도. 그리고 그랬을 것 같지는 않지만, 함께 있던 학생들이 거짓말하도록 그가 설득하지 않은 다음에야 그는 분명히 결백할 텐데…….

그런데도 그런 행동을?

뭔가 서로 계산이 맞지 않았다. 뭔가 말이 되지 않는 것이 있다.

타라는 포스카가 그녀를 죽이겠다고 협박했다고 했다.

그리고…… 몇 시간 뒤 타라는 죽었다.

며칠 더 케임브리지에 머물면서 타라와 교수와의 관계에 관해 질문을 몇 가지 한다고 해서 문제될 일은 없다. 포스카 교수는 어차피 일련의 조사를 견뎌내야 할 수도 있을 것이다.

그리고 만일 경찰이 그를 수사하지 않는다면, 혹시 마리아나가 이 젊은 여인의 이야기에 귀를 기울여볼 수도 있을 것이다. 그리고 그녀의 말을 심각하게 받아줄 수 있다. 조이가 친구에게 진 마음의 빚을 덜어낼 수 있도록.

다른 누구도 그런 일을 하지 않는다면.

2부 고귀한 처녀들

나는 고통이 잘못된 것이라거나 약한 구석을 드러낸다거나
심지어 질병의 신호라고 생각하는 건
정신분석학에서의 선입견이라고 생각한다.
사실 우리가 아는 가장 위대한 진실은
사람들의 고통을 통해 알려졌을 수도 있다.

_ 아서 밀러

라이스트리곤과 키클롭스들,
그리고 사나운 포세이돈과 마주할 일은 결코 없으리.
네가 그들을 영혼 속에 데려가지 않는다면,
네 영혼이 그들을 스스로 앞에 세우지 않는다면.

_ C. P. 카바피스, 「이타카」

1

오늘 밤도 잠을 이룰 수가 없다. 과하게 힘이 넘치고 너무 긴장했다. 내가 이럴 때면 엄마는 지나치게 흥분해 그런 거라고 말하곤 했다.

그래서 공연히 애쓰지 않기로 했다. 그리고 산책에 나섰다.

아무도 없는 도시의 거리를 헤매고 다니던 나는 여우 한 마리를 만났다. 녀석은 내가 다가가는 소리를 듣지 못했는지 나를 쳐다보고는 깜짝 놀랐다. 그렇게 여우를 가까이에서 본 것은 처음이다. 정말이지 엄청난 생명체다! 그 털가죽, 꼬리까지. 그 검은 눈동자로 나를 쏘아보는 듯한 모습.

녀석의 눈을 들여다보다가…… 내가 본 것이 뭐였지?

뭐라고 표현하기는 힘들다. 순간적으로 그 동물의 눈 속에서 창조의 모든 놀라움, 우주의 신비를 볼 수 있었다. 마치 하느님을 보는 것 같았다. 그리고 순간적이지만 오묘한 기분을 느꼈다. 뭔가의 존재. 마치 하느님께서 그 거리에서 내 손을 잡고 옆에 있는 것 같았다.

갑자기 안전하다는 느낌이 들었다.

차분한 기분이었고 평화로웠다. 마치 분노의 열기가 수그러들고, 망상이 스스로 불타버리는 것 같았다. 나는 내 안의 다른 나를 느꼈다. 내 몸에 있는 좋은 부분이 새벽과 함께 드러나고 있었다……

하지만 그 순간 여우는 사라졌다. 녀석은 어둠 속으로 사라졌고, 태양이 떠올랐다. 하느님은 사라졌다. 나는 혼자였고, 두 개로 갈라졌다.

나는 두 사람이 되고 싶지 않다. 나는 한 사람이 되고 싶다. 나는 전체가 되고 싶다. 하지만 달리 방법이 없는 것 같다. 그리고 그곳 길거리에 서 있으면서 태양이 떠오를 때, 무시무시한 옛 기억이 다시 떠올랐다. 여러 해 전 또 다른 새벽. 또 다른 아침, 마치 오늘과 같았던.

같은 노란 햇빛. 두 사람으로 갈라지던 똑같은 기분.

하지만 어디였지?

언제였지?

애써보면 기억해낼 수 있다는 걸 안다. 하지만 나는 기억해내길 원하나? 그건 뭔가 내가 잊으려고 엄청나게 노력하던 일이라는 느낌이 든다. 내가 그렇게 두려워하는 그건 뭐지? 아버지인가? 나는 여전히 아버지가 우스꽝스러운 악당처럼 바닥의 문을 열고 튀어나와 날 때려눕힐 거라고 믿고 있는 건가?

아니면 경찰? 나는 누군가 갑자기 내 어깨를 잡고 체포해 처벌할 거라고 두려워하는 건가? 내가 저지른 범죄에 대한 심판으로?

난 왜 두려워하는 거지?

어딘가에 분명히 답이 있을 것이다.

그리고 나는 내가 어디를 찾아봐야 할지 알고 있다.

2

다음 날 이른 아침, 마리아나는 조이를 만나러 갔다.

조이는 이제 막 일어난 참인지 비틀거리며 한 손으로는 얼룩말 인형을 움켜쥐고 다른 손으로는 얼굴에서 눈가리개를 막 떼어내고 있었다.

조이는 햇볕이 들어오도록 커튼을 젖히는 마리아나를 눈을 껌벅이며 바라보았다. 조이는 상태가 좋아 보이지 않았다. 눈은 충혈되었고 기진맥진한 것 같았다.

"미안해요, 제대로 자지 못했어요. 계속 악몽을 꿔서."

마리아나는 조이에게 커피 한 잔을 내밀었다. "타라가 꿈에 나왔니? 나도 그런 꿈을 꾼 것 같구나."

조이는 고개를 끄덕이더니 커피를 한 모금 마셨다. "이 모든 일이 악몽 같아요. 타라가 진짜로 사라졌다는 게 믿기지 않아요."

"알아."

조이의 눈에 눈물이 차올랐다. 마리아나는 조이를 달래야 할지 다른 일로 화제를 돌려야 할지 알 수 없었다. 결국 화제를 돌리기로 했다. 책상 위에 잔뜩 쌓인 책을 집어 들고 제목을 살펴보았다. 『말피 공작부인』, 『복수자의 비극』, 『스페인 비극』.

"내가 맞혀볼까? 이번 학기에는 비극을 배우니?"

"복수 비극이죠." 조이는 살짝 신음을 내며 말했다. "너무 바보같아요."

"재미없어?"

"『말피 공작부인』은 괜찮은데…… 재미있어요. 그러니까, 너무 비상식적이에요."

"기억나. 독을 묻힌 성경책에 늑대 인간까지. 하지만 어떻게 된 일인지 지금까지도 먹히잖아? 적어도 난 늘 그렇게 생각했거든." 마리아나는 『말피 공작부인』을 들여다보며 말했다. "진짜 읽은 지 오래 됐구나."

"이번 학기에 ADC 극장에서 공연해요. 그때 와서 보세요."

"그래야겠네. 연극 공연은 멋진 추억이지. 왜 오디션 안 봤어?"

"봤죠. 배역을 못 따내서 그렇지." 조이는 한숨을 내쉬었다. "내 인생이 그렇죠, 뭐."

마리아나는 웃었다. 그 순간 아무 문제도 없는 것처럼 굴던 두 사람의 작은 가식이 무너졌다. 조이는 마리아나를 멍하니 보면서 얼굴을 잔뜩 찌푸렸다.

"돌아갈 거예요? 설마 작별 인사하러 온 거예요?"

"아니야. 난 떠나지 않아. 여기 최소한 며칠 더 남아서 뭔가 좀 알아보기로 했어. 내가 도움이 될 수 있을지 보려고."

"진짜요?" 조이의 눈이 반짝이더니 찌푸렸던 표정이 녹아 사라졌다. "진짜 놀랐어요. 고마워요. ……있잖아요. 내가 어제 한 말, 서배스천이 대신 여기 있었으면 좋겠다고 한 말요. 정말 미안해요."

마리아나는 고개를 흔들었다. 그녀는 이해했다. 조이와 서배스천은 늘 특별한 유대관계를 유지하고 있었다. 조이가 아주 어렸을 때, 조이는 무릎이 까지거나 손을 베거나, 또는 뭔가 위로가 필요할 때면 여지없이 서배스천에게 달려가곤 했다. 마리아나는 신경 쓰지 않았다. 그녀는 아버지를 갖는다는 것이 얼마나 중요한지 알았다. 그리고 서배스천은 조이가 부모를 잃고 난 뒤 아버지에 가장 가까운 사람이었다.

그녀는 미소를 지었다. "사과할 필요 없어. 서배스천은 늘 위기 상황에서 나보다 더 뛰어났으니까."

"서배스천이 우리를 항상 보살펴주고 있을 거예요. 그리고 이제는⋯⋯." 조이는 어깨를 으쓱했다.

마리아나는 격려하듯 웃어 보였다. "이제는 우리가 서로를 보살펴야겠지. 그렇지?"

"좋아요." 조이가 고개를 끄덕이더니 좀 더 확실하게 자신감을 비쳐 보이며 말했다. "20분만 기다리면 샤워하고 준비할게요. 우리가 계획을 짜서⋯⋯."

"무슨 말이야? 너 오늘 강의 없어?"

"있어요, 하지만⋯⋯."

"하지만은 무슨 하지만." 마리아나는 단호하게 말했다. "강의는 들으러 가야지. 수업에 참석해. 나랑은 점심시간에 만나. 그때 얘기하면 돼."

"아, 마리아나 이모."

"안 돼. 절대로. 넌 어느 때보다 바쁘게 움직이는 것이 중요해. 그리고 학업에 집중하는 거야. 알겠지?"

조이는 무겁게 한숨을 내쉬었지만 거부하지 않았다. "좋아요."

"좋아." 마리아나는 조이의 뺨에 입을 맞추며 말했다. "나중에 보자."

마리아나는 조이의 방을 나와 강으로 걸어갔다.

그녀는 대학에서 관리하는 보트하우스 앞을 지났다. 보트하우스 앞에는 성 크리스토퍼 칼리지 소유의 배들이 제방에 묶인 채 물결에 흔들리고 있었다.

마리아나는 걸어가면서 환자들에게 전화해 이번 주 치료 일정을 취소했다.

그녀는 무슨 일인지 환자들에게 말하지 않았다. 그냥 가족에게 급박한 일이 생겼다고만 했다. 환자들 대부분은 그녀의 소식을 잘 받아들였다. 하지만 헨리만은 예외였다. 마리아나는 헨리가 잘 받아들일 거라고 기대하지도 않았는데, 기대한 그대로였다.

"고맙기도 하네요." 헨리는 비꼬듯 말했다. "아주 잘하는 짓이에요. 고마워서 어쩌나."

마리아나는 급한 용무가 생겨서 어쩔 수 없다고 설명했지만, 헨리는 관심도 없었다. 헨리는 마치 아이처럼 자신의 욕구가 좌절된 일만 눈에 보였다. 그의 유일한 관심은 그녀를 벌주는 거였다.

"날 생각하기나 해요? 내게 관심이 있기나 하냐고요?"

"헨리, 이건 내가 어쩔 수 없는……."

"난 어쩌고요? 난 당신이 필요해요, 마리아나. 그건 내가 어쩔 수 없어요. 일이 벌어지고 있어요. 난 여기서 물에 빠져 죽고 있는데."

"그게 무슨 말이에요? 무슨 일 있어요?"

"전화로는 말할 수 없어요. 당신이 필요해요……. 왜 집에 없는 거죠?"

마리아나는 얼어붙었다. 내가 집에 없는 걸 어떻게 알지? 분명히 집에 와서 또 지켜보고 있는 거야.

마리아나는 머릿속에서 갑자기 경보등이 울리기 시작했다. 헨리와의 이런 상황은 계속 유지할 수 없었다. 애초에 이런 상황이 벌어지도록 허락한 자신에게 분노가 느껴졌다. 그녀는 견뎌내야만 했다. 헨리를 처리해야만 했다. 하지만 지금은 아니었다, 오늘은.

"끊어야겠어요." 그녀는 말했다.

"당신 어디 있는지 알아요, 마리아나. 그거 모르죠? 내가 지켜보고 있어. 난 당신을 볼 수 있어요……"

마리아나는 전화를 끊었다. 불안한 기분이 들었다. 강둑 근처와 양쪽의 산책로를 살펴보았지만 어디서도 헨리를 찾아볼 수는 없었다. 당연히 헨리는 없었다. 그냥 겁을 주려고 한 말이었다. 그녀는 미끼에 반응한 자신에게 화가 났다.

그녀는 고개를 흔들었다. 그리고 계속 걸었다.

3

아름다운 아침이었다. 강물을 따라 늘어선 버드나무 사이로 반짝이는 햇빛이 마리아나의 머리 위 나뭇잎들을 빛나는 녹색으로 반짝거리게 만들고 있었다. 그녀의 발아래에 산책로를 따라 드문드문 자라고 있는 야생 시클라멘은 마치 작은 분홍색 나비 같았다. 그런 아름다운 광경은 그녀가 이곳에 와 있는 이유 또는 살인과 죽음에 푹 빠진 그녀의 머릿속 생각과 전혀 어울리지 않았다.

도대체 내가 뭘 하는 거지? 이건 미친 짓이야.

부정적으로 생각하지 않기가 어려웠다. 도무지 아무것도 알 수 없기 때문이었다. 살인범을 어떻게 잡을지 아무런 대책이 없었다. 그녀는 범죄학자도 아니고 줄리언처럼 법의학 심리학자도 아니었다. 그녀가 가진 것이라고는 여러 해 동안 환자들과 상담하면서 쌓아온 인간 본성과 인간 행동에 관한 직관적 지식밖에 없었다. 그것으로 해내야 할 것이다. 자신을 믿지 못하는 상황을 바꾸지 못하면 제대로 해내지 못할 것이다. 자신의 본능을 믿어야만 했다. 그녀는 잠시 생각했다. 어디서 시작해야 하지?

무엇보다 먼저 생각해야 할 것, 그리고 가장 중요한 것은 타라를 이해할 필요가 있다는 사실이었다. 그녀가 어떤 사람이었는지, 누구를 사랑했고 누구를 미워했으며, 누구를 두려워했는지를 알아야 했다. 마리아나는 줄리언이 옳다고 생각했다. 타라는 살인범이 누군지 알고 있었다. 그러니 마리아나는 타라의 비밀을 찾아내야 할 필요가 있었다. 그렇게 어려울 것도 없을 터였다. 이렇게 틀어박혀 사는 소규모 집단의 사람들 사이에서는 소문이 많이 나게 마련이고, 사람들은 각자의 사생활을 서로 많이 알고 지낸다. 예를 들어 타라가 조이에게 말했던 것처럼 진짜로 에드워드 포스카와 관계를 맺고 있었다면 소문이 났을 것이다. 대학에 속한 다른 사람들이 어떤 말을 하는지에 따라 엄청나게 많은 걸 알아낼 수도 있다. 마리아나는 거기서부터 시작해야 했다. 사람들에게 질문을 던져야 했다. 그리고 더 중요한 건 귀를 기울여야 한다는 것이다.

그녀는 좀 더 사람이 많이 다니는 길인 밀 레인으로 들어섰다.

멀리 앞쪽에서 사람들이 걷거나 뛰거나 자전거를 타고 이동하고 있었다. 마리아나는 그들을 찬찬히 바라보았다. 살인범은 이런 사람들 가운데 한 사람일 수 있다. 지금 그녀의 바로 옆에 서 있을 수도 있다. 그녀를 바라보고 있을 수도 있다.

어떻게 범인을 알아볼 수 있을까? 간단하게 답하자면, 알아볼 수 없을 것이다. 줄리언은 스스로 경험 많은 전문가라 주장하지만 그 역시 범인을 알아볼 수 없을 것이다. 마리아나는 만일 정신병에 관해 질문을 받으면 줄리언이 뇌의 전두엽 또는 측두엽의 손상을 언급하리라는 걸 알았다. 그렇지 않으면 의미 없는 일련의 분류표를 인용할 것이다. 반사회적 인격장애, 악성의 자기애. 그 밖에도 높은 지능, 잘생긴 외모, 과장하기 좋아하는 성격, 병적 거짓말, 도덕성에 대한 경멸 같은, 그럴 듯한 특징들을 거론할 것이다. 하지만 그런 모든 것은 아무것도 설명해주지 못한다. 그런 설명으로는 어떤 사람이 어떻게, 그리고 왜 다른 인간을 고장 난 장난감처럼 조각내버리는 무시무시한 괴물이 되어버리는 것인지 설명해주지 못한다.

오래전 정신병은 그냥 '악(惡)'이라고 불리던 적이 있었다. 악에 빠진 사람들은(다른 사람을 해치거나 죽이는 데 기쁨을 얻는 사람들) 메데이아가 자신의 아이들에게 도끼를 든 뒤로 계속 기록에 남아 있으며, 어쩌면 그보다 더 오래된 역사를 갖고 있을 것이다. '사이코패스'라는 단어는 독일의 한 정신과 의사가 1888년에 만들었는데(잭 더 리퍼가 런던을 공포에 떨게 했던 해와 같은 해다) 독일어로 psychopastiche라는 단어에서 비롯되었다. 문자 그대로는 '고통받는 영혼'이라는 뜻이다. 마리아나에게는 이것이 단서였다. 고통받는. 바로 이런 짓을 저지르는 괴물들 역시 고통을 받는 것이다. 그들을 희생자로 생각함으로써 좀 더 이성적이고 좀 더 자비로운 접근을 할 수 있었다. 정신병 또는 사디즘은 절대로 느닷없이 나타날 수 없다. 그건 갑자기 누군가를 감염시키는 바이러스가 아니다. 그건 유년기에 긴 초기 단계를 거친다.

마리아나는 유년기는 반응을 보여주는 경험이라고 믿는다. 그 말은 다른 사람에게 공감하는 경험을 얻기 위해서 우리는 반드시 먼저 공감을 목격해야만 한다는 뜻이다. 내게 공감해주는 사람은 부모거나 나를 돌봐주는 사람들이다. 타라를 죽인 사람도 한때는 어린아이였다. 누구에게서도 공감이나 친절을 느껴보지 못했던 소년. 그는 고통을 겪었다. 그것도 아주 끔찍한 고통을.

물론 많은 아이가 그렇게 끔찍하게 학대당하는 환경 속에서 자라면서도 그들 모두가 살인자가 되지는 않는다. 왜 그럴까? 예전에 마리아나를 가르치던 선생님은 이렇게 말하곤 했다. "어린 시절을 구원하는 데는 많은 것이 필요하지 않습니다." 약간의 친절, 이해와 인정. 어린아이의 현실을 알아보고 이해해줄 수 있는 어떤 사람. 그리고 아이의 정신을 구원해줄 사람.

마리아나는 이번 사건에서 범인에게는 그런 사람이 아무도 없었으리라 추측했다. 친절하게 대해주는 할머니나 좋아하는 삼촌, 선의를 품은 이웃이나 선생님이 그의 고통을 보고 알아내 그것이 현실임을 확인해주지 않았다. 유일한 현실은 그를 학대하는 사람이 장악하고 있었고, 어린아이가 느끼는 부끄러움과 두려움, 분노는 혼자 감당하기에는 너무 위험했다. 그는 어떻게 해야 할지 몰랐다. 그래서 그는 이런 감정들을 해결하지 않았다. 그런 감정들을 느끼지 않았다. 그는 진정한 자신을 희생했고, 느끼지 않은 고통과 분노를 지하세계로, 무의식의 어두운 세계로 가져갔다.

그는 진정한 자신의 모습과의 접촉을 잃었다. 그리고 타라를 외진 범행 현장으로 유혹한 남자는 다른 모든 사람에게 낯선 사람인 것처럼 스스로에게도 낯선 사람일 터였다. 마리아나가 추측하기에 그는 아주 훌륭한 연기자에 흠잡을 곳 없이 정중하고 상냥하고 매력적일 터였다. 하지만 어떻게 된 일인지 몰라도 타라가 그를 자극했을 것이다. 그리고 겁에 질린 그의 내면의 아이가 뛰쳐나와 칼을 손에 쥐었을 것이다.

무엇이 그를 튀어나오게 했을까?

그것이 질문이었다. 만일 마리아나가 그의 머릿속을 들여다보고 그의 생각을 읽을 수만 있다면. 그가 어디 있든.

"안녕하세요?"

마리아나는 뒤에서 들리는 목소리에 깜짝 놀랐다. 그녀는 재빨리 뒤를 돌아보았다.

"죄송해요." 누군가 말했다. "놀라게 하려던 건 아닌데."

기차에서 만났던 젊은 남자, 프레드였다. 그는 자전거를 끌면서 옆구리에는 자료를 잔뜩 낀 채 사과를 먹고 있었다. 그는 씩 웃었다.

"저 기억하세요?"

"네, 기억해요."

"제가 다시 만날 거라고 했죠? 제가 예언했어요. 말한 것처럼 저에게 초능력이 있거든요."

마리아나는 웃음을 터뜨렸다. "케임브리지는 작은 곳이에요. 우연일 뿐이죠."

"정말이에요. 물리학도로서 말씀드리는 겁니다. 우연이라는 건 없어요. 여기 제가 쓰는 논문이 실제로 그걸 증명하고 있어요."

프레드는 옆구리에 낀 종이들을 향해 고갯짓을 해보였다. 그 순간 종이들이 옆구리에서 빠져나갔고, 수학 공식들이 빼곡하게 적힌 종이들이 길 위로 잔뜩 떨어졌다.

"빌어먹을."

프레드는 자전거를 땅바닥에 팽개치더니 날리는 종이들을 잡으러 뛰어다녔다. 마리아나는 무릎을 꿇고 함께 종이를 주웠다.

프레드는 마지막으로 남은 종이를 주우며 말했다. "고마워요."

그는 마리아나의 얼굴에서 한 뼘 떨어진 곳에서 그녀의 눈을 빤히 바라보고 있었다. 두 사람은 잠시 서로를 바라보았다. 멋진 눈이라고 마리아나는 생각했지만 이내 그런 생각을 지워버렸다. 그녀는 일어섰다.

"아직 여기에 계셔서 기뻐요." 프레드가 말했다. "오래 머무실 건가요?"

마리아나는 어깨를 으쓱했다. "모르겠어요. 여기에는 조카 때문에 왔는데, 그 아이에게 좀 나쁜 소식이 있어서요."

"살인 사건 말이죠? 조카분이 성 크리스토퍼에 다닌다고 하셨던 것 같은데 맞죠?"

마리아나는 혼란스러워 눈을 깜박였다. "제가 그런 말씀을 드렸던가요."

"아, 전에 말씀하셨어요." 프레드는 재빨리 말을 이었다. "모든 사람이 그 사건을 이야기하고 있어요. 무슨 일인지 말이에요. 저도 그 사건에 관해 많이 생각했어요. 몇 가지 가설도 세워봤죠."

"어떤 가설이죠?"

"콘래드에 관한 거죠." 프레드는 시계를 들여다보았다. "저는 이제 뛰어가야 할 상황이네요. 그렇지만 나중에라도 같이 한잔하시지 않겠어요? 오늘 밤 어때요? 그때 얘기하죠." 그는 기대에 찬 눈으로 그녀를 바라보았다. "물론 원하신다면 말이에요. 당연히 부담 느끼실 필요는 없어요. 별일 아니니까요……."

그는 혼자 말하면서 곤란해하고 있었다. 마리아나는 제안을 거절해 그를 괴로움에서 벗어나게 해주려고 했다. 하지만 뭔가가 그녀를 막아섰다. 이 친구가 콘래드에 관해 뭘 알고 있는 거지? 어쩌면 그의 머리를 빌릴 수도 있다. 혹시 뭔가 도움이 될 만한 단서를 알고 있을지도 몰랐다. 시도해볼 가치는 있었다.

"좋아요." 그녀는 말했다.

프레드는 놀라움과 흥분이 뒤섞인 표정을 지었다. "진짜요? 끝내주네요. 9시 어때요? 이글에서? 제가 전화번호를 드릴게요."

"전화번호는 필요 없어요. 약속 장소에 나갈 거니까."

"좋아요." 프레드는 웃으며 말했다. "데이트 약속입니다."

"데이트는 아니에요."

"네, 물론 그렇죠. 제가 왜 그런 말을 했는지 모르겠네요. 좋아요…… 그럼 나중에 봐요."

프레드는 자전거에 올라탔다.

마리아나는 프레드가 자전거를 타고 강가 산책로를 따라 사라지는 모습을 지켜보았다. 그런 다음 돌아서서 다시 대학 쪽으로 걷기 시작했다.

시작해야 할 시간이었다. 소매를 걷고 일해야 할 시간.

4

마리아나는 서둘러 메인 코트를 가로질러 무리로 모여 있는 중년의 여성들에게 다가갔다. 모두가 김이 나는 머그잔에서 차를 마시고 비스킷을 나누어 먹으며 수다를 떨고 있었다. 바로 휴식을 취하는 침실 담당자들이었다.

'침실 담당'은 이 대학에서 특별하게 사용하는 용어였고 일종의 제도였다. 수백 년 동안 대학이 있는 지역에 사는 수많은 여성이 대학에 고용되어 침대를 정리하고 쓰레기통을 비우고 방을 청소했다. 그런 업무를 하지만 학생들과 매일 접촉하다 보면 그들의 역할은 가사 지원에 그치지 않고 일상적인 조언까지도 넘나들 것이 분명했다. 마리아나의 침실 담당은 서배스천을 만나기 전까지는 그녀가 유일하게 매일 대화하는 사람일 때도 있었다.

'침실 담당'은 만만치 않은 무리였다. 마리아나는 그들에게 다가가면서 살짝 겁이 났다. 그들이 실제로 학생들을 어떻게 생각할지 궁금했는데, 그건 예전부터 궁금했던 일이었다. 이들 노동자 계급 여성들은 가끔은 버릇없게 구는, 이곳에서 공부하는 젊은 사람들이 가진 특권을 전혀 누리지 못하고 있었다.

어쩌면 이들은 우리 모두를 증오할지도 몰라. 마리아나는 갑자기 그런 생각이 들었다. 그렇다고 해도 그들을 비난할 생각이 없었다.

"안녕하세요, 여사님들." 마리아나가 말했다.

그들이 나누던 대화는 슬그머니 사라졌다. 여자들은 마리아나에게 호기심 어린, 살짝 의심스러워하는 표정을 지어 보였다. 마리아나는 웃어 보였다.

"혹시 절 도와주실 수 있는지 궁금해서요. 저는 타라 햄프턴의 침실 담당을 찾고 있어요."

몇 사람이 뒤쪽에서 담배에 불을 붙이고 있는 여자를 바라보았다. 그 여자는 60대 후반의 나이로 보였지만 더 되었을 수도 있었다. 파란색 작업복을 입었고 다양한 청소도구와 깃털 먼지떨이가 든 양동이를 들고 있었다. 살이 찌지는 않았지만 무신경하고 둥근 얼굴이었다. 빨간색으로 염색한 머리의 뿌리가 하얗게 자라고 있었고, 눈썹은 매일 새로 그리는 모양이었다. 오늘은 눈썹이 이마 쪽으로 높게 그려져서 놀란 표정처럼 보였다. 자신을 콕 집어 말하니 짜증이 좀 난 것 같았다. 그녀는 마리아나에게 긴장한 웃음을 지어 보였다.

"전데요. 엘시라고 해요. 어떻게 도와드리면 될까요?"

"제 이름은 마리아나라고 해요. 저도 예전에 여기서 공부했어요. 그리고……" 마리아나는 즉흥적으로 이야기를 꾸며댔다. "저는 심리상담사예요. 학장님께서 대학에서 일하는 다양한 사람들과 타라의 죽음에 관해 이야기를 나누라고 하셨어요. 그래서 우리가…… 잠시 이야기를 나눌 수 있으면 좋겠는데요."

마리아나는 자신 없게 이야기를 마쳤고, 엘시가 미끼를 삼킬 거라고는 크게 기대하지 않았다. 그녀의 생각이 옳았다.

엘시는 입술을 오므렸다. "난 상담사는 필요 없어요. 내 머리는 아무 이상이 없으니까. 고맙긴 하지만."

"그런 뜻이 아니에요. 사실은 저를 위해서 대화를 하자는 거죠. 제가 어떤 연구를 하고 있거든요."

"글쎄요, 내가 진짜로 별로 시간이 없어서……."

"오래 안 걸려요. 혹시 제가 차 한잔 대접해도 될까요? 케이크도 한 조각 먹으면서?"

케이크 이야기가 나오자 엘시의 눈이 살짝 빛나더니 태도가 부드러워졌다. 그녀는 어깨를 으쓱하고는 담배를 한 모금 빨았다.

"알았어요. 아주 잠깐만 얘기하죠. 점심 전에 계단통 하나를 더 치워야 해서."

엘시는 담배꽁초를 자갈밭에 버리더니 앞치마를 벗어 다른 동료에게 건넸다. 동료는 아무 말도 없이 앞치마를 받아들었다. 그리고 그녀는 마리아나에게 걸어왔다.

"날 따라와요." 그녀가 말했다. "내가 어디가 좋은지 아니까."

엘시가 행진하듯 앞으로 걸어가자 마리아나가 뒤를 따랐다. 그녀가 엘시를 따라 걷느라 고개를 돌리자마자 다른 여자들이 맹렬하게 숙덕거리는 소리가 다시 들렸다.

5

마리아나는 엘시를 따라 킹스 퍼레이드 거리를 걸었다. 그들은 마켓 스퀘어를 지났다. 녹색과 흰색 차양을 친 노점에서는 꽃과 책, 옷을 팔고 있었다. 그리고 빛나는 검은색 난간 뒤에서 세니트 하우스 건물이 하얀색으로 빛나고 있었다. 그들은 초콜릿 가게 앞을 지나쳐 걸었다. 문이 열린 상점 안쪽에서 설탕과 따끈한 초콜릿의 압도적인 달콤한 냄새가 밀려 나왔다.

엘시는 빨간색과 흰색이 섞인 쿠퍼 케틀의 차양 바깥에서 멈춰 섰다. "여기가 내 단골집이에요."

마리아나는 고개를 끄덕였다. "먼저 들어가시죠."

그녀는 학창 시절 다니던 찻집을 떠올렸다.

마리아나는 엘시를 따라 안으로 들어갔다. 실내는 학생과 관광객이 뒤섞여 분주했고, 모두가 각기 다른 언어로 이야기를 나누고 있었다.

엘시는 온갖 케이크가 들어 있는 유리 카운터로 직행했다. 그녀는 브라우니, 초콜릿 케이크, 코코넛 케이크, 애플파이, 레몬 머랭을 눈으로 음미했다.

"이러면 안 되는데. 그래도…… 하나만 먹어볼까?"

그녀는 카운터 안쪽에 있는 나이 많고 머리가 하얀 웨이트리스에게 고개를 돌렸다.

"초콜릿 케이크 한 조각 줘요. 잉글리시 블랙퍼스트 차 하나랑." 그녀는 마리아나에게 고갯짓을 해보였다. "계산은 이분이."

마리아나는 아무거나 차를 한 잔 시켰고, 두 사람은 창가에 자리를 잡고 앉았다.

잠시 침묵이 흘렀다.

마리아나는 웃었다. "혹시 조이라고 제 조카인데, 아실지 모르겠네요? 걔가 타라의 친구예요."

엘시는 끙 소리를 냈다. 별생각이 없는 것 같았다.

"아, 걔가 당신 조카로군요? 그래요, 내가 걔도 보살펴죠. 상당히 귀부인처럼 굴던데."

"조이가요? 그게 무슨 말씀이죠?"

"나한테 아주 무례하게 굴더란 말이죠. 여러 번."

"오, 정말 죄송해요. 조이가 그럴 아이가 아닌데. 제가 따로 얘기를 해둘게요."

"제발 그래 줘요."

잠시 어색한 시간이 흘렀다.

동유럽 출신으로 보이는 젊고 예쁜 웨이트리스가 차와 케이크를 들고 나타났다. 엘시의 안색은 분명히 보일 정도로 환해졌다.

"폴리나, 잘 지냈어요?"

"네, 엘시. 잘 지내시죠?"

"이야기 못 들었어?" 엘시는 눈을 크게 뜨더니 짐짓 떨리는 목소리를 냈다. "엘시가 보살피는 아가들 가운데 한 명이 잔인하게 당했잖아. 강가에서 아주 난도질을 해놨더라고."

"네, 그래요. 들었어요. 너무 안됐어요."

"당신도 몸조심해야 해. 안전하지 않아요. 댁처럼 예쁘고 어린 여자들이 밤에 나다니면 말이야."

"조심할게요."

"좋아요." 엘시는 멀어지는 웨이트리스를 웃으며 바라보았다. 그러더니 관심을 케이크로 돌려 맛있게 먹기 시작했다. "나쁘지 않군." 그녀는 케이크를 먹어가며 말했다. 입가에 묻은 초콜릿이 보였다. "좀 드실래요?"

마리아나는 고개를 저었다. "전 괜찮아요, 감사합니다."

케이크가 능력을 발휘해 엘시의 기분을 좋게 만들었다. 그녀는 케이크를 음미하며 깊이 생각하는 것처럼 마리아나를 바라보았다.

"자, 말해봐요. 정신 상담이 어쩌고 하는 말도 안 되는 이야기는 전혀 믿을 생각이 없어요. 무슨 연구라고 했던가."

"아주 똑똑하시네요, 엘시."

엘시는 낄낄대며 웃더니 찻잔에 설탕 덩어리를 넣었다. "엘시는 허투루 보고 듣는 게 없지."

엘시는 자신을 제삼자인 것처럼 부르며 말하는 당황스러운 습관을 갖고 있었다. 그녀는 마리아나를 뚫어지듯 바라보았다.

"그럼 말해봐요. 진짜로 뭘 묻고 싶은 거죠?"

"전 그냥 타라에 관해 몇 가지 질문을 하고 싶은 것뿐이에요." 마리아나는 비밀을 털어놓는 것 같은 말투로 말했다. "당신은 타라와 가깝게 지내지 않았나요?"

엘시는 살짝 경계하는 표정을 짓더니 되물었다. "누가 그러던가요? 조이?"

"아뇨. 그냥 제가 그렇게 생각한 거예요. 침실 담당이니까 타라를 자주 봤을 거잖아요. 저도 학교 다닐 때 침실 담당과 친했거든요."

"그랬어요? 착한 학생이었군."

"어쨌든 여러분은 중요한 서비스를 제공하니까…… 저는 여러분이 늘 제대로 된 대접을 받고 있는 건지 알 수 없더라고요."

엘시는 열심히 고개를 끄덕였다. "그 말은 맞는 말이지. 사람들은 침실 담당이면 그냥 여기저기 좀 닦고 쓰레기통 몇 개 비우면 되는지 알아요. 하지만 어린 학생들은 처음 집에서 나와 사는 거라서 제대로 자립할 수가 없어요. 누군가 돌봐줘야 한다고요." 그녀는 착한 웃음을 지어 보였다. "그들을 보살피는 사람이 바로 엘시죠. 매일 학생들을 점검하는 것도 엘시고, 매일 아침에 잠을 깨우는 것도 엘시죠. 아니면 밤사이 스스로 목을 매달았으면 죽은 걸 발견하는 것도 그렇고."

마리아나는 깜짝 놀라 잠시 머뭇거린 후 물었다. "타라를 마지막으로 본 게 언제예요?"

"물론 죽던 날이죠…… 절대로 잊을 수 없을 거예요. 그 불쌍한 아이가 죽음으로 걸어가고 있었으니까."

"무슨 말씀이에요?"

"그게, 나는 안마당에서 다른 담당들을 기다리고 있었어요. 우리는 늘 함께 버스를 타고 집에 돌아가거든요. 그런데 타라가 자기 방에서 나오더라고. 엄청나게 화난 것 같았어요. 내가 손을 흔들면서 불렀지만 무슨 일인지 내가 부른 소리를 못 듣더군요. 그렇게 떠나는 걸 봤지만…… 그녀는 돌아오지 않았던 거예요."

"그게 몇 시였어요? 기억해요?"

"정확히 7시 45분이었죠. 내가 그때 시간을 확인하고 있었기 때문에 알 수 있어요. 그때 버스를 놓칠 뻔했거든요." 엘시는 혀를 찼다. "어차피 요새는 버스가 제시간에 오지도 않지만."

마리아나는 찻주전자에서 엘시의 잔에 차를 더 따랐다.

"있잖아요, 타라의 친구들이 좀 궁금하거든요. 그 친구들은 어떤 느낌인가요?"

엘시는 눈썹을 치켜세웠다. "아, 그것들 말이죠?"

"그것들, 요?"

엘시는 웃기만 할 뿐 대답하지 않았다. 마리아나는 조심스럽게 질문을 이어갔다.

"제가 콘래드하고 얘기해보니, 그 친구는 걔들을 '마녀들'이라고 부르던데요."

"걔가 진짜 그랬어요?" 엘시가 낄낄댔다. "마녀들이 더 어울리긴 하네요."

"그 친구들이 마음에 안 드세요?"

엘시는 어깨를 으쓱했다. "걔들은 타라의 친구라고는 할 수 없죠. 타라는 걔들을 미워했어요. 당신 조카만 유일하게 타라에게 착하게 대했죠."

"그럼 다른 학생들은요?"

"아, 걔들은 타라를 괴롭혔지, 불쌍한 것. 타라는 날 끌어안고 울기도 자주 울었고. '당신이 유일한 친구예요, 엘시', '당신을 정말 사랑해요, 엘시'라면서 말이에요."

엘시는 나오지도 않는 눈물을 닦는 시늉을 했다. 마리아나는 구역질이 났다. 엘시의 행동은 방금 그녀가 걸신들린 것처럼 먹어 치운 초콜릿 케이크처럼, 속이 뒤집힐 정도로 달콤했다. 그리고 마리아나는 그 말을 하나도 믿지 않았다. 엘시는 몽상가거나 그냥 옛날식 허풍쟁이였다. 어느 쪽이든 마리아나는 그녀와의 대화가 점점 불편해졌다. 하지만 인내심을 발휘했다.

"그들이 왜 타라를 괴롭혔죠? 이해할 수가 없네요."

"걔들이 질투한 거겠지, 안 그래요? 타라는 아주 아름다웠으니까 말이우."

"그렇군요…… 그냥 그런 이유 말고 다른 건 없었을까요……."

"글쎄요, 그거야말로 조이에게 물어보는 게 가장 좋을 텐데, 안 그래요?"

"조이요?" 마리아나는 깜짝 놀랐다. "그게 무슨 말씀이죠? 조이가 무슨 관계가 있는데요?"

엘시는 대답 대신 수수께끼 같은 웃음을 지어 보였다. "자, 그게 문제로군, 안 그래요?"

그녀는 더는 설명해주지 않았다. 마리아나는 짜증스러웠다.

"그럼 포스카 교수는 어떻죠?"

"그 사람이 뭐요?"

"콘래드 말로는 교수가 타라에게 반했다던데."

엘시는 깊은 인상을 받거나 놀라지 않은 것 같았다. "교수도 남자니까, 안 그래요? 남자들은 다 똑같다니까."

"무슨 뜻이죠?"

엘시는 코를 훌쩍거릴 뿐 더는 말하지 않았다. 마리아나는 대화가 마무리에 이르렀다는 걸 알아차렸다. 아무리 더 쑤셔봐도 냉랭하고 못마땅한 대꾸뿐이었다. 그래서 마리아나는 엘시를 이리로 데려와 칭찬과 케이크로 뇌물을 먹인 진짜 목적을 최대한 자연스럽게 말했다.

"엘시, 제가 혹시 타라의 방을…… 좀 볼 수 있을까요?"

"타라의 방?" 엘시는 거절할 것처럼 보였지만, 그 순간 어깨를 으쓱했다. "본다고 해서 큰일이 나겠어요? 경찰이 이미 전부 훑고 갔는데. 내일 그 방을 싹 치우려던 참인데…… 좋은 생각이 있어요. 여기서 차를 다 마시고 나면 나랑 함께 가봅시다."

마리아나는 기분이 좋아져서 웃었다. "고마워요, 엘시."

6

엘시가 잠긴 타라의 방문을 열었다. 그녀는 안으로 들어가 불을 켰다. 마리아나는 그 뒤를 따라 들어갔다.

다른 10대들 방과 다를 것이 없었고, 그 어떤 방보다 지저분했다. 경찰이 수색한 흔적은 눈에 띄지 않았다. 방금 외출한 타라가 언제든 돌아올 것 같은 느낌이었다. 공기 중에는 여전히 타라의 향수 냄새가 감돌고, 마리화나가 풍기는 사향 냄새가 가구에 배어 있었다.

마리아나는 스스로 뭘 찾고 있는지 알지 못했다. 그녀는 경찰이 놓친 뭔가를 찾고 있었다. 하지만 그게 뭐지? 조이가 혹시라도 뭔가 단서가 될 수도 있다고 생각했던 물건이란 물건은 경찰이 모두 가져가버린 뒤였다.

타라의 컴퓨터와 휴대전화, 아이패드는 보이지 않았다. 옷가지는 남아 있었는데, 옷장을 포함해 팔걸이의자에도 걸려 있고 바닥에도 아무렇게나 쌓여 있었다. 비싼 옷들이 걸레 취급을 받고 있었다. 책도 비슷하게 무시당하고 있었는데, 펼쳐져 읽던 채로 바닥에 놓인 책의 책등이 갈라져 있었다.

"늘 이렇게 지저분했나요?"

"아, 그럼요. 그랬죠." 엘시는 혀를 차더니 관대한 웃음을 지어 보였다. "구제 불능이죠. 내가 돌봐주지 않았더라면 대체 어떻게 살았을지 모르겠네요."

엘시는 침대에 걸터앉았다. 이제는 마리아나를 철석같이 믿는 모양이었다. 대화하는 태도에서 조심성이 사라졌다. 전혀 조심하는 기색은 없었다.

"타라의 부모가 오늘 소지품을 정리할 거라고 합니다. 내가 해주겠다고 했지. 귀찮게 직접 하지 말라고. 그런데 무슨 일인지 내가 대신해주길 원하지 않나 봐요. 어떤 사람들은 비위를 맞출 수가 없다니까. 놀랄 일도 아니지. 난 타라가 부모를 어떻게 생각하는지 알아요. 내게 말했거든. 햄프턴 여사는 건방진 망할 년이에요. 여사라고 붙여줄 것도 없다니까. 그리고 그 남편은 말이지……."

마리아나는 한 귀로 흘려들으면서 엘시 없이 혼자 집중할 수 있기를 바랐다. 그녀는 작은 화장대로 다가가 살펴보았다. 거울 끝에 사진 몇 장이 끼워져 있었다. 그 가운데 한 장은 타라가 부모와 함께 찍은 사진이었다. 믿을 수 없을 정도로 아름다운 타라는 얼굴에서 빛이 나는 것 같았다. 빨간색 머리는 길었고, 얼굴은 세련돼 보였다. 그리스 여신 같은 얼굴이었다.

마리아나는 화장대 위 다른 물건들도 살펴보았다. 향수병 두 개, 약간의 화장품, 머리빗. 그녀는 머리빗을 바라보았다. 빨간 머리칼 한 올이 빗에 묻어 있었다.

"머리칼이 아주 예뻤어요." 지켜보던 엘시가 말했다. "내가 머리를 빗겨주곤 했는데. 그러면 타라가 아주 좋아했죠."

마리아나는 공손하게 웃어 보였다. 그녀는 작은 봉제 인형을 집었다. 폭신한 토끼 인형은 거울을 등지고 앉아 있었다. 오랜 세월 낡고 닳은 조이의 얼룩말과 달리 이 인형은 이상할 정도로 새것 같았다. 거의 손대지 않은 것처럼.

엘시가 재빨리 의문을 풀어주었다.

"내가 사줬어요. 타라가 여기 처음 왔을 때 엄청나게 외로워했거든. 뭔가 부드러운 걸 껴안으면 좋을 것 같았지. 그래서 내가 토끼를 사줬어요."

"정말 친절하시네요."

"엘시는 진심이에요. 타라에게 온수 주머니도 구해줬죠. 여긴 밤에 엄청나게 춥거든요. 담요를 아무리 덮어도 아무 소용이 없으니. 종잇장처럼 얇아서 말이야." 그녀는 살짝 지루해진 듯 하품을 했다. "얼마나 오래 걸릴 것 같아요? 이젠 진짜 가봐야 하는데. 계단통을 청소해야 해서요."

"저 때문에 계시지 않아도 돼요. 혹시⋯⋯ 혹시 저 혼자 조금 더

둘러봐도 될까요?"

엘시는 잠시 생각한 후 입을 열었다. "좋아요. 난 나가서 담배 한 대 피우고 다시 일하러 갈게요. 나갈 때는 문 꽉 당겨서 잠가요."

"감사합니다."

엘시는 문을 닫고 방에서 나갔다. 마리아나는 한숨을 내쉬었다. 정말 다행이군. 그녀는 주위를 둘러보았다. 자신이 뭘 찾고 있는지 모르지만, 아직 찾아내지 못했다. 만일 그것이 눈에 띈다면 알아볼 수 있길 바랐다. 일종의 실마리. 타라의 머릿속 생각을 알 수 있는 무언가. 마리아나가 이해할 수 있도록 도와줄 그 무엇. 하지만 그게 대체 뭘까?

마리아나는 서랍장으로 다가갔다. 서랍을 하나씩 열면서 내용물을 확인했다. 우울하고 소름이 끼치는 일이었다. 마치 타라의 시신에 칼을 대고 몸을 열어서 내장을 들어내는 것처럼 느껴졌다. 마리아나는 타라의 가장 은밀한 소지품을 살펴보았다. 속옷, 화장품, 머리 관련 제품, 여권, 운전면허증, 신용카드. 아기일 때와 어린 시절의 사진들, 자신에게 쓴 것처럼 보이는 편지 같은 메모들, 오래전 쇼핑에서 남은 영수증, 생리대, 코카인을 사용하고 남은 흔적, 피우던 담배, 그리고 마리화나의 흔적들.

이상했다. 타라는 마치 서배스천처럼 사라졌다. 그녀의 물건을 모두 남겨둔 채. 우리가 죽고 나면. 우리가 남긴 모든 것은 불가사의다. 그리고 우리의 소지품은 당연히 낯선 누군가가 차지하겠지.

마리아나는 포기하기로 했다. 뭘 찾고 있는지 모르지만, 이곳엔 없었다. 어쩌면 애초에 존재하지 않았는지도 몰랐다. 그녀는 마지막 서랍을 닫고 방에서 떠나기로 했다. 그런데 문으로 손을 뻗던 그 순간 뭔가가 마음에 걸렸다. 그녀는 돌아서서 한 번 더 방 안을 둘러보았다.

그녀의 눈은 책상 위 벽에 걸린 코르크 알림판에 머물렀다. 안내장, 광고, 엽서, 그리고 사진도 몇 장 붙어 있었다. 엽서 가운데 한 장은 마리아나도 아는 그림이었다. 티치아노의 〈타르퀴니우스와 루크레티아〉였다. 마리아나는 멈춰 서서 좀 더 자세히 엽서를 살펴보았다.

루크레티아는 그녀의 침실 침대 위에 벌거벗은 채 무방비 상태로 앉아 있었다. 타르퀴니우스는 그녀를 짓누르며 빛을 받아 번쩍거리는 단검을 들어 올려 찌르려는 자세를 취하고 있었다. 아름답지만 더할 나위 없이 불안한 모습이었다.

마리아나는 알림판에서 엽서를 뜯어내 뒤집어보았다.

엽서 뒷면에 검은 잉크로 쓴 손글씨가 보였다. 고대 그리스어로 쓴 네 줄의 인용문이었다.

> ἐν δὲ πᾶσι γνῶμα ταὐτὸν ἐμπρέπει·
> σφάξαι κελεύουσίν με παρθένον κόρη
> Δήμητρος, ἥτις ἐστὶ πατρὸς εὐγενοῦς,
> τροπαῖά τ’ ἐχθρῶν καὶ πόλει σωτήριαν.

마리아나는 어리둥절한 채로 엽서를 바라보았다.

7

클러리사는 창가 팔걸이의자에 앉아 파이프를 손에 들고 담배 연기에 둘러싸인 채 무릎 위에 쌓인 과제물을 수정하고 있었다.

"얘기 좀 나눌 수 있을까요?" 마리아나는 문가에서 들어가지도 않은 채 말했다.

"오, 마리아나? 아직 돌아가지 않았구나. 들어와, 들어오렴." 클러리사는 들어오라고 손짓했다. "앉아."

"방해되는 건 아니죠?"

"학부생의 과제물 채점에서 벗어날 수만 있다면 어떤 방해든 환영이지." 클러리사는 웃더니 과제물 뭉치를 내려놓았다. 그녀는 소파에 앉는 마리아나를 호기심 넘치는 표정으로 바라보았다. "떠나지 않기로 한 거니?"

"그냥 며칠이에요. 조이가 절 필요로 해서요."

"좋아. 아주 좋아. 난 아주 기쁘구나." 클러리사는 파이프에 다시 불을 붙이고 잠시 뻐끔거렸다. "자, 그럼 뭘 도와드릴까요?"

마리아나는 주머니에 손을 넣어 엽서를 꺼내고 클러리사에게 건네주었다. "이걸 타라의 방에서 찾았어요. 혹시 무슨 내용인지 아실까 해서요."

클러리사는 잠시 앞면의 그림을 보더니, 엽서를 뒤집었다. 그러고는 눈썹을 치켜세우고 적힌 글귀를 읽었다. "ἕν δὲ πᾶσι γνώμα τ αὐτὸν ἐμπρέπει: / σφάξαι κελεύουσίν με παρθένον κόρη / Δήμητρος, ἥτις ἐστὶ πατρὸς εὐγενοῦς, / τροπαῖα τ᾽ ἐχθρῶν καὶ πόλει σωτήριαν."

"무슨 내용이에요?" 마리아나가 물었다. "알아보시겠어요?"

"내 생각에는…… 에우리피데스야. 내 기억이 잘못된 것이 아니라면 〈헤라클레스의 자녀들〉일 거야. 잘 알고 있는 작품이니?"

마리아나는 읽어보기는커녕 들어본 적도 없는 작품이어서 순간적으로 부끄러워졌다. "생각이 잘 안 나네요."

"무대는 아테네란다." 클러리사는 파이프로 손을 뻗으며 말했다. "데모폰 왕은 미케네의 공격을 받아 아테네를 보호하기 위한 전쟁을 준비하고 있었어." 그녀는 파이프를 입 한쪽 끝으로 물고 성냥으로 다시 불을 붙였다. 그리고 뻐끔거리면서 말했다. "데모폰은 전쟁에서 이기기 위한 신탁을 받아보게 되는데…… 인용문은 연극의 바로 그 부분에서 등장해."

"그렇군요."

"도움이 되니?"

"별로요."

"그래?" 클러리사는 손을 저어 연기를 밀어냈다. "어떤 부분이 어렵다는 거야?"

마리아나는 질문을 듣고 웃었다. 가끔 똑똑한 클러리사도 조금 둔하게 굴 때가 있었다. "제 고대 그리스어 실력이 좀 녹슬어서 그런 것 같아요."

"아…… 그렇군. 그렇겠지. 미안하구나." 클러리사는 엽서를 슬쩍 보더니 번역했다. "그러니까 대충 어떤 뜻이냐면…… '신탁에 따르면 적을 물리치고 도시를 구하기 위해서는…… 처녀를 한 사람 희생해야 한다. 고귀한 출신의 처녀를.' 이렇게 되는구나."

마리아나는 놀라며 눈을 깜박였다. "고귀한 출신요? 그렇게 적혀 있어요?"

클러리사는 고개를 끄덕였다. "*πατρὸς εὐγενοῦς*, 파트로스 에우게누스 즉 고귀한 자의 딸을, *κόρη Δήμητρος*, 코레 데메트로스에게 바쳐 희생해야만 한다."

"*Δήμητρος*, 데메트로스요?"

"데메테르 여신이지. *κόρη*, 코레는 당연히……."

"딸이군요."

"바로 그거야." 클러리사는 고개를 끄덕였다. "고귀한 처녀를 데메테르의 딸에게 희생해야만 하는 거야. 바로 페르세포네지."

마리아나는 심장이 빠르게 뛰는 걸 느꼈다. 그냥 우연일 뿐이야. 무슨 뜻이 있는 건 아니야.

클러리사는 엽서를 돌려주며 웃었다. "페르세포네는 복수의 여신이야, 너도 알고 있겠지만."

마리아나는 제대로 알지 못해 대꾸하지 못했다. 그냥 고개를 끄덕였다.

클러리사는 그녀를 바라보았다. "괜찮은 거니? 표정이 좀……."

"괜찮아요…… 그냥……."

잠깐이지만 클러리사에게 자신의 기분을 설명할까 생각했다. 하지만 어떻게 말할 수 있겠는가? 복수의 여신과 남편의 죽음이 관련 있다는 미신 같은 생각을? 그런 말을 듣는다면 어느 누가 미친 소리라고 말하지 않겠는가?

설명하는 대신 그녀는 어깨를 으쓱하고 말했다. "조금 아이러니

해서요. 그게 전부예요."

"뭐? 그럼 넌 타라가 귀족 집안 자식이라서 희생당했다는 거야? 정말 너무 불쾌한 아이러니구나."

"혹시 그것보다 더 깊은 의미가 있다고 생각하시는 건 아니죠?"

"그게 무슨 말이야?"

"모르겠어요. 그냥…… 엽서가 왜 있었을까요? 타라의 방에요? 애초에 어디서 온 엽서일까요?"

클러리사는 그게 아니라는 듯 파이프를 흔들어 보였다. "아, 그건 쉬워…… 타라는 이번 학기에 그리스 비극에 대한 논문을 쓰고 있었어. 공부하던 연극 속 내용에서 인용한 글을 적어두었을 가능성 이외에는 별것 없을 거야. 그렇지 않아?"

"그렇겠네요."

"타라 성격과는 좀 어울리지 않는다는 건 나도 인정해…… 포스카 교수도 입증하겠지만."

마리아나는 눈을 깜박였다. "포스카 교수요?"

"그 사람이 타라에게 그리스 비극을 가르쳤어."

"그렇군요." 마리아나는 아무렇지도 않은 듯 말했다.

"그랬지. 어쨌든 그 사람이 그쪽 전문가니까. 아주 똑똑한 사람이야. 여기 있을 때 그 사람 강의를 한 번 들어봐. 아주 인상적이야. 지금까지 출석률이 가장 높은 강의를 한다는 걸 알고 있니? 학생들이 아래층부터 줄을 서서 들어가고, 남은 자리가 없으면 바닥에 앉아 강의를 들어. 그런 이야기를 들어본 적 있어?" 클러리사는 웃더니 재빨리 덧붙였다. "물론, 내 강의도 늘 학생들로 꽉꽉 들어차곤 했지. 그런 면에서 보면 난 아주 운이 좋았어. 하지만 그런 정도가 아니야. 인정할 수밖에 없을 정도인데…… 혹시 포스카가 궁금하다면 조이하고 이야기해보는 게 좋아. 조이가 포스카를 제일 잘 아니까."

"조이요?" 마리아나는 그 말에 깜짝 놀랐다. "그래요? 왜요?"

"뭐, 어쨌든 그 사람이 조이의 지도교수니까."

"아, 그렇군요." 마리아나는 생각에 잠겨 고개를 끄덕였다. "네, 물론 그렇겠죠."

8

마리아나는 조이를 데리고 점심을 먹으러 갔다. 두 사람은 최근에 개업한 근처 프랑스 식당에 갔다. 배고픈 학생들이 방문객이 있을 때 즐겨 찾는 곳이었다.

마리아나가 학생 시절에 가던 식당보다 훨씬 고급스러우면서도 가격이 합리적이었다. 사람이 붐비고 대화와 웃음소리 그리고 포크와 칼날이 접시에 부딪히는 소리가 요란했다. 마늘과 와인, 지글거리는 고기 냄새가 유혹하듯 풍겼다. 베스트와 넥타이를 우아하게 갖춰 입은 웨이터가 마리아나와 조이를 구석 칸막이 자리로 안내했다. 테이블보는 하얗고 의자는 검은색 가죽이었다.

조금 사치하는 기분으로 마리아나는 로제 샴페인 반 병부터 주문했다. 그녀답지 않은 일이어서 조이는 눈썹을 치켜세웠다.

"뭐, 안 될 것 있니?" 마리아나는 어깨를 으쓱하며 말했다. "우리도 기운을 좀 내야 해."

"저도 좋아요." 조이가 말했다.

샴페인이 나왔고, 두꺼운 크리스털 잔에 든 분홍색 거품이 소리를 내며 보글거리는 모습은 두 사람의 기분을 한껏 좋게 만들었다. 그들은 처음에는 타라나 살인 사건에 관해서는 대화하지 않았다. 그저 오래 나누지 못한 이런저런 이야기를 나누었다. 그들은 성 크리스토퍼 칼리지에서 조이가 하는 전공에 관해 이야기를 나눴고, 조이는 이제 3학년이 되는 기분을 털어놓았다. 그리고 자신의 인생과 앞으로의 계획이 명확하지 않다는 사실에 좌절하고 있다고도 말했다.

그러다가 그들은 사랑에 관해 이야기했다. 마리아나는 조이에게 만나는 사람이 있느냐고 물었다.

"당연히 없죠. 여기 남자애들 별로예요." 조이는 고개를 흔들었다. "난 그냥 혼자 노는 게 훨씬 좋아요. 절대로 사랑에 빠지지 않을 거예요."

마리아나는 웃었다. 그런 식으로 말하는 조이가 너무 어린 소리를 한다는 생각이 들었다. 잔잔한 물 같군. 그녀는 조이의 주장에도, 만일 조이가 사랑에 빠진다면 어렵고 깊은 사랑을 할 것 같다는 생각을 했다.

"언젠가 알게 될 거야. 사랑이 찾아오는 거지."

"아뇨." 조이는 고개를 흔들었다. "사양할게요. 제가 아는 바에 따르면, 사랑은 그저 슬픔만을 가져와요."

마리아나는 웃을 수밖에 없었다. "그건 조금 비관적인데."

"현실적인 건 아니고요?"

"그럴 리 있나."

"이모랑 이모부는 어땠어요?"

마리아나는 이렇게 일부러 벨트 아래를 노리고 아무렇지도 않게 날아드는 주먹에 대해서는 준비가 되어 있지 않았다. 제대로 목소리를 내기까지 잠시 시간이 걸렸다.

"서배스천은 슬픔 말고도 많은 걸 내게 주었지."

조이는 갑자기 사과하는 태도를 보였다. "미안해요. 화나게 하려던 건 아닌데……."

"화 안 났어. 괜찮아."

하지만 괜찮지 않았다. 이곳 케임브리지의 이렇게 멋진 레스토랑에서 샴페인을 마시고 있자니 두 사람은 잠시나마 살인 사건과 온갖 불쾌한 일에서 벗어나 이 순간, 작은 공기 방울 속에서 행복하게 존재할 수 있었다. 그런데 지금 조이가 공기 방울을 터뜨렸고, 마리아나는 슬픔, 걱정, 두려움이 한꺼번에 밀려드는 걸 느낄 수 있었다.

그들은 잠시 아무 말 없이 먹기만 했다.

그러다가 마리아나가 낮은 목소리로 말했다. "조이, 어떻게, 괜찮은 거야? 타라 말이야."

조이는 잠시 대답이 없었다. 그러다가 어깨를 으쓱할 뿐 고개는 들지 않았다.

"네, 그리 좋진 않아요. 머릿속에서 떠나질 않아요. 타라가 죽은 모습 말이에요. 도저히 머리에서 밀어낼 수가 없어요."

조이는 마리아나를 바라보았다. 그리고 마리아나는 조이의 좌절에 공감하며 아픔을 느꼈다. 마리아나는 모든 상황을 정리해주고 싶었고, 조이가 어린 소녀였을 때 그랬던 것처럼 그녀의 고통을 날려주고 싶었다. 상처에 밴드를 붙여주고 입을 맞춰주면 씻은 듯 낫던 것처럼. 하지만 그럴 수 없다는 걸 알았다. 그녀는 테이블 위로 손을 뻗어 조이의 손을 꼭 잡았다.

"지금 당장은 믿기 어렵겠지만 괜찮아질 거야."

"진짜요?" 조이는 어깨를 으쓱했다. "서배스천이 죽은 지 1년도 넘었는데 전혀 괜찮아지지 않잖아요. 여전히 괴로워요."

"알아." 마리아나는 조이의 말을 반박할 수 없어 고개를 끄덕였다. 조이의 말이 옳으니 반박해봐야 소용없었다. "우리가 할 수 있는 건 그들이 남긴 추억을 소중하게 여기면서 노력하는 것뿐이야. 그게 최선이니까."

조이는 고개를 들더니 끄덕였다. "좋아요."

마리아나는 말을 이었다. "그리고 타라와의 추억을 기릴 가장 좋은 방법은……."

"범인을 잡는 것?"

"그래. 우리가 잡을 거야."

조이는 그런 생각을 하니 마음이 편해진 것 같았다. 그러곤 고개를 끄덕였다. "그럼, 뭐든 진전이 있었어요?"

"사실은 있었어." 마리아나는 웃었다. "타라의 침실 담당인 엘시와 얘기했는데, 하는 말이……."

"맙소사." 조이는 눈을 굴렸다. "모르실 텐데, 그 여자 사이코패스예요. 타라는 그 여자 아주 싫어했어요."

"아, 정말? 엘시는 타라와 아주 친했다고 했는데? 또 네가 무례하게 굴었다고도 했어."

"그야 그 여자가 사이코니까 그렇죠. 그 여자만 보면 소름이 돋는다니까요."

'사이코'라는 말은 마리아나였다면 사용하지 않았을 테지만, 그녀 역시 조이의 느낌을 모르는 건 아니었다.

"어쨌거나 무례하게 굴다니 너답지 않잖아." 마리아나는 머뭇거리며 말했다. "엘시는 또 네가 이번 사건에 관해 내게 뭔가 말하지 않는 게 있다는 식으로 말했어."

마리아나는 조이를 조심스럽게 바라보았다. 그러나 조이는 어깨만 으쓱해 보이고 말았다.

"어쨌든, 타라가 그 여자 방에 못 들어오게 했다고 말해요? 엘시가 노크도 없이 방에 들어오고 샤워하고 나오는 타라와 일부러 마주치려고 했거든요. 사실상 엘시는 타라를 스토킹했어요."

"그렇구나." 마리아나는 잠시 생각한 다음 주머니에 손을 넣었다. "이건 어떻게 생각하니?"

그녀는 타라의 방에서 찾은 엽서를 꺼냈다. 인용문을 번역해 읽어주고 조이의 의견을 물었다. "혹시 이 글을 타라가 썼을 수도 있다고 생각하니?"

조이는 고개를 흔들었다. "아닐 거예요."

"왜?"

"솔직히 말해서 타라는 그리스 비극에는 전혀 관심이 없었어요."

마리아나는 웃을 수밖에 없었다. "누가 이 엽서를 보냈는지 혹시 모르겠니?"

"전혀 모르겠어요. 이상한 행동이잖아요. 이렇게 소름 끼치는 내용을 적어 보내다니."

"포스카 교수는 어때?"

"교수님이 뭐요?"

"혹시 그 사람이 보냈을 수도 있을까?"

조이는 어깨를 으쓱했다. 별로 설득력이 없다는 것 같았다.

"뭐, 그럴 수도 있긴 한데. 하지만 왜 고대 그리스어로 메시지를 보내요? 그리고 왜 이런 내용을?"

"그러게, 왜 그럴까?" 마리아나는 고개를 끄덕여 보이고는 잠시 조이를 바라보았다. "그 사람 얘기 좀 해봐, 교수 말이야."

"교수님 무슨 얘기요?"

"글쎄, 그 사람 어때?"

조이는 어깨를 으쓱했는데, 얼굴이 살짝 찌푸려졌다. "있잖아요, 마리아나. 그 교수님 얘기는 전부 했어요. 처음에 교수님이 절 가르치기 시작했을 때 제가 이모랑 이모부에게 이야기했는데."

"그랬어?" 마리아나는 그제야 기억을 떠올리며 말했다. "아, 그래. 미국인 교수. 그렇군. 이제 기억나네."

"그래요?"

"그래, 왠지 머릿속에서 지워졌나 봐. 서배스천이 혹시 네가 교수한테 반한 건 아닌지 궁금해하던 기억이 나."

조이는 얼굴을 찡그리고는 놀랄 정도로 격렬하게, 방어벽을 치듯 말했다. "아니에요, 전 반하지 않았어요."

마리아나는 갑자기 조이가 진짜로 포스카에게 반했던 건 아닌지 궁금했다. **진짜로 반했다고 해도 그게 뭐 어때서?** 학생이 교수에게 반하는 일은 흔하다. 특히 에드워드 포스카처럼 카리스마 넘치고 잘생긴 교수라면.

하지만 그녀가 조이의 반응을 잘못 읽었는지도 몰랐다. 그녀는 전혀 엉뚱한 느낌을 잡아낸 것일 수도 있다.

마리아나는 일단 그냥 잊기로 했다.

9

점심 식사를 마치고 그들은 강을 따라 걸어서 학교로 돌아왔다.

조이는 초콜릿 아이스크림을 사서 몰두하며 먹고 있었다. 두 사람은 잠시 다정한 침묵 속에서 걸었다.

그러는 내내 마리아나는 일종의 이중 이미지를 떠올리고 있었다. 하나의 그림 위에 다른 희미한 그림이 겹쳐진 모습이었다. 어린 시절의 조이가 지금 걷는 바로 이곳의 부서지고 갈라진 돌로 이루어진 길을 따라 걸으며 다른 아이스크림을 먹는 모습. 그때 마리아나는 학생이었고 어린 조이는 이곳을 찾아와 서배스천을 처음으로 만났다. 그녀는 조이가 얼마나 부끄러워했는지 기억했다. 그리고 서배스천이 조이의 귀 뒤에서 1파운드짜리 동전을 만들어내는 간단한 마술로 그런 분위기를 어떻게 극복했는지도. 그 마술은 그 뒤로 여러 해 동안 조이에게 큰 즐거움을 주었다.

그리고 지금 서배스천은 물론 그들과 함께 걷고 있었다. 현재에 겹쳐 보이는 또 다른 유령과도 같은 이미지였다.

기억이란 재미있는 거야. 마리아나는 낡고 오래된 나무 벤치 앞을 지나면서 흘깃 바라보았다. 그들, 마리아나와 서배스천은 마리아나의 마지막 시험이 끝난 뒤 이곳 벤치에 앉아 프로세코 와인에 크렘 드 카시스를 섞어 마시고, 전날 밤 파티에서 서배스천이 슬쩍 집어온 파란색 골루아즈 담배를 피우면서 자축했다. 그에게 키스한 생각도 났고, 그의 입술에서 희미하게 느껴지던 술과 담배 냄새가 섞인 향기가 얼마나 달콤했는지도 기억났다.

조이가 그녀를 바라보았다. "이모, 너무 조용한데요. 괜찮아요?"

마리아나는 고개를 끄덕였다.

"잠깐 앉을 수 있을까?" 그리고 그 순간 재빨리 덧붙였다. "이 벤치는 말고." 그녀는 멀리 떨어진 다른 벤치를 가리켰다. "저기 앉자."

두 사람은 멀리 떨어진 벤치로 걸어가 앉았다.

평화로운 장소였다. 물가에 선 버드나무는 얼룩덜룩 그늘을 만들어내고 있었다. 버드나무 가지들이 산들바람에 흔들렸고 가지 끄트머리가 느릿느릿 물에 발을 담그고 있었다. 마리아나는 다리 아래로 흘러가는 펀트(바닥이 평평하고 모난 모양의 작은 배로 삿대로 움직인다-옮긴이)를 바라보았다.

그 뒤로 백조 한 마리가 미끄러지듯 움직였고, 마리아나는 눈으로 백조를 따라갔다. 백조는 부리가 오렌지색이었고 눈 주위는 검은색이 둘러싸고 있었다. 왠지 허름해 보이는 모습이었다. 한때 반짝거리던 깃털은 더러워졌고, 목 주위는 강물에서 묻어난 녹색으로 지저분하게 변했다. 그런 모습임에도 백조는 인상적인 동물이었다. 다 해졌지만 차분해 보였고, 대단히 오만해 보였다. 녀석은 긴 목을 돌리더니 마리아나 쪽을 바라보았다.

상상이었을까? 아니면 진짜 백조가 그녀를 바라본 걸까?

순간적으로 백조가 그녀를 바라보았다. 검은 눈이 마치 차가운 이성으로 그녀를 사로잡는 것 같았다.

그 순간, 녀석의 판단은 끝났다. 백조는 고개를 돌렸고, 마리아나는 풀려났다. 백조는 그녀를 잊었다. 그녀는 다리 아래로 사라지는 백조를 지켜보았다.

"말해봐." 마리아나는 조이를 바라보며 말했다. "그 사람 안 좋아하지?"

"포스카 교수님요? 그렇게 말한 적 없는데."

"그냥 그런 느낌이 들어서 그래. 안 좋아하지?"

조이는 어깨를 으쓱했다. "모르겠는데요…… 교수님은, 좀 현혹하는 사람이라고 할까요."

마리아나는 조이의 말에 깜짝 놀랐고, 정확히 무슨 뜻인지 전부 알 수는 없었다. "넌 현혹되는 걸 안 좋아해?"

"당연히 안 좋죠." 조이는 고개를 흔들었다. "난 내가 어디로 가는지 보고 싶어요. 그 교수님은 뭔가 있어요. 어떻게 표현해야 할지 모르겠는데, 마치 연기를 하고 있달까. 자신이 어떤 사람인 척하지만, 사실은 그렇지 않은 거죠. 마치 자신의 진짜 모습을 보여주기 싫어하는 것 같아요. 어쩌면 제가 잘못 아는 것일 수도 있죠. 모두가 교수님이 굉장한 분이라고 하니까."

"그래, 클러리사도 그 사람이 아주 인기가 높다더구나."

"상상도 못 할 거예요. 마치 종교 집단 같다니까. 특히 여학생들."

마리아나는 갑자기 타라의 추도식에서 하얗게 차려입고 포스카 주위에 모여 있던 여학생들이 떠올랐다.

"타라 친구들 말이야? 무리 지어 다니던 아이들? 걔들 너랑 친구 아니야?"

조이는 단호히 고개를 흔들었다. "절대 아니에요. 난 걔들이 전염병이라도 되는 것 같아서 피해 다녀요."

"그렇구나. 걔들은 인기가 아주 좋은 것 같지 않더구나."

조이는 샐쭉한 표정을 지었다. "누구에게 물어보느냐에 달렸죠."

"그게 무슨 말이야?"

"걔들은 포스카 교수가 제일 아끼는 애들이니까…… 교수님 팬클럽이죠."

"팬클럽이라니 무슨 말이야?"

조이는 어깨를 으쓱했다. "걔들은 따로 스터디그룹이 있어요. 비밀 모임이죠."

"왜 비밀이야?"

"걔네만 모이니까. '특별한' 학생들요." 조이는 눈을 굴렸다. "교수님은 걔들을 메이든스, 즉 처녀들이라고 불러요. 진짜 세상 멍청한 말 아니에요?"

"처녀들이라고?" 마리아나는 얼굴을 찌푸렸다. "여학생만 있어?"

"당연하죠."

"그렇구나."

그리고 마리아나는 알 수 있었다. 아니, 알기 시작했다. 최소한 이 모든 상황이 어디로 연결되는지, 그리고 왜 조이는 말을 아끼고 있는지.

"그럼 타라는 처녀들 중 한 명이었어?"

"네." 조이는 고개를 끄덕였다. "그랬어요."

"그렇구나. 그럼 다른 애들은? 내가 걔들을 만나볼 수 있을까?"

조이는 얼굴을 찌푸렸다. "만나고 싶어요? 걔들이 그다지 살갑게 대하지 않을 텐데."

"지금 어디 있는데?"

"지금요?" 조이는 시계를 들여다보았다. "글쎄요, 포스카 교수는 30분 후에 강의가 있어요. 모두 그곳에 모일 거예요."

마리아나는 고개를 끄덕였다. "그럼 우리도 가야지."

10

마리아나와 조이는 영문학부 건물에 가까스로 시간에 맞춰 도착했다.

그들은 계단식 강의실 건물 밖 알림판에 게시된 오늘의 강의 일정을 살펴보았다. 포스카 교수의 오후 강의는 위층 가장 큰 강의실에서 진행되었다. 그들은 위층으로 올라갔다.

계단식 강의실은 규모가 크고 조명이 밝은 공간으로 검은색 나무 책상이 아래쪽 무대를 향해 줄지어 놓여 있고, 무대 위에는 강단과 마이크가 준비되어 있었다.

포스카의 강의가 인기가 높다던 클러리사의 말은 사실이었다. 강당은 꽉 차 있었다. 두 사람은 뒤쪽 가장 높은 곳에서 두 개의 빈자리를 찾아냈다. 기대감을 품고 강의가 시작되길 기다리는 사람들의 분위기로 봐서는 그리스 비극에 관한 강의라기보다는 콘서트나 연극 같았다.

그 순간 포스카 교수가 들어왔다.

깔끔한 검은색 정장 차림에 머리는 뒤로 모아 단단하게 묶은 모습이었다. 그는 강의 자료가 든 폴더를 들고 무대 위를 걸어 강단으로 향했다. 마이크를 조정하고 잠시 실내를 살펴보더니 고개를 숙였다.

관객들 사이에서 감탄의 소리가 흘러나왔다. 속삭이던 소리마저 사라졌다. 마리아나는 약간 회의적으로 생각할 수밖에 없었다. 집단 상담을 해왔던 경험상 선생님을 사랑하는 무리라면 어떤 무리라도 의심스러웠다. 그런 상황이 좋게 끝나는 법은 없다. 마리아나에게 포스카는 강의하는 교수라기보다는 음울한 팝스타에 가까웠고, 그녀는 포스카가 노래를 부를 것 같다는 생각마저 들었다. 포스카는 고개를 들었지만 노래는 하지 않았다. 놀랍게도 그의 눈에는 눈물이 차 있었다.

"오늘." 포스카는 말했다. "저는 타라에 관해 말하고 싶습니다."

마리아나의 주변에서 속삭이는 소리가 들리고 몇몇은 고개를 돌리며 서로 표정을 주고받았다. 이것은 학생들이 기다리던 상황이었다. 학생 두어 명은 심지어 울음을 터뜨렸다.

포스카의 눈물도 뺨을 타고 흘러내렸지만, 그는 닦아내지 않았다. 그는 눈물이 흘러내림에도 전혀 흔들리지 않고 조용하고 차분한 목소리를 유지했다. 기획력이 아주 좋군. 마이크가 필요 없을 정도야. 마리아나는 생각했다. 조이가 뭐라고 했더라? 항상 연기를 한다고 했던가? 만일 그렇다면 너무 훌륭한 연기라서 마리아나는 (나머지 관객 모두와 마찬가지로) 넘어가지 않을 수 없었다.

"여러분 가운데 많은 분이 아실 겁니다." 포스카가 말했다. "타라는 제가 가르치던 학생이었습니다. 그리고 저는 이곳에 가슴이 찢어지는 상태로 서 있습니다. '절망'했다고 말할 수 있습니다. 오늘 강의는 취소하고 싶었습니다. 하지만 제가 타라에게서 가장 사랑했던 것은 강인하고 두려움을 모르는 모습이었습니다. 타라는 우리가 절망으로 포기하거나 증오에 패하는 걸 원하지 않을 겁니다. 우리는 계속해야 합니다. 계속하는 것만이 악에 대한 우리의 유일한 방어입니다. 친구를 기리는 제일 좋은 방법입니다. 저는 오늘 타라를 위해 이곳에 왔습니다. 여러분도 마찬가지일 겁니다."

우레 같은 박수가 쏟아졌고 관객들은 환호성을 내질렀다. 포스카는 관객의 함성에 고개 숙여 인사하는 것으로 답례했다. 그는 강의 자료를 정리하더니 다시 고개를 들었다.

"신사 숙녀 여러분, 이제 우리가 해야 할 일을 합시다."

포스카 교수는 강연 솜씨가 인상적이었다. 강의 자료를 보는 법이 거의 없고 강의 전체를 즉흥적으로 하는 것 같은 인상을 주었다. 그는 활기 넘치고 매력적이고 재치 있고 열정적이었다. 가장 주목할 점은 현장감이었다. 마치 관객 한 사람 한 사람과 의견을 직접 주고받는 것처럼 느껴졌다.

"오늘." 그는 말했다. "많은 이야깃거리 가운데 그리스 비극에서의 경계에 관해 얘기해보는 것이 좋으리라 생각했습니다. 경계라면 무슨 의미일까요? 자, 안티고네에 관해 생각해봅시다. 그녀는 죽음과 불명예 가운데 선택을 강요당했습니다. 아니면, 그리스를 위해 죽음을 준비해야 하는 이피게니아는 어떻습니까? 오이디푸스는 스스로 눈을 찌르고 방황합니다. 경계는 두 세상의 사이입니다. 인간이라고 할 수 있는 세상의 가장 끄트머리이자 자신이 가진 모든 것을 박탈당한 상태입니다. 지금 사는 삶을 초월해 뭔가 그 너머를 경험하는 것입니다. 비극이 발생하면, 비극은 우리에게 그 경계가 어떤 느낌인지 슬쩍 볼 수 있도록 해줍니다."

그러더니 포스카는 뒤쪽 커다란 스크린에 슬라이드 하나를 비췄다. 대리석 벽에 양각으로 새긴 두 여자의 모습이었는데, 그들은 벌거벗은 젊은 남자 양쪽에 서서 각자 오른손을 남자에게 내밀고 있었다.

"이 두 여인이 누군지 알아볼 수 있는 분?"

모두가 고개를 가로저었다. 마리아나는 그들이 누군지 알 것 같았지만 제발 자기 생각이 틀리길 빌었다.

"여기 두 여신이 있습니다." 그가 말했다. "지금 막 한 젊은 남자를 엘레우시스의 비밀 의식으로 인도하려 하고 있습니다. 물론 이 두 여신은 데메테르와 그녀의 딸 페르세포네입니다."

마리아나는 호흡을 가다듬었다. 마음이 혼란스럽지 않도록 최선을 다했다. 집중하려고 애썼다.

"이것은 엘레우시스 비교(秘敎)입니다." 포스카가 말했다. "엘레우시스의 비밀 종교의 의식이죠. 이런 의식은 정확히 삶과 죽음 사이의 경계적 경험을 가져다줍니다. 그리고 죽음을 초월하는 걸 보여주죠. 이런 비교는 무엇일까요? 엘레우시스는 페르세포네의 이야기입니다. '처녀'라고도 알려졌죠. 바로 죽음의 여신이자 저승 세계의 여왕……."

이야기를 이어가던 포스카는 순간적으로 마리아나와 눈길을 마주쳤다. 그는 아주 살짝 미소를 지었다.

그는 알고 있어. 서배스천에게 무슨 일이 벌어졌는지 알아. 그래서 이런 짓을 하는 거야. 나를 괴롭히기 위해서.

하지만 어떻게 알 수 있지? 말도 안 돼. 불가능한 일이야. 그녀는 아무에게도, 심지어 조이에게조차 말하지 않았다. 이건 그냥 우연에 불과했다. 그게 전부였다. 아무 의미도 없는 일이다. 그녀는 간신히 마음의 안정을 찾았다. 그리고 포스카가 하는 말에 관심을 집중했다.

"엘레우시스에서 딸을 잃었을 때 데메테르는 세상을 겨울의 어둠 속으로 던져버렸고, 결국 제우스가 개입하게 되었습니다. 제우스 신은 페르세포네를 매년 6개월 동안 죽음에서 되살릴 수 있게 했는데, 바로 그게 인간들의 봄과 여름입니다. 그러고 나서 나머지 6개월 동안 그녀는 저승 세계에서 살게 되는데, 그때는 우리에게 가을과 겨울이 찾아옵니다. 밝음과 어둠, 삶과 죽음. 계속해서 삶과 죽음 사이를 오가는 페르세포네의 여행이 엘레우시스의 비밀 종교를 탄생시켰습니다. 그리고 그곳, 엘레우시스 즉 저승 세계로 가는 입구에서 **여러분도** 이런 식의 비밀 의식에 참여할 수 있습니다. 비밀 의식은 여러분에게 여신이 되는 경험을 선물하죠."

포스카가 목소리를 낮추자 사람들은 고개를 앞으로 숙이고 목을 길게 뽑으며 한마디도 놓치지 않으려는 모습을 보였다. 포스카는 관객을 손바닥 위에 올려놓고 있었다.

"엘레우시스의 비밀 의식의 정확한 모습은 수천 년 동안 비밀로 남아 있습니다. 비밀 의식에서 뭘 하는지는 '말해서는 안 되는 것'입니다. 의식은 우리를 언어를 넘어서는 곳으로 인도하기 때문입니다. 비밀 의식을 경험한 사람들은 절대 과거로 돌아갈 수 없습니다. 환상과 유령을 봤다는 이야기, 내세로의 여행에 관한 이야기들이 있습니다. 비밀 의식은 모든 사람, 그러니까 남자, 여자, 노예, 어린 이에게도 열려 있습니다. 꼭 그리스인이어야 할 필요도 없었습니다. 유일하게 필요한 건 그리스어를 할 줄 알아야 한다는 것인데, 그래야 무슨 말을 들었는지 이해할 수 있기 때문입니다. 준비 단계에서 참가자는 **키케온**이라는 음료를 마셔야 합니다. 보리로 만든 것입니다. 그리고 바로 이 보리에서 자라는 검은 버섯을 맥각이라고 부르는데, 그것에 환각제의 속성이 있으며 수천 년 뒤 LSD가 그것에서 만들어집니다. 그리스인들이 알았거나 몰랐거나 그들은 약에 취해 살았습니다. 그러니 왜 환상을 봤다고 했는지 알 수 있겠죠."

포스카는 이 대목에서 윙크를 했고, 관객들은 웃음을 터뜨렸다. 그는 웃음이 잦아들 때까지 기다리더니 좀 더 심각한 어조로 말을 이었다.

"상상해보십시오. 아주 잠깐만이라도. 그곳에 있다고 상상하는 겁니다. 그곳의 흥분과 불안감을 상상해보세요. 많은 사람이 한밤중에 '저승 세계의 입구'에 모여 사제의 인도에 따라 돌로 이루어진 방인 동굴 속으로 줄지어 들어가는 모습을 말이죠. 유일한 불빛이라고는 사제들이 들고 있는 횃불뿐입니다. 얼마나 어둡고 연기가 가득했을까요. 춥고, 돌은 젖어 있고, 거대한 공간을 지나 지하로 점점 더 깊이 내려가면 경계의 공간인 저승 세계와의 국경이 나옵니다. 비밀스러운 행위를 하는 곳은 텔레스테리온이라는 건물입니다. 그곳은 거대한 마흔두 개의 높이 솟은 대리석 기둥이 있는 돌의 숲입니다. 그곳은 수천 명의 새로운 입문자를 한꺼번에 수용할 수 있는데, 다른 사원이 안에 들어 있을 정도로 컸습니다. 바로 아나크토론이라는 곳인데, 오직 사제들만 들어갈 수 있는 신성한 공간입니다. 그곳에 바로 처녀 신의 유물이 보관되어 있습니다."

강의하는 포스카의 검은 눈이 반짝였다. 그는 마치 주문을 외듯 말을 통해 마술을 부렸고, 자신이 말하는 모든 것이 눈앞에 보이는 것처럼 설명했다.

"우리는 그곳에서 정확히 어떤 일이 있었는지 알지 못할 것입니다. 엘레우시스의 비밀은 어쨌거나 비밀로 남았습니다. 하지만 새벽이 되면 새롭게 신봉자가 된 사람들은 죽음과 부활의 경험을 거치고 햇빛 아래로 나오게 됩니다. 그리고 인간이 된다는 것, 살아 있다는 것에 대해 전혀 새로운 이해를 하게 됩니다."

그는 말을 멈추더니 잠시 관객을 바라보았다. 그는 이제 다른 어조로 말하고 있었다. 조용하고 열정적이고 감정적이었다.

"이런 말씀을 드릴 수 있습니다. 이게 바로 고대의 그리스 연극에 관한 설명입니다. 바로 인간이 된다는 걸 의미하죠. 살아 있다는 뜻입니다. 그리고 만일 책을 읽으면서도 그런 걸 느낄 수 없다면, 여러분은 그냥 죽은 언어만을 보고 있는 겁니다. 빌어먹을 전부를 놓치고 있는 겁니다. 저는 그저 연극만을 말하는 것이 아닙니다. 저는 여러분의 삶 속 바로 이 순간을 말하고 있습니다. 만일 여러분이 초월을 인식하지 못하고 있다면, 만일 여러분이 정신을 차려서 운 좋게도 삶과 죽음의 영광스러운 신비를 깨닫지 못한다면, 삶이 즐거움으로 여러분을 가득 채우고 경외감으로 여러분에게 충격을 주지 못한다면…… 여러분은 살아 있는 것이 아닐지도 모릅니다. 그것이 바로 비극이 주는 메시지입니다. 놀라운 경험에 참여하기를 바랍니다. 여러분을 위해, 타라를 위해, 삶을 살아내기를 바랍니다."

바늘 떨어지는 소리도 들릴 것같이 조용했다. 그리고 그 순간 갑자기 격정적이고 자발적인 박수가 우렁차게 터져 나왔다.

박수는 한참 이어졌다.

11

조이와 마리아나는 계단식 강의실에서 빠져나가기 위해 계단에 줄을 서서 기다렸다.

"어때요?" 조이가 궁금하다는 표정을 지으며 물었다. "어떻게 생각해요?"

마리아나는 웃었다. "그게, '현혹된다'는 말이 딱 어울리네."

조이는 웃었다. "제가 그랬잖아요."

두 사람은 햇빛 아래로 나섰다. 마리아나는 주변에서 무리를 지어 서성거리는 학생들을 바라보았다.

"걔들 여기 있니? 처녀들인가?"

조이는 고개를 끄덕였다. "저기 있네요."

조이는 벤치 근처에 모여 이야기하고 있는 여섯 명의 젊은 여자들을 가리켰다. 네 사람은 서 있고 둘은 앉아 있었다. 두 사람은 담배를 피우고 있었다.

건물 주위에서 서성거리는 다른 학생들과 달리 이 여자들은 지저분하거나 괴짜처럼 차려입지 않았다. 그들이 입은 옷은 우아하고 비싸 보였다. 모두 관리를 잘한 몸에 화장도 했고 차림새가 단정했으며 매니큐어도 바른 모습이었다. 그 가운데에서도 가장 눈에 띄는 건 그들의 태도였다. 자신감을 넘어 우월감까지 느껴졌다.

마리아나는 그들을 한참 바라보았다. "상냥해 보이진 않는구나. 네 말이 맞았어."

"그렇다니까요. 전부 밥맛이에요. 스스로 대단히 '중요하다'고 생각해요. 물론 그렇지 않은 건 아니지만, 그래도……."

"왜 그런 말을 해? 왜 쟤들이 중요한 사람인데?"

"글쎄요……." 조이는 어깨를 으쓱했다. 그러곤 벤치 팔걸이에 걸터앉은 키가 크고 금발인 여자를 가리켰다. "예를 들어, 쟤는 칼라

클라크예요. 쟤 아빠가 카시안 클라크죠."

"누구?"

"오, 마리아나. 그 사람 영화배우예요. 진짜 유명한데."

마리아나는 웃었다. "그렇구나. 좋아. 다른 애들은?"

조이는 신중하게 무리 중 다른 여자를 가리켰다.

"왼쪽에 있는, 짧은 검은 머리에 예쁜 애 있죠? 나타샤예요. 러시아에서 왔어요. 쟤 아버지가 엄청난 인물이래요. 러시아 절반이 쟤네 거라던데. 디야는 인도에서 온 공주님이고. 쟤는 작년에 대학 전체에서 최고 학점을 받았어요. 진짜 천재예요. 쟤가 대화하는 애가 베로니카. 쟤 아버지는 미국 상원의원이래요. 아마 대통령 선거에 나가는 거 같은데……." 조이가 마리아나를 슬쩍 바라보았다. "무슨 말인지 알겠죠?"

"그래. 네 말은 쟤들이 똑똑하고 엄청난 특권층의 자식이라는 거잖아."

조이는 고개를 끄덕이며 말했다. "쟤들이 휴가 때 어떻게 지내는지만 들어도 구역질이 날걸요. 언제나 요트에, 개인 소유 섬에, 스키 별장이니 뭐니……."

마리아나는 웃었다. "상상할 수 있어."

"왜 사람들이 쟤들을 미워하는지 알 거예요."

마리아나는 조이를 바라보았다. "사람들이 쟤들을 미워해?"

조이는 어깨를 으쓱하며 말했다. "글쎄요, 어쨌거나 모두 시샘하긴 하겠죠."

마리아나는 잠시 생각했다. "좋아. 한 번 시도해보자."

"뭐를요?"

"쟤들하고 얘기해보자고. 타라, 그리고 포스카에 관해서."

"지금?" 조이는 되묻더니 고개를 흔들곤 다시 입을 열었다. "안 돼요. 통하지 않을 거예요."

"왜?"

"쟤들은 이모를 모르니까 입을 열지 않을 거예요. 아니면 대들 수도 있어요. 특히나 교수님을 거론하면 그러겠죠. 틀림없어요, 말 걸지 말아요."

"넌 쟤들이 무서운 모양이구나."

조이는 고개를 끄덕였다. "네. 무시무시해요."

마리아나가 대꾸하기도 전에 강의실 건물에서 나오는 포스카 교수가 그녀 눈에 띄었다. 그는 여자들에게 걸어갔고, 여학생들은 그를 중심으로 바짝 모여 서서 서로 친밀하게 속삭였다.

"가자." 마리아나가 말했다.

"네? 안 돼요, 마리아나, 그러지 말아요."

하지만 마리아나는 조이를 무시한 채 포스카와 여학생들이 있는 곳으로 행진하듯 다가갔다.

포스카는 다가오는 마리아나를 바라보며 웃었다.

"안녕하세요, 마리아나." 포스카가 말했다. "아까 강의실에서 당신을 본 것 같아서요."

"맞아요."

"강의가 좋았는지 모르겠네요."

마리아나는 적당한 대답을 찾아야 했다. "강의가 아주…… 유익

했어요. 아주 인상적이고요."

"감사합니다."

마리아나는 교수 주위로 모인 젊은 여자들을 바라보았다. "이분들을 가르치시나요?"

포스카는 엷은 미소를 띠며 젊은 여자들을 바라보았다. "일부는 제 학생들입니다. 조금 더 흥미로운 학생들이죠."

마리아나는 학생들을 향해 웃어 보였다. 그들은 차가운 시선으로 그녀의 앞을 막고 선 벽처럼 굴었다.

"저는 마리아나라고 해요. 조이의 이모예요."

마리아나는 주위를 둘러봤지만 조이는 따라오지 않았고, 어디로 갔는지 보이지도 않았다. 마리아나는 웃으며 다시 여자들에게로 고개를 돌렸다.

"저, 타라의 추도식에서 여러분에게 눈길이 갈 수밖에 없었어요. 여러분 모두 하얀색으로 맞춰 입어서 눈에 띄었거든요." 그녀는 웃음을 지어 보였다. "왜 그랬는지 궁금하네요."

여학생들은 살짝 머뭇거렸다. 그러다 그 가운데 한 명인 디야가 포스카를 슬쩍 보더니 입을 열었다.

"제 생각이었어요. 인도에서는 장례식에서 늘 하얀색 옷을 입어요. 그리고 하얀색은 타라가 좋아하던 색이라서……."

그녀는 어깨를 으쓱했고, 다른 사람이 그녀를 위해 마무리를 지었다.

"그래서 우리는 타라를 기리기 위해서 하얀색 옷을 입었어요."

"걔는 검은색을 아주 싫어했거든요." 다른 학생이 말했다.

"그렇군요." 마리아나는 고개를 끄덕이며 말했다. "흥미롭네요."

그녀는 여학생들을 향해 다시 웃어 보였다. 여학생들은 답례로 웃어주지 않았다.

잠시 침묵이 흘렀다.

마리아나는 포스카를 바라보다가 입을 열었다. "교수님. 부탁드릴 게 있는데요."

"말씀하세요."

"학장님께서 제게 심리상담사로서 학생들과 비공식적 대화를 좀 나누고, 이번 사건을 어떻게 견디고 있는지 알아보라고 하셨어요." 마리아나는 여학생들을 바라보며 말을 이었다. "학생 몇 명만 빌릴 수 있을까요?"

마리아나는 최대한 천진난만하게 말했지만, 말하고 나서 여학생들을 지켜보던 그녀는 포스카가 레이저 같은 눈빛으로 자신을 바라보고 있다는 걸 느낄 수 있었다. 마치 평가하려는 것처럼 그녀만을 보고 있었다. 마리아나는 포스카가 그녀의 의도가 순수한 것인지, 아니면 은밀하게 그를 조사하려는 것인지 궁금해한다는 생각이 들었다. 그는 시계를 들여다보았다.

"곧 수업이 있을 예정입니다." 그가 말했다. "하지만 두 명 정도는 데려가셔도 될 것 같습니다." 그는 두 명의 여학생에게 고개를 끄덕여 보였다. "베로니카? 세리나? 어때?"

두 명의 여학생이 마리아나를 바라보았다. 그들이 어떤 기분인지는 도무지 파악할 수 없었다.

"물론 괜찮아요." 베로니카는 어깨를 으쓱하며 말했다. 그녀는 미국식 악센트를 쓰고 있었다. "전 이미 정신과 상담을 받기는 했지만요. 하지만 차 한 잔은 어렵지 않아요."

세리나는 고개를 끄덕였다. "저도요."

"좋아요, 그럼. 같이 차 한잔하시죠." 마리아나는 포스카를 향해 미소를 지었다. "고마워요."

포스카의 검은 눈이 마리아나의 얼굴에서 떠나지 않았다. 그도 그녀를 향해 웃었다.

"별말씀을요. 원하는 모든 걸 얻어내시길 진심으로 바랍니다."

12

마리아나는 영문학부 건물 입구 근처에 몰래 숨은 조이를 찾아냈다. 그녀는 조이에게 함께 가자고 했고, 음료수를 사주겠다는 말에 조이는 조심스럽게 받아들였다. 그들은 메인 코트 모퉁이에 있는 성 크리스토퍼 칼리지 바로 향했다.

대학 바는 전체가 나무로 이루어져 있었다. 오래되어 뒤틀리고 구멍 뚫린 나무 바닥과 오크나무로 장식한 벽에 넓은 바 전체도 나무였다. 마리아나와 세 명의 여학색은 창가의 커다란 오크 테이블에 앉았다. 밖으로 담쟁이넝쿨이 덮은 벽을 내려다볼 수 있는 자리였다. 마리아나는 조이 옆에 앉았고 맞은편에는 베로니카와 세리나가 앉았다.

마리아나는 타라의 추도식에서 감동적으로 성경을 읽던 베로니카의 모습이 떠올랐다. 그녀의 이름은 베로니카 드레이크로 미국의 부자 정치인 집안 출신이었고, 아버지는 워싱턴에서 상원의원으로 일하고 있었다.

베로니카는 놀라울 정도로 아름다웠고 스스로도 그걸 알고 있었다. 머리는 긴 금발인데, 말하면서 머리카락을 만지는 습관이 있었다. 두꺼운 화장으로 입과 커다란 푸른 눈을 강조했다. 몸매도 아주 좋았는데, 몸에 붙는 청바지로 그런 자신의 몸을 드러내고 있었다. 그녀는 자신감이 넘쳤고, 태어났을 때부터 자신이 확보한 이점을 모두 아는 사람이 갖는 무의식적인 위세를 내보이고 있었다.

베로니카는 기네스 맥주를 한 잔 시켜서 빠른 속도로 마셨다. 말이 많은 편이었는데, 말투는 왠지 살짝 과장되어 있었다. 마리아나는 베로니카가 웅변을 따로 배운 게 아닌지 궁금했다. 베로니카가 졸업 후에 배우가 될 생각이 있다고 밝혔을 때 마리아나는 놀라지 않았다. 베로니카의 화장과 품행과 웅변술 속에 전혀 다른 사람이 있다고 생각했다. 하지만 그 인물이 누구인지는 알 수 없었고, 그건 아마 베로니카 자신도 모를 것 같았다.

일주일이 지나면 베로니카의 생일이라고 했다. 그녀는 현재 대학의 우울한 분위기에도 파티를 열려고 계획하고 있었다.

"어쨌든 인생은 계속되어야 하잖아요? 타라도 그걸 원할 거예요. 런던에 그루초 클럽에 방을 따로 잡으려고 해요. 조이, 너도 꼭 와야 해." 그녀가 덧붙인 말에는 설득력이 없었다.

조이는 꿍 소리만 내고는 마시던 음료에 집중했다.

마리아나는 다른 여학생에게 고개를 돌렸다. 세리나 루이스는 조용히 화이트 와인만 홀짝거리고 있었다. 세리나는 날씬하고 체구가 작았는데, 그녀가 앉은 모습을 본 마리아나는 새 한 마리가 앉아 모든 걸 지켜볼 뿐 아무 말도 하지 않는 것 같다고 생각했다.

베로니카와 달리 세리나는 화장을 하지 않았다. 화장이 필요 없었다. 얼굴 피부가 깨끗하고 아무런 결점도 보이지 않았다. 길고 검은 머리는 단단하게 땋아 내렸고, 흐릿한 분홍색 블라우스와 무릎까지 덮는 치마 차림이었다.

세리나는 싱가포르에서 왔지만, 영국식 기숙학교에서만 계속 공부했다. 부드러운 목소리에 누가 들어도 알 수 있는 영국 상류층 악센트를 쓰고 있었다. 세리나는 베로니카가 건방진 만큼 수줍음을 탔다. 그녀는 계속 휴대전화를 확인했다. 한쪽 손은 자석이라도 되는 것처럼 전화기에 붙어 있었다.

"포스카 교수에 관해 말해줄 수 있니?" 마리아나가 말했다.

"교수님의 무엇을요?"

"교수님과 타라가 매우 가까웠다고 하던데?"

"어디서 그런 얘기를 들었는지 모르겠네요. 그 두 사람은 전혀 가깝지 않았어요."

베로니카는 세리나에게 고개를 돌렸다. "그렇지 않아?"

신호라도 받은 것처럼 휴대전화를 두드리고 있던 세리나가 고개를 들었다. 그녀는 고개를 흔들었다.

"응, 전혀 안 그랬지. 교수님은 타라에게 친절했어요. 하지만 걘 그냥 교수님을 이용만 했어요."

"이용해?" 마리아나가 말했다. "어떻게 이용했다는 거지?"

"세리나는 그런 뜻으로 한 말이 아니에요." 베로니카가 끼어들었다. "애 말은 타라가 교수님의 시간과 에너지를 낭비하도록 했다는 말이에요. 포스카 교수님은 우리에게 엄청나게 많은 걸 투자하시거든요. 정말이지 최고의 교수님이에요."

세리나가 고개를 끄덕였다. "이 세상에서 가장 멋진 교수님이죠. 가장 똑똑하시고요. 그리고……"

마리아나는 계속되는 찬양을 막았다. "나는 살인 사건이 났던 날 밤이 궁금해."

베로니카는 어깨를 으쓱했다. "우리는 저녁 내내 포스카 교수님과 있었어요. 교수님 방에서 따로 개인 수업을 하셨거든요. 타라도 참석하기로 했는데, 오지 않았어요."

"그럼 그때가 몇 시였지?"

베로니카는 세리나를 바라보았다. "수업이 8시에 시작했지? 그리고 우리가 언제 끝났더라? 10시?"

"그래, 그 정도일 거야. 10시나 조금 넘어서였지."

"그리고 포스카 교수가 내내 여러분과 함께 있었다는 거지?"

두 여학생이 동시에 대답했다.

"그래요." 베로니카가 말했다.

"아뇨." 세리나가 말했다.

베로니카의 눈에 순간적으로 짜증이 스쳤다. 그러곤 비난하듯 세리나를 쳐다보았다. "너 대체 무슨 말을 하는 거야?"

세리나는 갈팡질팡하는 것 같았다. "아, 나는…… 아니야. 내 말은 교수님이 잠깐 나갔다 왔다는 얘기예요. 밖에 나가서 담배를 피우셨으니까요."

베로니카는 눈길을 거두었다. "그래, 그러셨지. 교수님은 아주 잠깐 나갔다 오셨어요."

세리나는 고개를 끄덕였다. "교수님은 저와 함께 있을 때는 실내에서 담배를 피우지 않으세요. 제가 천식이 있거든요. 정말 배려가 깊으시죠."

문자가 도착했는지 세리나의 휴대전화가 갑자기 소리를 냈다. 그녀는 전화기로 달려들었다. 문자를 읽던 그녀의 표정이 밝아졌다.

"전 가야겠어요." 세리나가 말했다. "누구 좀 만나야 해서요."

"오, 그러셔?" 베로니카는 눈을 굴렸다. "비밀의 남자?"

세리나는 베로니카를 노려보았다. "하지 마."

베로니카는 웃음을 터뜨리더니 노래하듯 말했다. "세리나는 비밀 남자친구가 있대요."

"남자친구 아니거든."

"하지만 비밀은 비밀이잖아. 얘는 남자가 누군지 말 안 해요. 저한테요." 베로니카는 뭔가 안다는 듯 윙크했다. "혹시…… 유부남인가?"

"아니, 유부남 아니야." 세리나는 얼굴이 붉어지며 말했다. "그 사람은 아무것도 아니야. 그냥 친구지. 이제 가야겠어."

"사실은 나도 가야 해. 리허설이 있거든." 베로니카는 조이를 향해 다정하게 웃었다. "네가 〈말피 공작부인〉 연극에 뽑히지 못하다니 정말 유감이야. 아주 멋진 공연이 될 거거든. 연출을 맡은 니코스는 천재야. 언젠가 진짜 유명한 연출자가 될 테지." 베로니카는 의기양양하게 마리아나를 바라보며 말했다. "제가 공작부인 역할이거든요."

"당연히 그렇겠지. 오늘 시간 내줘서 고마웠어, 베로니카."

"별말씀을요."

베로니카는 마리아나에게 음흉한 표정을 지어 보였다. 그러더니 바에서 멀어졌고 그 뒤를 세리나가 따라갔다.

"우웩……." 조이는 빈 음료수 잔을 밀어내며 길게 한숨을 내쉬었다. "말했잖아요. 완전 재수 없다고."

마리아나는 동의할 수밖에 없었다. 그녀 역시 두 사람이 마음에 들지 않았다. 더 중요한 건 오랜 세월 환자들을 대하면서 갈고닦은 솜씨로 볼 때 베로니카와 세리나는 둘 다 그녀에게 거짓말을 했다는 점이었다.

하지만 뭐가 거짓말이지? 거짓말한 이유는 뭐지?

13

오랫동안 나는 그것이 들어 있는 벽장을 여는 것조차 두려워했다.

하지만 오늘 나는 의자를 놓고 그 위에 올라서서 손을 뻗어 작은 고리버들 상자를 꺼내는 내 모습을 발견했다. 그 안에는 내가 잊고 싶었던 모든 것이 들어 있다.

나는 불빛 아래 앉아 상자를 연 후 내용물을 뒤적였다. 슬프고 외로운 사랑 편지들. 내가 두어 명의 여자애들에게 썼지만, 한 번도 보내지 않았던 편지들. 농장에서 보낸 어린 시절에 관한 유치한 글 몇 편. 내가 잊고 있던 끔찍한 시 몇 구절.

그러나 판도라의 상자 속 마지막 물건은 내가 너무나도 잘 기억하는 것이다. 내가 열두 살이던 그해 여름에 썼던 갈색 가죽 일기장. 그 여름에 나는 어머니를 잃었다.

나는 일기장을 펼쳐 페이지를 몇 장 넘겼다. 미숙하고 유치한 손글씨로 쓴 긴 일기가 보였다. 아주 하찮아 보였다. 그러나 이 일기장 속 내용이 없었더라면 내 인생은 매우 달라졌을 것이다.

가끔은 무슨 말을 쓴 것인지 해독하기가 어려웠다. 불규칙하게 휘갈겨 쓴 내용은 특히 뒤로 갈수록 심했다. 마치 뭔가 급박한 듯, 발작적 광기에 사로잡혀 쓴 것 같았다. 온전한 정신일 수도 있지만. 마치 내가 앉은 곳으로 안개가 밀려드는 것 같았다.

그해 여름으로 되돌아가는 길이 나타났다. 어린 시절로 되돌아가는 것이다.

익숙한 여행이었다. 꿈속에서 매우 자주 보던 일이다. 농장에 있는 집으로 가는 구불거리는 흙길에 접어든다.

돌아가고 싶지 않아.

기억하고 싶지 않아…….

그러나, 해야만 한다. 이건 그저 고백이 아니기 때문이다. 이건 내가 잃은 것, 사라진 희망과 잊어버린 질문을 찾는 탐색이다. 설명을 위한 탐구다. 바로 이 어린 시절 일기장에 끔찍한 비밀의 힌트가 들어 있다. 이제 나는 크리스털 공을 들여다보는 점쟁이라도 되는 것처럼 일기장에 조언을 구한다.

하지만 나는 미래를 보려는 것이 아니다.

나는 과거를 찾고 있다.

14

9시가 되자 마리아나는 프레드를 만나러 이글로 향했다.

이글은 케임브리지에서 가장 오래된 술집으로, 1600년대에 그랬던 것처럼 지금도 인기가 높다. 술집은 작고 서로 연결된 목재로 내부를 꾸민 작은 방들의 집합체였다. 촛불이 실내를 밝히고 있고, 구운 양고기와 로즈메리, 맥주 냄새가 났다.

가장 넓은 공간은 RAF(영국 공군) 바라고 부르는 곳이다. 몇 개의 기둥이 고르지 않은 천장을 받치고 있는데, 천장은 제2차 세계대전 때의 그라피티가 뒤덮고 있다. 바에서 기다리던 마리아나는 머리 위쪽에 세상을 떠난 사람들의 메시지가 적혀 있다는 사실을 깨닫게 되었다. 영국과 미국의 비행기 조종사들은 펜과 촛불, 담배용 라이터를 이용해 그들의 이름과 부대 이름을 천장에 새겼고, 그림을 그려두기도 했다. 그중에는 립스틱을 이용해 그린 벌거벗은 여자 그림도 있었다.

아기 같은 얼굴의 바텐더가 마리아나에게 관심을 보였다. 그는 녹색과 검은색 체크무늬 셔츠를 입었다. 그는 설거지 기계에서 김이 피어오르는 접시를 꺼내면서 웃었다.

"뭘 드릴까요, 예쁜 손님?"

"소비뇽 블랑 한 잔요."

"잠시만 기다리세요."

바텐더는 그녀에게 화이트 와인 한 잔을 따라주었다. 마리아나는 돈을 내고 앉을 곳을 찾아 두리번거렸다. 어디나 젊은 커플들이 손을 잡고 로맨틱한 대화에 빠져 있었다. 그녀는 서배스천과 늘 앉던 구석 자리를 일부러 쳐다보지 않았다.

시계를 확인했다. 9시에서 10분이 지나 있었다.

프레드는 늦어지고 있었다. 어쩌면 오지 않을지도 몰랐다. 오히려 그런 생각에 희망이 생겼다. 10분만 더 기다려보고 그냥 가기로 했다.

마리아나는 포기하고 구석 테이블을 바라보았다. 비어 있었다. 그녀는 그곳에 앉아 나무 테이블의 갈라진 부분을 손가락 끝으로 문질렀다. 예전에 그러곤 했던 것처럼. 이곳에 앉아 차가운 와인을 마시며 눈을 감은 채 끊임없이 들려오는, 주위를 가득 채운 수다와 웃음을 듣고 있자니 마치 과거로 되돌아가는 것 같았다. 눈을 감고 있는 한 그녀는 열아홉 살의 모습으로 그곳에 앉아 하얀색 티셔츠에 무릎이 찢어진 색 바랜 청바지 차림의 서배스천이 나타나기를 기다릴 수 있었다.

"안녕하세요." 그가 말했다.

하지만 서배스천이 아닌 엉뚱한 사람의 목소리였다. 마리아나는 눈을 뜨기 전에 잠시 혼란스러움을 느꼈다. 눈을 뜨자 마법은 깨졌다. 목소리의 주인공은 프레드였다. 그는 기네스 맥주를 한 잔 들고 그녀를 향해 웃음 짓고 있었다. 그는 눈동자가 반짝거리고 뺨은 붉어진 것 같았다.

"늦어서 미안해요. 교수님 강의가 늘어져서 자전거를 최대한 빨리 달려서 왔어요. 가로등에 부딪히기도 했어요."

"괜찮아요?"

"괜찮습니다. 가로등은 엉망이 되긴 했지만요. 앉아도 될까요?"

마리아나는 고개를 끄덕였고, 프레드는 자리에 앉았다. 서배스천의 의자에. 마리아나는 다른 테이블로 옮겨 앉아도 되느냐고 물어볼까, 잠깐 고민했다. 하지만 그러지 않기로 했다. 클러리사가 뭐라고 했더라? 어깨 뒤를 그만 돌아보라고 했었지. 그녀는 현재에 집중해야 했다.

프레드는 씩 웃었다. 그러더니 주머니에서 땅콩이 든 작은 봉지를 꺼냈다. 그는 마리아나에게 땅콩을 권했다. 그녀는 고개를 흔들었다.

그는 땅콩 몇 알을 입에 던져 넣고 씹으면서 계속 마리아나와 눈을 맞췄다. 그가 무슨 말이든 하길 기다리면서 잠시 어색한 침묵이 흘렀다. 마리아나는 스스로에게 짜증이 났다. 지금 여기서 이 순진한 젊은이와 뭘 하는 거지? 이런 멍청한 생각을 하다니. 그녀는 자신의 성격에 어울리지 않게 직설적으로 말하기로 했다. 어차피 그녀는 잃을 것이 없었다.

"잘 들어요." 그녀는 말했다. "우리 사이에는 아무 일도 없을 거예요. 무슨 말인지 알죠? 절대로요."

프레드는 목에 땅콩이 걸렸는지 기침을 하기 시작했다. 맥주를 몇 모금 벌컥거리고 나서야 제대로 다시 숨을 쉬었다.

"죄송해요." 그는 당황한 것 같았다. "저는…… 그런 걸 기대하지 않았어요. 무슨 말씀인지 알았습니다. 어차피 급이 다른 건 알아요."

"바보 같은 말 말아요." 마리아나는 고개를 흔들었다. "그런 말이 아니에요."

"그럼 왜죠?"

마리아나는 불편한 마음에 어깨를 으쓱하며 말했다. "이유가 수 없이 많죠."

"하나만 말해보세요."

"그쪽은 저보다 너무 어려요."

"네?" 프레드는 얼굴이 붉어졌다. 분하고 당혹해하는 것 같았다. "그거야말로 웃기는 소리네요."

"몇 살인데요?"

"보기보다 많아요. 이제 곧 스물아홉이 됩니다."

마리아나는 웃었다. "웃기지 말아요."

"왜요? 나이가 어떻게 되는데요?"

"나이를 올려서 말할 필요가 없을 정도로 먹었어요. 서른여섯이 에요."

"그래서요?" 프레드는 어깨를 으쓱했다. "나이는 상관없어요. 느낌이 중요하죠." 그러곤 마리아나를 바라보았다. "사실 처음 기차에서 만났을 때 언젠가 제가 청혼하게 되리라는 강력한 예감을 느꼈어요. 당신은 예스라고 말할 거고요."

"글쎄요, 당신 말이 틀렸네요."

"왜요? 혹시…… 결혼하셨어요?"

"그래요. 아니, 내 말은……."

"남자가 떠난 건 아니겠죠? 그런 얼간이가 있나."

"그래요, 나도 그런 생각을 자주 해요." 마리아나는 한숨을 쉬고 재빨리 말을 이어 제대로 말했다. "그이는 죽었어요. 1년 전쯤. 말하기가 쉽지 않네요."

"죄송합니다." 프레드는 기가 죽은 것 같았다. 잠시 아무 말도 하지 않았다. "이제 바보가 된 기분이에요."

"그러지 말아요. 당신 잘못이 아니잖아요."

마리아나는 갑자기 너무 피곤해졌고, 온몸에 힘이 빠졌다. 남은 와인을 전부 마셔버렸다.

"그만 가야겠어요."

"아뇨, 아직 안 돼요. 살인 사건에 관해 제가 어떻게 생각하는지 말씀 안 드렸잖아요. 콘래드에 관해서도요. 그 얘기 때문에 여기 오셨잖아요?"

"어떻게 생각하죠?"

프레드는 익살맞게 곁눈질로 그녀를 보았다. "제 생각에 경찰이 엉뚱한 사람을 잡는 것 같아요."

"그래요? 왜 그렇게 말하죠?"

"저는 콘래드를 만나봤어요. 아는 친구예요. 그 친구는 살인자가 아닙니다."

마리아나는 고개를 끄덕였다. "조이도 같은 생각이에요. 하지만 경찰은 다르게 생각하죠."

"글쎄요, 저는 계속 생각하고 있어요. 내가 사건을 풀어볼까 하는 생각도 있어요. 저는 퍼즐 푸는 걸 좋아해요. 그런 쪽으로 머리가 발달했거든요." 프레드는 그녀를 보며 웃었다. "어떠세요?"

"뭐가요?"

"당신하고 저요." 프레드는 씩 웃으며 말했다. "팀이 되는 거요.

함께 사건을 해결해볼까요?"

마리아나는 잠시 생각했다. 어쩌면 프레드의 도움을 받을 수도 있다는 생각에 마음이 흔들렸다. 하지만 나중에 후회할 것이다. 그녀는 고개를 흔들었다.

"아니에요. 하지만 고마워요."

"그럼, 혹시 마음이 바뀌면 알려주세요." 프레드는 주머니에서 펜을 꺼내더니 맥주잔 받침대 뒷면에 자신의 전화번호를 적었다. 그는 받침대를 그녀에게 건네주었다. "여기요. 혹시 뭐든 필요하면, 그게 뭐든 연락하세요."

"고마워요. 하지만 난 여기 오래 있지 않을 거예요."

"계속 그런 말을 하지만, 어쨌든 계속 여기 계시잖아요." 프레드는 웃었다. "당신에게 좋은 느낌이 들어요, 마리아나. 감이죠. 저는 직감을 아주 철석같이 믿거든요."

술집을 나서면서 프레드는 즐겁게 마리아나와 이야기를 나누었다. "그리스에서 오셨죠?"

그녀는 고개를 끄덕였다. "그래요. 아테네에서 자랐어요."

"아, 아테네는 재미있는 곳이죠. 전 그리스를 아주 좋아해요. 여기저기 섬에도 많이 가봤어요?"

"몇 군데는 가봤죠."

"낙소스 섬은요?"

그 질문에 마리아나는 얼어붙었다. 길거리에 어색하게 선 채 시선을 내리깔았다.

"네?" 그녀는 나지막이 물었다.

"낙소스 섬 말이에요. 작년에 갔었어요. 저 수영 잘하거든요. 다이빙을 더 자주 하지만요. 거기 다이빙하기 좋아요. 가봤어요? 거긴 진짜 한 번……."

"가야겠어요."

마리아나는 눈에 고인 눈물을 프레드가 보기 전에 돌아서서 뒤돌아보지 않고 걸었다.

"이런." 프레드가 말하는 소리가 들렸다. 약간 충격을 받은 것 같았다. "좋아요. 나중에 봐요."

마리아나는 대답하지 않았다.

그냥 우연일 뿐이야. 아무 의미도 없어. 잊어버려. 아무것도 아니야. 아무것도.

그녀는 섬에 관해 들었던 이야기를 머릿속에서 지워버리려 애쓰면서 계속 걸었다.

15

프레드와 헤어진 마리아나는 서둘러 학교로 돌아왔다.

하루가 지날수록 저녁이면 날씨가 추워졌고, 공기 중에 냉기마저 살짝 감돌았다. 강 위로 안개가 퍼지고 있었다. 멀리 앞쪽 길거리는 구름 같은 안개 속으로 사라졌고, 땅 위로 짙은 연기처럼 안개가 맴돌았다.

마리아나는 이내 누군가 뒤를 밟고 있다는 걸 깨달았다.

이글에서 나온 뒤 금방 누군가 바로 뒤에서 같은 방향으로 걷는 소리가 들렸다. 뚜벅거리는 묵직한 소리로 보아 남자였다. 딱딱한 바닥을 댄 신발이 힘이 넘치게 반복적으로 자갈밭을 밟는 소리가 아무도 보이지 않은 길거리에 울려 퍼졌다. 바로 그녀 뒤쪽이었다. 뒤를 돌아보지 않고는 얼마나 가까이 따라오고 있는지 파악하기 어려웠다. 용기를 내서 어깨 너머 뒤를 바라보았다.

아무도 보이지 않았다. 그녀가 눈으로 볼 수 있는 곳에는 사람이 보이지 않았지만, 안개 때문에 멀리까지 볼 수 없었다. 구름 같은 안개가 도로를 감싸고 집어삼키고 있었다.

마리아나는 계속 걸었다. 모퉁이를 돌았다.

몇 초 뒤 발소리가 그녀를 따라왔다.

속도를 높였다. 발소리도 빨라졌다.

다시 뒤를 돌아보았다. 그리고 이번에는 누군가 보였다.

어떤 남자의 그림자가 멀지 않은 뒤쪽에서 보였다. 남자는 가로등 불빛을 피해 벽 쪽으로 움직이더니 어둠 속으로 모습을 숨겼다.

마리아나는 심장이 빨리 뛰는 게 느껴졌다. 달아날 생각으로 주위를 둘러보았다. 도로 건너편에 남자와 여자가 팔짱을 끼고 걷고 있었다. 재빨리 보도에서 내려가 도로를 건너 그들에게 다가갔다.

하지만 그녀가 반대편 보도에 올라서는 순간 두 사람은 계단을 올라 현관문을 열더니 건물 안쪽으로 사라졌다.

마리아나는 발소리를 들으며 계속 걸었다. 뒤를 슬쩍 돌아보니 남자가 보였다. 어두운 색 옷차림을 한 남자의 얼굴은 어둠 속에서 보이지 않았다. 남자는 안개 낀 도로를 건너 그녀를 따라왔다.

마리아나는 왼쪽으로 보이는 좁은 골목길을 발견했다. 재빨리 결정을 내린 그녀는 골목으로 접어들었다. 뒤를 돌아보지 않은 채 내달렸다.

골목을 따라 강이 있는 곳까지 계속 뛰었다. 앞에 나무다리가 보였다. 계속 앞으로 달려 서둘러 다리 위로 올라갔다. 강을 건너 건너편으로 넘어갔다.

물가는 더 어두웠고 어둠을 밝힐 가로등조차 없었다. 짙어진 안개 때문에 살갗이 축축하고 차가웠는데, 마치 눈이 덮인 곳처럼 차가운 냄새가 느껴졌다.

마리아나는 조심스럽게 나뭇가지 아래로 몸을 숙였다. 나무 뒤쪽으로 돌아 들어가 숨었다. 나무 밑동을 붙잡자 부드럽고 축축한 느낌이 들었다. 최대한 꼼짝하지 않고 조용히 있었다. 숨을 느리게, 소리 내지 않고 쉬려고 애썼다. 그렇게 지켜보며 기다렸다.

몇 초 뒤 확실히 남자의 모습이 보였다. 아니, 그림자였을까? 남자는 다리 위를 살그머니 건너 강둑에 올라섰다.

남자의 모습이 보이지 않았지만, 발소리는 여전히 들렸다. 이제 땅을 밟고 있어 부드러워진 발소리가 바로 몇 걸음 떨어진 곳에서 배회하고 있었다.

그 순간 적막이 찾아왔다. 아무 소리도 나지 않았다. 마리아나는 숨을 멈췄다.

어디 갔지? 어디로 사라진 거야?

그녀는 확실하게 확인하기 위해 끝없이 길게 느껴질 만큼 기다렸다. 가버렸나? 가버린 것 같았다.

그녀는 조심스럽게 나무 뒤에서 나왔다. 다시 방향을 잡는 데 잠시 시간이 걸렸다. 그러다 그녀는 깨달았다. 바로 앞 어둠 속에 강물이 반짝거리며 흐르고 있었다. 강을 따라가기만 하면 되었다.

그녀는 강둑을 따라 서둘러 성 크리스토퍼 칼리지의 뒷문까지 갔다. 그곳에서 돌로 만든 다리를 건넜고 벽돌 벽에 난 나무 출입문 앞에 도착했다. 손을 뻗어 차가운 놋쇠 손잡이를 잡고 당겼다. 하지만 문은 움직이지 않았다. 잠겨 있었다.

마리아나는 어떻게 해야 할지 몰라 망설였다. 그 순간…… 발소리가 들렸다.

아주 빠른 발소리. 같은 남자였다.

남자는 점점 가까워지고 있었다.

마리아나는 주위를 둘러보았다. 하지만 아무것도 보이지 않았고, 그저 구름 같은 안개만 어두운 그림자 속으로 사라지고 있었다. 하지만 그녀는 다리를 건너 자신을 향해 다가오는 남자의 소리를 들을 수 있었다.

다시 문을 열어보았다. 하지만 꼼짝도 하지 않았다. 그녀는 갇혔고, 공포에 사로잡히기 시작했다.

"누구세요?" 그녀는 어둠 속에 대고 물었다. "거기 누구예요?"

대답은 없었다. 그냥 발소리만 가까워졌다. 점점 더.

마리아나가 비명을 지르려고 입을 여는 순간…….

그때, 갑자기 왼쪽으로 조금 멀리 떨어진 곳에서 삐걱 소리가 들렸다. 벽에 난 작은 문이 열렸다. 덤불에 일부가 가려져 있던 문으로, 마리아나가 전에는 알아차리지 못했던 문이었다. 후문의 3분의 1 정도 되는 크기로, 평범한 나무로 만들었고 칠도 하지 않은 모습이었다. 그곳의 어둠 속에서 플래시 불빛이 비쳤다. 불빛이 그녀의 얼굴을 덮치자 앞이 보이지 않았다.

"무슨 일 있으세요?"

모리스의 목소리라는 걸 알아차린 마리아나는 즉시 안심했다. 모리스는 그녀의 얼굴에서 불빛을 치웠고, 마리아나는 낮은 문을 빠져나오느라 숙였던 몸을 펴고 있는 모리스를 발견했다. 모리스는 검은색 오버코트를 입고 검은 장갑을 끼고 있었다. 그는 마리아나를 바라보았다.

"괜찮으세요?" 그가 말했다. "그냥 순찰을 하고 있어요. 후문은 10시에 잠그거든요. 그걸 알아두셔야 합니다."

"잊었어요. 네, 괜찮아요."

모리스는 다리 주위를 플래시로 비췄다. 마리아나는 긴장한 채 눈으로 플래시가 비추는 곳을 따라갔다. 사람의 흔적은 보이지 않았다. 귀를 기울였지만, 아무 소리도 들리지 않았다. 발소리도 사라졌다.

남자는 사라졌다.

"들여 보내주실 수 있나요?" 그녀는 모리스를 보며 말했다.

"당연하죠. 이리로 오세요." 모리스는 뒤쪽 작은 문을 가리켰다. "가끔 여기를 지름길로 사용하거든요. 여기서 좁은 길을 따라가면 메인 코트로 나가게 됩니다."

"고마워요." 마리아나가 말했다. "정말 고마워요."

"아닙니다."

마리아나는 모리스의 앞을 지나 작은 문으로 향했다. 고개를 숙이고 몸을 살짝 낮춰 안으로 들어갔다. 벽돌이 깔린 오래된 길은 매우 어둡고 축축한 냄새가 났다. 뒤에서 문이 닫혔다. 모리스가 문을 잠그는 소리가 들렸다.

마리아나는 조심스럽게 길을 따라 걸으며 무슨 일이 벌어진 건지 생각했다. 잠시 의심스러운 생각이 들었다.

누가 진짜 뒤를 따라온 건가? 그렇다면 누구였지? 그냥 겁이 나서 착각한 거였을까?

상황이야 어떻든 그녀는 다시 성 크리스토퍼 칼리지로 돌아오게 되어 안심했다.

마리아나는 오크나무로 장식한 복도로 들어섰다. 메인 코트에서 식당이 자리 잡고 있는 건물의 일부인 복도였다. 넓은 복도 쪽으로 빠져나가려던 그녀는 뒤를 돌아보았다. 그리고 그곳에 멈춰 섰다.

희미하게 불을 밝힌 복도에 여러 개의 초상화가 벽에 걸려 있었다. 복도 끝에 있는 초상화가 그녀의 눈길을 붙잡았다. 초상화는 한쪽 벽면을 전부 차지하고 있었다. 마리아나는 멍하니 바라보았다. 그녀가 아는 얼굴을 그린 그림이었다.

몇 번 눈을 깜박이면서 자신이 제대로 보고 있는 건지 확인해야 했다. 그러고 나서야 천천히, 마치 황홀경에 빠진 여자처럼 그림 앞으로 다가섰다. 그림 속 얼굴과 그녀의 얼굴이 같은 높이에서 서로 바라보았다. 그녀는 그림을 뚫어지게 보았다. 그의 얼굴이 맞았다.

테니슨이었다.

하지만 머리가 허옇고 수염을 길게 기른, 마리아나가 그동안 봐온 다른 그림 속 늙은 모습의 테니슨이 아니었다. 앨프리드 테니슨이 젊었을 때 모습이었다. 소년에 가까워 보였다. 그림을 그렸을 때는 채 스물아홉 살도 되지 않은 것 같았다. 아니, 그보다 더 젊었다. 하지만 틀림없는 그의 모습이었다.

마리아나가 지금까지 봤던 사람들 가운데 가장 잘생긴 얼굴이었다. 그리고 이렇게 가까이에서 보니, 그의 아름다움에 숨이 멎을 것만 같았다. 단단한 모습의 각진 턱, 감각적인 입술, 까맣고 흐트러진 채 어깨까지 늘어진 머리칼. 순간적으로 마리아나는 에드워드 포스카를 떠올렸지만, 머릿속에서 얼른 그의 모습을 지워버렸다. 한 가지를 들자면 눈이 아주 달랐다. 포스카의 눈동자는 검은색이지만 테니슨의 눈은 가볍고 연한 파란색이었다.

아마도 이 그림이 그려졌을 때는 핼럼이 죽은 지 7년 정도 지났을 터였다. 그 말은 테니슨이 『인 메모리엄』을 완성하기까지는 아직도 길고 긴 10년 세월이 기다리고 있다는 뜻이었다. 10년의 슬픔이 더해져야 했다.

그런데도 절망에 괴로운 얼굴은 아니었다. 얼굴에서는 놀라울 정도로 조금의 감정도 찾아볼 수 없었다. 슬픔이나 우울증의 기색은 전혀 없었다. 차분하고 얼음 같은 아름다움. 하지만 뭔가 다른 것이 있었다.

왜지?

194

눈을 가늘게 뜨고 그림을 보던 마리아나는 테니슨이 뭔가를 보고 있다는 생각이 들었다. 뭔가 가까운 곳에 있는 것.

그래, 그녀는 생각했다. 그의 옅은 파란색 눈은 마리아나의 머리 뒤쪽에 있는 보이지 않는 뭔가를 보고 있었다.

뭘 보고 있는 거지?

마리아나는 왠지 실망한 것 같은 기분으로 그림 앞을 떠났다. 뭔가 테니슨에게 개인적으로 실망한 기분이었다. 그의 눈에서 뭘 찾아낼 수 있기를 기대한 것인지 알 수 없었다. 어쩌면 약간의 편안함이었을까? 위로와 힘? 심지어 비통함이었다고 해도 괜찮았을 것이다.

하지만 아무것도 느껴지지 않는다니.

그녀는 머릿속에서 초상화를 지워버렸다. 서둘러 방으로 돌아오자 방문 앞에 뭔가가 그녀를 기다리고 있었다.

검은 봉투가 바닥에 놓여 있었다.

마리아나는 봉투를 집어 열어보았다. 봉투 안에는 노트에서 찢어낸 종이가 반으로 접혀 있었다. 종이를 펴서 읽었다. 검은 잉크로 쓴 손 편지였는데, 비스듬하게 기울여 쓴 우아한 글씨였다.

친애하는 마리아나

잘 지내시고 있기를 바랍니다. 혹시 내일 아침에 잠시 대화를 나눌 수 있을까요? 펠로 가든에서 10시에 보면 어떨지요.

그럼 이만.

에드워드 포스카

16

내가 고대 그리스에서 태어났다면 태어날 때 재앙을 예언하는 나쁜 조짐이 수없이 많이 등장했을 것이다. 일식이나 불타는 혜성, 파멸을 예고하는 징조…… 실제로는 아무 일도 벌어지지 않았다. 사실 내가 태어난 날의 특징을 말하자면 아무 일도 없었다는 것이다. 내 인생을 비뚤어지게 만들고 나를 이런 괴물로 만든 아버지는 심지어 주위에 있지도 않았다. 그는 농장 일꾼 몇 명과 시가를 피우고 밤새 위스키를 마시면서 카드놀이를 하고 있었다.

만일 내가 눈을 가늘게 뜨고 어머니를 떠올리려 노력하면 흐릿하게 어머니의 모습이 보인다. 아름다운 내 어머니는 겨우 열아홉 살 소녀로 병원의 개인 병실에 누워 있다. 어머니는 복도 끝에서 서로 이야기하며 웃는 간호사들의 소리를 들을 수 있다. 어머니는 혼자지만 그건 문제가 아니다. 어머니는 혼자 있으면 어느 정도의 평온함을 찾을 수 있다. 어머니는 공격받을 두려움 없이 생각할 수 있다. 어머니는 스스로 아기를 기다리고 있다는 걸 깨닫는다. 왜냐하면 아기들은 말하지 않기 때문이다.

어머니는 남편이 아들을 원하는 것을 알고 있다. 하지만 어머니는 남몰래 딸이길 기도하고 있다. 만일 아들이라면 아기는 자라서 남자가 될 것이다.

남자들은 믿을 수가 없다.

진통이 다시 시작되자 어머니는 마음을 놓았다. 진통이 걱정에서 벗어날 수 있도록 해주기 때문이다. 어머니는 육체적인 면에 집중하기를 더 좋아한다. 호흡, 숫자 세기. 몸이 타는 것 같은 고통은 어머니의 머릿속에서 모든 생각을 지워준다. 마치 칠판에 휘갈겨 쓴 글씨를 지우는 것처럼. 그러다가 어머니는 고통에 굴복하고, 정신을 잃어가다가…….

그렇게 새벽에 내가 태어났다.

어머니에게는 실망스럽게도 나는 딸이 아니었다. 아버지는 아들을 얻었다는 소식을 듣자 의기양양했다. 왕과 마찬가지로 농부는 아들이 여럿 필요하다. 나는 아버지의 첫 번째 아들이었다.

내 탄생을 축하하기 위해 아버지는 싸구려 스파클링 와인을 한 병 들고 병원에 나타났다. 하지만 그건 축하할 일이었을까? 아니면 재앙이었을까?

그때 이미 내 운명은 정해져 있었던 걸까? 너무 늦어버렸던 걸까? 병원 사람들이 나를 그때 목 졸라 죽였어야 했을까? 내가 죽어서 언덕 기슭에서 썩어가도록 두어야 했을까?

만일 어머니가 이 글을 읽을 수 있다면, 내가 자신이 저지른 잘못을 추궁하고 스스로 비난할 거리를 찾아내는 걸 본다면, 어머니가 뭐라고 말할지 나는 안다. 살면서 벌어졌던 일을 미화하지 말고, 그 안에서 의미를 찾기 위해 노력하라고 했을 것이다. 아무 의미도 없다. 삶에는 아무 의미가 없다. 죽음조차 아무것도 의미하지 않는다.

하지만 어머니는 늘 그런 식으로 생각하지 않았다.

어머니는 그냥 한 사람이 아니다. 한때는 어머니도 다른 사람이었다. 꽃잎을 말리고 시집에 밑줄을 그어가며 읽었다. 벽장 깊이 넣어둔 신발 상자 속에 숨겨둔 비밀스러운 과거를 나는 찾아냈다. 오래된 사진들과 말린 꽃잎들, 두 사람이 사귈 때 아버지가 어머니에게 서툰 글씨로 써서 보낸 사랑의 시들. 하지만 아버지는 금세 시 쓰기를 그만두었다. 그리고 어머니는 시 읽기를 그만뒀다.

어머니는 잘 알지도 못하는 남자와 결혼한 거였다. 아버지는 어머니를 지금까지 알았던 모든 사람으로부터 떼어냈다. 아버지는 어머니를 불편한 세상으로 데려갔다. 추위에도 아침 일찍 일어나야 하고 온종일 힘을 쏟아 육체노동을 해야 하는 세상. 양의 무게를 재고 털을 깎고 먹이를 줘야 했다. 매일매일, 다음 날, 그다음 날에도.

물론 마술 같은 순간도 있었다. 양이 새끼를 낳는 계절이 되면, 작고 순결한 생명체들이 마치 하얀색 버섯처럼 튀어나왔다. 그럴 때가 최고의 시간이었다. 하지만 어머니는 절대로 양에게 애착을 품지 않았다. 그러지 않는 방법을 익혔기 때문이었다.

최악은 양들의 죽음이었다. 계속 이어지면서 절대로 끝나지 않는 죽음. 그리고 죽음을 둘러싼 많은 과정. 무게가 너무 적게 나가거나 너무 많이 나가거나 임신을 하지 못하는 놈들을 골라 표시를 해야 했다. 그러고 나면 도살업자가 끔찍한 피투성이 작업복을 입고 나타났다. 그러면 아버지는 어떻게든 끼고 싶어 주위를 서성거렸다. 아버지는 양 죽이는 일을 즐겼다. 마치 기뻐하는 것 같았다.

어머니는 아버지가 양을 죽일 때마다 늘 몸을 피했고, 보드카 한 병을 몰래 꺼내 욕실에 들어가 샤워기를 틀고 숨어 있었다. 어머니는 그곳이라면 자신이 우는 소리가 들리지 않을 거라고 생각했다. 나는 농장에서 가장 먼 곳, 내가 갈 수 있는 가장 멀리 떨어진 곳에 가 있곤 했다. 귀를 막곤 했지만, 날카로운 비명은 그래도 들렸다.

나중에 집으로 돌아오면 모든 곳에서 죽음의 냄새가 풍겼다. 주방에서 제일 가까운 헛간에서 죽은 양의 고기를 잘랐는데, 배수구로 붉은 피가 흘렀다. 악취를 풍기는 살코기는 주방에서 무게를 달아 포장했다. 피가 엉겨 붙은 살점이 테이블 위에 붙어 있고, 그 주위 고인 피 위로 살찐 파리들이 날아다녔다. 내장을 포함해 필요 없는 부위는 아버지가 땅에 파묻었다. 아버지는 농장 집 뒷마당에 있는 구덩이에 내장을 던져 넣었다.

나는 구덩이 근처는 늘 피했다. 구덩이를 보면 겁이 났다. 아버지는 내가 말을 듣지 않거나 잘못을 하면, 또는 아버지의 비밀을 입에 올리면 나를 산 채로 구덩이에 파묻어버리겠다고 위협했다.

아무도 널 찾지 못할 거야. 아무도 알 수가 없어. 아버지는 말하곤 했다.

나는 산 채로 구덩이 속에 파묻히는 상상을 하곤 했다. 썩어가는 시체에 둘러싸여 구더기와 벌레들, 살을 파먹는 다른 잿빛 생명체들과 함께 몸부림치는 상상. 그리고 나는 두려움에 떨곤 했다.

지금도 그 생각만 하면 여전히 몸이 떨린다.

17

다음 날 아침 10시, 마리아나는 포스카 교수를 만나러 갔다.

그녀는 교회의 시계가 울리는 10시 정각에 펠로 가든에 도착했다. 교수는 이미 와 있었다. 그는 위쪽 단추를 푼 하얀색 셔츠에 짙은 회색 코듀로이 재킷을 입었다. 풀어 내린 머리가 어깨까지 내려왔다.

"안녕하세요." 그가 말했다. "만나게 되어 기쁘군요. 정말 오실지 확신하지 못했습니다."

"하지만 이렇게 왔죠."

"그리고 딱 정각에 오셨죠. 그게 본인의 어떤 점을 보여주는 거죠, 마리아나?"

그는 웃었다. 마리아나는 같이 웃어주지 않았다. 그녀는 최대한 말을 아끼기로 마음먹었다.

포스카는 나무로 만든 출입문을 열고 정원 안으로 안내하는 손짓을 했다. "가실까요?"

마리아나는 그를 따라 안으로 들어갔다. 펠로 가든은 교수진과 그들의 손님들에게만 공개되는 정원으로, 학부생들은 들어갈 수 없는 곳이다. 마리아나는 전에 들어와본 기억이 없었다.

그녀는 정원에 들어서자마자 평화롭고 아름답다는 느낌을 받았다. 아래로 움푹 파인 모습의 튜더 양식 정원은 오래되고 불규칙한 벽돌 벽으로 둘러싸여 있었다. 새빨간 쥐오줌풀꽃들이 벽돌 사이, 벽 틈에서 자라면서 아주 서서히 벽을 갈라놓고 있었다. 그리고 다양한 색깔의 식물들이 정원의 끝까지 분홍색, 파란색, 불타는 듯한 붉은색으로 자라고 있었다.

"멋지네요." 마리아나는 말했다.

포스카는 고개를 끄덕였다. "아, 정말 그렇죠. 가끔 여기 오곤 합니다."

두 사람은 길을 따라 걷기 시작했고 포스카는 정원과 케임브리지 전체의 아름다움에 관한 생각에 잠긴 채 말했다.

"여기서는 일종의 마법이 펼쳐집니다. 당신도 느낄 수 있지 않나요?" 포스카는 그녀를 바라보았다. "당신도 분명히 처음부터 느꼈을 겁니다. 저처럼요. 당신이 어땠는지 상상할 수 있습니다. 이제 막 이곳으로 이사한 대학생, 이 나라로 이주해온 사람. 저처럼 이곳에서의 삶이 새로운 사람이죠. 순수하고, 외롭고…… 제 말이 맞죠?"

"저에 관해 말하는 건가요? 아니면 당신에 관해서?"

포스카는 웃었다. "제 생각에는 우리 두 사람 모두 매우 비슷한 경험이 있습니다."

"아닌 것 같은데요."

포스카는 뭔가 말하려는 것처럼 잠시 그녀를 보고 있었다. 하지만 말하지 않기로 한 것 같았다. 그들은 아무 말 없이 걸었다.

결국 그가 입을 열었다. "아주 조용하시네요. 제가 기대했던 것과는 사뭇 다른데요."

"뭘 기대하셨죠?"

포스카는 어깨를 으쓱했다. "모르겠습니다. 취조랄까요."

"취조요?"

"그럼 심문이라고 하죠."

그가 담배를 권했지만, 그녀는 고개를 흔들었다.

"담배 안 피워요."

"요새는 아무도 안 피우죠. 저만 빼고요. 끊으려고 했는데 실패했습니다. 충동 억제가 되지 않아요."

그는 담배를 하나 입에 물었다. 끝에 흰색 필터가 달린 미국 브랜드 담배였다. 그는 성냥을 그어 불을 붙였다. 그리고 길게 연기를 내뿜었다. 마리아나는 연기가 공기 중에서 춤추다 사라지는 모습을 지켜보았다.

"제가 여기서 만나달라고 요청했죠. 이유는 우리가 대화해야 한다고 느꼈기 때문입니다. 듣기로는 제게 관심이 있으시다더군요. 제 학생들에게 온갖 질문을 하셨다고…… 그건 그렇고." 그는 덧붙였다. "학장님께 확인을 좀 했습니다. 학장님이 아시는 바로는 그 누구도 당신에게 학생과 비공식적이든 아니든 대화해달라고 요청하지 않았다고 하더군요. 그러니 제 질문은요, 마리아나. 도대체 지금 뭘 어쩌려는 겁니까?"

마리아나는 그를 바라보았고, 포스카가 꿰뚫어 보는 듯한 눈길로 노려보면서 그녀의 생각을 읽으려 애쓰는 모습을 발견했다.

"저는 흥미를 느낀 것뿐이에요. 그게 전부입니다."

"특별히 제가 흥미로우신가요?"

"처녀들이 흥미로워요."

"처녀들요?" 포스카는 놀란 것 같았다. "이유가 뭐죠?"

"특별히 일부 학생을 모아 가르치는 건 이상한 것 같거든요. 다른 학생들에게 분명히 경쟁심과 분노를 유발하지 않겠습니까?"

포스카는 웃더니 담배를 한 모금 빨았다. "당신은 집단 심리상담사잖아요? 그러니 모든 사람 중에서 적은 수로 무리를 만들면 독특한 생각을 만들어내기에 완벽한 환경이 된다는 걸 당연히 알겠죠. 제가 하는 건 그게 전부입니다. 공간을 만들어내는 거죠."

"독특한 사고를 위한 누에고치인가요?"

"적절한 표현이네요."

"여성들만 받아들였죠."

포스카는 눈을 껌벅이더니 그녀에게 냉정한 표정을 지어 보였다. "가장 똑똑한 생각은 대개 여자들이 해냅니다. 그걸 받아들이기가 어렵나요? 사악한 일은 전혀 벌어지지 않고 있습니다. 저는 술값을 잘 내는 후한 교수고, 그게 전부입니다. 이곳에서 이용당하는 사람이 있다면 그건 저겠죠."

"누가 이용당한다는 말을 꺼냈나요?"

"순진한 체 말아요, 마리아나. 당신이 날 악당으로 만들려는 거, 다 보입니다. 약한 학생들을 노리는 포식자로 말이죠. 하지만 당신은 이제 젊은 여학생들을 만나봤고, 그들이 약자가 아니라는 걸 알았죠. 우리 모임에서는 뜻밖의 상황은 전혀 벌어지지 않아요. 그냥 소규모 스터디그룹으로 시를 논하고 와인과 지적인 토론을 즐기는 겁니다."

"다만 지금은 그 여학생들 가운데 한 명이 죽었죠."

포스카 교수는 얼굴을 찌푸렸다. 그의 눈 속에 분노임이 분명한 번쩍임이 스쳐 지나갔다. 그는 마리아나를 노려보았다.

"당신이 내 머릿속을 볼 수 있다고 생각합니까?"

마리아나는 그의 질문에 당황해 고개를 돌렸다. "아뇨, 당연히 아니에요. 그런 말이 아니라……."

"됐습니다." 그는 다시 한번 담배 연기를 들이마셨고, 모든 분노는 사라진 것 같았다. "심리상담사 즉 사이코테라피스트는 아시겠지만, 그리스어에서 '영혼'을 의미하는 '사이키'에서 왔죠. 그리고 테라피아는 '치유'를 의미합니다. 당신은 영혼 치유사인가요? 내 영혼을 치유할 겁니까?"

"아뇨. 그걸 할 수 있는 건 당신 자신뿐이에요."

포스카는 담배꽁초를 길에 버렸다. 그리고 발로 땅속에 쑤셔 넣었다. "당신은 날 싫어하기로 했군요. 저는 그 이유를 모르겠습니다."

마리아나는 자신도 명확히 이유를 알지 못해 짜증스러웠다. "이제 그만 돌아갈까요?"

두 사람은 다시 출입문으로 걸어가기 시작했다. 그는 계속 마리아나를 바라보았다.

"당신에게 흥미를 느껴요." 그가 말했다. "당신이 어떤 생각을 하는지 자꾸 궁금해집니다."

"나는 생각하지 않아요. 난, 들어요."

그녀는 듣고 있었다. 마리아나는 형사는 아니지만 상담사였고 어떻게 듣는지 잘 알았다. 입에서 나온 말만 듣는 게 아니라 말하지 않은 모든 것을, 입에서 나오지 않은 모든 말 즉 거짓말, 회피, 예측, 전이 그리고 두 사람 사이에서 발생하는 다른 심리적 현상을 들으려면 특별한 방식으로 들어야만 한다. 마리아나는 포스카가 무의식중에 그녀를 향해 의사소통하려고 풍기는 모든 감정에도 귀를 기울여야 했다. 치료 관점에서 이런 감정을 전이라고 부르는데, 그것이 그녀에게 이 남자에 관해 그녀가 필요로 하는 모든 것을 말해준다. 그가 누구인지, 무엇을 숨기고 있는지. 그러려면 그녀는 당연히 자신의 감정을 드러내지 않고 숨겨야 한다. 그건 쉽지 않았다. 그녀는 둘이 걷는 동안 자신의 몸이 전하는 말에 귀를 기울이려고 애썼고, 긴장감이 더해지는 걸 느낄 수 있었다. 턱에 힘이 들어갔고 이를 꽉 악물었다. 배 속이 불타는 것 같았고 살갗이 뜨끔뜨끔했다. 그런 반응은 분노와 관계가 있다.

하지만 누구의 분노지? 그녀 자신의 분노?

아니, 이건 그의 분노였다.

그의 분노. 그렇다. 그녀는 느낄 수 있었다. 이제 함께 걷는 그는 아무 말이 없었다. 하지만 침묵 속에 분노가 자리하고 있었다. 그는 물론 부정하고 있었지만, 표면 아래 거품처럼 분노가 존재했다. 어떻게 된 일인지 마리아나는 이렇게 둘이 만난 상황에서 포스카의 분노를 일깨웠다. 그녀는 예측할 수 없고, 생각을 읽기 힘든 어려운 상대였다. 그리고 그의 분노의 방아쇠를 당겼다. 그녀는 갑자기 생각했다. 이 사람이 이렇게 강하게, 이렇게 빨리 화를 낸다면, 진짜 내가 마음먹고 자극하면 어떻게 될까?

그녀는 자신이 그 결과를 알고 싶은 것인지 알 수 없었다.

그 순간 두 사람은 출입문에 도착했고, 포스카는 멈춰 섰다. 그는 그녀를 보며 뭔가를 가늠해보는 것 같았다.

"이런 생각을 해봅니다." 그는 결심한 듯 입을 열었다. "혹시 이 대화를 계속 이어가고 싶다면…… 저녁 식사라도 하실까요? 내일 저녁은 어떤가요?"

포스카는 대답을 기다리며 그녀를 바라보았다. 마리아나는 눈도 깜박거리지 않고 그의 눈길을 마주했다.

"좋아요." 그녀는 말했다.

포스카는 웃으며 말했다. "좋아요. 제 방에서 어떻습니까? 8시쯤? 그리고 한 가지 더……."

그녀가 제지하기도 전에 그는 몸을 앞으로 숙이더니…….

그녀의 입술에 키스했다. 아주 잠깐의 키스였다. 마리아나의 몸이 반응했을 때 그는 이미 뒤로 물러선 뒤였다.

포스카는 돌아서서 열린 출입문으로 나갔다. 마리아나는 그가 걸어가며 부는 휘파람 소리를 들었다.

주먹으로 키스를 닦아냈다.

감히 어떻게?

그녀는 마치 공격당한 것 같았다. 폭력적인 행동이었다. 그리고 그는 어떻게 그랬는지 모르지만 승리했다. 그녀에게 불의의 습격을 가하고 협박했다. 마리아나는 그곳에 서서 아침 해 아래 열기와 차가움을 동시에 느끼면서 분노로 타올랐다. 그녀는 한 가지 확실하게 알았다.

이번에 그녀가 느끼는 분노는 그의 것이 아니었다.

그녀의 것이었다.

전부.

18

포스카가 떠난 뒤 마리아나는 프레드에게서 받은 맥주 받침대를 꺼냈다. 그녀는 프레디에게 전화를 걸어 만날 수 있느냐고 물었다.

20분 뒤 그녀는 성 크리스토퍼의 주 출입문에서 프레드를 만났다. 그녀는 프레드가 자전거를 난간에 묶는 것을 지켜보았다. 그는 가방에 손을 넣더니 빨간 사과를 두 개 꺼냈다.

"이게 제 아침이에요. 하나 드릴까요?"

그는 사과 하나를 내밀었다. 마리아나는 거절하려고 했지만, 배가 고프다는 걸 깨닫고는 고개를 끄덕였다.

프레드는 기뻐하는 것 같았다. 그는 두 개의 사과 가운데 더 나은 것을 고르더니 소매로 문질러 닦아 그녀에게 건네주었다.

"고마워요." 마리아나는 사과를 받아 한입 깨물었다. 아삭하고 달콤했다.

프레드는 그녀를 향해 웃어 보이더니 사과를 씹으면서 말했다. "전화 주셔서 기뻤어요. 어젯밤에는…… 갑자기 돌아서서 가버리셨잖아요. 제가 당신을 화나게 했나 싶었어요."

마리아나는 어깨를 으쓱했다. "당신 때문에 아니에요. 그건…… 낙소스 섬 때문이에요."

"낙소스?" 프레드는 어리둥절한 표정으로 그녀를 바라보았다.

"그 섬에서 제 남편이 죽었어요. 물에 빠져서요."

"오, 맙소사." 프레드의 눈이 놀라 커지며 말했다. "세상에, 정말 죄송해요……."

"몰랐어요?"

"제가 어떻게 알겠어요? 당연히 몰랐죠."

"그럼 그냥 우연이라는 건가요?"

그녀는 그를 조심스럽게 바라보았다.

"글쎄요…… 제가 말했잖아요. 제게 초능력이 조금 있다고. 그냥 저절로 알게 된 것일지도 몰라요. 그러니 제 머릿속에 낙소스가 갑자기 떠올랐겠죠."

마리아나는 얼굴을 찌푸렸다. "그 말은 믿을 수가 없네요."

"뭐, 사실이니까요." 잠시 어색한 침묵이 흐르다가 프레드가 재빠르게 말을 이었다. "아, 혹시 제가 기분을 상하게 했다면 정말 죄송한데요……."

"진짜 그런 거 아니에요. 상관없어요. 잊어버려요."

"그래서 제게 전화하신 거예요? 그 말을 하려고?"

마리아나는 고개를 흔들었다. "아뇨."

왜 전화했는지 그녀도 알지 못했다. 어쩌면 실수일지도 몰랐다. 스스로 프레디의 도움이 필요하다고 말했지만, 사실 그건 핑계였다. 어쩌면 그냥 외로웠는지도 몰랐다. 그리고 포스카와 만난 일로 기분이 상해 있었다. 프레드에게 전화한 자기 자신이 짜증스러웠다. 하지만 이미 늦어버렸고 프레드는 앞에 와 있었다. 어차피 이렇게 된 마당에 최대한 좋은 방향으로 이용할 수도 있을 것이다.

"가요." 그녀는 말했다. "보여주고 싶은 게 있어요."

두 사람은 대학 구내로 들어가 메인 코트를 가로지른 다음 아치 아래를 지나 에로스 코트로 들어섰다.

안마당으로 들어서면서 마리아나는 조이의 방을 쳐다보았다. 조이는 그곳에 없었다. 클러리사와 수업 중이었기 때문이다. 마리아나는 일부러 조이에게 프레드 얘기를 하지 않았다. 조이에게 또 그녀 자신에게 프레드를 어떻게 설명해야 할지 잘 알 수 없어서였다.

타라의 방으로 통하는 계단에 가까이 다가가면서 마리아나는 1층 창문을 향해 고갯짓을 해보였다.

"여기가 타라의 방이에요. 그녀가 죽던 날 밤에 침실 담당인 여자는 타라가 이 방에서 정확히 7시 45분에 나가는 걸 봤대요."

프레드는 에로스 코트 뒤쪽에 있는 출입문을 가리켰다. 그리로 나가면 길은 백스로 이어진다. "그럼 저 길로 나갔겠네요?"

"아뇨." 마리아나는 고개를 흔들고는 아치 아래를 통과하는 반대쪽 방향을 가리켰다. "타라는 메인 코트를 통해 나갔어요."

"흠, 이상하네요……. 뒷문은 바로 강으로 이어지는데, 그쪽이 파라다이스로 가는 가장 빠른 길이에요."

"그렇다면…… 타라는 다른 곳으로 가고 있었다는 뜻이에요."

"콘래드가 말한 것처럼 그를 만나러 갔을까요?"

"그럴 수도 있죠." 마리아나는 잠시 생각했다. "뭔가 다른 게 있어요. 수위인 모리스는 타라가 8시에 정문으로 나가는 걸 봤대요. 그러니까 만일 타라가 7시 45분에 방에서 나왔다면……."

그녀는 자신의 의문을 마무리 짓지 않았다. 프레드가 나머지를 이어서 말했다.

"기껏 해야 1~2분밖에 걸리지 않는 거리를 이동하는데 왜 15분이나 걸렸을까요? 글쎄요, 무슨 일이든 가능하죠. 누군가에게 문자를 보냈을 수도 있고, 아니면 친구를 만났을 수도 있고, 또……."

프레드가 말하는 동안 마리아나는 타라의 방 창문 아래 화단을 살펴보았다. 보라색과 분홍색 디기탈리스가 자라고 있었다.

그리고 그곳 땅바닥에 담배꽁초가 하나 보였다. 그녀는 허리를 굽혀 담배꽁초를 집었다. 눈에 띄는 하얀색 필터가 달린 담배꽁초였다.

"미국 브랜드 담배군요." 프레드가 말했다.

마리아나는 고개를 끄덕였다. "맞아요…… 포스카 교수가 피우는 것처럼요."

"포스카요?" 프레드는 작은 목소리로 말했다. "그 사람 알아요. 이쪽 학과에 친구들이 좀 있거든요. 저도 들은 얘기가 있어요."

마리아나는 그를 바라보았다. "얘기요? 무슨 얘기를 하는 거죠?"

"케임브리지는 작은 곳입니다. 소문이 많아요."

"사람들이 뭐라고 하는데요?"

"포스카라는 사람의 명성이, 아니 악명이랄까…… 그 사람이 여는 파티가 악명 높은 거죠."

"무슨 파티요? 뭘 알고 있어요?"

프레드는 어깨를 으쓱했다. "별로 많지 않아요. 그냥 자기가 가르치는 학생들하고 모여서 노는 거예요. 하지만 제가 듣기에는 상당히 과격하게 논다고 하더군요." 그는 마리아나를 유심히 살펴보며 그녀의 표정을 읽었다. "포스카 교수가 이번 사건과 관계가 있다고 생각해요? 타라의 살인과?"

마리아나는 곰곰이 생각하다가 포기했다.

"들어봐요." 그녀가 말했다. "내가 말해줄게요."

두 사람이 잔디밭을 걸어 다니는 동안 마리아나는 프레드에게 타라가 포스카를 비난했다는 이야기를 전부 들려주었다. 그리고 포스카는 그런 내용을 부인했으며 확실한 알리바이가 있다는 사실도 말해주었다. 그리고 그런 상황에도 마리아나가 왜 그냥 포기하지 못하고 있는지도. 마리아나는 프레드가 웃어넘기거나 비난하기를 기대했지만, 믿을 수 없게도 그는 그러지 않았다. 그리고 마리아나는 그런 그의 태도가 고마웠다. 그녀는 프레드가 마음에 들기 시작했고, 처음으로 조금 덜 외로웠다.

"베로니카와 세리나, 그리고 다른 학생들이 거짓말을 하는 게 아니라면…… 포스카는 그 시간 내내 그들과 함께 있었어요. 밖으로 담배를 피우러 나갔던 몇 분 빼고는."

"충분한 시간이죠." 프레드는 말했다. "그가 창문 밖으로 타라의
모습을 보고 이리로 내려와서 여기 잔디밭에서 만났다면 말이에요."

"그리고 10시에 파라다이스에서 그녀와 만나기로 약속했다?"

"바로 그거죠. 안 될 이유가 있나요?"

마리아나는 어깨를 으쓱했다. "그래도 그는 여전히 범인이 아닐
수 있어요. 만일 타라가 10시에 살해당했다면 그는 그곳에 제시간
에 갈 수 없었어요. 그곳까지 걸어가려면 적어도 20분은 걸리고,
차를 타고 가면 오히려 시간이 더 걸릴 텐데……."

프레드는 잠시 생각에 잠겼다. "물길로 가지 않았다면 그렇죠."

마리아나는 멍하니 그를 바라보았다. "네?"

"어쩌면 펀트를 탔을 수도 있어요."

"펀트?"

마리아나는 웃음이 나올 뻔했다. 너무 말이 되지 않아서였다.

"왜요? 강을 유심히 보는 사람은 없어요. 펀트라면 아무도 눈치
채지 못할 겁니다. 특히나 밤에는요. 그는 눈에 띄지 않고 갔다가
돌아올 수 있어요. 그것도 몇 분 안에."

마리아나는 생각해보았다. "어쩌면 당신이 옳을 수도 있어요."

"펀트 탈 줄 알아요?"

"잘 타지 못해요."

"저는 탈 수 있어요." 프레드는 씩 웃었다. "말이 나왔으니 말이
지 아주 실력이 좋죠. 혼자 생각인지는 몰라도…… 어때요?"

"뭐가요?"

"우리가 보트하우스에 가서 펀트를 빌려 시험을 해볼까요? 안될 게 뭐 있어요?"

마리아나가 대꾸하기도 전에 그녀의 전화기가 울렸다. 조이였다. 얼른 전화를 받았다.

"조이? 너 괜찮아?"

"이모, 어디 있어요?" 조이의 목소리가 다급하고 긴장한 것으로 보아 뭔가 잘못되었다는 걸 알 수 있었다.

"지금 학교에 있어. 넌 어디야?"

"클러리사와 있어요. 방금 여기 경찰이 왔는데……."

"왜? 무슨 일이야?"

잠시 침묵이 흘렀고, 조이는 울먹이고 있었다.

조이는 작은 목소리로 속삭이듯 말했다. "또 일이 벌어졌어요."

"뭐? 무슨 말이야?"

마리아나는 조이가 무슨 말을 하는지 알았다. 그래도 조이가 직접 하는 말을 들어야 했다.

"또 찔러 죽였어요." 조이가 말했다. "시체가 또 나왔다고요."

3부 비밀 문학 모임

따라서 완벽한 플롯은 (어떤 사람들의 주장대로)
결말이 이중적이어서는 안 되며 한 가지여야 한다.
영웅의 운명은 불행에서 행복으로 바뀌어서는 안 되며
반대로 행복에서 불행으로 바뀌어야만 한다.
그런 결말의 이유는 그 어떤 악행도 아닌
주인공의 큰 실수에 따른 것이어야 한다.

_ 아리스토텔레스, 『시학』

1

시체는 파라다이스 끄트머리에 있는 들판에서 발견되었다. 그곳은 오래된 공유지로 농부들은 오래전부터 그곳의 방목권을 갖고 있었다. 한 농부가 풀을 뜯으라고 소 떼를 그곳에 풀어놓으러 왔다가 끔찍한 시체를 발견했다.

마리아나는 최대한 그곳에 빨리 가야 한다는 생각이 들었다. 조이가 강력하게 주장했지만, 마리아나는 조이가 따라오는 것을 허락하지 않았다. 그녀는 조이를 가능한 한 불쾌한 상황에서 벗어날 수 있게 하려고 마음먹었다. 현장은 당연히 끔찍한 모습일 터였다.

대신 그녀는 프레드와 동행했다. 그는 휴대전화의 지도를 참고해 마리아나를 들판으로 안내했다.

대학 건물과 들판을 지나 강을 따라 걸으면서 마리아나는 풀과 흙과 나무 냄새를 맡았다. 아주 오래전 첫 번째 가을로 되돌아간 것 같았다. 영국에 도착했을 때, 그리스의 습한 열기는 이스트 앵글리아의 잿빛 하늘과 젖은 풀로 바뀌었다.

그 이후 마리아나에게 영국 농촌의 매력은 절대로 사라지지 않았다. 지금까지도. 하지만 오늘은 그 매력이 느껴지지 않았다. 느껴지는 건 구역질 나는 공포감뿐이었다. 그녀가 사랑한 이 지역의 들판과 풀밭, 서배스천과 함께 걷던 오솔길은 영원히 더럽혀졌다. 이제 이곳은 더는 사랑, 그리고 행복과 동의어가 아니었다. 이제부터 이 지역은 오직 피와 죽음만을 의미할 뿐이다.

두 사람은 아무 말 없이 걸었다. 20분 후에 프레드가 앞쪽을 가리켰다.

"저기네요."

두 사람 앞쪽에 들판이 펼쳐져 있었다. 들판 입구에는 비포장도로를 따라 경찰차와 언론사의 밴 차량이 앞서거니 뒤서거니 줄지어 주차되어 있었다. 마리아나와 프레드는 서 있는 차들을 지나 경찰이 쳐놓은 통제선 앞까지 다가갔다. 그곳에서는 경찰관 몇 명이 기자들의 접근을 막고 있었다. 구경꾼도 몇 명 모여 있었다.

구경꾼들을 흘깃 바라보자 갑자기 바닷가에서 서배스천의 시신을 물에서 끌어내는 장면을 지켜보러 모여들었던, 악마 같은 구경꾼들이 떠올랐다. 그녀는 그들의 얼굴을 아직도 기억하고 있다. 그들은 걱정하는 표정으로 원색적인 흥분을 감추고 있었다. 맙소사, 그들이 정말 증오스러웠다. 이곳에서 같은 표정을 발견하자 속이 울렁거렸다.

"자, 들어가요." 그녀가 말했다.

하지만 프레드는 움직이지 않았다. 그는 약간 불안해 보였다.

"우리 어디 가는 거예요?"

마리아나는 경찰의 통제선 너머를 가리켰다. "저쪽요."

"우리가 어떻게 들어가요? 경찰이 우리를 볼 텐데."

마리아나는 주위를 둘러보았다. "저기로 가서 경찰들 관심을 좀 돌려봐요. 내가 슬쩍 들어갈 수 있도록."

"좋아요. 그건 할 수 있어요."

"같이 안 가봐도 괜찮아요?"

프레드는 고개를 흔들었다. 그녀와 눈길을 마주치지 않았다.

"솔직히 말하면 피를 보면 좀 울렁거려서요. 시체나 그런 거요. 전 여기서 기다리는 게 좋겠어요."

"좋아요. 오래 걸리지 않을 거예요."

"행운을 빌어요."

"당신도요."

프레드는 잠시 멈춰 서서 긴장을 풀었다. 그러더니 경찰관들에게 다가갔다. 그는 경찰관들에게 질문하며 말을 걸었다. 그리고 마리아나는 기회를 잡았다. 통제선 앞으로 다가가 테이프를 들어 올리고 아래를 통과해 지나갔다. 그리고 몸을 바로 펴고 계속 걸어갔다. 하지만 겨우 몇 걸음 걸었을 때 누군가의 목소리가 뒤에서 들렸다.

"이봐요! 뭐하는 겁니까?"

한 경찰관이 그녀를 향해 뛰어오고 있었다.

"멈춰요. 당신 누굽니까?"

마리아나가 대답하기도 전에 줄리언이 나타나 끼어들었다. 그는 감식반이 세워놓은 천막에서 나오더니 경찰관에게 손을 흔들었다.

"괜찮아요. 나랑 같이 온 분이에요. 동료입니다."

경찰관은 마리아나를 향해 믿기지 않는다는 표정을 지어 보였지만 옆으로 물러섰다. 마리아나는 멀어지는 경찰관을 바라보다가 줄리언에게 돌아섰다.

"고마워."

"쉽게 물러설 생각이 없군, 안 그래? 마음에 들어. 경감 눈에 띄지 않기를 기도하자고." 줄리언은 웃으며 그녀에게 윙크했다. "현장 보고 싶어? 현장 담당 병리학자가 나랑 오래된 친구거든."

두 사람은 천막으로 걸어갔다. 병리학자는 천막 앞에서 휴대전화로 문자를 보내고 있었다. 40대 남성으로 키가 크고 머리가 완전히 벗겨졌으며 파란 눈이 상대를 꿰뚫어 보는 것 같았다.

"쿠바." 줄리언이 말했다. "동료를 데려왔어. 괜찮다면 말이지."

"얼마든지." 쿠바는 마리아나를 바라보았다. 그는 폴란드 악센트를 사용했다. "경고하는데, 그리 보기 좋은 모습이 아닙니다. 지난번보다 더 끔찍해요."

그는 장갑 낀 손으로 뒤쪽 천막을 가리켰다. 마리아나는 깊게 숨을 들이마시고 안으로 들어섰다.

그곳에 시체가 있었다. 마리아나가 지금까지 본 것 중에 가장 끔찍한 모습이었다. 시체를 보는 것만으로도 두려웠다. 실제처럼 보이지 않았다.

젊은 여성의 시체, 아니 시체의 잔여물이라고 해야 할 것은 풀밭 위로 뻗어 있었다. 몸통은 알아볼 수 없을 정도로 난도질당한 모습이었다. 남은 것이라고는 피와 내장, 진흙과 흙의 혼합물이었다. 머리에는 손대지 않은 모습이었는데, 부릅뜬 눈은 앞을 보고 있지만 볼 수 없었다. 시선 속에 망각으로 가는 길이 있었다.

마리아나는 고개를 돌리지 못한 채 계속 시체의 눈을 보고 있었다. 메두사의 모습에 넋을 잃은 것처럼. 그 눈은 죽은 뒤에도 사람을 돌로 만드는 힘을 갖고 있었다.

〈말피 공작부인〉의 대사가 떠올랐다. '그녀의 얼굴을 덮어라, 내 눈이 부시니. 그녀는 젊어 죽었도다.'

젊은 나이에 죽었다. 너무 어렸다. 그녀는 이제 겨우 스무 살이었다. 다음 주면 생일이었고, 그래서 파티를 준비하고 있었다.

마리아나는 시체를 첫눈에 알아봤기 때문에 이런 것들을 알 수 있었다. 시체는 베로니카였다.

2

마리아나는 시체에서 멀리 떨어진 곳으로 걸어갔다.

속이 울렁거려 자신이 본 것과 멀리 떨어져야만 했다. 멀리 가버리고 싶었지만 달아날 수 없다는 것을 알았다. 그녀가 본 장면은 남은 평생 따라다닐 터였다. 피, 머리, 부릅뜬 두 눈…….

그만. 그만 생각해.

그녀는 부서질 것 같은 나무 울타리에 가까이 갈 때까지 걸었다.

나무 울타리는 옆 들판과 공간을 구분해주고 있었다. 울타리는 불안정해 보이고 기대면 무너질 것 같았다. 마리아나는 울타리에 몸을 기댔다. 흔들거리는 울타리지만 그냥 서 있는 것보다는 나았다.

"괜찮아?"

줄리언이 옆에 나타났다. 그는 그녀를 향해 걱정스러운 표정을 지어 보였다.

마리아나는 고개를 끄덕였다. 자신의 눈에 눈물이 가득 차 있다는 것을 깨달았다. 부끄러운 마음에 눈물을 닦아냈다.

"괜찮아."

"나처럼 범죄 현장을 많이 보면 익숙해질 거야. 내 생각에는 네가 용감한 것 같아."

마리아나는 고개를 흔들었다. "아냐, 전혀 그렇지 않아."

"그리고 콘래드 엘리스에 관해서는 네가 옳았어. 살인 사건이 벌어진 시간에 그는 붙잡혀 있었거든. 그래서 용의자 신세를 벗어나게 됐지." 줄리언은 다가오는 쿠바를 바라보았다. "혹시 두 살인 사건의 범인이 동일인이 아니라고 생각한다면 몰라도."

쿠바는 주머니에서 전자담배를 꺼내며 고개를 흔들었다. "아니, 같은 놈이야. 방식이 똑같아. 찌른 상처가 스물두 군데나 돼."

그는 전자담배를 빨아 연기 같은 증기를 들이마셨다.

마리아나는 그를 바라보았다. "시체가 손에 뭔가 쥐고 있던데, 그게 뭐였죠?"

"아, 보셨어요? 솔방울입니다."

"그런 것 같았어요. 정말 이상하네요."

줄리언은 마리아나를 바라보았다. "그게 무슨 말이야?"

"이곳 주변에는 아무리 봐도 소나무가 없단 말이야." 마리아나는 어깨를 으쓱하더니 잠시 생각했다. "타라의 시체에서 발견한 모든 품목이 정리되어 있지 않나요?"

"그런 말씀을 하시다니 흥미롭군요." 쿠바가 말했다. "저도 같은 생각을 했거든요. 그래서 확인해봤습니다. 타라의 시체에서도 솔방울 한 개가 발견되었다고 합니다."

"솔방울?" 줄리언이 말했다. "흥미롭군. 분명히 범인에게 뭔가 의미가 있을 텐데…… 하지만 그게 뭐지?"

줄리언의 말을 듣고 마리아나는 갑자기 포스카 교수가 엘레우시스 강의를 하던 중에 보여준 슬라이드 한 개를 떠올렸다. 솔방울이 있는 대리석 부조.

그래. 뭔가 의미가 있겠지.

줄리언은 아무 대책 없이 주위를 둘러보더니 고개를 흔들었다. "놈은 어떻게 한 거지? 두 사람을 탁 트인 곳에서 죽이고, 피를 뒤집어쓴 채 목격자나 살인 도구, 알아볼 수 있는 증거도 남기지 않고 사라지다니…… 아무것도 없어."

"지옥을 엿보는 느낌이지." 쿠바가 말했다. "하지만 피에 관해서는 자네 말이 틀렸어. 범인은 꼭 피를 뒤집어썼다고 볼 수는 없어. 어쨌거나 칼로 난자한 건 피해자가 죽은 뒤니까."

"네?" 마리아나는 쿠바를 멍하니 바라보았다. "그게 무슨 말씀 이시죠?"

"말한 그대로입니다. 범인은 목을 먼저 그었어요."

"확실한가요?"

"아, 그럼요." 쿠바는 고개를 끄덕였다. "두 사건 모두에서 직접적 사망 원인은 깊은 자상입니다. 목을 거의 뒤쪽 뼈가 있는 곳까지 잘랐어요. 거의 순식간에 사망한 것이 틀림없습니다. 상처의 깊이로 판단해볼 때…… 범인은 뒤에서 공격했을 겁니다. 잠시만 실례하지."

그는 줄리언 뒤로 가서 서더니 전자담배를 우아한 동작으로 칼처럼 쥐고 시범을 보였다. 그가 줄리언의 목을 긋는 시늉을 해보이자 마리아나는 얼굴을 찌푸렸다.

"아셨죠? 동맥에서 터져 나온 피는 앞으로 뻗습니다. 그런 다음 시체를 땅바닥에 눕혀두고 칼로 찌르면 피는 아래쪽으로 흘러 흙에 스며듭니다. 그러니 범인은 몸에 피를 전혀 묻히지 않았을 수도 있습니다."

마리아나는 고개를 흔들었다. "하지만 그건 말이 되지 않아요."

"왜죠?"

"왜냐하면 그건 광란의 상태가 아니기 때문이죠. 그건 스스로 제어하지 못하는 모습이나, 분노가 아니에요."

쿠바는 고개를 흔들었다. "아니죠. 반대입니다. 범인은 매우 차분했고 마음이 흔들리지 않았습니다. 마치 일종의 춤을 선보이는 것같았죠. 매우 정확했습니다. 그건…… 뭐라고 해야 하나……."

그는 알맞은 단어를 찾고 있었다.

"의식을 치른다? 맞나요?"

"의식이라고요?"

마리아나는 그를 바라보았다. 머릿속으로 그림 여러 장이 스쳐 지나갔다. 강의실에서 종교적 의식을 주제로 강의하는 에드워드 포스카의 모습. 희생을 요구하는 고대 그리스의 신탁이 쓰인, 타라의 방에서 나온 엽서. 그녀의 마음 깊은 곳에서는 지워지지 않는, 밝은 파란색 하늘과 불타는 태양 그리고 복수의 여신에게 바친 폐허가 된 사원이 보였다.

분명 뭔가가 있었다. 그녀가 생각해봐야 할 무언가. 하지만 그녀가 쿠바를 좀 더 압박하기도 전에 뒤에서 목소리가 들렸다.

"여기서 지금 뭐하는 겁니까?"

모두 뒤를 돌아보았다. 그곳에는 상가 경감이 서 있었다. 기분이 좋아 보이지 않았다.

3

"이분이 여기서 뭐하는 거지?" 상가는 얼굴을 찌푸리며 말했다.

줄리언이 앞으로 나섰다. "마리아나는 저랑 왔습니다. 뭔가 통찰력을 보여줄 수 있으리라 생각했어요. 그리고 아주 많이 도움이 되고 있습니다."

상가는 갖고 다니는 병의 뚜껑을 열어서 아슬아슬하게 울타리 기둥 위에 올려놓고 차를 조금 따랐다. 피곤해 보이는 모습이라고 마리아나는 생각했다. 그의 직업이 부럽지 않았다. 그는 수사 규모가 두 배로 늘었고 유일한 용의자는 사라지고 말았다. 상황을 악화시키는 건 망설여졌지만 달리 방법이 없었다.

"경감님." 그녀는 말했다. "희생자가 베로니카 드레이크라는 건 아세요? 성 크리스토퍼 칼리지의 학생입니다."

경감은 살짝 당황한 표정으로 쳐다보았다. "확실합니까?"

마리아나는 고개를 끄덕였다. "그리고 포스카 교수가 두 명의 희생자를 모두 가르쳤다는 사실도 아시나요? 그들은 그가 운영하는 특별 모임에 속해 있었어요."

"무슨 특별 모임이죠?"

"그걸 꼭 포스카 교수에게 물어보셔야 할 것 같습니다."

상가 경감은 차를 다 마시고 나서야 대답했다. "알겠습니다. 뭐 더 알려주실 게 있나요, 마리아나?"

마리아나는 상가의 말투가 마음에 들지 않았지만, 예의 바르게 웃었다. "지금은 그것 말고는 없네요."

상가는 컵에 남은 찌꺼기를 땅바닥에 털어서 버렸다. 그러고는 뚜껑을 털더니 병을 덮었다.

"이미 한 번 제 수사를 방해하지 말아달라고 부탁드렸습니다. 그러니 이번에는 이렇게 말하죠. 만일 다시 한번 범죄 현장에 허락도 없이 나타나면 내가 직접 당신을 체포하겠소. 알겠습니까?"

마리아나는 대답하려고 입을 열었지만 줄리언이 먼저 말했다.

"미안합니다. 다시는 이런 일 없을 겁니다. 가죠, 마리아나."

그는 내키지 않아 하는 마리아나를 이끌고 다른 사람들로부터 멀어져, 경찰 통제선이 있는 곳으로 향했다.

"상가가 너한테 유감이 많은가 봐. 내가 너라면 저 사람 방해하지 않을 거야. 저 사람 짖는 것보다 무는 솜씨가 엄청나거든." 줄리언은 마리아나에게 윙크를 해보였다. "걱정하지 마. 혹시 뭐든 진전이 있으면 내가 계속 알려줄게."

"고마워. 정말로."

줄리언은 미소를 지었다. "어디 묵고 있어? 난 경찰이 경찰서 옆호텔에 숙소를 잡아줬어."

"난 학교에서 묵고 있어."

"아주 좋네. 오늘 밤 한잔할까? 지난 세월 얘기도 할 겸?"

마리아나는 고개를 흔들었다. "아니, 미안해. 그럴 수가 없어."

"이런, 왜?"

줄리언은 그녀에게 미소를 지어 보였다. 하지만 그러다가 그녀의 눈길을 따라 시선을 옮겼고…… 그녀가 경찰 통제선 밖에서 손을 흔들어 보이는 프레드를 보고 있다는 걸 알아차렸다.

"아하." 줄리언은 얼굴을 찌푸렸다. "이미 계획이 있어서 그러는군."

"뭐?" 마리아나는 고개를 흔들었다. "아니야. 저 사람은 그냥 친구야. 조이 친구."

"그렇겠지." 줄리언이 믿기지 않는다는 듯한 웃음을 지었다. "괜찮아. 다시 보자고, 마리아나."

줄리언은 조금 짜증이 난 것처럼 보였다. 그러더니 돌아서서 가버렸다.

마리아나 역시 스스로 짜증스러운 기분이었다. 그녀는 통제선테이프 아래로 몸을 숙이고 지나 다시 프레드에게 돌아왔다. 그녀는 점점 더 화가 났다. 왜 프레드가 조이의 친구라는 바보 같은 거짓말을 했지?

마리아나는 아무 죄도 짓지 않았다. 숨길 것이 전혀 없었다. 그
런데 왜 거짓말을?

물론 그녀는 프레드에게 느끼는 스스로의 감정에 솔직한 건 아
니었다. 그게 가능한가? 만일 그렇다면 그건 대단히 마음이 불편
해지는 생각이었다.

그녀가 스스로 거짓말하는 건 또 뭐가 있을까?

4

성 크리스토퍼 칼리지에서 두 번째로 재학생이 살해되었다는
뉴스가 터지고, 희생자가 미국 상원의원의 딸이라는 것이 밝혀지
자 사건은 세계 모든 언론의 헤드라인을 장식했다.

드레이크 상원의원은 워싱턴에서 아내와 함께 가장 빠른 비행기
를 타고 날아왔고, 그 뒤를 미국의 언론이 또 그 뒤를 세계 모든 곳
의 기자들이 따라왔다. 그들은 몇 시간 만에 성 크리스토퍼 칼리
지에 도착했다.

마리아나는 중세시대의 포위 작전이 떠올랐다. 떼를 지어 공격
해 들어오는 기자들과 카메라맨들을 막아서는 얄팍한 울타리는
몇 명의 정복 경찰관과 소수의 대학 수위들로 이루어져 있었다. 모
리스가 최전선에서 소매를 걷어 올리고 앞장서 두 주먹으로 대학
을 수비할 준비를 마치고 있었다.

언론사의 천막들이 정문 바깥쪽 자갈밭 위에 세워져 이리저리로 뻗어나가더니 결국 위성 송출용 밴 차량이 줄지어 주차한 킹스 퍼레이드까지 이어졌다. 강가에는 특별히 프레스 센터 천막이 차려졌고, 그곳에서 드레이크 상원의원 부부가 TV 인터뷰를 진행했다. 그들은 딸을 죽인 살인자를 잡을 수 있는 어떤 정보든 제보해달라고 감정적으로 호소했다.

드레이크 상원의원의 요구에 따라 런던 경찰국이 개입했다. 추가로 더 많은 경찰이 런던에서 도착했다. 그들은 바리케이드를 설치하고 집마다 탐문 수사를 하고 도로를 순찰했다.

그들이 쫓고 있는 것이 연쇄살인범이라는 사실이 도시 전체를 긴장 상태로 만들었다. 그러는 사이 콘래드 엘리스는 모든 혐의를 벗고 풀려났다.

공기 중에 초조하고 긴장한 에너지가 감돌았다. 칼을 든 괴물이 길거리 사람들 사이에서 눈에 띄지 않은 채 돌아다니고 있었는데, 그는 공격한 다음 눈에 띄지 않은 채 어둠 속으로 녹아 사라지는 능력을 갖추고 있었다. 눈에 보이지 않는 범인은 뭔가 인간 이상의 것, 초자연적인 대상으로 여겨지고 있었다. 신화 속에서 태어난 유령 같은 생명체.

마리아나만이 그가 유령이나 괴물이 아니라는 걸 알았다. 범인은 그냥 사람이었고, 신격화될 가치가 없는 존재였다. 그럴 자격이 없었다.

그에게 어울리는 건 오직 연민과 두려움이었다. 만일 그녀가 마음속에서 그런 감정을 불러낼 수 있다면. 아리스토텔레스에 따르면 비극의 카타르시스를 구성하는 바로 그 자질이다. 그렇지만 마리아나는 연민을 품을 수 있을 정도로 이 미치광이를 많이 알지 못했다. 그러나 그녀는 두려움은 느끼고 있었다.

5

어머니는 나를 위해 이런 삶을 계속하진 않을 거라고 말했다.

언젠가 우리가, 어머니와 내가 떠날 거라고 말하곤 했다. 하지만 쉽지는 않을 터였다.

나는 공부를 안 했어. 어머니는 말하곤 했다. 열다섯 살에 학교를 그만둔 거야. 너는 그러지 않겠다고 약속해. 넌 공부를 해야 해. 그래야 돈을 벌 수 있어. 그게 살아남는 방법이고, 안전해지는 방법이야.

나는 그 말을 절대 잊지 않았다. 다른 무엇보다 나는 안전해지고 싶었다.

지금도 나는 안전하다고 느끼지 않는다.

아버지가 위험한 사람이라는 것이 그 이유다. 계속 위스키를 마시다 보면 아버지의 눈 속에서는 작은 불꽃이 모습을 드러내곤 했다. 그는 점점 논쟁을 벌이길 좋아하는 상태가 된다. 그의 분노를 피하는 건 마치 지뢰밭을 걷는 것 같았다.

나는 어머니보다는 지뢰밭을 잘 통과했다. 상황을 안정적으로 유지하고, 몇 걸음 앞을 내다보고 안전한 주제에 관해서만 이야기하며 대화가 어디로 흐를지 추측했다. 필요한 경우 아버지를 노련하게 압도하기도 했다. 아버지가 분노를 터뜨릴 수도 있는 그 어떤 주제로든 이야기가 옮겨가지 못하게 유도

하는 것이다. 어머니는 오래 견디지 못하고 늘 실패했다. 실수였든 아니면 마조히즘으로 일부러 그러든, 어머니는 뭔가 말하거나 행동했고, 아버지와 다른 생각을 말하거나 그를 비판하거나 아버지가 좋아하지 않는 뭔가를 먹으라고 내놓았다.

그럴 때면 아버지는 눈이 번쩍거리곤 했다. 아랫입술이 삐쭉 튀어나왔다. 이를 드러냈다. 아버지가 화났다는 걸 어머니가 알아차려도 너무 늦곤 했다. 그러면 테이블이 뒤집히고, 유리컵이 박살 났다. 나는 어머니 앞을 막아서거나 보호하지 못하고 무기력하게 지켜보았다. 어머니는 숨어보겠다고 침실로 달아나곤 했다. 그러곤 미친 사람처럼 침실 문을 잠그려고 하지만…… 너무 늦어버렸다. 아버지는 침실 문을 쾅 열어젖힌 다음…….

이해할 수가 없다.

왜 달아나지 않는 거지? 어머니는 왜 우리 짐을 싸두었다가 밤에 날 데리고 달아나지 않았을까? 함께 도망칠 수 있었는데 어머니는 그런 결정을 내리지 않았다. 왜지? 너무 두려웠나? 부모가 했던 말이 옳았다는 걸 인정하기 싫었던 걸까? 스스로 끔찍한 실수를 했고, 꼬리를 다리 사이로 말아 넣은 채 친정으로 도망치는 것이 싫었나? 아니면 어머니는 현실을 부정하고 상황이 기적적으로 나아지기를 바라고 있었던 걸까? 어쩌면 그랬는지도 몰랐다. 어쨌거나 어머니는 보고 싶지 않은 걸 무시하는 기술은 매우 뛰어났다. 그렇게 뻔한 사실들을.

나도 어머니의 그런 행동을 배웠다.

또한 어렸을 때부터 땅을 밟고 걷지 않는 걸 배웠다. 대신 공중에 매달린 보이지 않는 밧줄로 만든 좁은 그물 위를 걸어야 했다. 나는 미끄러지거나 떨어지지 않으려고 애쓰면서 조심스럽게 그물 위로 걸어 다녔다. 성격에 공격적인 면이 있는 것 같기도 했다. 끔찍한 비밀을 숨기고 있었지만, 그 비밀이 뭔지는 나도 잘 몰랐다.

하지만 아버지는 알고 있었다. 그는 내 죄악을 알았다.

그리고 아버지는 그 죄에 맞춰 나에게 벌을 내렸다. 아버지는 나를 위층으로 데려갔다. 욕실에 데리고 들어가 문을 잠근 다음……

그러면 또 시작되곤 했다.

지금 그 아이, 겁에 질린 어린아이를 떠올리면서 나는 슬픔의 고통을 느끼나? 공감의 고통을? 그는 그냥 아이일 뿐 내가 저지른 범죄와는 아무 관계도 없다. 아이는 겁에 질렸고, 고통스럽다. 내가 한순간이라도 연민을 경험하는가? 그 아이의 어려운 상황과 아이가 겪은 모든 상황을 느끼는가?

아니, 그렇지 않다.

나는 내 마음속에서 동정심을 모두 없앴다.

나는 동정받을 자격이 없다.

6

베로니카가 살아서 마지막으로 목격된 것은 6시 ADC 극장에서 〈말피 공작부인〉의 리허설을 마쳤을 때였다. 그 후에 그녀는 사실상 공기 중으로 사라졌다. 다음 날 시체로 발견될 때까지.

어떻게 이런 일이 가능했을까?

그녀를 죽인 범인은 어떻게 느닷없이 나타나 벌건 대낮에 그녀를 납치하고도 목격자나 증거를 남기지 않을 수 있었을까? 마리아나가 내릴 수 있는 결론은 오직 하나였다. 베로니카는 범인을 자발적으로 따라갔다. 그녀는 조용히, 협조하면서 자신의 죽음으로 향했다. 그녀를 죽인 범인이 아는 사람이고 그를 신뢰했기 때문이다.

다음 날 아침, 마리아나는 베로니카가 마지막으로 목격된 장소를 둘러보기로 했다. 그녀는 파크 스트리트에 있는 ADC 극장으로 향했다.

극장은 원래 오래전 마차들이 머물던 여관을 1850년대에 개조한 곳이다. 입구 위쪽에 검은 글자로 로고가 그려져 있었다.

커다란 간판에 다음 공연 소식을 담은 포스터가 붙어 있었다. 〈말피 공작부인〉이었다. 공연은 곧 취소될 것이다. 공작부인을 연기할 베로니카가 없기 때문이다.

그녀는 정문으로 다가갔다. 문을 열어보았지만 잠겨 있었다. 복도에 불이 켜 있지 않았다.

마리아나는 잠시 생각했다. 그러다가 돌아서서 모퉁이를 돌아 건물 옆으로 갔다. 커다란 두 개의 검은색 철문 안쪽으로 안마당이 보였다. 과거 그곳에는 마구간이 있었다. 마리아나는 철문을 밀어보았다. 잠겨 있지 않아서 쉽게 벌컥 열렸다. 안마당으로 들어서자 그곳에 무대로 통하는 문이 있었다. 그리로 걸어가 열어봤지만 아쉽게도 잠겨 있었다. 실망스러운 마음에 포기하려던 순간 번뜩 떠오르는 생각이 있었다. 그녀는 비상구를 바라보았다. 나선형 계단이 위층에 있는 극장 바 쪽으로 연결되어 있었다.

마리아나가 학생이던 시절, ADC의 바는 늦게까지 문을 여는 곳으로 유명했다. 그녀와 서배스천은 토요일 저녁이면 가끔 마지막

손님으로 그곳에 가 춤추고 취한 채 바에서 키스하곤 했다.

그녀는 계단을 따라 오르기 시작해 빙글빙글 돌아 꼭대기까지 올라갔다. 그곳에 비상 출입구가 있었다. 마리아나는 크게 기대하지 않고 손을 뻗어 손잡이를 당겼다. 놀랍게도 문이 열렸다.

그녀는 망설이면서도, 결국 안으로 들어갔다.

7

ADC의 바는 구식이었다. 벨벳으로 감싼 의자가 있고 맥주와 오래된 담배 연기 냄새가 풍겼다.

불은 꺼져 있었다. 어둡고 음침해서 마리아나는 잠시 정신을 차릴 수 없었다. 유령 한 쌍이 바에서 키스하고 있었다.

그 순간 커다란 쾅 소리가 나서 그녀는 펄쩍 뛰었다.

또 쾅 소리가 들렸다. 건물 전체가 흔들리는 것 같았다.

마리아나는 무슨 소리인지 알아보기로 했다. 아래층에서 나는 소리였다. 그녀는 바를 벗어나 건물 안쪽 깊숙이 들어갔다. 최대한 소리를 내지 않으려 애쓰면서 중앙 계단으로 내려갔다.

또 쾅 소리가 들렸다.

극장 안에서 들려오는 소리 같았다. 그녀는 계단 아래에서 귀를 기울인 채 기다렸다. 그러나 아무 소리도 나지 않았다.

살금살금 극장 문으로 다가갔다. 살짝 문을 열고 안을 들여다보았다. 극장은 비어 있는 것 같았다. 〈말피 공작부인〉의 세트가 무대 위에 설치되어 있었다. 독일 표현주의자 스타일로 만든, 끔찍한 인상을 주는 감옥과 기울어진 벽 그리고 뒤틀린 각도로 설치된 바가 보였다. 그리고 무대 위에는 젊은 남자 한 명이 있었다.

남자는 셔츠를 벗어부친 채 몸통에서 땀을 흘리고 있었다. 해머로 세트 전체를 부수려는 것 같은 그의 행동에서 놀라울 정도의 폭력성이 느껴졌다.

마리아나는 조심스럽게 통로를 따라 텅 빈 빨간 좌석을 한 줄 한 줄 지나 앞으로 다가가 무대 앞에 도착했다.

남자는 마리아나가 바로 무대 아래에 설 때까지 그녀의 존재를 눈치채지 못했다. 그는 키가 180센티미터 정도에 검은 머리칼이 짧았고 일주일 정도는 수염을 깎지 않은 것 같았다. 기껏해야 스물한 살을 넘겼을 텐데, 어려 보이지도 친근해 보이지도 않는 얼굴이었다.

"누구시죠?" 남자는 마리아나를 경계하며 말했다.

마리아나는 거짓말하기로 했다. "나는 심리상담사예요. 경찰과 함께 일하고 있어요."

"이런, 경찰은 방금 왔다 갔는데."

"알아요." 마리아나는 남자의 악센트를 눈치챘다. "그리스 출신이에요?"

"왜 그러시죠?" 남자는 새로운 관심을 품고 그녀를 바라보았다. "당신도 그런가요?"

웃기게도 그녀는 잠깐 사이에 본능적으로 거짓말을 했다. 왠지 그녀는 남자가 그녀에 관해 알지 못했으면 했다. 하지만 비슷한 사람이라는 느낌을 준다면 남자로부터 더 많은 것을 알아낼 수 있을 터였다.

"혼혈이에요." 그녀는 살짝 웃으며 말했다. 그런 다음 그리스어로 말했다. "저는 아테네에서 자랐어요."

남자는 그녀의 말을 듣더니 기분이 좋아진 듯했다. 차분해지는 것 같았고, 화가 조금 누그러졌다.

"저는 테살로니키 출신이에요. 만나서 반갑습니다." 남자는 이를 드러내며 웃었다. 면도날처럼 날카로운 이였다. "올라오게 도와드리죠."

그러더니 그는 갑자기 과격한 동작으로 팔을 무대 아래로 뻗어 마리아나를 쉽게 무대로 끌어올렸다. 그녀는 불안한 동작으로 무대 위로 올라갔다.

"고마워요."

"전 니코스라고 해요. 니코스 쿠리스. 성함이 어떻게 되죠?"

"마리아나예요. 학생인가요?"

"네." 니코스는 고개를 끄덕였다. "제가 이랬습니다." 그는 주위의 망가진 세트를 가리켜 보였다. "제가 연출자예요. 연극에 뜻이 있었는데 다 망해버렸어요." 그러곤 공허한 웃음을 지었다. "연극이 취소되었거든요."

"베로니카 때문에요?"

니코스는 얼굴을 찌푸렸다. "런던에서 에이전트가 공연을 보러 오기로 했었어요. 여름 내내 이걸 위해 계획하고 일했죠. 그런데 결국 아무것도 남지 않은 채……."

그는 미친 사람처럼 벽 일부를 뜯어냈다. 벽체가 떨어지며 쿵 소리를 냈고 무대 바닥이 흔들렸다.

마리아나는 그를 자세히 살폈다. 그의 모든 것이 분노로 떨리고 있었는데, 간신히 화를 참는 것 같았다. 마치 지금 당장이라도 닥치는 대로 맹렬하게 화를 쏟아낼 듯했다. 그리고 세트 대신 그녀에게 주먹질이라도 할 것처럼 보였다. 마리아나는 겁에 질렸다.

"궁금한 게 있어요." 그녀는 말했다. "혹시 베로니카에 관해 물어도 될까요?"

"어떤 거요?"

"마지막으로 그녀를 본 게 언제죠?"

"드레스 리허설 때였어요. 제가 좀 안 좋은 소리를 했거든요. 그게 마음에 안 들었나 봐요. 솔직히 말하자면 베로니카는 평범한 배우였어요. 본인이 생각하는 것처럼 재능이 있지는 않았죠."

"그렇군요. 베로니카는 기분이 어땠나요?"

"내가 싫은 소리를 한 다음에요? 당연히 안 좋았죠." 그는 이를 드러내며 웃었다.

"언제 떠났나요? 기억해요?"

"아마 6시쯤이었을 겁니다."

"어디로 간다고 하던가요?"

"아뇨." 니코스는 고개를 흔들었다. "하지만 아마 교수를 만나러 갔을 겁니다."

니코스는 의자를 쌓아 올리며 관심을 돌렸다.

마리아나는 그를 바라보며 가슴이 빨리 뛰기 시작했다. 입을 열어 말을 했을 때는 마치 숨이 막힌 것처럼 들렸다.

"교수요?"

"네." 니코스는 어깨를 으쓱했다. "이름은 기억나지 않아요. 드레스 리허설을 보러 왔었는데."

"어떻게 생긴 사람이죠? 외모를 설명할 수 있나요?"

니코스는 잠시 생각했다. "키가 커요. 수염을 길렀고. 미국인이죠." 그는 시계를 들여다보았다. "뭐 더 아시고 싶은 게 있나요? 제가 좀 바빠서요."

"다 됐어요, 감사해요. 그런데 분장실 좀 봐도 될까요? 베로니카가 그곳에 뭐라도 두고 가지 않았는지 모르세요?"

"없을 거예요. 경찰이 다 가져갔어요. 별로 남은 게 없습니다."

"그래도 보고 싶네요. 괜찮다면 말이죠."

"그러세요." 그는 무대 옆쪽을 가리켰다. "저 계단으로 내려가서 왼쪽으로 가시면 됩니다."

"고마워요."

니코스는 뭔가 생각하는 것처럼 그녀를 잠시 바라보았다. 하지만 아무 말도 하지 않았다. 마리아나는 서둘러 계단을 내려갔다.

주위가 어두워 눈이 적응하기까지 시간이 좀 걸렸다. 왠지 자꾸 뒤쪽에 있는 무대를 돌아보게 되었다. 니코스는 분노로 일그러진 얼굴로 세트를 뜯어내고 있었다.

자기 뜻대로 안 되는 걸 아주 싫어하는군. 젊은 남자는 진짜로 분노하고 있었다. 그의 곁에서 벗어나게 되어 기뻤다. 다시 돌아서서 서둘러 좁은 계단을 따라 내려가 무대 뒤쪽 분장실로 향했다.

모든 배우가 함께 사용하는 분장실은 꽤 복잡했다. 옷걸이마다 걸린 의상들이 가발, 화장품, 소품, 책, 화장대와 자리를 다투고 있었다. 마리아나는 난장판을 살펴보았다. 어떤 물건이 베로니카의 것인지 알 방법은 없었다. 뭐든 쓸 만한 걸 찾아낼 가능성이 없을 것 같았다. 그래도…….

그러다가 화장대를 바라보았다. 화장대마다 거울이 달려 있었다. 거울에는 립스틱으로 마구 그린 입술 모양과 행운을 비는 메시지가 적혀 있었다. 거울 틀에는 카드와 사진이 끼워져 있었다. 엽서 한 장이 바로 마리아나의 눈에 띄었다. 다른 엽서들과는 다른 모양이었다.

엽서를 자세히 살펴보았다.

종교적인 그림이었다. 성자의 그림이었다. 아름다운 성자는 금발 머리를 길게 늘어뜨리고 있었는데…… 마치 베로니카 같았다. 단검이 그녀의 목을 뚫고 나와 있었다. 더 끔찍한 것은 그녀가 인간의 눈알 두 개가 올려진 쟁반을 들고 있다는 점이었다.

그림을 보던 마리아나는 속이 울렁거렸다. 엽서로 내뻗는 손이 떨렸다. 거울 틀에서 엽서를 빼낸 후 뒤집었다.

그곳에, 전에 발견한 엽서와 똑같이 손으로 쓴 고대 그리스어 인용문이 적혀 있었다.

ἴδεσθε τὰν Ἰλίου

καὶ Φρυγῶν ἑλέπτολιν

στείχουσαν, ἐπὶ κάρα στέφη

βαλουμέναν χερνίβων τε παγάς,

βωμόν γε δαίμονος θεᾶς

ῥανίσιν αἱματορρύτοις

χρανοῦσαν εὐφυῆ τε σώματος δέρην

σφαγεῖσαν.

8

두 번째 살인 사건 이후 성 크리스토퍼 칼리지에는 모두가 망연자실해 활기가 사라진 분위기가 가득했다.

대학에 일종의 악성 전염병이 퍼진 것처럼 느껴졌다. 마치 그리스 신화 속에서 역병이 테베를 멸망시킨 것처럼, 공기 중으로 떠다니는 보이지 않는 독이 잔디밭마다 퍼졌다. 그리고 한때는 바깥세상으로부터 도피처가 되어주었던 고대의 벽들은 더는 사람들을 보호해주지 못했다.

안전에 대한 학장의 주장과 단언에도 학생들을 집으로 데려가는 학부모들의 수가 점점 더 늘고 있었다. 마리아나는 그들을 비난하지 않았다. 그리고 학교에서 떠나고 싶어 하는 학생들도 비난하지 않았다. 속으로는 자신 또한 조이를 런던으로 데려가고 싶었다. 그러나 그런 제의를 하지 않는 편이 더 낫다는 걸 알고 있었다. 조이가 학교에 남아 머무는 일은 이제 당연한 일이 되었다. 그리고 마리아나 역시 그랬다.

베로니카가 살해당한 일은 조이에게 특히 큰 충격을 안겼다. 그 사건으로 동요한다는 사실이 조이 스스로 놀라게 했다. 그녀는 위선자가 된 느낌이라고 했다.

"그러니까, 나는 베로니카를 **좋아하지도** 않았어요. 내가 왜 눈물을 그칠 수 없는지 모르겠어요."

마리아나는 조이가 베로니카의 죽음을 타라를 향한 슬픔 일부를 표현하는 수단으로 삼고 있는 건 아닌지 의심스러웠다. 그동안 타라를 향한 슬픔은 지나칠 정도로 압도적이고 두려워서 조이는 그 슬픔을 직접 대면할 수 없었다. 그러니 조이의 눈물은 좋은 것, 건강한 것이었다. 마리아나는 조이를 끌어안고 침대에 앉아 우는 조이의 몸을 앞뒤로 흔들며 달랬다.

"괜찮아, 애야. 괜찮아. 기분이 나아질 거야. 그냥 다 쏟아버려."

그리고 마침내 조이의 눈물이 잦아들었다. 그런 다음 마리아나는 점심을 먹으러 가야 한다며 우겨서 조이를 데리고 나갔다. 조이는 지난 스물네 시간 동안 거의 아무것도 먹지 않은 상태였다. 눈이 빨개지고 녹초가 된 조이는 그러겠다며 따라나섰다. 구내 식당으로 가는 길에 두 사람은 클러리사와 우연히 만났는데, 그녀는 두 사람을 하이 테이블에 데려가고 싶다고 제안했다.

하이 테이블은 식당에서 교수와 그들의 손님들만 앉을 수 있는 곳이다. 넓은 식당의 한쪽 끝에 무대처럼 높은 단으로 꾸며져 있는 곳인데, 나무로 장식한 그쪽 벽에는 과거의 저명한 교수들의 초상화가 걸려 있다. 식당 반대편에는 학생들을 위한 뷔페가 차려져 있고, 그곳에는 식당 직원들이 베스트와 보타이 차림으로 깔끔하게 차려입고 서빙을 했다. 학생들은 모두 긴 테이블에 앉아 식사를 하고 있었다.

식당에는 학생이 많지 않았다. 마리아나는 그곳에 있는 학생들을 살펴볼 수밖에 없었다. 그들은 음식을 담으며 낮은 목소리와 긴장한 얼굴로 이야기하고 있었다. 모두 조이보다 그다지 나은 모습이 아니었다.

조이와 마리아나는 클러리사와 하이 테이블에서 다른 교수들과 떨어진 구석 자리에 앉았다. 클러리사는 관심을 두고 메뉴를 열심히 살폈다. 끔찍한 사건에도 그녀의 식욕은 줄어들지 않았다.

"나는 속을 채운 꿩으로 할게. 그러고 나서…… 와인에 졸인 배를 먹을까? 아니면 끈적한 토피 푸딩을 먹던지."

마리아나는 고개를 끄덕였다. "넌 뭐 먹을래, 조이?"

조이는 고개를 흔들었다. "배 안 고파요."

클러리사는 걱정스러운 표정을 지으며 말했다. "뭘 좀 먹어야지, 얘야…… 얼굴이 말이 아니로구나. 힘을 내려면 뭐든 먹어야 해."

"데친 연어랑 채소는 어때?" 마리아나가 말했다. "괜찮겠지?"

조이는 어깨를 으쓱했다. "좋아요."

웨이터가 와서 주문을 받아 갔고, 그 후에 마리아나는 두 사람에게 ADC 극장에서 발견한 엽서를 보여주었다.

클러리사는 엽서를 받아 그림을 자세히 들여다보았다. "아, 성 루시야. 내가 잘못 본 것이 아니라면."

"성 루시요?"

"잘 모르는 모양이구나. 많은 성자가 그렇지만, 그녀에 관한 이야기도 분명하지 않아. 디오클레티아누스가 기독교를 박해하던 시절에 죽은 순교자야. 기원후 300년쯤의 일이지. 그녀의 눈알을 파내고 칼로 찔러 죽였어."

"불쌍한 루시."

"아주 불쌍하지. 그래서 눈이 보이지 않는 사람들의 수호성인이 된 거야. 그녀는 그림에서 대개 이런 식으로 묘사되는데, 쟁반에 눈알 두 개를 올려서 손에 들고 있지." 클러리사는 엽서를 뒤집었다. 그리스어로 쓰인 글을 읽느라 그녀의 입술이 조용히 움직였다. "이번에는 에우리피데스의 〈아울리스의 이피게니아〉 속 내용이군."

"뭐라고 쓰여 있나요?"

"이피게니아가 죽음에 이르는 내용을 담고 있어." 클러리사는 와인을 한 모금 마시더니 번역을 시작했다. "처녀를 보라…… 머리에는 화관을 쓰고, 몸에는 성수를 뿌렸다…… 입에 담을 수 없는 여신을 위한 희생물의 제단으로 걸어가니, 그녀의 아름다운 목이 잘리면 제단에서 피가 흐를 것이다. 그리스어로 '$αἱματορρύτοις$'가 피가 흐른다는 뜻이지."

마리아나는 속이 울렁거렸다. "맙소사."

"밥맛 떨어지는 얘기지. 당연해." 클러리사는 엽서를 다시 마리아나에게 돌려주었다.

마리아나는 조이를 바라보았다. "넌 어떻게 생각해? 혹시 포스카가 보냈을 거라고 생각하니?"

"포스카 교수?" 조이가 엽서를 열심히 들여다보는 동안 클러리사는 깜짝 놀란 표정으로 말했다. "혹시 그 교수가 어쨌다고 생각하는 건 아니겠지?"

"포스카는 자기가 마음에 드는 학생들을 골라 모임을 만들었어요. 그거 아세요, 클러리사?" 마리아나는 조이를 흘깃 바라보며 말했다. "그 학생들이 따로 몰래 만나고 있어요. 포스카는 그 학생들을 처녀들이라고 부르고요."

"처녀들?" 클러리사가 말했다. "우선 들어본 말이로군. '사도들'의 연극에서였을까?"

"사도들요?"

"테니슨의 비밀 문학 모임이었어. 그는 그곳에서 핼럼을 만났지."

마리아나는 멍하니 클러리사를 바라보았다. 제대로 말을 할 수 있게 되기까지는 잠시 시간이 걸렸다.

그녀는 고개를 끄덕였다. "그럴 수도 있겠군요."

"물론 사도들은 전부 남학생이었어. 아마도 처녀들에 속한 사람들은 전부 여자겠지?"

"그래요. 그리고 타라와 베로니카 둘 다 모임 소속이었죠. 정말 이상한 우연의 일치라고 생각하지 않으세요? 조이, 넌 어떻게 생각하니?"

조이는 불편한 표정이었지만 클러리사를 바라보며 고개를 끄덕였다. "솔직히 말하면 교수님이 할 만한 행동이에요. 이렇게 엽서 보내는 것 말이에요."

"왜 그렇게 생각해?"

"교수님은 이런 쪽에서 좀 구닥다리거든요. 엽서 보내는 것같이 말이에요. 교수님은 가끔 손으로 쓴 편지를 주셨어요. 지난 학기에

예술적 형태로서의 편지의 중요성에 관한 강의를 하기도 했죠. 물론 그렇다고 해서 증거가 될 수는 없는 거지만요."

"그런가?" 마리아나가 말했다. "난 될 수도 있다고 생각하는데."

클러리사는 엽서를 톡톡 두드렸다. "이게 무슨 의미라고 생각해? 나는 이런 짓을 하는 목적을 이해할 수가 없는데."

"의미는…… 게임인 거죠. 자신의 의도가 이렇다는 걸 선언하는, 일종의 도전이고, 그는 그걸 즐기는 거예요." 마리아나는 조심스럽게 단어를 골라 말했다. "그리고 뭔가 더 있어요. 어쩌면 자신도 알아보지 못할 수 있는…… 이런 인용문을 고른 이유가 있어요. 그에게는 뭔가 의미가 있는 글인 거예요."

"어떤 뜻에서?"

"모르겠어요." 마리아나는 고개를 흔들었다. "이해할 수 없어요. 그리고 우리는 이해해야 해요. 그래야만 그를 멈출 수 있어요."

"여기서 '그'라는 건 에드워드 포스카를 말하는 거야?"

"그럴 수도 있죠."

클러리사는 마리아나의 말에 매우 불편한 기색이었다. 고개를 흔들어 보이긴 했지만, 말을 보태지는 않았다. 마리아나는 아무 말 없이 앞에 놓인 엽서를 살펴보았다.

그때 주문한 음식이 나왔다. 클러리사는 열심히 음식을 먹었고 마리아나는 조이가 조금이라도 음식을 먹는지 확인하는 일로 관심을 돌렸다. 에드워드 포스카라는 이름은 식사 내내 다시는 거론되지 않았다. 그러나 그는 마리아나의 머릿속에 여전히 남아 있었다. 그곳, 어둠 속에서 마치 머릿속 박쥐처럼.

9

점심 식사를 마치고 마리아나와 조이는 대학 바로 술을 마시러 갔다.

바는 평소보다 눈에 띄게 조용했다. 학생 몇 명만이 앉아 술을 마시고 있었다. 마리아나는 혼자 앉아 있는 세리나를 발견했다. 그녀는 두 사람을 보지 못했다.

조이가 와인 두 잔을 주문하는 동안 마리아나는 바의 끝으로 걸어갔다. 그곳에서는 세리나가 등받이 없는 의자에 앉아 진토닉을 다 마시고 휴대전화로 문자를 보내고 있었다.

"안녕." 마리아나가 말했다.

세리나가 그녀를 쳐다보더니 아무 대꾸 없이 다시 휴대전화로 눈을 돌렸다.

"어떻게 지내고 있니, 세리나?"

대답은 없었다. 마리아나는 조이에게 도와달라는 눈길을 보냈지만, 조이는 술 마시는 척만 하고 있었다. 마리아나는 고개를 끄덕였다.

"내가 술 한 잔 사도 될까?"

세리나는 고개를 가로저었다. "아뇨, 금방 가야 해요."

마리아나는 웃었다. "비밀 애인 만나러?"

해야 할 말이 아닌 건 분명했다. 세리나는 놀라울 정도로 매서운 얼굴을 하고 마리아나를 노려보았다.

"도대체 왜 이러는 거예요?"

"뭐가?"

"포스카 교수님하고 무슨 원수를 졌어요? 당신은 뭔가 귀신에 들린 것 같아요. 대체 경찰에게 교수님 얘기를 뭐라고 한 거죠?"

"네가 무슨 말을 하는 건지 모르겠구나."

하지만 마리아나는 상가 경감이 자신의 말을 심각하게 받아들였고, 포스카를 다시 조사했다는 사실에 남몰래 안심했다.

"포스카 교수에 대해 나쁜 말을 하지 않았어. 그냥 그에게 몇 가지 질문을 하라고 한 것뿐이야."

"그래서 경찰이 했어요. 경찰이 질문을 많이 했다고요. 제게도 했고요. 이제 만족해요?"

"그래서 경찰에게 뭐라고 했는데?"

"사실대로 말했죠. 베로니카가 수요일 밤 살해될 때 포스카 교수님은 저랑 있었다고. 저는 저녁 내내 교수님과 수업을 했어요. 됐어요?"

"교수님은 잠시도 자리를 비우지 않았니? 담배를 피우러 나가지도 않았어?"

"담배는 한 대도 안 피우셨어요."

세리나는 마리아나를 향해 차가운 표정을 짓고 있다가 휴대전화에 문자가 도착하는 소리가 울리자 그리로 신경을 돌렸다. 그녀는 문자를 읽더니 일어섰다.

"가야 해요."

"잠깐만." 마리아나는 목소리를 낮췄다. "세리나, 난 네가 아주 조심했으면 해, 알겠지?"

"제발, 헛소리 좀 그만해요."

세리나는 가방을 들더니 걸어서 나가버렸다.

마리아나는 한숨을 내쉬었다. 조이는 세리나가 일어나 비어 있는 바의 의자에 앉았다.

"잘되지 않았군요."

"그래." 마리아나는 고개를 흔들었다. "잘 안 됐어."

"이제 어쩌죠?"

"모르겠다."

조이는 어깨를 으쓱했다. "만일 베로니카가 살해될 때 포스카 교수가 세리나와 함께 있었다면 그는 범인일 수 없어요."

"세리나가 거짓말을 하는 게 아니라면 그렇지."

"이모는 세리나가 교수님을 위해 거짓말한다고 진짜로 믿어요? 두 번이나?" 조이는 의심스럽다는 표정을 짓더니 어깨를 으쓱했다. "나는 모르겠어요,……."

"뭐가?"

조이는 마리아나의 눈길을 피했다. 그리고 잠시 아무 말도 하지 않았다.

"교수님을 대하는 이모 태도 말이에요. 좀 이상해요."

"그게 무슨 말이야? 이상하다니."

"교수님은 두 건의 살인 사건에서 모두 알리바이를 갖고 있어요. 그런데도 이모는 포기하지 않잖아요. 교수님 때문이에요? 아니면 이모 자신 때문이에요?"

"나 때문이라니?" 마리아나는 자신의 귀를 믿을 수 없었다. 화가 나 볼이 빨개지는 걸 느낄 수 있었다. "그게 무슨 말이야?"

조이는 고개를 흔들었다. "아무것도 아니에요."

"내게 뭔가 하고 싶은 말이 있으면, 그냥 해."

"그래 봐야 소용없어요. 내가 아무리 애써서 포스카 교수 이야기에서 빠져나오게 하려고 해도 이모는 더 깊이 파고 들어가잖아요. 이모는 너무 고집이 세요."

"아니, 그렇지 않아."

조이는 웃었다. "이모부는 자기가 만나본 사람 중에 이모가 고집이 가장 세다고 말하곤 했어요."

"그이는 나한테 그런 말을 절대 하지 않았어."

"글쎄요, 저한테는 말했는데요."

"지금 무슨 말을 하는 건지 이해할 수 없구나. 네가 무슨 말을 하려는 건지 이해할 수가 없어. 내가 포스카랑 어쨌다는 거야?"

"이모가 알겠죠."

"뭐? 난 그에게 반한 게 아니야. 네가 듣고 싶은 말이 그거야?"

마리아나는 자신의 목소리가 커지는 걸 알아차렸다. 바 건너편에 앉은 학생 두 명이 그녀의 목소리를 듣고 이쪽을 바라보았다. 기억하기로는 아주 오랜만에 그녀와 조이는 논쟁을 벌이며 불안정한 관계가 되어가고 있었다. 마리아나는 비이성적으로 화가 났다. 명확한 이유는 알 수 없었다.

두 사람은 잠시 서로를 노려보았다.

조이가 먼저 물러섰다.

"그만하죠." 그녀는 고개를 흔들며 말했다. "미안해요. 말도 안 되는 얘기를 해서."

"나도 미안하구나."

조이는 시계를 확인한 후 말했다. "저 가야 해요. 〈실락원〉 강의가 있어요."

"그래, 얼른 가봐."

"저녁 식사 때 볼까요?"

"음……." 마리아나는 잠시 머뭇거렸다. "안 돼, 만나기로 한 사람이 있어……."

지금은 포스카 교수와의 저녁 식사 계획을 조이에게 말하고 싶지 않았다. 조이가 그 사실을 알게 된다면 혼자서 온갖 말도 안 되는 추측을 하게 될 터였다.

"난, 그냥 친구 만나려고."

"누구요?"

"네가 모르는 옛 대학 친구야. 너 늦겠다, 얼른 가렴."

조이는 고개를 끄덕였다. 그녀는 마리아나의 뺨에 살짝 입술을 댔다. 마리아나는 조이의 팔을 붙잡았다.

"조이, 너도 조심해. 알았지?"

"모르는 사람 따라서 차에 올라타지 말란 거죠?"

"바보 같은 소리 마. 심각해."

"내 몸은 내가 지킬 수 있어요, 마리아나. 난 두렵지 않아요."

조이의 목소리에서 느껴지는 허세의 기운이야말로 마리아나가 가장 걱정스러워하는 면이었다.

10

조이가 떠나고 난 뒤 마리아나는 잠시 바에 앉아서 잔에 든 와인을 천천히 마셨다. 그녀는 머릿속에서 조이와의 대화를 계속 이어가고 있었다.

조이의 말이 옳다면? 포스카가 결백하다면?

포스카는 두 살인 사건에서 모두 알리바이를 갖고 있었다. 하지만 마리아나는 여전히 그를 의심의 눈초리로 노려보고 있었다. 그것도 단지 몇 가닥의 희미한 가능성에 기댄 채.

그러나 정확한 증거는 무엇인가? 확실한 사실은 없었다. 모두 사소한 것들이었다. 조이가 그를 두려워하는 눈빛, 포스카가 타라와 베로니카에게 그리스 비극을 가르쳤다는 사실. 마리아나는 두 장의 엽서를 포스카가 보냈다고 확신하고 있었다.

그녀의 직감은 누구든 두 여학생에게 엽서를 보낸 사람이 그들을 죽였다고 말하고 있었다. 그런 결론은 상가 경감 같은 사람에게는 불합리한 비약일 수도 있고 심지어 망상일 수도 있다. 하지만 마리아나 같은 상담 전문가에게 직감은 믿고 진행할 수 있는 모든 것이 될 수도 있었다. 유명한 대학의 교수가 자신이 가르치는 학생들을 끔찍하고 공개적으로 살해한다는 것, 그리고 무사히 빠져나가길 바란다는 것은 믿을 수 없는 일처럼 보였다.

하지만…… 만일 그녀의 생각이 사실이라면…….

그렇다면 포스카는 이미 빠져나갔다.

하지만 만일 그녀가 틀렸다면?

마리아나는 분명하게 생각할 필요가 있었다. 하지만 생각할 수가 없었다. 그녀의 머릿속은 흐릿했는데, 와인 때문은 아니었다. 압도되는 기분이었고, 점점 더 자신감이 사라지고 있었다. 그럼 이제 어쩌지? 그다음에 어떻게 움직여야 할지 아무 생각이 나지 않았다.

침착하자. 내가 만일 환자와 일하고 있는데 이런 기분이라면, 역량이 부족하다는 느낌이 든다면 어떻게 해야 하지?

대답은 바로 나왔다. 물론 누군가에게 도움을 요청할 터였다. 그녀는 도움을 받아야 했다. 그건 나쁜 생각이 아니었다.

스승님을 만나야만 도움을 얻을 수 있을 터였다. 그리고 이곳을 벗어나보는 거야. 이곳 대학을 탈출해 이곳의 유독한 공기에서 벗어나 단 몇 시간만이라도 런던으로 가는 거야. 그러면 엄청난 위안이 될 것이다.

그래. 그렇게 해야지. 루스에게 전화하고 내일 런던에서 만나는 거야.

그러나 그전에 먼저 케임브리지에서 약속이 있었다. 오늘 저녁 8시에 에드워드 포스카와의 저녁 식사 약속이었다.

11

8시가 되자 마리아나는 포스카의 사택으로 향했다.

그녀는 커다랗고 위압적인 현관문을 바라보고 있었다. 문 옆 검은 명판 위에는 에드워드 포스카 교수라는 글자가 하얀색 필기체로 쓰여 있었다.

안쪽에서 클래식 음악이 흘러나오고 있었다. 문을 두드렸지만 대답이 없었다. 다시 더 크게 문을 두드렸다. 잠시 대답이 없다가, 그 순간…….

"열렸습니다." 멀리서 목소리가 들렸다. "들어와요."

마리아나는 숨을 들이마시고 마음을 가라앉혔다. 문을 열자 느릅나무 계단이 그녀를 맞이해주었다. 낡고 좁은 데다 나무가 휘어 이곳저곳 울퉁불퉁한 계단이었다. 올라가면서 조심스럽게 발을 디뎌야 했다.

이제 음악은 더 크게 들렸다. 라틴어로 부르는, 종교적인 내용의 아리아나 음악에 맞춰 부르는 찬송가 같았다. 전에도 어딘가에서 들어본 것 같았지만, 그게 어디였는지 확실히 알 수 없었다. 음악은 아름다운 동시에 불길하게 들렸는데, 현악기가 심장처럼 맥동하는 소리는 아이러니하게도 계단을 따라 올라가는 마리아나의 긴장한 심장 소리를 흉내 내는 것처럼 들렸다.

계단 꼭대기에 올라가니 문이 열려 있었다. 안으로 들어서자 복도에 걸려 있는 커다란 십자가가 제일 처음 눈에 들어왔다. 아름다웠다. 검은색 나무로 만든 십자가는 고딕 양식으로 화려하고 복잡하게 조각한 모습이었다. 하지만 오직 크기만으로도 위협적으로 느껴져, 마리아나는 서둘러 십자가 앞을 지나갔다.

그녀는 거실로 들어섰다. 앞이 잘 보이지 않았다. 조명이라고는 여기저기 놓인, 반쯤 녹아내린 흉한 모습의 촛불뿐이었다. 그녀가 캄캄한 어둠과 초 타는 짙은 냄새에 적응하기까지 시간이 조금 걸렸다. 촛불에서 뿜어내는 검은 연기가 촛불의 빛을 더 흩어지게 해서 앞을 보기가 어려웠다.

안마당을 내려다보는 창문이 있는 커다란 방이었다. 다른 방들로 이어지는 몇 개의 문이 더 보였다. 벽에는 그림들이 걸렸고 책장에는 책이 가득했다. 벽지는 짙은 녹색과 검은색으로 나뭇가지와 잎들이 불안한 모양으로 반복되는 무늬였는데, 마치 정글에 와 있는 것 같았다.

벽난로와 탁자 위에는 조각품과 장식품이 놓여 있었다. 어둠 속에서 빛나는 인간의 두개골과 판(그리스 신화에서 숲, 사냥, 목축을 담당하는 신-옮긴이)의 작은 조각상이 보였다. 털이 잔뜩 났고 가죽 술 부대를 들었고, 두 다리와 뿔, 꼬리는 염소를 닮은 모습이었다. 조각상 옆에는 솔방울이 하나 놓여 있었다.

갑자기 마리아나는 누군가 자신을 지켜보고 있다는 생각이 들었다. 목 뒤에서 누군가의 눈길이 느껴졌고, 바로 돌아섰다.

에드워드 포스카가 서 있었다. 그녀는 그가 들어오는 소리를 듣지 못했다. 어두운 구석에 내내 서서 자신을 지켜보고 있었던 걸까?

"안녕하십니까?" 그가 말했다.

그의 검은 눈과 하얀 이가 촛불에 비쳐 반짝거렸고, 헝클어진 머리칼은 어깨까지 흘러내렸다. 검은색 정장 재킷에 빳빳한 흰색 셔츠, 검은색 보타이 차림이었다. 엄청나게 잘생겼다고 그녀는 생각했다. 그리고 그런 생각을 하는 자신에게 바로 화가 났다.

"정식 만찬에 가게 될 줄은 몰랐군요." 그녀가 말했다.

"안 갑니다."

"하지만 옷차림이……."

"아." 포스카는 자신의 옷을 살펴보고는 웃었다. "이렇게 아름다운 여성과 저녁 식사하는 기회는 좀처럼 없어서요. 저는 상황에 맞춰 옷을 입었다고 생각합니다. 마실 걸 좀 드리죠."

대답도 기다리지 않고 그는 은제 얼음 그릇 속에 든 샴페인 병의 뚜껑을 열었다. 그는 자신의 잔을 다시 채우고 마리아나를 위해 한 잔을 더 따랐다. 그리고 그녀에게 잔을 건넸다.

"고마워요."

에드워드 포스카는 그 자리에 잠시 서서 그녀를 바라보며 검은 눈으로 평가하고 있었다.

"우리를 위해 건배." 그가 말했다.

마리아나는 대꾸하지 않았다. 그냥 잔을 입으로 가져가 샴페인을 한 모금 마셨다. 거품이 풍부하고 달지 않아 상쾌했다. 맛이 좋았고 긴장을 누그러뜨려줄 것 같기도 했다. 다시 한 모금을 마셨다.

그 순간 누군가 아래층 문을 두드렸다.

포스카가 웃으며 말했다. "아, 그레그일 겁니다."

"그레그요?"

"학교 식당에서 일하는 친구입니다."

급한 발소리가 들리더니 발걸음이 날렵하고 몸이 유연한 그레고리가 베스트와 넥타이 차림으로 한 손에는 뜨거운 음식이 든 상자, 다른 손에는 찬 음식이 든 상자를 들고 모습을 드러냈다. 그는 마리아나를 보고 웃었다.

"안녕하십니까." 마리아나에게 인사를 건넨 그는 교수를 바라보았다. "제가 차려도……?"

"그럼." 포스카가 고개를 끄덕였다. "한쪽에다 차려주게. 내가 직접 덜어서 먹겠네."

"알겠습니다, 교수님."

그레그는 식당으로 사라졌다. 마리아나는 포스카에게 놀란 듯한 표정을 지어 보였다.

그는 웃었다. "학교 식당에서 먹는 것보다는 둘이 조용히 먹고 싶었거든요. 하지만 제가 요리에는 솜씨가 없고, 그래서 식당에 얘기해서 음식으로 조리해서 가져다달라고 했습니다."

"어떻게 그렇게 하실 수 있어요?"

"팁을 잔뜩 주면 가능하죠. 얼마나 큰 금액인지 말하면서 잘난 체하지는 않겠습니다."

"너무 신경을 많이 쓰셨네요, 교수님."

"에드워드라고 불러주세요. 별것 아닙니다, 마리아나."

그는 미소를 짓더니 아무 말 없이 그녀를 바라보았다. 마리아나는 살짝 불편해져서 고개를 돌렸다. 그녀의 눈길은 커피 테이블 위를 지나서…… 솔방울로 향했다.

"저건 뭐죠?"

포스카가 그녀의 눈길을 따라 시선을 옮긴 후 말했다. "솔방울 말인가요? 아무것도 아니에요. 그냥 집 생각이 나게 해주는 물건입니다. 왜요?"

"교수님이 엘레우시스에 관한 강의를 할 때 슬라이드에서 솔방울을 본 기억이 나서요."

포스카는 고개를 끄덕였다. "네, 그렇죠. 맞습니다. 새롭게 비교

(秘教)에 입문하는 사람은 처음에 솔방울을 받게 됩니다."

"그렇군요. 왜 솔방울이죠?"

"글쎄요, 사실은 솔방울 자체가 중요한 건 아닙니다. 솔방울이 상징하는 바가 있죠."

"그게 뭐죠?"

그는 웃더니 잠시 그녀를 바라보았다.

"씨앗이죠. 솔방울 안의 씨앗. 우리 안의 씨앗은 바로 몸속 영혼입니다. 마음을 여는 것이죠. 자신의 내부를 들여다보고 영혼을 찾겠다는 약속입니다."

포스카는 솔방울을 집어 들더니 그녀에게 내밀었다.

"이걸 드리죠. 가지세요."

"아뇨, 고맙지만 괜찮아요." 마리아나는 고개를 흔들었다. "갖고 싶지 않네요."

그녀는 의도했던 것보다 더 날카롭게 말했다.

"알겠습니다."

포스카는 즐겁다는 듯 웃더니 솔방울을 테이블에 내려놓았다. 잠시 침묵이 흐른 후 그레그가 식당에서 나왔다.

"준비됐습니다, 교수님. 푸딩은 냉장고에 넣어두었습니다."

"고맙네."

"좋은 저녁 보내십시오."

그레그는 마리아나에게 고개를 숙여 보이고 방에서 나갔다. 마리아나는 그레그가 계단을 내려가 문을 닫는 소리를 들었다.

두 사람만 남았다.

침묵 속에서, 서로 마주 보는 두 사람 사이에 긴장감이 흘렀다. 어쨌거나 마리아나는 긴장감을 느낄 수 있었다. 하지만 포스카의 기분은 알 수 없었다. 그의 차분하고 매력적인 매너 속에 무엇이 있는지 알 수 없었다.

포스카는 옆에 있는 방을 향해 손짓을 했다.

"가실까요?"

12

어둠 속 나무로 벽을 장식한 식당, 긴 테이블 위를 하얀색 테이블보가 덮고 있었다. 은촛대에 꽂힌 긴 초의 촛불이 타고 있었다. 미리 디캔팅을 해둔 레드 와인 한 병이 한쪽에 놓인 보조 테이블 위에 놓여 있었다.

테이블 뒤쪽으로 보이는 창문에서는 안마당 한가운데서 자라는 떡갈나무가 어두워지는 하늘을 배경으로 보였다. 나뭇가지 사이로 별들이 반짝거렸다. 다른 상황이었다면 이렇게 고풍스러운 방에서 하는 식사가 믿을 수 없을 정도로 로맨틱했을 터였다. 하지만 지금은 그렇지 않았다.

"앉으세요." 포스카가 말했다.

마리아나는 테이블로 다가갔다. 서로 마주 보는 형태로 두 자리가 마련되어 있었다. 마리아나는 자리에 앉았고, 포스카는 음식이 차려져 있는 옆 테이블로 걸어갔다. 테이블 위에는 양 다리 구이,

감자구이, 채소 샐러드가 있었다.

"냄새가 좋군요." 그가 말했다. "절 믿으세요. 제가 뭐든 직접 만들어보려고 애쓴 것보다 이게 훨씬 나을 겁니다. 저는 미각은 아주 발달했지만, 주방에서는 완전히 초보거든요. 이탈리아 출신 어머니가 아들에게 전수해준 평범한 파스타 말고는 요리할 줄 모릅니다."

그는 마리아나에게 웃어 보이더니 커다란 요리용 칼을 손에 들었다. 칼이 촛불 불빛을 받아 빛났다. 마리아나는 포스카가 재빠르고 솜씨 좋게 칼로 양고기를 자르는 모습을 지켜보았다.

"이탈리아 출신이에요?" 마리아나는 말했다.

포스카는 고개를 끄덕였다. "2세대죠. 조부모께서 시칠리아에서 배를 타고 미국으로 오셨습니다."

"뉴욕에서 자랐나요?"

"그렇지는 않아요. 뉴욕 주였죠. 완전 시골의 농장이었습니다."

포스카는 마리아나를 위해 양고기 몇 점과 감자, 샐러드를 접시에 담은 후 비슷한 음식을 자신의 접시에 담았다.

"당신은 아테네에서 컸나요?"

"그랬어요." 그녀는 고개를 끄덕였다. "외곽이긴 하지만요."

"정말 이국적이네요. 부럽습니다."

"뉴욕 주의 농장에 관해서도 같은 얘기를 할 수 있겠죠."

"안 살아보셔서 모릅니다. 쓰레기장이에요. 어떻게든 벗어나고 싶어서 참을 수 없었습니다."

말하는 동안 그의 얼굴에서 웃음기가 사라졌다. 왠지 조금 전과 확연히 달랐다. 더 단호하고 늙어 보였다. 그는 준비한 접시를 마리아나 앞에 가져다주었다. 그런 다음 자신의 접시를 테이블 반대편으로 가져가 자리를 잡고 앉았다.

"덜 익힌 걸 좋아합니다. 입에 맞으셨으면 좋겠군요."

"괜찮아요."

"맛있게 드세요."

마리아나는 앞에 놓인 접시를 내려다보았다. 아주 얇게 자른 양고기는 너무 안 익은 상태여서 빨간 핏물이 빛을 내면서 흘러나와 웅덩이처럼 고이며 하얀 도자기 접시에 퍼져나갔다. 보기만 해도 속이 울렁거렸다.

"저녁 식사 초대에 응해주셔서 고마워요, 마리아나. 펠로 가든에서 제가 말한 것처럼 당신에게 관심이 생겼어요. 누군가 제게 관심을 보이면 관심이 생기죠. 그리고 당신은 제게 분명히 관심을 보였어요." 그는 싱글거리며 웃었다. "오늘 저녁은 저에 관한 당신의 관심을 돌려드릴 기회입니다."

마리아나는 포크를 들었다. 하지만 도저히 고기에는 입을 댈 수 없었다. 대신 감자와 샐러드에 관심을 집중했다. 채소가 점점 커지는 핏자국에 젖지 않도록 한쪽으로 밀어내야 했다.

포스카가 바라보는 눈길을 느낄 수 있었다. 눈길이 얼마나 차가운지, 마치 바실리스크의 그것과 같았다.

"양고기를 아직 안 드셨네요. 안 드세요?"

"아뇨, 먹을 거예요."

마리아나는 고기 끄트머리를 살짝 잘라 빨간 고기 조각을 입에 넣었다. 축축한 피에서 쇳내가 났다. 간신히 씹어서 삼켰다.

포스카가 웃었다. "좋습니다."

마리아나는 샴페인 잔으로 손을 뻗어 남은 샴페인으로 피 맛을 씻어 넘겼다. 그녀의 술잔이 빈 걸 본 포스카가 일어섰다.

"와인을 좀 드실까요?"

포스카는 옆에 놓인 테이블로 가서 짙은 붉은색 보르도 와인을 두 잔 따랐다. 그는 식탁으로 돌아와 마리아나에게 한 잔을 건네주었다. 마리아나는 와인을 입으로 가져가 마셨다. 흙 향과 묵직한 무게감이 느껴지는 맛이었다. 그녀는 이미 빈속에 마신 샴페인에 살짝 취기가 오르던 상태였다. 술을 계속 마시면 금세 취할 것 같았다. 하지만 그녀는 멈추지 않았다.

포스카는 다시 자리에 앉아 그녀를 바라보며 물었다. "남편분에 관해 말해주시죠."

마리아나는 고개를 좌우로 흔들었다. 그건 안 돼.

그는 놀란 기색이었다. "안 된다고요? 왜요?"

"말하고 싶지 않아요."

"이름도 말해줄 수 없나요?"

마리아나는 작은 목소리로 말했다. "서배스천이에요."

어떻게 된 일인지 죽은 남편의 이름을 말하는 것만으로 그녀의 수호천사인 남편이 모습을 드러냈고, 마리아나는 좀 더 안전하고 차분한 기분이 들었다. 서배스천은 그녀의 귀에 대고 속삭였다. 겁내지 마, 여보. 남의 말에 신경 쓸 것 없어. 두려워하지 말고.

그녀는 남편의 조언을 받아들이기로 했다. 마리아나는 고개를 들고 눈도 깜박이지 않은 채 포스카의 눈을 정면으로 바라보았다.

"교수님 자신에 관한 얘기를 들려주시죠."

"에드워드라고 부르세요. 뭘 알고 싶어요?"

"어린 시절에 관해 말해주세요."

"제 어린 시절요?"

"어머니는 어떤 분이셨죠? 어머니를 좋아하셨나요?"

포스카는 웃음을 터뜨렸다. "제 어머니요? 저녁을 먹으면서 정신 분석을 하려는 건가요?"

마리아나는 말했다. "그냥 궁금해서요. 파스타 요리법 말고 어머니에게서 뭘 배우셨는지 궁금하네요."

포스카는 고개를 흔들며 말했다. "어머니는 불행하게도 저에게 가르쳐준 것이 별로 없습니다. 당신은 어때요? 당신 어머니는 어떤 분이었죠?"

"저는 어머니 없이 자랐습니다."

"아." 포스카는 고개를 끄덕였다. "저도 사실은 어머니를 전혀 몰랐던 것 같습니다."

그는 잠시 평가하듯 마리아나를 보며 생각하는 듯했다. 그의 머리가 돌아가는 걸 볼 수 있었다. 정말 똑똑한 머리를 가진 남자라고 생각했다. 칼처럼 날카로워. 마리아나는 조심해야 했다.

그녀는 건조한 목소리로 말했다. "어린 시절은 행복하셨나요?"

"식사 자리를 상담 시간으로 만들 작정인가 보군요."

"상담이 아니에요, 그냥 대화죠."

"대화는 서로 오가야 하는 겁니다, 마리아나."

포스카는 웃으며 기다렸다. 달리 방법이 없는 마리아나는 도전해보기로 했다.

"저는 별로 행복하지 못한 어린 시절을 보냈어요." 그녀는 말했다. "가끔은 그랬던 것 같아요. 아버지를 무척 사랑했지만⋯⋯."

"그랬지만요?"

마리아나는 어깨를 으쓱했다. "너무 많은 죽음을 겪었어요."

그들은 잠시 눈길을 마주친 채로 있었다.

포스카는 천천히 고개를 끄덕였다. "그래요, 당신 눈 속에서 볼 수 있어요. 엄청난 슬픔을 가진 눈이군요. 사실 당신을 보면 테니슨이 쓴 글의 여주인공이 떠올라요. 〈해자를 두른 농장의 마리아나〉란 글이죠. '그는 오지 않아요.' 그녀는 말했다. '저는 피곤하고 피곤해요. 차라리 죽었으면 좋겠어요!'"

그는 웃었다. 마리아나는 속을 들킨 것 같아 짜증스러운 나머지 고개를 돌렸다. 그녀는 와인으로 손을 뻗었다. 그녀는 남은 와인을 전부 마셨다. 그리고 다시 그를 바라보았다.

"그쪽 순서군요, 교수님."

"알겠습니다. 내가 행복한 아이였냐는 거죠?" 그는 고개를 가로 저었다. "아뇨. 저는 행복하지 않았어요."

"왜죠?"

그는 바로 대답하지 않았다. 그는 일어서서 와인 병을 가져왔다. 그는 마리아나의 빈 잔에 와인을 채웠다.

"솔직히 말해요? 아버지가 매우 폭력적인 사람이었습니다. 저는 목숨을 잃을까 봐, 어머니가 죽을까 봐 겁내며 살았어요. 어머니를 잔인하게 학대하는 모습을 여러 번 목격했습니다."

마리아나는 상대가 이렇게 솔직하게 인정할 거라고는 기대하지 않았다. 그리고 포스카의 말은 아무 감정도 섞여 있지 않았지만, 진실성이 담겨 있었다. 그는 마치 아무것도 느끼지 못하는 것 같았다.

"미안해요." 마리아나는 말했다. "끔찍한 얘기네요."

그는 어깨를 으쓱했다. 그리고 잠시 아무 대답도 하지 않았다. 그는 다시 자리에 앉았다.

"당신은 사람들로부터 속에 든 말을 꺼내게 하는 힘이 있군요, 마리아나. 아주 훌륭한 상담사라고 할 수 있습니다. 내 정체를 당신에게 드러내지 않으려 했는데도, 결국 날 당신 앞에 놓인 소파에 드러눕게 만드는군요." 그는 웃었다. "상담할 때처럼 말이에요."

마리아나는 망설였다. "결혼했던 적이 있나요?"

포스카는 웃었다. "질문이 꼬리를 물고 이어지는군요. 이제 소파에서 침대로 넘어가는 건가요?" 그는 웃더니 와인을 조금 더 마셨다. "한 번도 결혼했던 적이 없습니다. 마음에 드는 여자를 한 번도 만난 적이 없어요." 그는 마리아나를 바라보았다. "아직은요."

마리아나는 대답하지 않았다. 그는 눈길을 돌리지 않았다. 그의 눈길은 강렬하고 묵직했으며 다른 곳을 향하지 않았다. 그녀는 전조등 불빛 속에 갇힌 토끼 같았다. 조이가 사용했던 '현혹'이라는 단어가 떠올랐다. 결국 그의 눈빛을 참아낼 수 없게 된 그녀는 고개를 돌렸고, 그런 모습에 그는 기뻐하는 것 같았다.

"당신은 참 아름다운 여자군요." 포스카가 말했다. "하지만 당신에게는 아름다움 그 이상이 있어요. 당신에게는 확실한 분위기가 있어요. 차분함입니다. 마치 깊은 바닷속, 파도보다 한참 아래 아무엇도 움직이지 않는 곳에서의 차분함. 아주 차분하고…… 그리고 무척 슬퍼요."

마리아나는 아무 말도 하지 않았다. 이야기가 흘러가는 방향이 마음에 들지 않았다. 자신이 패배하는 쪽으로 분위기가 바뀌었음을 감지했다. 애초에 이기던 순간이 있었는지도 모르겠지만. 그녀는 살짝 취하기도 했고 포스카가 갑자기 로맨스에서 살인으로 분위기를 바꿀 것에 대한 준비가 되어 있지도 않았다.

"오늘 아침이었습니다." 그가 말했다. "상가 경감이 저를 찾아왔습니다. 베로니카가 살해당할 때 어디 있었는지 알고 싶어 하더군요."

그는 뭔가 반응을 기대한 것처럼 마리아나를 바라보았다. 그녀는 아무 반응도 보여주지 않았다.

"그래서 뭐라고 하셨나요?"

"진실을 말했죠. 저는 제 방에서 세리나에게 개인 교습을 해주고 있었습니다. 혹시 내 말을 믿지 못하겠으면 세리나에게 확인해보라고도 했습니다."

"그렇군요."

"경감은 제게 아주 많은 걸 물었습니다. 가장 마지막 질문은 당신에 관한 거였습니다. 그가 뭐라고 물어봤는지 압니까?"

마리아나는 고개를 저었다. "모르겠네요."

"당신이 왜 제게 편견을 잔뜩 품고 있는지 궁금해하더군요. 제가 무슨 짓을 했길래 그러느냐는 거였죠."

"그래서 뭐라고 하셨나요?"

"저도 모르겠다고 했습니다. 하지만 이제 당신에게 물어야겠군요." 그는 웃었다. "자, 그럼 묻겠습니다. 도대체 왜 그러는 겁니까, 마리아나? 타라가 살해당한 뒤로 저를 잡아먹지 못해 안달을 냈잖아요. 만일 제가 결백하다고 말하면 어떻게 할 겁니까? 저도 호의를 베풀어 당신의 희생양이 되어드리고 싶지만……."

"당신은 제 희생양이 아니에요."

"그래요? 그럼 엘리트 중 엘리트들만 모인 영국 학계에 나타난 블루칼라 미국인인가요? 제가 너무 두드러지는 모양이군요."

"그럴 리 있나요." 마리아나는 고개를 흔들었다. "당신은 엄청날 정도로 잘 스며들고 있어요."

"글쎄요, 저는 타고나기를 최선을 다해 주위와 어울리려는 사람입니다만, 중요한 건 영국인들은 미국인들보다 외국인 혐오에 관해서 훨씬 더 미묘한 구석이 있다는 겁니다. 저는 언제든 외국인 신세겠죠. 그러니 의심스러운 눈길을 받아야 하고요. 당신도 이곳에 속하지 않기는 마찬가지지만."

"지금 저에 관해 이야기하는 게 아니에요."

"아니긴요, 우리는 하나고 같은 신세인데요."

그녀는 얼굴을 찌푸렸다. "그렇지 않아요. 전혀요."

"오, 마리아나." 그는 웃음을 터뜨렸다. "설마 제가 직접 가르치는 학생들을 살해했다고 진지하게 믿는 건 아니겠죠? 말도 안 돼요. 죽어 마땅한 학생들이 몇 명 있긴 하지만요."

그는 다시 웃음을 터뜨렸다. 그의 웃음소리에 마리아나는 등줄기를 따라 전율이 흘렀다.

그녀는 포스카를 바라보았다. 조금 전 포스카의 진짜 모습을 흘깃 본 것 같았다. 냉담하고 가학적이고 철저히 무관심한 모습. 그녀는 위험한 영역에 들어서고 있다는 걸 알았지만 와인이 그녀를 대담하게 하고 무모하게 만들었다. 다시는 이런 기회를 잡을 수 없을지도 몰랐다.

그녀는 조심스럽게 말했다. "그렇다면 정확히 어떤 종류의 사람이 그들을 죽였다고 생각하시는지 알고 싶군요."

포스카는 그녀의 말에 놀란 것처럼 그녀를 바라보았다. 하지만 그는 고개를 끄덕였다. "사건이 벌어지고 저도 생각을 좀 해봤습니다."

"물론 그러셨겠죠."

"가장 먼저 떠오른 생각은 이 살인 사건의 성격은 종교적이라는 겁니다. 그건 분명해요. 범인은 종교적인 사람입니다. 어쨌든 그의 눈에는 그렇다는 겁니다."

마리아나는 복도에 걸린 십자가를 떠올렸다. 당신처럼.

포스카는 와인을 한 모금 마시더니 말을 이었다. "닥치는 대로 아무나 살해한 것은 아닙니다. 경찰이 그런 사실을 밝혀낸 것 같지도 않더군요. 살인은 희생적인 의식처럼 이루어졌습니다."

마리아나는 날카로운 시선을 보냈다. "희생적인 의식요?"

"그렇습니다. 그건 일종의 의식이었어요. 부활이자 환생이죠."

"사건에서 환생은 없었어요. 그냥 죽기만 했죠."

"그건 전적으로 당신이 사건을 어떻게 보느냐에 달렸어요." 그는 웃었다. "새로운 걸 말해드리죠. 범인은 흥행에 관심이 있어요. 그는 과장되게 드러내기를 좋아합니다."

당신처럼.

"살인 사건들은 자코비언 비극을 떠올리게 하더군요." 그가 말했다. "폭력과 공포로 충격과 재미를 선사하죠."

"재미요?"

"연극으로 말하자면 그렇다는 겁니다."

그는 웃었다. 그 순간 마리아나는 갑자기 최대한 그로부터 멀리 떨어지고 싶다는 감정을 느꼈다.

그녀는 접시를 옆으로 밀었다. "다 먹었어요."

"더 먹지 않아도 괜찮겠어요?"

그녀는 고개를 끄덕였다. "많이 먹었습니다."

13

포스카 교수는 거실로 자리를 옮겨 커피와 디저트를 먹자고 했고, 마리아나는 어쩔 수 없이 그를 따라 옆방으로 갔다.

그는 벽난로 옆에 커다란 짙은 색 소파를 가리켰다. "앉으시죠."

마리아나는 그의 옆에 가까이 앉고 싶지 않았다. 그러면 왠지 불안한 느낌이 들었다. 그리고 이런 생각이 들었다. 만일 그녀가 포스카와 둘이 있는 게 이렇게 불안하다면 열여덟 살짜리 여학생이라면 어떤 기분일까?

그녀는 고개를 저으며 거절 의사를 밝혔다. "피곤하군요. 디저트는 괜찮아요."

"가지 말아요, 아직은요. 제가 커피를 좀 끓이죠."

그녀가 거절하기도 전에 포스카는 주방으로 사라졌다.

마리아나는 달아나고 싶은, 얼른 그곳을 벗어나고 싶은 충동과 싸웠다. 어지럽고 답답했다. 자신에게 화가 났다. 이미 알고 있던 것 말고는 새롭게 알아낸 것이 아무것도 없었다. 그의 성적인 접근이나 그보다 더 끔찍한 일과 맞서지 않기 위해서는 그가 돌아오기 전에 떠나야만 했다.

어떻게 해야 할지 생각하면서 주위를 둘러보았다. 그녀의 시선은 커피 테이블 위에 놓인 몇 권의 책에 머물렀다. 그녀는 쌓인 책 가운데 맨 위의 책을 멍하니 바라보았다. 제목을 읽느라 고개를 옆으로 기울였다.

『에우리피데스 작품 선집』

마리아나는 고개를 돌려 주방 쪽을 확인했다. 포스카는 보이지 않았다. 서둘러 책으로 다가간 마리아나는 손을 뻗어 책을 집어 들었다. 빨간색 가죽 갈피표가 삐죽 나와 있었다. 그녀는 갈피표가 꽂힌 곳을 펼쳤다. 〈아울리스의 이피게니아〉에 등장하는 한 장면이었다. 한쪽 페이지에는 영어로, 반대쪽에는 원래의 고대 그리스어로 적힌 책이었다.

몇몇 구절 아래에 줄을 그어둔 모습이었다. 마리아나는 어떤 내용인지 즉시 알아보았다. 베로니카가 받은 엽서에 적힌 것과 같은 내용이었다.

ἴδεσθε τὰν Ἰλίου

καὶ Φρυγῶν ἑλέπτολιν

στείχουσαν, ἐπὶ κάρα στέφη

βαλουμέναν χερνίβων τε παγάς,

βωμόν γε δαίμονος θεᾶς

ῥανίσιν αἱματορρύτοις

χρανοῦσαν εὐφυῆ τε σώματος δέρην

σφαγεῖσαν.

"뭘 보고 있어요?"

마리아나는 깜짝 놀랐다. 바로 뒤에서 그의 목소리가 들렸다. 그녀는 책을 탁 닫았다. 억지로 웃음을 지으며 돌아서서 포스카를 마주 보았다.

"아무것도 아니에요. 그냥 보고 있었어요."

포스카는 작은 컵에 담긴 에스프레소 커피를 건넸다. "드세요."

"고마워요."

포스카는 흘깃 책을 보았다. "에우리피데스는 이미 아시겠지만, 제가 가장 좋아합니다. 그는 마치 오래된 친구 같아요."

"그래요?"

"아, 네. 그는 진실을 말하는 유일한 비극 작가입니다."

"진실요? 어떤 진실이죠?"

"모든 진실이죠. 삶. 죽음. 믿을 수 없는 인간의 잔인함. 그는 있는 그대로 모든 걸 표현합니다."

268

포스카는 커피를 한 모금 마시더니 그녀를 바라보았다. 그의 검은 눈동자를 바라보던 마리아나는 더는 의구심이 들지 않았다. 그녀는 절대적으로 확신했다.

그녀는 살인자의 눈을 들여다보고 있었다.

4부 아울리스의 이피게니아

그래서 어떤 사람이 다가와 자신의 아버지처럼 말하고
아버지처럼 행동하면, 심지어 어른이라고 해도……
그 사람에게 복종하고, 그에게 갈채를 보내고
그에게 스스로 조종당하도록 허락하고 그를 신뢰하고,
마침내 스스로 노예가 된다는 사실도 인식하지 못한 채
전적으로 항복하게 된다.
그렇게 자신의 유년 시절이 계속 이어진다는 사실을
정상적으로 인식하지 못한다.
_ 앨리스 밀러, 『자기 자신을 위해』

유년 시절은 그가 어떤 사람인지 보여준다,
아침이 하루를 보여주듯이.
_ 존 밀턴, 『복낙원』

1

죽음, 그리고 그 뒤에 벌어지는 상황은 늘 내게 큰 관심사였다.

아마도 렉스의 일 이후부터였던 것 같다.

렉스는 내게 가장 오래된 기억이다. 아름다운 생명체, 검은색과 흰색이 섞인 양치기 개였다. 최고의 동물이다. 내가 귀를 잡아당기고 깔고 앉으면서 갓난쟁이가 할 수 있는 온갖 만행을 부려도 참아냈고, 오히려 내가 다가가면 꼬리를 치며 반기고 사랑을 담아 내게 인사했다. 렉스는 용서가 뭔지 가르쳐줬다. 한 번도 아니고, 반복해서 계속.

렉스는 내게 용서 이상의 것을 가르쳤다. 렉스는 내게 죽음을 가르쳤다.

내가 열두 살 가까이 되었을 때, 렉스는 늙었고 양몰이를 제대로 해내지 못했다. 어머니는 렉스를 쉬게 하고 어린 개를 구해 대신 일을 시키자고 했다.

나는 아버지가 렉스를 좋아하지 않는다는 걸 알았다. 가끔은 아버지가 렉스를 미워하는 것 같았다. 아니, 아버지가 미워한 것은 어머니였을까? 어머니는 나보다 렉스를 더 사랑했다. 어머니는 아무 조건 없이 사랑을 주면서도 말을 하지 않는 맥스를 사랑했다. 렉스는 어머니의 변치 않는 친구로 온종일 함께 일했다. 어머니는 렉스에게 밥을 주고 남편에게 보여주는 것 이상으로 정성을 다해 녀석을 돌봤다. 아버지가 어머니와 싸우면서 그런 말을 했던 걸 기억한다. 어머니가 개를 새로 구하자고 했을 때 아버지가 한 말을 기억한다. 우리는 주방에 있었다. 나는 바닥에 앉아 렉스를 어루만지고 있었다. 어머니는 불 앞에서 요리를 하고 있었다. 아버지는 마실 위스키를 또 따르고 있었다. 아버지는 이미 취해 있었다.

두 마리나 먹여 살릴 수는 없어. 이 녀석은 쏴서 죽여버려야지.

내가 아버지가 하는 말이 정확히 무슨 뜻인지 이해하기까지는 조금 시간이 걸렸다. 어머니는 고개를 흔들었다.

안 돼요. 만일 렉스에게 손대면, 내가. 어머니는 처음으로 진심을 말했다.

내가 뭐? 아버지가 말했다. 지금 날 위협하는 거야?

나는 무슨 일이 벌어질지 알고 있었다. 누군가를 향하는 총알을 막으려면 진정한 용기가 필요하다. 그날 어머니가 렉스를 위해 일어섰을 때, 어머니는 진정한 용기를 낸 것이다.

물론 아버지는 난리를 피웠다. 부서지는 유리 조각은 내가 너무 늦었다는 것을 말해주었다. 나는 렉스처럼 달아나 숨어야 했다. 렉스는 내 품에서 튀어나가 이미 문밖으로 사라져버렸다. 나는 꼼짝 못 하고 주방 바닥에 주저앉아 있었고, 아버지가 테이블 위로 던지는 물건들이 바로 내 옆을 스쳐 날아갔다. 어머니도 접시를 던지며 아버지에게 맞섰다.

아버지는 깨진 접시를 짓밟고 어머니에게 달려들었다. 주먹이 올라갔다. 어머니는 주방 싱크대에 몸을 기대며 물러섰다. 달아날 곳이 없었다. 그 순간…… 어머니는 칼을 들었다. 양고기를 자를 때 사용하는 커다란 칼이었다. 어머니는 칼을 들고 아버지의 가슴을 겨누었다. 그의 심장을.

죽일 거야, 빌어먹을. 진짜라고.

잠시 침묵이 흘렀다.

나는 그 순간 어머니가 진짜로 그를 찌를지도 모른다는 것을 깨달았다. 하지만 실망스럽게도 어머니는 찌르지 않았다. 아버지는 한마디도 하지 않았다. 그냥 돌아서서 걸어 나갔다. 주방 문이 쾅 닫혔다.

어머니는 한참 동안 움직이지 않았다. 그러더니 울기 시작했다. 자신의 어머니가 우는 걸 지켜보는 일은 끔찍하다. 무능력하고 힘이 없는 느낌이 든다.

엄마를 위해 아버지를 죽일 거야. 내가 말했다.

하지만 내 말을 들은 어머니는 더 크게 울었다.

그 순간 총성이 들렸다. 그리고 또 한 발의 총성.

내가 어떻게 집에서 밖으로 나왔는지 기억이 나지 않는다. 비틀거리며 간신히 마당으로 나간 것 같다. 내가 기억하는 건 렉스가 쓰러져 피를 흘리며 몸을 떨고 있었고, 아버지는 총을 들고 행진하듯 걸어가고 있는 장면이다.

나는 렉스의 몸에서 생명이 빠져나가는 것을 지켜봤다. 눈동자가 유리알처럼 변하더니 앞을 보지 못했다. 혀는 푸른색으로 변했다. 네 발이 천천히 뻣뻣해졌다. 렉스에게서 눈길을 뗄 수 없었다. 나는 어린 나이에도 죽은 개의 모습이 내 평생을 더럽힐 거라는 사실을 느낄 수 있었다.

부드럽고 축축한 털. 망가진 몸. 피. 눈을 감았지만, 여전히 볼 수 있었다.

피.

나중에 어머니와 내가 렉스를 구덩이로 가져가 버려진 양의 사체와 함께 썩도록 깊이 던질 때, 내 몸의 일부도 구덩이에 함께 묻힌다는 사실을 알았다. 나의 착한 부분이었다.

렉스를 위해 어떻게든 눈물을 흘리려고 했지만, 울 수 없었다. 그 불쌍한 동물은 내게 아무런 해도 끼치지 않았다. 녀석은 내게 오직 사랑과 친절만을 보여주었다.

그런데도 나는 녀석을 위해 울 수 없었다.

그 대신 증오하는 법을 배웠다. 차갑고 단단한 증오의 핵이 내 마음속에 만들어지고 있었다. 마치 시커먼 석탄 조각 속 다이아몬드처럼.

나는 절대 아버지를 용서하지 않기로 맹세한 후, 언젠가 복수할 마음을 먹었다. 그러나 어른이 되어 복수할 날이 올 때까지, 나는 갇혀 있었다.

그래서 나는 상상 속으로 몸을 숨겼다. 내 상상 속에서 아버지는 고통을 겪었다. 나 역시 고통스러웠다.

문이 잠긴 욕실 안에서 또는 건초 보관실 또는 헛간 뒤에서, 누구의 눈에 띄지 않을 때, 나는 내 몸…… 그리고 내 마음에서 탈출하곤 했다.

나는 잔인하고 끔찍한 폭력으로 사람이 죽는 장면을 연기해보곤 했다. 고통스럽게 독을 마시는 모습, 잔인하게 칼로 찌르는 모습, 도살하고 내장을 꺼내는 모습까지.

내 몸이 끌려가 몸이 조각나도록 고문받고 죽었다. 나는 피를 흘렸다.

나는 참대 위에 서서 이교도의 사제들에게 희생당할 준비를 하곤 했다. 그들은 나를 붙잡고 절벽에서 멀리 아래쪽 바다로, 깊은 바다로 집어 던졌다. 바닷속에서는 괴물들이 맴돌며 날 먹어 치우려 기다리고 있었다.

나는 눈을 감고 참대에서 뛰어내리곤 했다.

그리고 몸이 갈기갈기 찢어지곤 했다.

2

포스카 교수의 사택을 나서는 마리아나는 두 다리가 떨렸다.

주량보다 많이 마시긴 했지만, 와인과 샴페인 때문이 아니었다. 그녀가 방금 본 것에 대한 충격 때문이었다. 그의 책에서 밑줄을 그어둔 그리스어 인용문 때문이었다. 그녀는 이상하다고 생각했다. 극도로 명료한 순간들은 가끔 술에 취한 순간과 같은 느낌을 준다.

혼자만 알고 있을 수 없었다. 누군가에게 말해야만 했다. 하지만 그게 누구여야 할까?

그녀는 안마당에 멈춰 서서 잠시 생각했다. 조이를 찾으러 나서는 건 무의미했다. 두 사람의 마지막 대화를 생각하면 지금은 아니었다. 조이는 그녀의 말을 조금도 심각하게 받아들이지 않을 것이다. 공감하며 들어줄 사람이 필요했다. 클러리사는 떠올렸지만, 클러리사가 그녀의 말을 믿고 싶어 할지 확신할 수 없었다.

그렇다면 남는 것은 한 사람뿐이었다.

전화기를 꺼내 프레드에게 전화를 걸었다. 프레드는 기꺼이 대화를 나누고 싶다면서 10분 뒤 가디스에서 만나자고 했다.

여러 세대 학생들에게 가디스로 널리 알려져 있으며 사랑받는 곳인 가디니아는 케임브리지 중심에 있는 그리스 식당으로 늦게까지 패스트푸드를 제공했다. 마리아나는 구불거리는 산책로를 따라 가디스로 향했고, 눈으로 식당을 보기도 전에 냄새부터 맡을 수 있었다. 뜨거운 기름 속에서 지글거리는 감자튀김과 튀긴 생선 냄새가 인사를 건넸다.

가디스는 작은 가게였다. 한꺼번에 안에 들어갈 수 있는 손님은 몇 명 되지 않았다. 그래서 사람들은 밖에 모여 골목길에서 음식을 먹곤 했다. 브레드는 입구 밖, 녹색 천막과 **그리스식으로 즐기는 휴식**이라고 쓴 간판 아래 서서 기다리고 있었다.

마리아나가 다가가자 프레드는 씩 웃어 보였다.

"안녕하세요. 감자튀김 좀 드실래요? 제가 살게요."

튀김 냄새에 마리아나는 자신이 배고프다는 사실을 깨달았다. 토스카의 집에서 핏물 흐르는 만찬에 거의 손도 대지 않고 나왔기 때문이다. 그녀는 감사하다는 표정으로 고개를 끄덕였다.

"네, 좀 먹어야겠어요."

"잠시만 기다려주시죠."

계단을 뛰어오르며 입구로 들어가던 프레드는 다른 손님과 부딪쳤다. 남자가 프레드에게 욕설을 퍼부었다. 마리아나는 웃을 수밖에 없었다. 그는 그녀가 지금까지 만나본 사람들 중에서 가장 어설픈 사람이었다. 그는 금세 다시 가게 밖으로 나왔는데, 손에는 김이 무럭무럭 나는 튀김으로 불룩한 하얀색 종이봉투 두 개를 들고 있었다.

"여기 있습니다." 그는 말했다. "케첩? 마요네즈?"

마리아나는 고개를 흔들었다. "둘 다 넣지 않아요, 고마워요."

그녀는 잠시 입김을 불어 튀김을 식혔다. 그러고 나서 하나를 입에 넣었다. 짭짤하고 식초를 뿌려서인지 살짝 시큼했다. 그녀는 기침이 터졌고. 프레드는 걱정스러운 표정을 지어 보였다.

"식초를 너무 많이 뿌렸나요? 죄송해요. 손이 그만 미끄러지는 바람에."

"괜찮아요." 마리아나는 웃으며 고개를 저었다. "아주 맛있어요."

"다행이네요."

두 사람은 그곳에 잠시 서서 아무 말 없이 감자튀김을 먹었다. 감자튀김을 먹으면서 마리아나는 프레드를 바라보았다. 부드러운 가로등 불빛에 젊어 보이는 그의 모습이 더 어려 보였다. 그는 그냥 아이에 불과하다고 그녀는 생각했다.

뭔가에 열중하는 보이스카우트 소년. 그 순간, 그녀는 그에게 순수한 호감을 느꼈다. 프레드는 자신을 보는 그녀의 눈빛을 포착했다. 그는 마리아나를 향해 소심하게 웃었다.

그는 입에 감자튀김을 넣은 채 말했다. "저는 이런 말을 해서 분명히 나중에 후회할 겁니다. 하지만 전화 주셔서 너무 기뻐요. 전화를 주셨다는 건 정말 아주 조금이라도 제가 보고 싶었다는 거고……." 마리아나의 표정을 본 프레드는 얼굴에서 미소가 사라졌다. "아, 그게 아니군요. 그래서 전화하신 게 아니었어요."

"일이 생겼기 때문에 전화했어요. 그 일에 관해 당신하고 얘기하고 싶어요."

프레드는 그래도 조금 희망이 생기는 것처럼 보였다. "그럼 저랑 이야기하고 싶었던 건가요?"

"오, 프레드." 마리아나는 눈을 굴렸다. "그냥 들어요."

"말씀하세요."

프레드가 감자튀김을 먹는 동안 마리아나는 무슨 일이 벌어졌는지 말했다. 두 장의 엽서와 포스카의 책에 같은 인용문에 밑줄이 그어져 있었다는 사실까지.

프레드는 마리아나가 말을 마친 후에도 아무 말이 없었다.

마침내 그가 말했다. "어떻게 하실 거예요?"

마리아나는 고개를 흔들었다. "모르겠어요."

프레드는 입가에 묻은 튀김 조각을 떨어내고 종이봉투를 구겨 뭉친 다음 쓰레기통에 던져넣었다. 그녀는 그의 표정을 읽으려 애쓰며 그를 바라보았다.

"내가 혼자 공연한 생각을 한다고 생각하지는 않죠?"

"아니에요." 프레드는 고개를 흔들며 말했다. "그렇게 생각하지 않습니다."

"그 사람이 두 건의 살인 사건에서 모두 알리바이를 가지고 있는데도요?"

그는 어깨를 으쓱했다. "그의 알리바이를 증명했던 여학생 중 한 명은 죽었어요."

"맞아요."

"그리고 세리나는 거짓말을 하는 것일 수도 있고요."

"그렇죠."

"그리고 다른 가능성도 물론 있는데……."

"그게 뭐죠?"

"그가 누군가와 함께 일하는 겁니다. 공범이죠."

마리아나는 그를 쳐다보았다. "그런 생각은 안 했어요."

"왜요? 공범이 있다면 동시에 두 곳에 있을 수도 있잖아요."

"그럴 수도 있죠."

"설득력이 없다고 생각하는 것 같군요."

마리아나는 어깨를 으쓱했다. "왠지 파트너가 있을 것 같은 사람은 아니었어요. 외로운 늑대일 가능성이 매우 커요."

"그럴 수도 있죠." 프레드는 잠시 생각했다. "어쨌거나 우리는 증거가 좀 필요해요. 뭔가 확실한 증거요. 그렇지 않으면 아무도 우리를 믿으려 하지 않을 겁니다."

"하지만 어떻게 증거를 구하죠?"

"뭔가를 생각해내야죠. 내일 아침 일찍 만나 계획을 세워요."

"내일은 제가 안 돼요. 런던에 가야 해요. 하지만 돌아오면 전화할게요."

"좋아요." 그는 목소리를 낮추었다. "하지만, 마리아나 잘 들으세요. 포스카는 당신이 그의 뒤를 쫓고 있다는 것을 분명히 알 거예요. 그러니까……."

그는 말을 마치지 못하고 끝을 얼버무렸다. 마리아나는 고개를 끄덕였다.

"걱정하지 말아요. 조심하고 있어요."

"좋아요." 프레드는 잠시 말을 멈췄다. "할 말이 딱 한 가지 더 있어요." 그는 씩 웃었다. "당신은 오늘 밤 믿을 수 없을 정도로, 놀라울 정도로 아름다워요…… 제가 당신과 결혼할 수 있는 영광을 허락해주시겠어요?"

"안 돼요." 마리아나는 고개를 흔들며 말했다. "그럴 수 없어요. 하지만 감자튀김은 정말 고마워요."

"별말씀을요."

"안녕."

두 사람은 서로 보며 웃었다. 그런 다음 마리아나는 돌아서서 걸었다. 도로 끝까지 걸어간 그녀는 여전히 웃음을 띤 채 뒤를 돌아보았다. 하지만 프레드는 보이지 않았다.

이상한 일이었다. 프레드는 마치 한순간에 사라진 것 같았다.

학교로 걸어서 돌아오고 있는데 마리아나의 전화기가 울렸다. 주머니에서 전화기를 꺼냈다. 그녀는 전화기를 바라보았다. 전화를 건 사람의 번호가 보이지 않았다.

그녀는 망설이다가 말했다. "여보세요?"

대답이 없었다.

"여보세요?"

침묵만 흘렀다.

그러다 속삭이는 목소리가 들려왔다.

"안녕, 마리아나?"

그녀는 얼어붙었다. "누구세요?"

"당신이 보여요, 마리아나. 나는 당신을 지켜보고 있어요……."

"헨리?" 그녀는 상대방이 헨리라고 확신했다. 그의 목소리를 알아들을 수 있었다. "헨리, 당신이죠?"

전화는 끊어졌다. 마리아나는 그 자리에 선 채 잠시 전화기만 바라보고 있었다. 정말 불안한 마음이었다. 주위를 둘러보지만 길거리엔 아무도 보이지 않았다.

3

다음 날 아침, 마리아나는 런던에 가기 위해 일찍 일어났다.

방에서 나와 메인 코트를 가로질러 걷던 그녀는 아치 아래를 지나 엔젤 코트를 바라보았다.

그곳에 그가 서 있었다. 에드워드 포스카는 계단 아래로 내려와 담배를 피우고 있었다. 그러나 그는 혼자가 아니었다. 누군가와 대화 중이었다. 대학의 수위였는데, 마리아나를 향해 등을 돌리고 있었다. 하지만 덩치나 키로 봐서 분명히 모리스임을 알아볼 수 있었다.

마리아나는 서둘러 아치 아래로 걸어갔다. 그녀는 아치 뒤에 숨어 조심스럽게 벽 너머를 바라보았다.

포스카의 얼굴에 드러난 표정이 왠지 조사해볼 가치가 있는 것 같았다. 그는 전에 그녀가 본 적 없는, 짜증이 잔뜩 난 얼굴이었다. 프레드가 했던 말이 떠올랐다. 그는 포스카가 누군가와 함께 일한다고 생각했다.

모리스가 포스카의 공범일 수도 있지 않을까?

그녀는 포스카가 모리스의 손에 뭔가를 건네주는 모습을 포착했다. 두툼한 봉투인 것 같았다. 뭐가 잔뜩 들어 있는 봉투일까? 돈?

마리아나는 머릿속에서 온갖 상상이 시작되는 걸 느낄 수 있었다. 그녀는 상상의 나래를 폈다. 모리스는 포스카를 협박하고 있었다. 그런 걸까? 모리스는 돈을 받고 입을 다물고 있는 걸까?

이것이 그녀가 필요했던 확실한 증거가 될 수 있을까?

모리스가 갑자기 뒤로 돌아섰다. 그는 포스카로부터 멀어지며 걷기 시작했다. 마리아나가 있는 쪽으로 오고 있었다.

그녀는 뒤로 물러나 벽에 몸을 바짝 붙였다. 모리스는 아치 아래 통로를 지나 그녀를 눈치채지 못한 채 걸어갔다. 마리아나는 모리스가 메인 코트를 가로질러 출입문 밖으로 나가는 모습을 지켜보았다. 재빨리 그를 따라갔다.

4

마리아나는 서둘러 출입문을 빠져나가 길거리에서 모리스와의 거리를 안전하게 유지하며 따라갔다. 그는 누가 뒤에서 따라온다는 생각은 하지 못하는 것 같았다. 휘파람을 불며 어슬렁어슬렁 산책을 즐기는 것처럼 걸었고, 서두르는 기색은 없었다.

그는 이매뉴얼대학과 테라스 달린 집들을 지나 도로의 끝까지 걸었고, 난간에 사슬로 자전거들을 묶어놓은 곳도 지났다. 그러더니 왼쪽으로 방향을 바꾸어 좁은 골목으로 사라졌다.

마리아나는 서둘러 골목으로 다가갔다. 그녀는 골목길을 들여다보았다. 좁은 길에 양쪽으로 집들이 줄지어 서 있었다. 막다른 골목은 갑자기 끊어져 있었다. 길을 막고 벽이 서 있었다. 오래된 붉은 벽돌로 만든 벽인데, 그 위로 담쟁이넝쿨이 기어오르고 있었다.

모리스가 그대로 벽을 향해 걸어가는 모습을 보고 마리아나는 깜짝 놀랐다. 그는 벽 앞에 다다랐다. 그리고 왼쪽에 벽돌이 빠진 곳에 손을 넣어 붙잡더니 벽 위로 기어 올라갔다. 그러고는 쉽게 벽을 기어올라 넘어 반대편으로 사라져버렸다.

젠장. 마리아나는 잠시 궁리해보았다.

그러다가 그녀도 서둘러 벽으로 다가갔다. 깊이 생각했다. 넘을 수 있을지 확신이 서지 않았다. 그녀는 벽돌을 살펴보았다. 그러다가 잡을 만한 곳을 발견했다.

손을 위로 뻗어 튀어나온 곳을 붙잡았다. 하지만 손으로 붙잡은 벽돌이 벽에서 떨어져 나와버렸다. 그녀는 뒤로 넘어졌다. 벽돌을 옆으로 던져버렸다. 다시 시도했다.

이번에는 몸을 벽 위로 끌어올릴 수 있었다. 그녀는 어렵사리 벽 꼭대기에 올라앉았다. 그러고는 반대편으로 뛰어내렸다.

그녀는 전혀 다른 세상에 착지했다.

5

벽 반대편에는 길이 없었다. 집도 없었다. 마구 웃자란 풀과 침엽수 나무들, 울창한 블랙베리 덤불만 보였다. 자신이 어디 있는 건지 마리아나가 깨닫기까지는 약간의 시간이 걸렸다.

밀 로드에 있는 버려진 묘지였다.

마리아나는 거의 20년 전에 여기 한 번 와본 적이 있었다. 찌는 것처럼 더운 어느 여름날 오후 서배스천과 함께 이곳을 탐험했다. 그때는 이곳이 마음에 들지 않았다. 그녀는 묘지가 불길하고 황량하다고 생각했다. 지금도 마음에 들지 않기는 마찬가지였다.

마리아나는 몸을 똑바로 폈다. 주위를 둘러보았다. 모리스의 흔적은 보이지 않았다. 귀를 기울였다. 조용한 묘지에서는 발소리가 들리지 않았다. 심지어 새소리조차 없었다. 그저 죽음과도 같은 침묵뿐이었다.

그녀는 앞쪽으로 보이는, 이리저리 연결된 오솔길을 바라보았다. 오솔길은 이끼와 거대한 가시나무들이 뒤덮은 수많은 무덤 사이로 뻗어 있었다. 많은 비석이 쓰러졌거나 두 개로 쪼개진 채 잡초 투성이 풀밭 위로 삐뚤빼뚤 짙은 그림자를 드리우고 있었다. 묘비 위 모든 이름과 날짜들은 이미 오래전, 시간과 비바람에 지워졌다. 이곳에 있는 기억되지 않는 모든 사람은 잊힌 생명이었다. 이곳에서는 상실감과 허무함이 느껴졌다. 마리아나는 얼른 묘지에서 벗어나고 싶었다.

그녀는 벽에서 가장 가까운 오솔길을 따라 걸었다. 지금 같은 때 방향을 잃고 싶은 생각은 없었다. 그녀는 멈춰 서서 귀를 기울였지만 이번에도 발소리는 들리지 않았다.

아무것도 없었다. 소리라고는 들리지 않았다.

그녀는 모리스를 놓치고 말았다.

어쩌면 그녀를 보고 교묘하게 추격을 따돌린 걸까? 계속 뒤를 쫓아봐야 소용이 없었다.

포기하고 돌아서려는데 커다란 동상이 눈에 들어왔다. 남자 천사가 십자가 위에 양팔을 뻗은 채 부서진 큰 날개를 등에 달고 서 있었다. 마리아나는 넋을 잃은 채 한참 천사를 바라보고 있었다. 동상은 부서지고 색이 변했지만, 여전히 아름다웠다. 살짝 서배스천처럼 보이기도 했다.

그리고 그 순간 마리아나는 뭔가를 알아차렸다. 동상 바로 뒤쪽 무성한 잎사귀 뒤에 젊은 여자 한 명이 길을 따라 걷고 있었다. 마리아나는 누군지 즉시 알아보았다.

세리나였다.

세리나는 마리아나를 보지 못한 채 평평한 지붕이 달린 사각형 석재 봉안당으로 다가가고 있었다. 한때 하얀색 대리석이었던 봉안당은 지금은 얼룩덜룩한 잿빛에 이끼 같은 녹색을 띠고 있었고, 주위에는 들꽃이 자라고 있었다.

세리나는 봉안당 지붕에 앉아 휴대전화를 꺼내 들여다보았다.

마리아나는 근처 나무 뒤로 몸을 숨겼다. 그러곤 가지 사이로 내다보았다.

세리나가 고개를 드는 순간 나뭇가지 뒤에서 한 남자가 모습을 드러냈다.

모리스였다.

모리스는 세리나에게 다가갔다. 두 사람 모두 아무 말이 없었다. 모리스는 중산모를 벗어 묘비 위에 떨어지지 않도록 올려놓았다. 그러더니 세리나의 머리 뒤쪽을 붙잡고 갑자기 격렬한 동작으로 그녀 얼굴을 당겨 거칠게 키스했다.

마리아나는 모리스가 여전히 키스하면서 세리나를 대리석 위에 눕히는 모습을 지켜보았다. 그는 세리나 위에 올라탔다. 두 사람은 섹스를 하기 시작했다. 공격적이고 짐승 같은 섹스였다. 마리아나는 불쾌감을 느꼈지만, 한편으로는 몸이 얼어붙어 고개를 돌릴 수가 없었다. 그리고 그 순간 시작할 때처럼 갑작스럽게 두 사람은 절정에 도달했고, 조용해졌다.

두 사람은 잠시 그대로 누워 있었다. 그 순간 모리스가 일어나서 옷차림을 정돈했다. 중산모에 손을 뻗더니 먼지를 떨어냈다.

마리아나는 자리를 벗어나는 것이 좋겠다는 생각이 들어 뒤로 한 걸음 물러섰다. 그 순간 발에 나뭇가지가 밟히며 부러졌다. 크게 나무가 꺾이는 소리가 울렸다.

나뭇가지 사이로 모리스가 고개를 돌리는 모습이 보였다. 그는 세리나에게 조용히 하라고 손짓해 보였다. 그러더니 나무 뒤로 움직였고, 마리아나는 그의 모습을 놓치고 말았다.

마리아나는 돌아서서 서둘러 오솔길로 다시 들어섰다. 하지만 어느 쪽으로 가야 입구지? 그녀는 벽을 따라 왔던 길로 되돌아가기로 했다. 그녀는 돌아섰고……

모리스가 그녀 바로 뒤에 서 있었다.

그는 거칠게 숨 쉬며 그녀를 노려보았다. 잠시 침묵이 흘렀다.

모리스는 낮은 목소리로 말했다. "도대체 여기서 뭘 하는 거요?"

"네? 실례합니다."

그녀는 모리스를 지나치려 했지만 그가 앞을 막아섰다.

그는 웃었다. "재미있는 쇼를 보셨군, 안 그래?"

마리아나는 뺨이 붉어지는 느낌이 들어 고개를 돌렸다.

그는 웃음을 터뜨렸다. "난 당신을 꿰뚫어 보고 있어. 날 속일 수는 없어. 한순간도 말이야. 맨 처음부터 당신을 지켜보고 있었다고."

"그게 무슨 뜻이죠?"

"다른 사람들 일에 코를 들이밀지 말라는 거야. 우리 할아버지께서 하시곤 하던 말씀이지. 그러다가 코를 베이는 수가 있으니까. 알았어?"

"날 협박하는 거예요?" 마리아나의 목소리는 스스로 느끼는 것보다 더 용감하게 들렸다.

모리스는 그냥 웃음을 터뜨렸다. 그러곤 마지막으로 마리아나를 보더니 고개를 돌리고 어슬렁거리며 사라졌다.

겁에 질린 마리아나는 떨리는 몸으로 화가 난 채 서 있었다. 눈물이 흐를 것 같았다. 몸이 마비되는 느낌이었고 다리가 땅에 박힌 것 같았다. 그러다가 고개를 드는 순간 동상의 모습이 눈에 들어왔다. 팔을 펼친 모습의 천사가 안아주기라도 할 것처럼 그녀를 바라보고 있었다.

그녀는 바로 그 순간 서배스천을 향한 압도적 갈망을 느꼈다. 그가 그녀를 품에 안아주고 그녀를 위해 싸워주었으면 했다. 하지만 그는 이미 가고 없었다. 그리고 마리아나는 자신을 위해 스스로 싸우는 법을 배워야만 했다.

6

마리아나는 런던으로 가는 급행열차를 탔다.

급행열차는 런던으로 가면서 한 번도 중간에 멈추지 않았고, 마치 목적지를 향해 경주하는 것 같았다. 너무 빨리 달리는 느낌이었다. 열차는 트랙에서 미친 듯이 덜컹거리고 이리저리 부딪히며 통제 불능 상태로 흔들렸다. 철로가 비명을 질렀다. 마리아나의 귀에는 고음의 울부짖음처럼 들렸다. 마치 누군가 비명을 지르는 것 같았다. 객차의 출입문이 제대로 닫혀 있지 않았다. 문이 계속 열렸다가 쾅 닫혔고, 그럴 때마다 마리아나는 깜짝 놀라며 잠겼던 생각에서 깨어났다.

생각할 것이 너무 많았다. 모리스와 만났던 일로 그녀는 불안한 마음이 깊어졌다. 그 상황을 이해하려고 애써보았다. 그러니까 세리나가 비밀리에 만나는 사람이 모리스였던 건가? 두 사람이 관계를 비밀로 한 것은 놀랄 일이 아니었다. 학생과의 육체적 관계가 드러나면 모리스는 직장을 잃게 될 터였다.

마리아나는 그게 전부이기를 바랐지만 그럴 것 같지는 않았다.

모리스는 포스카와 뭔가 관계가 있었다. 하지만 뭐지? 그리고 그것이 세리나와는 어떻게 연결되어 있지? 두 사람이 함께 포스카를 협박하고 있는 건가? 만일 그렇다면 사이코패스를 적으로 돌리는 위험한 게임이 될 터였다. 이미 두 번이나 사람을 죽인 자였다.

마리아나는 모리스에 관해 잘못 생각했고, 이제야 그걸 알아차렸다. 그녀는 옛날 사람처럼 구는 그의 태도를 아주 좋게 생각했지만, 그는 신사가 아니었다. 그녀를 위협하던 그의 눈에서 본 사악한 표정이 떠올랐다. 그는 그녀를 겁주고 싶어 했고, 성공했다.

쾅. 객차 출입문이 닫히며 소리를 내자 그녀는 깜짝 놀랐다.

그만해. 넌 지금 스스로 미쳐가고 있어.

뭔가 다른 걸로 생각을 돌려야 했다.

마리아나는 여전히 가방에 들어 있는 《영국 정신의학 저널》 잡지를 꺼냈다. 잡지를 뒤적거리며 읽어보려 했지만 집중할 수 없었다. 뭔가 다른 게 그녀를 괴롭히고 있었다. 누군가 자신을 바라보고 있다는 생각을 떨칠 수 없었던 것이다.

그녀는 고개를 돌려 객차 안을 둘러보았다. 사람은 몇 명 보이지 않았다. 그녀가 아는 사람도 얼굴이 익숙해 보이는 사람도 전혀 보이지 않았다. 아무도 그녀를 지켜보고 있지 않았다.

하지만 그녀는 누군가 지켜보고 있다는 생각을 떨쳐낼 수 없었다. 그리고 열차가 런던에 가까워질수록 불안한 생각이 들었다.

만일 포스카를 잘못 생각하고 있다면 어쩌지? 살인범이 전혀 엉뚱한 사람이라면? 그녀가 알아볼 수 없는 범인이 바로 이곳 열차에 앉아 지금, 이 순간 그녀를 바라보고 있다면? 마리아나는 그런 생각에 몸이 떨렸다.

쾅. 열차 출입문이 닫혔다.

쾅.

쾅.

7

열차는 금세 킹스크로스 역에 들어섰다. 마리아나는 역을 벗어나면서도 여전히 누군가 그녀를 지켜보고 있다는 느낌을 떨칠 수 없었다. 목 뒤에 누군가의 눈길이 닿는 것만 같은 따끔거리면서 오싹한 기분.

갑자기 누군가 바로 뒤에 서 있는 것이 분명하다는 생각에 휙 돌아섰다. 모리스가 서 있을 거라는 생각도 조금 들었는데…….

하지만 뒤에는 아무도 없었다.

그렇지만 기분은 달라지지 않았다. 그녀는 여전히 불안과 편집 증에 시달리는 채로 루스의 집에 도착했다.

아마 내가 미쳤나 봐. 어쩌면 그런 건지도 모르지.

미쳤거나 미치지 않았거나 레드펀 뮤스 5번지에서 그녀를 기다 리고 있는 나이 많은 여인을 만나는 것이 그녀에게는 최고의 선택 이었다. 초인종을 누르는 것만으로도 안도감이 느껴졌다.

루스는 마리아나가 학생일 때 그녀의 교육을 담당했던 상담사였 다. 그리고 마리아나가 상담사 자격을 얻었을 때, 루스는 그녀의 지 도 상담사가 되어주었다. 지도 상담사는 상담사의 삶에서 중요한 역할을 한다. 마리아나는 자신이 맡아 상담하는 환자들, 집단 상 담 내용에 관해 보고하고 루스는 마리아나가 자신의 감정을 털어 놓을 수 있도록 돕는다. 루스는 마리아나가 환자들의 감정과 자신 의 감정을 구분할 수 있도록 도와주는데, 그런 일이 늘 쉽지만은 않다. 지도 상담사가 없다면 심리상담사는 자신이 속에 담아두어 야 할 온갖 고민에 쉽게 압도당하고 감정적으로 매몰될 것이다. 그 렇게 되면 공정한 판단을 할 수 없을지도 모른다. 효과적으로 일하 는 데는 공명정대함이 매우 중요했다.

서배스천의 죽음 이후 마리아나는 루스를 더 자주 만났고, 그 녀의 도움이 그 어느 때보다 더 필요했다. 정식으로 그렇게 부르지 않았을 뿐 심리 치료였다. 루스는 정식으로 그녀의 심리 치료를 맡겠다고 제안했다. 하지만 마리아나는 거절했다. 이유를 정확하게 설명할 수는 없었다. 치료가 필요하지 않았다. 필요한 건 오직 서배스천이었다. 아무리 많은 이야기를 나눈다고 해도 상담이 그를 대신할 수는 없었다.

"오, 마리아나." 루스는 문을 열며 말했다. 그녀는 마리아나에게 환영의 웃음을 보여주었다. "어서 들어와."

"안녕하세요, 루스?"

거실 안으로 들어서니 언제나처럼 라벤더 향이 났다. 벽난로 위에서 안심시키듯 은시계가 째깍거리는 소리를 듣자, 기분이 좋아졌다.

마리아나는 늘 앉던 자리인 색 바랜 파란색 소파의 끄트머리에 앉았다. 루스는 그녀 맞은편에 놓인 팔걸이의자에 앉았다.

"전화 목소리가 아주 안 좋던데." 루스가 말했다. "무슨 일인지 내게 말해주겠니, 마리아나?"

"어디서부터 이야기를 시작해야 할지 모르겠어요. 그날 밤 조이가 케임브리지에서 제게 전화를 걸어왔을 때부터 시작해야겠죠."

마리아나는 최대한 명확하고 이해하기 쉽도록 그동안 벌어진 일을 이야기했다. 루스는 들으면서 가끔 고개를 끄덕였지만 말은 거의 하지 않았다. 이야기를 끝마친 뒤에도 루스는 잠시 아무 말을 하지 않았다. 그녀는 거의 알아차릴 수 없을 정도로 한숨을 내쉬었다. 슬프고 걱정스러워하는 듯한 한숨 소리는 마리아나의 괴로움에 그 어떤 말보다 훨씬 더 감동적으로 다가왔다.

"네가 얼마나 긴장하고 있는지 느껴지는구나. 조이를 위해, 학교나 너 자신을 위해 강해져야 한다고 생각할 테니……"

마리아나는 고개를 흔들었다. "상관없어요. 하지만 조이와 여학생들은, 저는 너무 두려워서……"

그녀의 눈에 눈물이 고였다. 루스는 몸을 기울여 마리아나에게 티슈 상자를 건네주었다. 마리아나는 티슈를 한 장 꺼내 눈가를 닦았다.

"고마워요, 죄송하고요. 제가 왜 우는지조차 모르겠어요."

"넌 스스로 힘이 없다고 느끼기 때문에 우는 거야."

마리아나는 고개를 끄덕였다. "진짜 그래요."

"하지만 그건 사실이 아니야. 너도 알고 있잖아?" 루스는 그녀를 향해 격려하듯 고갯짓을 해보였다. "너는 스스로 생각하는 것보다도 더 강해. 어쨌거나 대학은 또 다른 집단이라고 보면 돼. 깊이 병든 집단이지. 만일 유독하고 사악하고 살인과 관련된 특성이 한 집단 속에서 가동되고 있다면……"

루스는 이야기를 마무리하지 않았다. 마리아나는 그 말을 깊게 생각했다.

"제가 어떻게 해야 하죠? 그건 좋은 질문이네요." 마리아나는 고개를 끄덕였다. "아마도…… 그들과 이야기해야겠죠. 그러니까 집단으로 말이에요."

"내 생각도 바로 그거야." 루스의 눈이 말하는 동안 반짝거렸다. "그 처녀들이라는 아이들과 대화를 해. 개인적으로 말고 집단으로 만나서."

"집단 상담을 하라는 건가요?"

"안 될 게 뭐가 있겠니? 그들과 집단 상담을 해봐. 어떻게 되는지 보는 거야."

마리아나는 자기도 모르게 웃었다. "흥미로운 생각이네요. 그러면 그 아이들이 어떻게 반응할지 도저히 알 수가 없는데요."

"생각해보는 걸로 된 거야. 너도 알다시피 집단을 치료하는 최고의 방법은……."

"집단으로 모이는 거죠." 마리아나는 고개를 끄덕였다. "네, 알겠어요."

마리아나는 잠시 아무 말 하지 않았다. 좋은 충고였다. 쉽게 이뤄낼 수는 없지만, 그녀가 실제로 알고 있고 믿는 뭔가를 건드려주는 말이었다. 그리고 그녀는 이미 답답했던 마음이 조금 풀리는 것 같았다. 그녀는 감사하는 마음으로 웃었다.

"고맙습니다."

루스는 머뭇거렸다. "또 해줄 말이 있어. 말하기 조금 더 어려운 건데…… 갑자기 이런 생각이 들어서. 네가 말한 에드워드 포스카라는 사람 말이야. 많이 조심했으면 좋겠다."

"조심하고 있어요."

"너 스스로에 대해서도?"

"무슨 말씀이세요?"

"글쎄다, 아마도 이런 말을 하면 온갖 생각이 다 들겠지만…… 나는 네가 아버지 얘기를 하지 않아서 놀랐다."

마리아나는 놀라 루스를 바라보았다. "포스카랑 제 아버지랑 무슨 관계가 있죠?"

"두 사람 모두 카리스마가 있고 자신이 속한 무리에서 힘이 있잖아. 얘기를 들어보니 자아도취에 빠진 면도 있고. 혹시 네가 아버지에게 그랬던 것처럼 에드워드 포스카를 이기고 싶은 충동을 느끼는 건 아닌지 궁금하구나."

"아니에요." 마리아나는 루스가 그런 식으로 넘겨짚는 데 화가 났다. "아닙니다. 그리고 저는 에드워드 포스카에게 심한 부정적 전이를 느꼈어요."

루스는 망설였다. "네가 아버지에게 느꼈던 감정도 전적으로 긍정적인 건 아니었어."

"그건 달라요."

"그래? 지금까지도 여전히 힘들어하고 있구나. 아버지를 비난하거나, 아버지가 현실적이고 근본적인 방식으로 널 실망하게 했다는 사실을 인정하는 것 말이야. 네 아버지는 네가 필요한 사랑을 한 번도 준 적이 없어. 네가 그런 사실을 직시하고 인정하게 되기까지는 오랜 시간이 걸렸지."

마리아나는 고개를 흔들었다. "솔직하게 말할게요, 루스. 저는 아버지가 이번 일과는 전혀 관계가 없다고 생각해요."

루스는 그녀를 슬픈 얼굴로 바라보았다. "내 느낌에는 이번 사건의 중심에는 네 아버지가 어떤 식으로든 존재하는 것 같구나. 네가 관련된 상황에서는 말이야. 지금 당장은 말이 안 된다고 느낄 수도 있어. 하지만 어쩌면 언젠가 아주 큰 의미가 생길지도 몰라."

마리아나는 어떻게 대꾸해야 할지 알 수 없어 어깨를 으쓱했다.

"서배스천은?" 루스는 잠시 말이 없다가 말했다. "그에 대해서는 어떻게 느끼니?"

마리아나는 고개를 흔들었다. "서배스천에 관해서는 이야기하고 싶지 않아요. 오늘은요."

마리아나는 그 뒤로 오래 머물지 않았다. 그녀의 아버지에 관한 언급은 대화에 먹구름을 불러왔고, 그 구름은 그녀가 루스의 집을 떠나기 위해 일어설 때까지도 완전히 사라지지 않았다.

마리아나는 집을 떠나기 전에 루스를 껴안았다. 포옹하면서 그녀는 온기와 애정을 느꼈고 눈에 눈물이 차올랐다.

"정말 고마워요, 루스. 전부요."

"내가 필요하면 전화하렴. 언제든. 네가 혼자라고 생각하지 않았으면 좋겠다."

"고맙습니다."

"있잖아." 루스는 살짝 머뭇거리더니 말했다. "혹시 테오와 이야기해보지 않겠니? 도움이 될 수도 있어."

"테오요?"

"안 될 거 없잖아. 어쨌거나 정신병은 테오의 전문 분야니까. 그 친구는 아주 똑똑해. 걔가 가진 통찰력은 분명히 쓸모가 있을 거야."

마리아나는 생각해보았다. 테오는 범죄 심리상담가로 그녀와 함께 런던에서 공부했다. 두 사람 모두 루스에게 심리 상담을 받고는 있지만, 서로 잘 알지는 못했다.

"잘 모르겠어요." 마리아나는 말했다. "그러니까, 테오는 본 지도 너무 오래 됐고…… 혹시 그쪽에서 불편하게 생각하지 않을까요?"

"전혀 그렇지 않아. 케임브리지에 돌아가기 전에 연락해서 한 번 만나봐. 내가 미리 전화를 해둘게."

루스가 전화했고 테오는 괜찮다고 말했다. 당연히 테오는 마리아나를 기억하고 있었고, 기꺼이 그녀와 만나 이야기하겠다고 했다. 두 사람은 캠던에 있는 한 술집에서 만나기로 약속했다.

그리고 그날 저녁 6시에 마리아나는 테오 파버를 만나러 갔다.

8

마리아나는 옥스퍼드 암스에 먼저 도착해 화이트 와인을 한 잔 시키고 기다렸다.

그녀는 테오를 만날 생각에 궁금하면서도 걱정스러웠다. 두 사람 모두 루스에게 상담을 받고 있다는 사실 때문인지 마치 어머니의 관심을 더 차지하려고 애쓰는 남매의 관계처럼 느껴지기도 했다. 마리아나는 테오에게 약간의 시기심 내지는 분한 생각마저 들기도 했다. 루스가 그를 편애한다는 걸 알기 때문이었다. 루스는 테오를 언급할 때면 늘 두둔하는 목소리였고, 그럴 때마다 마리아나는 말이 안 되게도 테오가 고아일 거라는 자신만의 환상을 만들어내곤 했다. 졸업식에 테오의 부모님이 멀쩡하고 건강하게 나났을 때 그녀는 충격을 받았다.

사실 테오는 마리아나가 보기에는 떠돌이 같은 구석이 있었다. 별난 사람이라고 할까? 외모와는 전혀 상관이 없었고, 전적으로 태도에서 비롯된 인상이었다. 일종의 과묵함이 느껴졌고, 타인과 거리를 두는 사람이었다. 그에게서 보이는 어색함은 뭔가 마리아나가 자신 속에서도 발견하는 모습이기도 했다.

테오는 몇 분 늦게 도착했다. 그는 마리아나에게 따뜻한 인사를 건넸다. 그는 바에서 다이어트 콜라를 주문한 뒤 그녀가 있는 테이블에 와 앉았다.

그는 여전했다. 변한 것이 전혀 없었다. 나이가 마흔 살쯤 되었는데도 날씬한 체격을 유지하고 있었다. 낡은 코듀로이 재킷에 구겨진 하얀색 셔츠를 입었고, 몸에서 담배 냄새가 희미하게 풍겼다. 좋은 얼굴이었다. 걱정하는 표정이었지만 뭔가가 더 있었다. 뭐라고 설명해야 할까. 불안감이 느껴지다 못해 겁에 질린 것처럼 보이는 눈빛. 마리아나는 그가 마음에 들기는 하지만 함께 있으면 전적으로 편안하지는 않다는 사실을 깨달았다. 왜 그런 건지 확실히 알 수는 없었다.

"만나줘서 고마워요." 마리아나가 말했다. "너무 갑작스럽게 오늘로 약속을 잡았네요."

"괜찮아요. 관심이 있었어요. 나도 다른 사람처럼 기사를 계속 보고 있었거든요. 아주 흥미롭던데." 테오는 재빨리 표현을 바꾸었다. "물론 끔찍한 사건이죠. 하지만 흥미롭기도 하니까요." 그는 웃었다. "사건에 대한 당신 생각이 어떤지 듣고 싶군요."

마리아나도 웃으며 답했다. "사실은 당신 생각을 들을 수 있기를 기대하고 있었어요."

"아." 테오는 마리아나의 말에 놀란 모양이었다. "하지만 당신이 현장인 케임브리지에 있잖아요. 나는 거기에 없고요. 당신의 통찰력은 내가 해줄 수 있는 어떤 말보다도 더 가치가 있어요."

"저는 이런 일에는 별로 경험이 없어서요. 법의학 말이에요."

"크게 다를 건 없어요. 내 경험으로 보면 모든 사건은 완전히 각각 특색이 있거든요."

"그거 재미있네요. 줄리언은 정확히 반대로 말했거든요. 모든 사건이 늘 같다면서."

"줄리언? 줄리언 애슈크로프트요?"

"그래요. 그 친구가 이번 사건에서 경찰에 협조해 함께 일하고 있어요."

테오는 눈썹을 치켜세웠다. "같이 공부할 때 줄리언이 기억나요. 그 사람 뭔가 조금…… 이상한 구석이 있었다고 생각했어요. 약간 피에 굶주렸다고 할까. 어쨌든 그의 말은 틀렸어요. 모든 사건은 서로 사뭇 달라요. 같은 어린 시절을 보낸 사람은 아무도 없으니까요."

"그래요, 같은 생각이에요." 마리아나는 고개를 끄덕였다. "하지만 그래도 우리가 알아볼 수 있는 뭔가가 있다는 생각이 들지 않아요?"

테오는 콜라를 한 모금 마시더니 어깨를 으쓱했다. "봐요, 내가 당신이 뒤쫓는 범인이라고 하죠. 위험한 사람이라고 합시다. 나는 그런 모든 걸 당신에게 숨기는 게 가능해요. 오랜 시간을 두고 관찰하거나 치료를 진행하는 환경에서는 그럴 수 없겠지만, 겉으로만 보기에는 그럴 수 있다는 거죠. 세상에 자기의 가짜 모습을 보여주는 건 매우 쉽다는 겁니다. 매일 만나는 사람들에게도 충분히 그럴 수 있어요." 그는 잠시 손에 낀 결혼반지를 돌리면서 만지작거렸다. "내 조언을 원해요? 그럼 범인이 누군지는 잊어요. 이유부터 시작하는 겁니다."

"왜 사람을 죽이냐는 뜻인가요?"

"그래요." 테오는 고개를 끄덕였다. "내게는 뭔가 진실처럼 들리지 않아요. 희생자들이 성폭행당했나요?"

마리아나는 고개를 흔들었다. "아뇨, 그런 건 없었어요."

"그 사실이 우리에게 말해주는 건 뭐죠?"

"살인 그 자체, 칼로 찌르고 자르는 것에서 희열을 느낀다? 그럴 수도 있죠. 하지만 그렇게 간단하다고 생각하지는 않아요."

테오는 고개를 끄덕였다. "내 생각도 그래요."

"현장을 감식한 사람 말로는 사망 원인은 목을 벤 상처라고 했어요. 그리고 죽은 다음에 칼로 찔렀다고."

"그렇군요." 테오는 흥미를 느낀 것처럼 말했다. "결국 이번 사건에는 뭔가 의식을 치르는 듯한 면이 있다는 뜻이군요. 무대에 올려 관객에게 보여주는 것처럼."

"그럼 우리가 관객인가요?"

"그렇죠." 테오가 고개를 끄덕였다. "왜 그런다고 생각해요? 범인은 이런 끔찍한 폭력을 왜 우리에게 보여주고 싶은 걸까요?"

마리아나는 잠시 생각했다. "제 생각에는…… 범인은 희생자들이 연쇄살인범, 즉 칼을 든 미치광이가 분노한 상황에서 살해당했다고 믿기를 바라고 있어요. 하지만 사실 범인은 완벽하게 차분하고 자제력이 있는 사람이에요. 그리고 두 살인 사건은 의도적으로 조심스럽게 계획한 일이고요."

"바로 그겁니다. 그 말은 우리가 훨씬 똑똑한 자를 상대하고 있다는 말이에요. 그리고 훨씬 더 위험하죠."

마리아나는 에드워드 포스카를 생각하고 고개를 끄덕였다. "그래요, 저도 그렇게 생각해요."

"뭐 좀 물어볼게요." 테오는 그녀를 바라보았다. "시체를 가까이에서 봤을 때 당신 머릿속에 처음 떠오른 생각은 뭐였어요?"

마리아나는 눈을 깜박였다. 순간적으로 베로니카의 눈이 보이는 것 같았다.

그녀는 애써 머릿속 이미지를 지웠다. "전, 잘 모르겠어요…… 끔찍했어요."

테오는 고개를 흔들었다. "아뇨, 당신은 그렇게 생각하지 않았어요. 내게 진실을 말해봐요. 당신 머릿속에 처음 떠오른 생각은 뭐였어요?"

마리아나는 어색한 기분이 들어 어깨를 으쓱했다. "정말 우습게도…… 연극 속 대사가 떠올랐어요."

"흥미롭네요. 계속해요."

"〈말피 공작부인〉에 나오는 대사죠. '그녀의 얼굴을 덮어라, 내 눈이 부시니……'"

"그래요." 테오는 갑자기 눈을 반짝이며 흥분해 몸을 앞으로 기울였다. "그래요, 바로 그겁니다."

"글쎄요, 저는 무슨 말인지 잘 모르겠는데."

"'내 눈이 부시니' 범인은 시체들을 그런 식으로 우리에게 보여준 겁니다. 우리 눈이 부시게 하기 위해서요. 두려움으로 우리의 눈을 멀게 한 거죠. 이유가 뭐죠?"

"몰라요."

"생각해봐요. 범인은 왜 우리의 눈을 멀게 하려는 거죠? 그가 우리는 보지 못했으면 하는 게 뭘까요? 그는 우리가 무엇에 집중하지 못하도록 하는 걸까요? 그 질문에 대답을 찾아요, 마리아나. 그러면 범인을 잡을 수 있을 겁니다."

마리아나는 테오의 말을 생각하면서 고개를 끄덕였다. 그들은 명상하듯 아무 말도 하지 않고 잠시 서로를 보며 앉아 있었다.

테오는 웃었다. "당신은 남과 공감하는, 아주 귀한 재능을 갖고 있어요. 난 느낄 수 있어요. 루스가 왜 그렇게 당신을 칭찬하는지 알 것 같군요."

"저는 그럴 자격이 없어요. 하지만, 고마워요. 그런 말을 들으니 좋네요."

"그렇게 너무 겸손해하지 말아요. 당신처럼 다른 사람들에게 마음을 열고 이해해주기는 쉽지 않아요. 당신은 그들의 감정을 느끼는 능력이 있으니까…… 그런 능력은 여러 면에서 독이 든 성배죠. 난 늘 그렇게 생각했어요." 그러더니 테오는 잠시 말을 멈췄다가 낮은 목소리로 말했다. "용서해요. 이런 말을 해서는 안 되는데…… 하지만 당신에게서 뭔가 다른 걸 느낄 수 있어요." 그는 말을 멈췄다. "일종의 두려움이랄까. 당신은 뭔가 두려워하고 있어요. 당신은 무서운 것이 여기 어딘가에 있다고 생각해요……" 그는 허공에 손짓해 보였다. "하지만 그렇지 않아요. 그건 바로 여기에 있어요." 그는 자신의 가슴을 만졌다. "당신 가슴속 깊이 있죠."

마리아나는 속을 들킨 것 같아 당황해하며 눈을 깜박이고는 고개를 흔들었다.

"전 잘…… 당신이 하는 말을 잘 모르겠어요."

"글쎄요, 내가 할 수 있는 충고는 두려움에 관심을 기울이라는 겁니다. 오히려 친숙해지세요. 우리는 몸이 우리에게 뭔가를 말할 때 관심을 기울여야 합니다. 루스가 해주곤 하는 말이죠."

그는 갑자기 조금 거북해하는 것 같았다. 어쩌면 스스로 선을 넘었다고 느낀 것일 수도 있었다.

시계를 확인하며 그가 말했다. "이제 그만 가야 해요. 아내를 만나기로 했거든요."

"가셔야죠. 만나줘서 고마워요, 테오."

"별말씀을요. 다시 만나 반가웠어요, 마리아나. 루스 말로는 개인 상담소를 운영하고 있다면서요?"

"맞아요. 당신은 브로드무어에 있죠?"

"죄를 많이 지어서요." 테오는 웃었다. "솔직히 말하면 얼마나 더 오래 견딜 수 있을지 모르겠어요. 아주 행복하게 지내지는 못하고 있어요. 새로운 직장을 알아봐야 할 것 같은데, 알다시피 시간을 낼 수가 없어요."

테오의 말을 듣던 마리아나는 갑자기 뭔가 떠올랐다.

"잠깐만요."

그녀는 가방으로 손을 뻗었다. 가방에 넣고 다니던 《영국 정신의학 저널》을 꺼냈다. 페이지를 뒤적이다 원하던 내용을 찾아냈다.

그녀는 테오에게 잡지를 보여주며 테두리가 쳐진 광고를 가리켰다.

"봐요."

그건 에지웨어 병원의 격리 정신 병동인 그로브에서 일할 법의학 심리상담가를 구한다는 광고였다.

마리아나는 그를 바라보았다. "어떻게 생각해요? 제가 거기 디오메디스 교수를 알아요. 그로브의 책임자죠. 그분은 집단 상담 전문가거든요. 전 잠시 그분께 배우기도 했어요."

"네." 테오는 고개를 끄덕였다. "네, 나도 그분 알아요." 테오는 확실한 관심을 보이며 광고를 열심히 들여다봤다. "그로브면, 앨리샤 베런슨이 있는 곳 아닌가요? 남편을 죽인 여자요."

"앨리샤 베런슨?"

"그 화가인데…… 말을 하지 않는다는."

"오, 기억나요." 마리아나는 그를 향해 격려하듯 미소를 지었다. "혹시 여기에 지원해보지 않겠어요? 혹시 당신이 그 여자의 입이 다시 열리게 할 수도 있잖아요?"

"그럴 수도 있겠네요." 테오는 웃더니 마리아나가 한 말을 잠시 생각했다. 그러곤 고개를 끄덕였다. "한 번 생각해봐야겠어요."

9

케임브리지로 돌아오는 여정은 순식간에 지나갔다.

마리아나는 돌아오는 내내 생각에 빠진 채 루스와 나눈 대화,

그리고 테오와 만난 일을 생각했다. 범인이 일부러 끔찍한 방식으로 살인을 저질러 뭔가 감추려 했다는 테오의 생각에 마리아나는 흥미를 느꼈다. 그리고 도저히 설명할 수 없는 방식으로, 왠지 감정적으로 이해가 되는 것 같았다.

처녀들을 모아 집단 상담을 해보는 것이 좋겠다는 루스의 제안에 관해서는, 쉽지 않을 것 같았고 어쩌면 아예 불가능할 수도 있겠지만 어쨌든 시도해볼 가치가 분명히 있었다.

루스가 말한 마리아나의 아버지에 관한 말은 도무지 이해되지 않았다. 왜 아버지를 거론했는지조차 이해할 수 없었다. 루스가 뭐라고 했더라?

지금 당장은 말이 안 된다고 느낄 수도 있어. 하지만 어쩌면 언젠가 아주 큰 의미가 생길지도 몰라.

더할 나위 없이 수수께끼 같은 말이었다. 루스는 분명히 뭔가를 암시하고 있었다. 하지만 그게 뭐지?

마리아나는 창밖으로 휙휙 지나가는 들판을 바라보면서 골똘히 생각했다. 아테네에서 보낸 어린 시절과 아버지를 떠올렸다. 어릴 때 그녀는 아버지를 매우 좋아했다. 잘생기고 똑똑하고 카리스마 넘치는 남자였던 아버지를 숭배하고 이상형으로 여겼다. 아버지가 자신이 생각했던 사람이 아니라는 걸 깨닫게 되기까지는 많은 시간이 걸렸다.

아버지의 진짜 모습을 알게 된 건 20대 초반 그녀가 케임브리지를 졸업했을 때였다. 그녀는 런던에 살면서 교사가 되는 교육을 받고 있었다. 어머니를 잃은 일로 도움을 받기 위해 루스와 상담을 하기 시작했지만, 상담하는 동안 대부분 아버지에 관해 말하고 있다는 걸 스스로 깨달았다.

마리아나는 아버지가 얼마나 멋진 남자인지를 루스에게 이해시켜야만 한다고 느꼈다. 아버지가 얼마나 훌륭하고 열심히 일하고 많이 희생하면서 두 자식을 키우는 사람인지, 그가 얼마나 그녀를 사랑하는지도.

마리아나의 말을 몇 달 동안 들으면서 별말이 없던 루스는……어느 날 마침내 그녀의 말을 막고 나섰다.

루스가 한 말은 간단하고 직접적이며 충격적이었다.

루스는 최대한 부드럽게 말했지만, 마리아나가 아버지를 받아들이지 못하는 상태인 것 같다고 했다. 그동안 마리아나가 한 말을 모두 들은 루스는 마리아나가 아버지를 애정을 주는 부모로 평가하고 있는 건지 의문을 제기한 것이다. 루스가 들은 마리아나의 아버지에 관한 묘사를 보면 그는 권위주의적이고 차갑고 감정적으로 소통이 안 되고 종종 비판적이면서 매우 불친절하고, 심지어 잔인하기까지 한 사람이었다. 이런 모습들은 사랑과는 아무런 관계가 없었다.

"사랑은 조건부가 아니야." 루스는 말했다. "사랑은 누군가를 즐겁게 해주려고 점프해 링을 통과하는 행동에 매달리는 것이 아니야. 그런 행동은 늘 실패로 끝나고 말아. 두려워하는 대상을 사랑할 수는 없는 거란다, 마리아나. 듣기 힘든 소리라는 걸 알아. 그건 일종의 앞을 보지 못하는 상황이야. 하지만 깨어나서 명확하게 눈 뜨고 보지 않는다면, 네가 너를, 그리고 다른 사람들을 어떻게 보는지에 평생 영향을 미칠 거야."

"아버지를 잘못 알고 계세요." 마리아나는 고개를 흔들었다. "물론 쉽지 않은 분이에요. 하지만 절 사랑하세요. 그리고 저도 아버지를 사랑해요."

"아니." 루스는 단호하게 말했다. "기껏해야 사랑받고 싶은 욕심이라고 말할 수 있겠지. 최악에는 자기도취에 빠진 사람에 대한 병적 집착이겠고. 감사와 두려움 기대 그리고 충실한 복종이 뒤섞여 끓는 냄비일 뿐 사랑이라는 단어의 진정한 의미와는 아무런 관계가 없어. 넌 아버지를 사랑하지 않아. 그리고 넌 너 자신을 사랑하지도, 알고 있지도 못해."

루스가 옳았다. 그녀의 말은 받아들일 수 있기는커녕 듣고 있기도 힘들었다. 마리아나는 일어서서 분노의 눈물을 흘리며 걸어 나왔다. 다시는 상담하러 오지 않으리라 맹세하면서.

하지만 그 순간 루스의 집 밖 길거리에서, 뭔가가 그녀를 막아섰다. 갑자기 서배스천을 떠올렸다. 그에게서 칭찬을 들을 때면 늘 마음이 불편했다.

"당신은 당신이 얼마나 아름다운지 몰라." 서배스천은 그렇게 말하곤 했다.

"그만해." 마리아나는 손을 흔들어 칭찬을 거부했고 당황해 얼굴을 붉히곤 했다.

서배스천은 틀렸다. 그녀는 똑똑하거나 아름답지 않았다. 그녀가 스스로 보는 자신의 모습은 그렇지 않았다.

왜 아니었을까?

그녀는 누구의 눈으로 자신을 보고 있었을까? 자신의 눈이었을까? 아니면 아버지의 눈?

서배스천은 그녀 아버지의 눈이나 다른 그 누구의 눈으로 그녀를 보지 않았다. 그는 자신의 눈으로 그녀를 바라보았다. 마리아나도 그랬다면 어땠을까? 만일 '샬럿의 여인'처럼 거울을 통해 삶의 모든 걸 보지 않고 돌아서서 직접 자신의 눈으로 봤다면 어땠을까?

그렇게 시작되었다. 망상과 부정이라는 벽의 작은 틈으로 빛이 비치기 시작했다. 많은 빛은 아니었지만, 눈이 제 역할을 하기에는 충분했다. 이 순간은 마리아나에게 신이 나타난 것과 마찬가지였다. 그녀는 그동안 포기하고 있던 자기 발견의 여행길에 오를 수 있었다. 교사가 되기 위한 공부를 중단하고 결국 심리상담가 공부를 시작했다. 그 뒤로 오랜 세월이 흘렀지만, 아버지에 대한 감정을 완벽하게 정리하지 못했다. 이제 아버지는 죽고 없으니 앞으로도 정리할 방법은 영원히 없을 터였다.

10

마리아나는 우울한 생각에 젖은 상태로 케임브리지 기차역에서 내려 주변을 거의 의식하지 않은 채 걸어 성 크리스토퍼 칼리지로 돌아왔다. 학교로 돌아와 처음 본 사람은 모리스였다. 그는 경비실에 경찰관 몇 명과 함께 서 있었다. 그를 보니 전에 만났던 때의 불쾌함이 그대로 다시 떠올랐다. 속이 울렁거리는 느낌이었다.

마리아나는 그를 보지 않은 채 무시하고 걸어서 지나쳤다. 시야 한쪽 구석에서 모리스가 마치 아무 일도 없었다는 듯 모자챙에 손을 대 인사하는 모습이 보였다. 그는 확실히 자신이 이기고 있다고 느끼는 모양이었다.

좋아. 그렇게 생각하라지.

당분간은 무슨 일이 있었는지 아무 말도 하지 않기로 마음먹었다. 상가 경감의 반응을 예상할 수 있기에 그러기로 한 면도 있었다. 모리스가 포스카와 한패라고 주장해도 그는 믿지 않고 웃어넘길 것이 뻔했다. 프레드가 말한 것처럼 증거가 필요했다. 오히려 침묵을 지키면서 모리스가 자기 뜻대로 되고 있다고 믿게 두는 편이 좋았다. 실수하길 바라면서 제멋대로 움직이게 두는 것이다.

마리아나는 갑자기 프레드에게 전화를 걸어 이야기를 나누고 싶었다. 하지만 전화를 걸려다가 마음을 바꿨다.

도대체 무슨 생각을 하는 거야? 그에 대한 감정을 발전시키는 일이 가능하단 말인가? 그렇게 어린 친구에게? 안 돼. 그런 생각은 혹시라도 해서는 안 되었다. 그건 배신이었다. 두렵다는 생각마저 들었다. 아예 처음에 프레드에게 전화를 걸지 않았더라면 좋았을 거라는 생각이 들었다.

방에 도착한 마리아나는 방문이 열려 있는 걸 발견했다.

그녀는 얼어붙었다. 조용히 귀를 기울였지만 아무 소리도 들리지 않았다.

아주 천천히 손을 뻗어 열린 문을 밀었다. 문이 열리며 끽 소리를 냈다.

방 안을 들여다본 마리아나는 기겁할 수밖에 없었다. 마치 누군가 방을 박살 내놓은 것 같았다. 누가 뒤졌는지 모든 서랍과 장이 뒤집혀 있었고, 그녀의 소지품이 여기저기 나뒹굴고 옷가지는 갈기갈기 찢어져 있었다. 그녀는 재빨리 경비실에 있는 모리스에게 전화를 걸어 경찰관을 찾아달라고 부탁했다.

잠시 후 모리스와 경찰관 두 명이 방에 도착해 피해 상황을 조사했다.

"도난당한 물건은 확실히 없나요?" 경찰관 한 명이 물었다.

마리아나는 고개를 끄덕였다. "없는 것 같아요."

"대학을 빠져나가는 수상한 사람은 전혀 없었습니다. 내부자의 소행일 가능성이 더 큽니다."

"짓궂은 학생의 장난처럼 보이는군요." 모리스는 마리아나를 보며 웃었다. "누군가를 화나게 한 적이 있으신가요?"

마리아나는 모리스의 말을 무시했다. 그는 경찰관들에게 감사 인사를 하고 도둑이 아닐 수도 있다는 데 동의했다. 그들은 지문을 채취해볼 수 있다고 말했고, 마리아나도 제안을 받아들이려고 했지만 뭔가를 본 그녀는 마음을 바꾸었다.

마호가니 책상 위에 칼처럼 뭔가 날카로운 도구로 십자가가 새겨져 있었다.

"그러실 필요 없어요." 마리아나는 말했다. "이 사건을 더는 문제 삼고 싶지 않군요."

"뭐, 그러시다면 어쩔 수 없죠."

그들이 방에서 떠나자 마리아나는 십자가의 홈을 손가락 끝으로 쓰다듬었다.

그 자리에 서서 헨리를 생각했다.

그리고 처음으로 헨리가 두렵다는 느낌이 들었다.

11

나는 그저 시간에 관해 생각하고 있었다.

무엇이든 아예 사라지는 법은 없는 것 같다. 내 과거는 늘 나와 함께해왔다. 과거가 늘 나를 따라다녔던 이유는 과거가 어디로든 사라진 적이 없었기 때문이다.

뭔가 이상한 방식으로 나는 늘 그곳에 있었고, 늘 열두 살짜리 아이였다. 그 끔찍했던 날, 내 생일 다음 날, 모든 것이 변해버린 날의 시간 속에 갇혀 있었다. 내가 지금 글을 쓰는 이 순간에 벌어지고 있는 일인 것처럼 느껴진다.

어머니는 나를 앉혀놓고 내게 소식을 전하고 있다. 뭔가 잘못되었다는 걸 알고 있다. 어머니가 절대로 사용하는 법이 없던 작은 거실에 나를 데려가 불편한 나무 의자에 앉히고 이야기를 했기 때문이다.

나는 어머니가 엄청난 병에 걸려서 죽어가고 있다고 말하는 줄 알았다. 어머니의 표정을 보면 그렇게 믿을 수밖에 없었다.

하지만 훨씬 더 나쁜 내용이었다.

어머니는 떠날 거라고 했다. 아버지와의 관계가 아주 나빠졌다고 했다. 어머니는 그 말을 증명하기 위해 검게 멍든 눈과 찢어진 입술을 보여주었다. 그렇게 어머니는 마침내 아버지를 떠날 용기를 찾은 것이다.

나는 밀려오는 행복한 감정에 사로잡혔다. '기쁨'이라는 단어로밖에 설명할 수 없는 기분이었다. 하지만 어머니가 줄줄 늘어놓는 계획을 들은 내 얼굴에서는 금세 웃음이 사라졌다. 어머니는 사촌네 집에서 더부살이하다가 자립하게 된 다음에나 친정집을 찾아갈 생각이라고 했다. 내 눈길을 피하는 모습과 언급하지 않는 내용을 생각해보면 나를 데려가지 않겠다는 것이 분명했다.

나는 깜짝 놀라 어머니를 멍하니 바라보았다.

뭔가를 느낄 수도, 생각할 수도 없었다. 그것 말고 어머니가 또 무슨 말을 했는지 기억조차 나지 않는다. 하지만 어머니는 새로운 집을 구해 정착하게 되면 나를 데리러 오겠다는 약속으로 이야기를 마무리했다. 내게 벌어지고 있는 현실을 생각해보면 그런 일은 다른 행성에서나 벌어질 법한 상황이었다. 어머니는 날 버리고 달아나고 있었다. 날 여기 두고. 아버지에게 남겨두고.

나는 희생물이 되었다. 지옥으로 떨어졌다.

그런 다음 어머니는 가끔 보여준 것처럼 무신경하고 무능력한 태도로 아버지에게는 떠나겠다는 말을 아직 하지 않았다고 말했다. 내게 먼저 말하고 싶었다고 했다.

어머니는 아버지에게 말할 생각이 없었을 것이다. 그게 어머니의 유일한 작별 인사였다. 어머니는 그때 내게 한 것으로 작별 인사를 끝내려고 한 것이다. 그런 다음, 어머니가 조금이라도 생각이 있었다면 가방을 싸서 그날 밤에 달아났을 것이다. 나라면 그렇게 했을 것이다.

어머니는 비밀을 지켜달라고, 말하지 말아달라고 부탁했다. 나의 아름답고 무모하면서 남을 잘 믿는 어머니. 여러 면에서 나는 어머니보다 더 성숙하고 현명했다. 분명히 내가 더 교활했다. 내가 해야 할 일은 이 사실을 아버지에게 말하는 거였다. 분노로 뭉친 미치광이에게 어머니가 배를 버리고 떠난다는 소식을 전해야 했다. 그러면 어머니는 달아날 수 없게 될 것이다. 나는 어머니를 잃지 않을 수 있다. 나는 어머니를 잃고 싶지 않았다.

아닌가?

나는 어머니를 사랑했다. 그렇지 않았나?

뭔가 바뀌고 있었다. 생각이 달라지고 있었다. 그건 어머니와 이야기를 나누는 동안, 그리고 그 뒤로 여러 시간에 걸쳐 시작되었다. 뭔가 천천히 조금씩 다가오는 인식, 묘한 깨달음이었다.

나는 어머니가 날 사랑한다고 생각했다.

하지만 알고 보니 어머니는 한 사람이 아니었다. 그리고 이제 나는 갑자기 다른 어머니를 보기 시작했다. 아버지가 내게 고통을 줄 때 같은 장소에서, 멀리 뒤에 서서 지켜보고 있던 어머니가 보이기 시작했다. 어머니는 왜 아버지를 말리지 않았지? 왜 날 보호하지 않았지? 내가 보호할 가치가 있는 사람이라고 왜 나에게 가르치지 않았던 걸까?

어머니는 렉스를 위해 일어섰다. 아버지의 가슴에 칼을 겨누면서 찌르겠다고 협박했다. 그러나 어머니는 날 위해서는 그런 행동을 절대 하지 않았다.

불길이 타오르는 걸 느낄 수 있었다. 치솟은 분노는 꺼지지 않을 터였다. 잘못된 생각이라는 걸 알았다. 그런 생각이 날 압도하기 전에 억눌러야 한다는 걸 알았다. 그러나 그러는 대신 나는 불길에 부채질했다. 나는 불타버렸다.

내가 견뎌야 했던 모든 두려움. 그 모든 걸 나는 어머니를 위해 어머니를 안전하게 지키기 위해 견뎌냈다. 하지만 어머니는 절대로 나를 우선으로 생각하지 않았다. 결국 누구나 자기밖에 모르는 것 같았다. 아버지가 옳았다. 어머니는 이기적이고 못됐고, 생각이 없었다. 잔인했다.

어머니는 벌을 받아야 했다.

나는 그때는 이런 말을 어머니에게 할 수 없었다. 그럴 어휘력을 갖추지 못했다. 하지만 세월이 지나면 어머니와 맞서게 될지도 몰랐다. 아마 20대 초반쯤 되겠지. 나이를 먹으면 좀 더 명확하게 말할 수 있을 것이다. 그러면 술을 잔뜩 마신 후 저녁을 먹고 나서 어머니에게, 늙은 여인에게 달려들어 한때 어머니가 내게 해를 끼치려던 것처럼 어머니에게 해를 끼치려 들 것이다. 내가 불만스러웠던 일을 늘어놓을 것이다. 그러고 나면 내 상상 속에서 어머니는 무너져 내려 스스로 굴복하며 내 용서를 빌 것이다. 그리고 자비롭게 나는 어머니를 용서할 것이다.

용서할 수 있게 된다면 얼마나 사치스럽겠는가? 그러나 나는 그런 기회를 절대로 얻지 못했다.

그날 밤 나는 불타는 것처럼 증오하는 마음으로 잠자리에 들었다. 마치 빨간 마그마가 화산 속에서 차오르는 것처럼 느껴졌다. 나는 잠에 빠졌고⋯⋯ 꿈속에서 아래층으로 내려가 서랍에서 커다란 고기용 칼을 꺼내 그걸로 어머니의 머리를 잘랐다. 칼로 어머니의 목을 자르고 톱질하듯 문질러 머리를 완전히 떼어냈다. 그런 다음 머리를 빨간색과 하얀색 줄무늬가 있는 어머니의 바느질 가방 속에 숨겨 내 침대 아래 넣어두었다. 그곳이라면 안전했다. 몸통은 다른 시체처럼 구덩이 속에 버렸는데, 그곳이면 아무도 찾아내지 못할 터였다.

끔찍한 노란 새벽 햇빛에 꿈에서 깼을 때, 나는 몸이 휘청거리고 방향을 제대로 잡을 수 없었다. 그리고 무슨 일이 벌어졌을지 두렵고 혼란스러웠다.

확신이 들지 않아 아래층 주방으로 내려가 확인까지 해야 했다. 칼을 넣어두는 서랍을 열었다. 나는 가장 큰 칼을 꺼냈다. 혹시라도 피가 조금이라도 묻었는지 자세히 들여다보았다. 피는 없었다. 깔끔한 칼날이 햇빛을 받아 번쩍거렸다.

그 순간 다가오는 발소리가 들렸다. 나는 재빨리 칼을 뒤로 감추었다. 어머니가 멀쩡하게 살아서 걸어 들어왔다. 이상하게도 머리가 온전히 달린 어머니를 보고도 안심하는 마음이 들지 않았다.

대신에 나는 실망했다.

12

다음 날 아침 마리아나는 조이와 클러리사를 만나 식당에서 아침을 먹었다.

교수 전용 뷔페는 하이 테이블 구석에 따로 차려져 있었다. 빵과 페이스트리, 버터와 잼, 마멀레이드가 풍성했다. 그리고 스크램블드에그나 베이컨, 소시지처럼 뜨거운 요리가 담긴 커다란 은제 그릇들도 보였다.

클러리사는 음식을 담으려고 줄을 서서 기다리는 동안 푸짐한 아침 식사에 대한 예찬을 늘어놓았다.

"하루를 위해 몸을 준비하는 거지. 내 생각에 그것보다 더 중요한 건 없어. 대개는 청어를 먹지. 있으면 꼭 먹어." 그녀는 앞에 놓인 다양한 음식을 천천히 훑어보았다. "하지만 오늘은 아니야. 오늘은 케저리 아니겠어? 오래전부터 내려오는 맛있고 편안한 음식이지. 기운이 나게 해주거든. 생선에 달걀, 쌀밥이 들어가지. 그런

재료들로는 맛이 없을 수가 없어."

자리에 앉아 한입 먹자마자 클러리사가 한 말이 틀렸다는 것이 밝혀졌다. 그녀는 얼굴이 불그스레하게 변하더니 목이 막혔다. 그러더니 입에서 커다란 생선 뼈를 꺼냈다. 그녀는 놀라 생선 뼈를 노려보았다.

"이런, 맙소사. 요리사가 우릴 죽이려고 작정한 모양이군. 부디 조심들 해."

클러리사는 남은 음식을 포크로 조심스럽게 쑤석거렸고, 그사이 마리아나는 두 사람에게 런던에 다녀온 이야기를 들려주었다. 그녀는 루스가 처녀들을 상대로 집단 상담을 해보라며 제안했다고 알려주었다.

마리아나는 그 말을 듣고 조이가 눈썹을 치켜세우는 모습을 보았다. "조이? 네 생각은 어때?"

조이는 걱정스러운 표정을 지었다. "저는 같이 상담받지 않아도 되죠?"

마리아나는 즐거운 표정을 숨겼다. "그래, 넌 오지 않아도 돼. 걱정하지 마."

조이는 안심한 표정으로 어깨를 으쓱했다. "그렇다면 해보세요. 하지만 솔직히 말해서 걔들이 말을 들을 것 같지는 않아요. 교수님이 하라고 말하지 않는다면요."

마리아나는 고개를 끄덕였다. "내 생각에도 네 말이 맞을 것 같구나."

클러리사가 그녀의 팔을 쿡 찔렀다. "제 말 하면 온다더니."

마리아나와 조이는 고개를 들었다. 에드워드 포스카가 하이 테이블로 올라오고 있었다.

포스카는 세 여자가 앉은 곳 반대편 테이블에 자리를 잡고 앉았다. 마리아나의 눈길을 느꼈는지 그는 고개를 들더니 그녀를 한참 바라보았다. 그러더니 고개를 돌렸다.

갑자기 마리아나가 일어섰다. 조이는 깜짝 놀라 그녀를 바라보았다.

"뭐하는 거예요?"

"알아내려면 한 가지 방법밖에 없어."

"마리아나."

그러나 그녀는 조이의 말을 무시한 채 포스카 교수가 앉아 있는 긴 반대편 테이블로 다가갔다. 교수는 블랙커피를 마시며 얇은 시집을 읽고 있었다. 그는 마리아나가 다가와 서 있다는 사실을 알아차리고는 고개를 들었다.

"안녕하세요?"

"교수님." 마리아나가 말했다. "부탁드릴 일이 있어요."

"그래요?" 포스카는 놀리는 표정을 지었다. "그게 뭘까요, 마리아나?"

그녀는 포스카와 눈을 맞추고 한참 바라보았다. "내가 당신이 가르치는 학생들과 대화한다면 반대하겠어요? 당신의 특별한 학생들, 처녀들 말이에요."

"이미 대화한 걸로 아는데요."

"집단으로 모여서 말이에요."

"집단으로요?"

"네. 집단 상담이에요."

"그야 내가 아니라 본인들이 결정할 문제 아닌가요?"

"교수님이 부탁하지 않고는 그 친구들이 동의하지 않을 것 같아서요."

포스카는 웃었다. "그럼 사실은 당신은 내 허락이 아니라 협조를 구하는 거군요?"

"그렇게 표현할 수도 있을 것 같네요."

포스카는 입술에 살짝 웃음을 띠고 계속 그녀를 바라보았다. "그럼 언제 어디서 상담할지 결정하셨나요?"

마리아나는 잠시 생각을 한 후 말했다. "오늘 오후 5시는 어떨까요…… OCR에서?"

"당신은 내가 학생들에게 엄청난 영향력을 갖고 있다고 생각하는 것 같군요, 마리아나. 분명히 말하건대 그렇지 않아요." 그는 잠시 말을 멈췄다. "이 상담의 정확한 목적이 뭔지 물어도 될까요? 뭘 이뤄내기를 바라는 건가요?"

"아무것도 이뤄내기를 바라지 않아요. 심리 치료는 사실 그런 식으로 작용하는 게 아녜요. 난 그저 그 젊은 여성들이 최근에 겪은 끔찍한 일들을 처리할 수 있도록 공간을 마련해주려는 것뿐이에요."

포스카는 커피를 한 모금 마시면서 마리아나가 한 말을 깊이 생각하더니 입을 열었다. "그렇다면 나도 참석할 수 있는 겁니까? 집단 상담에 참여할 수 있어요?"

"당신은 오지 않았으면 좋겠어요. 당신의 존재는 여학생들에게 방해가 될 겁니다."

"내가 협조하는데 그걸 조건으로 삼는다면?"

마리아나는 어깨를 으쓱했다. "그렇다면 달리 방법이 없겠죠."

"무슨 일이 있어도 참석하죠."

그는 마리아나를 향해 웃어 보였지만, 그녀는 함께 웃어주지 않았다.

"궁금한 것이 있어요, 교수님." 마리아나는 살짝 얼굴을 찌푸리며 말했다. "도대체 뭘 감추려고 그렇게 필사적인 건가요?"

포스카는 웃었다. "아무것도 숨기려 애쓰지 않아요. 그냥 내 학생들을 보호하기 위해 참석한다고 해둡시다."

"그들을 보호해요? 무엇으로부터요?"

"당신으로부터죠, 마리아나." 그가 말했다. "바로 당신요."

13

그날 오후 5시, 마리아나는 OCR에서 처녀들을 기다렸다.

그녀는 그 장소를 5시부터 6시 반까지 예약했다. OCR, 즉 올드 콤비네이션 룸은 대학의 구성원 누구나 휴게실 용도로 사용하는 커다란 방이다. 커다란 소파가 여러 개 있고, 낮은 커피 테이블이 여럿 놓여 있고 한쪽 벽을 따라서 긴 식사용 테이블도 준비되어 있다. 벽에는 유명 화가들의 그림이 걸려 있었다. 진홍색과 황금색 솜털 무늬 벽지와 그 위에 걸린 부드럽고 어두운 색감의 그림들이 대비되어 보였다.

대리석 벽난로 속에서 작게 난롯불이 타고 있고, 반짝거리는 불빛이 실내의 도금한 가구들에 반사되어 보였다. 편안하고 감정을 억제하는 듯한 분위기여서 마리아나는 상담하기에 완벽한 곳이라고 생각했다.

그녀는 등받이가 수직인 의자 아홉 개를 둥근 원 모양으로 배치해두었다. 그런 다음 벽난로 뒤 시계가 보이는지 확인하고 자리를 골라 의자에 앉았다. 5시가 몇 분 지나 있었다.

마리아나는 학생들이 진짜 나타날지 궁금했다. 나타나지 않는다고 해도 그녀는 전혀 놀라지 않을 터였다.

하지만 잠시 후 문이 열렸다.

그리고 한 사람씩 다섯 명의 젊은 여학생이 줄지어 들어왔다. 딱딱하게 굳은 표정을 보니 억지로 끌려온 것 같았다.

"안녕하세요." 마리아나는 웃으며 말했다. "와줘서 고마워요. 의자에 앉으면 어떨까요?"

여학생들은 둥글게 놓인 의자들을 보더니 서로 쳐다본 다음 불안한 모습으로 자리를 잡고 앉았다. 키가 크고 금발인 여학생이 리더로 보였다. 마리아나는 다른 여학생들이 리더의 눈치를 보며 행동하는 걸 느꼈다. 그녀가 먼저 자리에 앉았고 다른 여학생들이 그제야 따라서 자리를 잡았다.

그들은 서로 붙어서 앉았고 반대편에 빈 의자들을 남겨둔 채 마리아나를 바라보았다. 마리아나는 벽처럼 느껴지는 비협조적인 젊은 얼굴들을 보자 갑자기 살짝 겁이 났다.

아무리 아름답고 똑똑하다고 해도 몇 명 되지도 않는 스무 살짜리 아이들에게 겁을 먹다니, 참 바보 같다는 생각이 들었다. 마리아나는 다시 학생 시절로 돌아가 미운 오리 새끼가 되어 학교 운동장 끝에서 인기 좋은 여학생 무리와 마주친 기분이었다. 마리아나의 자아 가운데 가장 어린 부분이 두려움을 느꼈고, 순간적으로 앞에 있는 어린 여학생들의 어린 자아는 어떤 기분일지 궁금했다. 혹시 겉으로 드러내는 자신감으로 마리아나와 비슷한 열등감을 감추고 있는 것은 아닐까? 잘난 체하는 태도 속으로는 그들도 마리아나처럼 스스로 작다고 느끼지는 않을까? 어쩐지 상상하기 어려웠다.

그녀가 대화해본 사람은 세리나가 유일했는데, 그녀는 마리아나의 눈을 제대로 보지 못하고 있었다. 모리스는 분명히 그녀에게 마리아나와 만난 일을 말했을 것이다. 고개를 숙인 채 무릎에 눈길을 두고 창피해하는 것처럼 보였다.

다른 여학생들은 마리아나를 멍하니 보고 있었다. 마리아나가 말을 꺼내길 기다리는 것처럼 보였다. 마리아나는 아무 말도 하지 않았다. 그들은 침묵 속에 앉아 있었다.

마리아나는 시계를 쳐다보았다. 이제 5시에서 10분이 지나고 있었다. 포스카 교수는 나타나지 않았다. 혹시라도 운이 좋다면 그는 오지 않기로 했을 수도 있었다.

"이제 시작해야 할 것 같네요." 마리아나는 결국 말했다.

"교수님이 안 오셨는데요?" 금발 여학생이 물었다.

"아마 늦어지시는 모양이에요. 교수님 없이 시작해야 할 것 같아요. 각자 이름을 말하는 것으로 시작해볼까요? 저는 마리아나라고 해요."

잠시 침묵이 흘렀다. 금발이 어깨를 으쓱했다. "카를라예요."

다른 학생들이 그 뒤를 따랐다.

"나타샤예요."

"디야라고 해요."

"릴리언이에요."

세리나가 마지막으로 자신을 소개했다. 그녀는 마리아나를 보더니 어깨를 으쓱했다.

"제 이름은 아시잖아요."

"네, 세리나. 알고 있어요."

마리아나는 생각을 정리했다. 그런 다음 여학생 전체에게 말했다.

"저는 여러분이 여기 모여 앉아 있으면 어떤 기분인지 궁금해요."

여학생들은 아무 대답이 없었다. 아무런 반응도 없었고, 어깨를 으쓱하는 사람조차 보이지 않았다. 마리아나는 자신을 향한 그들의 돌처럼 차가운 적개심을 느낄 수 있었다. 그녀는 낙담하지 않고 계속했다.

"저는 기분이 어떤지 말씀드리죠. 이상해요. 제 눈길은 자꾸 빈 의자로 향하거든요." 그녀는 원을 그리며 놓인 의자들 가운데 빈 세 개를 향해 고갯짓했다. "여기 있어야 하지만 없는 사람들이죠."

"교수님처럼요." 카를라가 말했다.

"저는 교수님만을 의미하는 게 아니에요. 제가 또 어떤 사람들 얘기를 하는 것 같나요?"

카를라는 텅 빈 의자들을 보더니 비웃는 것처럼 눈을 굴렸다.
"다른 의자들은 누굴 위한 건데요? 타라하고 베로니카? 정말 바보 같은 짓이네요."

"왜 바보 같은 짓이죠?"

"걔들은 오지 않을 거니까요. 당연하죠."

마리아나는 어깨를 으쓱했다. "그렇다고 해서 그들이 여전히 이 무리의 일부가 아니라는 의미는 아니죠. 우리는 집단으로 상담할 때 가끔 그런 상황을 말하기도 해요. 어떤 사람들이 더는 우리와 함께 있지 않아도, 여전히 강력한 존재감이 남아 있거든요."

마리아나는 말하는 동안 빈 의자들 가운데 하나를 바라보고 있었다. 의자에 서배스천이 앉아 즐거운 얼굴로 그녀를 바라보는 모습을 보았다.

서배스천을 지우고 계속 이야기를 이어나갔다. "이런 생각이 드네요. 이런 무리에 속해 일부가 된다는 건 어떤 느낌인지…… 그건 여러분에게 무슨 의미죠?"

아무도 대답하지 않았다. 그들은 마리아나를 멍하니 보고만 있었다.

"집단 상담을 하면 우리는 집단을 우리 가족으로 여겨요. 우리는 형제자매 그리고 부모님, 삼촌, 숙모 같은 역할을 배분하죠. 무리가 되면 가족과 조금 비슷하지 않아요? 어떻게 보면 여러분은 자매 두 명을 잃은 거예요."

아무 대답도 없었다. 마리아나는 조심스럽게 말을 이었다.

"제 생각에는 포스카 교수님은 여러분의 '아버지' 같은데요?" 그녀는 잠시 말을 멈췄다가 다시 시도했다. "교수님은 좋은 아버지인가요?"

나타샤가 짜증스럽다는 듯 한숨을 무겁게 내쉬었다. "이건 진짜 헛소리야." 그녀는 강한 러시아 악센트를 섞어 말했다. "당신이 하는 짓은 너무 뻔해요."

"무슨 말이죠?"

"당신은 우리가 교수님에 대한 나쁜 말을 하게 만들려는 거잖아요. 우릴 속여서, 교수님을 함정에 빠뜨리려고."

"제가 왜 교수님을 함정에 빠뜨리려 한다고 생각하죠?"

나타샤는 경멸하는 듯 한숨을 내쉴 뿐 굳이 대꾸하려고 하지도 않았다.

카를라가 대신 말했다. "저기요, 마리아나. 우린 당신이 무슨 생각을 하는지 알아요. 하지만 교수님은 살인 사건과는 아무 관계가 없어요."

"그래요." 나타샤는 힘차게 고개를 끄덕였다. "우리는 그 시간 내내 교수님과 함께 있었다니까요."

그녀의 목소리엔 갑작스러운 열정과 불타는 분노가 담겨 있었다.

"나타샤, 화가 많이 났네요." 마리아나가 말했다. "느낄 수 있어요."

나타샤는 웃음을 터뜨렸다. "좋네요. 당신한테 화가 난 거니까."

마리아나는 고개를 끄덕였다. "제게 화내는 일은 쉬워요. 저는 위협적인 사람이 아니니까요. '아버지'에게 화내는 일은 분명히 어려울 거예요. 두 명의 아이를 죽게 한 잘못에 대해서 말이죠."

"이런 빌어먹을. 두 사람이 죽은 건 교수님 잘못이 아니에요." 릴리언이 처음으로 입을 열었다.

"그럼 누구 잘못이죠?" 마리아나가 말했다.

릴리언은 어깨를 으쓱했다. "본인들 잘못이죠."

마리아나는 그녀를 바라보았다. "네? 어떻게 죽은 사람들의 잘못이죠?"

"걔들은 더 조심해야 했어요. 타라와 베로니카는 둘 다 어리석었어요."

"맞아요." 디야가 말했다.

카를라와 나타샤는 동의하듯 고개를 끄덕였다.

마리아나는 순간적으로 할 말을 잃고 그들을 멍하니 바라보았다. 그녀는 슬픔보다는 분노가 느끼기 쉬운 감정이라는 걸 알았다. 하지만 다른 사람들의 감정을 매우 예민하게 느끼는 그녀도 이곳에서는 슬픔을 전혀 느낄 수 없었다. 슬픔도 후회도 상실감도 없었다. 오직 무시. 오직 경멸만 존재했다.

이상했다. 대개 이런 무리는 외부의 공격이 나타나면 똘똘 뭉쳐 결속을 강화하게 마련이다. 하지만 마리아나는 성 크리스토퍼 칼리지에서 타라나 베로니카의 죽음에 대해 조금이라도 진정한 감정을 드러내는 사람은 오직 조이뿐이라는 생각이 들었다.

마리아나는 런던에 있는, 헨리가 포함된 집단 상담 그룹이 퍼뜩 떠올랐다. 그들 역시 이곳에 모인 여학생들을 연상하게 하는 뭔가를 갖고 있었다. 내부에서 무리를 분열시키고 집단이 제대로 기능할 수 없도록 공격하는 헨리의 존재 방식.

그런 모습이 이곳 무리에서도 벌어지는 걸까? 만일 그렇다면, 그건 무리가 외부의 위협에 대응하지 못하고 있다는 뜻이 된다.

그 말은 결국 위협이 이미 내부에 존재한다는 것이다.

그 순간 누군가 문을 두드렸다. 문이 열렸고…….

포스카 교수가 그곳에 서 있었다.

그는 웃었다. "함께해도 될까요?"

14

"늦어서 죄송합니다." 포스카가 말했다. "꼭 참석해야 할 자리가 있어서요."

마리아나는 살짝 얼굴을 찌푸렸다. "죄송하게도 저희는 이미 시작했어요."

"뭐, 그래도 참석할 수는 있는 거죠?"

"그건 제가 정할 문제가 아니에요. 상담받는 집단이 결정할 일입니다." 마리아나는 여학생들을 바라보았다. "포스카 교수님이 함께 이야기해야 한다고 생각하는 사람 있나요?"

그녀가 말을 마치기도 전에 둥글게 앉은 다섯 명 모두가 손을 들었다. 마리아나만 손을 들지 않고 있었다.

포스카는 웃었다. "당신은 손을 들지 않았네요, 마리아나."

그녀는 고개를 흔들었다. "네, 안 들었어요. 하지만 내가 수에서 밀리네요."

마리아나는 포스카가 둥글게 앉은 모임에 합석하면서 실내의 에너지가 변했다는 걸 느꼈다. 그녀는 여학생들의 긴장감이 올라간 걸 느꼈고, 포스카가 앉으면서 카를라와 재빨리 눈길을 주고받는 모습을 포착했다.

포스카는 마리아나를 향해 웃어 보였다. "계속 진행하시죠."

마리아나는 잠시 말을 멈추었다가 다른 방식으로 접근해보기로 했다. 그녀는 천진난만하게 웃었다.

"교수님은 여기 있는 학생들에게 그리스 비극을 가르치죠?"

"맞습니다."

"〈아울리스의 이피게니아〉를 공부했나요? 아가멤논과 이피게니아의 이야기 말이에요."

그녀는 말하면서 교수의 얼굴을 자세히 살폈다. 그러나 그녀가 한 말에 교수는 겉으로 드러나는 반응을 보이지 않았다.

그는 고개를 끄덕였다. "공부했죠. 아시겠지만, 에우리피데스는 제가 가장 좋아하거든요."

"그렇죠. 사실 저는 이피게니아라는 캐릭터에 상당히 호기심을 느꼈습니다. 교수님이 가르친 학생들이 어떻게 생각하는지 궁금하군요."

"호기심요? 어떤 호기심이죠?"

마리아나는 잠시 생각했다. "글쎄요, 저는 그녀가 너무 수동적이고…… 순종하는 모습이 걱정스러웠어요."

"순종한다고요?"

"자신의 목숨을 구하기 위해 싸우지 않죠. 그녀는 묶여 있거나 억눌린 것이 아니에요. 오히려 스스로 아버지가 자신을 죽이도록 그냥 둡니다."

포스카는 웃더니 다른 사람들을 바라보았다. "마리아나가 흥미로운 점을 짚어주셨군요. 누군가 대답을 해보면 어떨까? 카를라?"

카를라는 교수에게 지목당한 것이 기쁜 것 같았다. 그녀는 마치 아기를 어르는 것처럼 마리아나를 보고 웃었다. "이피게니아가 죽는 방식이 모든 걸 말해주죠."

"무슨 뜻이죠?"

"그렇게 죽음으로써 그녀는 비극적인 위상을 갖게 되었다는 뜻이죠. 영웅적인 죽음을 통해서요."

카를라는 인정을 받으려는 듯 포스카를 바라보았다. 그는 카를라에게 살짝 웃어 보였다.

마리아나는 고개를 흔들었다. "미안해요. 하지만 내가 보기에는 틀린 생각 같네요."

"아니라고요?" 포스카는 흥미를 느끼는 표정이었다. "왜죠?"

마리아나는 둥글게 모여 앉은 여학생들을 훑어보았다. "내 생각에 가장 좋은 답을 얻으려면…… 이피게니아를 이곳, 상담 장소로 데려와서 참석하도록 하는 거예요. 저기 빈 의자 가운데 하나에 앉히는 거죠. 어떻게 생각해요?"

여학생 두 명이 비웃는 표정을 주고받았다.

"너무 멍청한 말이에요." 나타샤가 말했다.

"왜요? 이피게니아도 여러분과 비슷한 나이였어요. 어쩌면 살짝 어렸겠죠. 열여섯? 열일곱? 그녀는 엄청나게 용감하고 놀라운 사람이었어요. 그녀가 어떤 인생을 살 수 있었을지 상상해보세요. 만일 살아남았다면 말이죠. 그녀는 어떤 것들을 이룰 수 있었을까요? 만일 이피게니아가 여기에 앉아 있다면 우리는 어떤 말을 해줄 수 있었을까요? 우린 그녀에게 무슨 말을 하게 될까요?"

"할 말 없어요." 디야는 대수롭지 않게 생각하는 것 같았다. "무슨 할 말이 있겠어요?"

"할 말이 없어요? 그녀에게 경고해주지 않을 거예요? 미치광이 아버지에 관해서? 그녀를 구하기 위해 도움을 주지 않아요?"

"구한다고요?" 디야는 경멸하는 듯한 표정을 지었다. "무엇으로부터요? 그녀의 운명? 비극은 그런 식으로 작동하지 않아요."

"어쨌거나 그건 아가멤논의 실수가 아니에요." 카를라가 말했다. "이피게니아의 죽음을 원한 건 아르테미스였어요. 신들의 의지였다고요."

"만일 신들이 존재하지 않는다면요?" 마리아나가 말했다. "그냥 딸과 아버지만 있다면. 그럼 어떻죠?"

카를라는 어깨를 으쓱했다. "그럼 그 이야기는 비극이 아니겠죠."

디야는 고개를 끄덕였다. "그냥 엉망진창인 그리스 가족이 되는 거지."

이야기가 오가는 내내 포스카는 침묵을 지키며 상당히 즐거운 것처럼 토론을 지켜보았다. 그러나 이제는 호기심을 더는 누르지 못하는 표정이었다.

"그럼 당신은 그녀에게 어떻게 말하겠어요, 마리아나? 그리스를 구하기 위해 죽은 이 소녀에게 말입니다. 그건 그렇고 그녀는 당신 생각보다 더 어렸어요. 열네 살 또는 열다섯 살에 가까울 겁니다.

만일 그녀가 여기 있다면, 그녀에게 뭐라고 말할 겁니까?"

마리아나는 잠시 생각했다. "아마 저는 그녀와 아버지와의 관계를 알고 싶을 것 같아요. 그리고 어쩔 수 없이 아버지를 위해 희생하려고 한 이유도 묻고 싶어요."

"왜 그랬다고 생각해요?"

마리아나는 어깨를 으쓱했다. "저는 아이들이 사랑받기 위해서라면 무슨 일이든 한다고 생각해요. 아주 어릴 때는 육체적으로 살아남아야 했고, 정신적인 건 다음 문제였어요. 아이들은 보살핌을 받기 위해서라면 무슨 짓이든 할 거예요." 그녀는 목소리를 낮췄다. 포스카가 아니라 주위에 둘러앉은 여학생들에게 말하고 있었다. "그리고 어떤 사람들은 그런 행동을 이용하죠."

"그게 정확히 무슨 뜻이죠?" 포스카가 말했다.

"무슨 뜻이냐면, 만일 제가 이피게니아와 상담했다면 저는 그녀가 뭔가를 보도록 돕기 위해 애썼을 거예요. 그녀가 보지 못하는 뭔가를 말이죠."

"그게 뭔데요?" 카를라가 말했다.

마리아나는 단어를 신중하게 선택해 말했다. "그건 말이죠, 이피게니아는 매우 어린 나이에 학대를 사랑으로 잘못 받아들인 거예요. 그 실수는 그녀가 자신을 보는, 그리고 주위 세상을 보는 방법에 잘못된 색을 입힌 거예요. 아가멤논은 영웅이 아니었어요. 그는 미치광이에다 어린아이를 죽이는 사이코패스였어요. 이피게니아는 그 사람을 사랑하고 존중할 필요가 없었어요. 그녀는 그를 기쁘게 하려고 죽을 필요가 없었죠."

마리아나는 여학생들의 눈을 들여다보았다. 그녀는 그들에게 다가서기 위해 필사적이었다. 눈빛이 그 눈을 뚫고 들어가길 바랐다. 하지만 그랬을까? 알 수 없었다. 그녀는 포스카가 그녀를 보는 눈빛을 느낄 수 있었다. 그리고 그가 그녀의 말을 막으려 한다는 걸 알아차렸다. 그녀는 재빨리 말을 이었다.

"그리고 만일 이피게니아가 아버지에 관해 스스로 거짓말하는 걸 그만뒀다면…… 만일 그녀가 꿈에서 깨어나 끔찍하고 충격적인 진실을 직시하고 이건 사랑이 아니다, 아버지는 그녀를 사랑하지 않는다, 왜냐하면 아버지는 사랑하는 법을 모르기 때문이다, 이렇게 깨닫는다면 바로 그 순간 그녀는 아무 대책 없이 목숨을 내놓는 처녀가 되기를 거부하겠죠. 그녀는 사형집행인의 도끼를 빼앗아 손에 쥘 겁니다. 그녀는 여신이 되겠죠."

마리아나는 고개를 돌려 포스카를 노려보았다. 목소리에서 분노가 느껴지지 않도록 하려고 애썼지만 숨길 수 없었다.

"하지만 그런 일은 이피게니아에게는 벌어지지 않았습니다. 타라나 베로니카에게도 벌어지지 않았어요. 그들에게는 여신이 될 기회가 전혀 없었습니다. 그들은 성장할 기회를 전혀 얻지 못했어요."

둥근 원의 반대편에 앉은 포스카를 노려보던 마리아나는 그의 눈빛에서 분노의 불꽃이 튀는 걸 볼 수 있었다. 그러나 그녀와 마찬가지로 포스카도 분노를 드러내지 않았다.

"제가 보기에 당신은 어떻게든 현재 상황에서 나를 아버지로 만들겠다는 거군요? 아가멤논처럼? 지금 그런 말씀을 하는 겁니까?"

"그런 말을 직접 하시다니 재미있군요. 교수님이 오기 전에 우리는 이 무리에서 당신이 '아버지'로서 가치가 있는지 토론하고 있었거든요."

"아, 그래요? 그럼 전체적인 의견은 뭐였나요?"

"아직 의견을 모으지 못했죠. 하지만 저는 처녀들에게 당신의 보살핌 아래 이젠 덜 안전하다고 느끼는지 물었어요. 이들 가운데 두 명이 죽었으니까요."

마리아나는 말을 하면서 두 개의 빈 의자로 눈길을 보냈다. 포스카의 눈이 그녀의 눈길을 따라갔다.

"아, 이제 알겠군요." 그가 말했다. "저 빈 의자들은 무리에서 사라진 사람들을 뜻하는 거로군요. 타라를 위한, 그리고 베로니카를 위한 의자인가요?"

"맞아요."

"그렇다면 말이죠." 그는 잠시 멈추었다가 말을 이었다. "의자가 하나 부족하지 않나요?"

"그게 무슨 말이죠?"

"모르신다고요?"

"뭘 몰라요?"

"오, 말을 듣지 못하셨군요. 아주 흥미로운 일입니다." 포스카는 계속 웃었다. 즐거워 보였다. "어쩌면 당신은 강력한 분석 렌즈를 자신에게 들이대야 할지도 모르겠네요, 마리아나. 당신은 어떤 '어머니'인 겁니까?"

"'의사야, 너 자신을 고치라'는 건가요?" 카를라는 웃음을 터뜨리며 말했다.

"그래, 바로 그렇군." 포스카는 낄낄거리다가 고개를 돌리며 다른 여학생들에게 상담 치료하는 말투를 흉내 내며 말했다. "이런 거짓말을 어떻게 생각해야 할까요? 집단으로서 말이죠. 이게 무슨 의미일까요?"

"글쎄요." 카를라가 말했다. "제 생각에는 그들의 관계에 관해 많은 걸 말해준다고 봅니다."

나타샤가 고개를 끄덕였다. "아, 맞아요. 그들은 마리아나가 생각하는 것처럼 전혀 가까운 사이가 아니었던 거예요."

"그녀를 믿지 않은 게 분명합니다." 릴리언이 말했다.

"왜 믿지 않는지 궁금하군요." 여전히 웃음을 띤 채 포스카가 말했다.

마리아나는 나머지 사람들이 벌이는 작은 게임에 화가 나서 얼굴이 붉게 달아오르는 걸 스스로 느낄 수 있었다. 바로 학교 운동장에서 벌어지던 짓이었다. 모든 나쁜 학생이 그랬던 것처럼 포스카는 무리를 조종해 그들이 집단으로 마리아나를 공격하게 했다. 그들 모두는 장난처럼 웃으며 그녀를 흉내 냈다. 갑자기 그들 모두가 미워졌다.

"무슨 말을 하는 거죠?" 마리아나가 말했다.

포스카는 둥글게 앉은 사람들을 둘러보았다. "글쎄요, 누가 영광스러운 역할을 맡아줄 수 있을까? 세리나? 네가 해보면 어때?"

세리나는 고개를 끄덕이고 일어섰다. 그녀는 앉은 자리에서 벗어나 식사용 테이블로 다가갔다. 그녀는 의자 하나를 집어서 가져와 마리아나의 의자 옆 빈 곳에 밀어 넣었다. 그러더니 다시 자기 자리에 앉았다.

"고맙네." 포스카는 마리아나를 바라보았다. "자, 의자 하나가 더 비어 있네요. 처녀들의 마지막 멤버를 위한 의자입니다."

"그게 누구죠?"

그러나 마리아나는 이미 포스카가 무슨 말을 하려는 건지 짐작하고 있었다.

"당신 조카죠." 그는 웃었다. "조이요."

15

상담 모임을 마치고 마리아나는 충격에 빠진 채 메인 코트로 비틀거리며 걸어 나왔다.

조이와 이야기를 해야 했다. 그리고 조이의 입장에서 이야기를 들어야 했다. 잔인한 방식이긴 했지만, 여학생들은 좋은 점을 지적해주었다. 마리아나는 자신과 조이를 돌아봐야 했다. 그리고 왜 조이가 그녀에게 자신이 처녀들의 멤버였음을 털어놓지 않았는지 이해해야 했다. 이유를 알아야 할 필요가 있었다.

그녀는 조이를 만나기 위해 조이의 방을 향해 걷는 자신의 모습을 봤다. 그러나 에로스 코트로 이어지는 아치 아래에 도착한 마리아나는 멈춰 섰다.

그녀는 이 상황을 조심스럽게 다뤄야만 했다. 조이가 연약하고 상처받기 쉬워서만이 아니라, 이유야 어떻든 조이는 진실을 털어놓을 수 없으리라는 걸 느껴서였다. 그 이유가 에드워드 포스카에게 있는 게 분명하다는 생각을 지울 수 없었다.

포스카는 조금 전 조이와의 신뢰를 교묘하게 배신한 터였다. 그것도 마리아나를 자극하기 위해서. 그러니 미끼를 물지 않는 것이 중요했다. 그녀는 조이의 방으로 쳐들어가 조이가 거짓말했다고 비난해서는 절대 안 되었다.

그녀는 조이를 지지해야 했고, 앞으로 어떻게 해야 할지 열심히 고심해야 했다. 마리아나는 두고 보기로 했다. 그리고 조금 진정한 다음 아침에 조이와 대화하기로 했다. 마리아나는 돌아섰다. 그리고 생각에 잠겨 프레드가 그늘 속에서 모습을 드러낸 걸 눈치채지 못했다.

그는 그녀가 가는 길을 막고 서 있었다.

"안녕하세요, 마리아나."

마리아나는 깜짝 놀라 숨이 멎을 것 같았다. "프레드. 여기서 뭐 하는 거예요?"

"당신을 찾고 있었죠. 당신이 괜찮은지 확인하고 싶었어요."

"네, 나쁘지 않아요."

"저기, 런던에서 돌아오면 제게 연락하기로 했잖아요."

"알아요, 미안해요. 난, 바빴어요."

"정말 괜찮은 것 맞아요? 내가 보기엔…… 술 한잔해야 할 것 같은데요."

마리아나는 웃었다. "사실은 그래야 할 것 같아요."

프레드도 웃었다. "그럼, 같이 한잔하는 건 어때요?"

마리아나는 확신이 서지 않아 망설였다. "아, 그게⋯⋯."

프레드가 재빨리 말했다. "제가 식당에서 훔쳐서 간직해둔 아주 좋은 술 한 병이 있어요. 특별한 순간에 마시려고 아껴두고 있었어요. 어때요? 제 방에 가서 마셔요."

아무렴 어때.

그녀는 고개를 끄덕였다. "좋아요. 안 될 것 없죠."

"진짜요?" 프레드의 얼굴이 환하게 피어올랐다. "좋아요, 끝내주네요. 가요."

프레드는 손을 내밀었지만, 마리아나는 손을 잡지 않았다. 그녀는 걷기 시작했다. 그리고 프레드는 서둘러 그녀를 따라잡았다.

16

트리니티 칼리지에 있는 프레드의 방은 조이의 방보다 컸지만 안을 채운 가구는 살짝 더 초라해 보였다. 마리아나가 가장 먼저 알아차린 것은 방이 아주 깔끔하게 정리되어 있다는 점이었다. 어수선하지도 않았고 여기저기 인쇄물이 쌓여 있는 것 말고는 지저분하지도 않았다. 뭔가 흘겨 쓴 종이와 수학 공식이 적힌 종이들이 많았다. 마치 미치광이가 쓴 내용 또는 천재가 적은 것처럼 보였는데, 화살표로 연결되어 있고 페이지마다 빈 곳에 알아볼 수 없는 내용이 위로 아래로 잔뜩 적혀 있었다.

마리아나가 볼 수 있는 유일한 개인적인 물건은 책장 위에 놓인 두 개의 사진 액자였다. 사진 가운데 하나는 약간 바랬는데, 1980년대에 찍은 것처럼 보였다. 매력적인 젊은 남녀의 사진은 아마도 프레드의 부모인 것 같았는데, 두 사람은 말뚝을 박은 울타리와 들판 앞에 서 있었다. 다른 사진은 개와 함께 찍은 어린 소년이었다. 어린 소년은 바가지 머리를 하고 심각한 표정을 짓고 있었다.

마리아나는 프레드를 바라보았다. 그는 여전히 같은 표정으로 촛불을 밝히는 데 집중하고 있었다. 그러더니 음악을 틀었다. 바흐의 골트베르크 변주곡이었다. 그는 소파를 덮은 종이들을 전부 모아 책상 위에 불안정하게 쌓아 올렸다.

"정신없어서 죄송해요."

"그거 당신이 쓰는 논문이에요?" 마리아나는 쌓아둔 종이들을 향해 고갯짓을 해보이며 말했다.

"아뇨." 프레드는 고개를 저었다. "그냥, 제가 쓰고 있는 거예요. 일종의…… 책이라고 할 수 있겠네요." 그는 어떻게 표현해야 할지 알 수 없는 모양이었다. "앉으시겠어요?"

그는 소파를 가리켰다. 마리아나는 소파에 앉았다. 엉덩이에 망가진 스프링이 느껴져 살짝 자세를 바꿔 앉아야 했다.

프레드는 고급 버건디 한 병을 꺼냈다. 그는 자랑스럽게 술병을 들어 보였다. "나쁘지 않죠? 학교 식당에서 빼돌린 걸 알면 날 죽이려고 할 거예요."

그는 코르크 마개를 뽑느라 술병과 씨름했다. 순간적으로 마리아나는 프레드가 병을 떨어뜨릴 거라는 생각이 들었다. 그러나 그는 큰 소리와 함께 성공적으로 코르크 마개를 뽑아냈다. 그리고 질은 붉은색의 레드 와인을 이가 빠지고 모양도 서로 다른 두 개의 와인 잔에 따랐다. 그는 마리아나에게 그나마 이가 덜 빠진 잔을 내밀었다.

"고마워요."

프레드는 잔을 들어 올렸다. "건배."

마리아나는 와인을 한 모금 마셨다. 당연히 훌륭한 맛이었다. 프레드도 그렇게 생각하는 게 분명했다. 그는 행복한 듯 한숨을 내쉬었고, 입술에 레드 와인이 엷게 묻어났다.

"멋지군요." 그가 말했다.

그들은 잠시 아무 말도 하지 않았다. 마리아나는 음악에 귀를 기울였고, 바흐의 오르내리는 음계 속에서 사색에 잠겼다. 너무나 우아하고 수학적인 구성이었다. 아마도 그렇기에 프레드의 수학적인 뇌가 흥미를 느낀 것 같았다.

마리아나는 책상 위에 쌓인 종이들을 바라보았다. "당신이 쓰고 있다는 책은…… 무슨 내용이에요?"

"솔직히 말해요?" 프레드는 어깨를 으쓱했다. "모르겠어요."

마리아나는 웃었다. "본인이 어떻게 모를 수가 있어요?"

"글쎄요……." 프레드는 그녀의 눈길을 피했다. "아마 어떻게 보자면…… 어머니에 관한 내용이라고 할 수도 있어요."

그는 부끄러운 것처럼, 마치 그녀가 웃음을 터뜨릴지도 몰라 두려워하는 것처럼 그녀를 바라보았다. 하지만 마리아나는 그의 말이 우습지 않았다. 그녀는 궁금하다는 표정을 지어 보였다.

"당신 어머니요?"

프레드는 고개를 끄덕였다. "그래요. 어머니는 절 두고 떠났어요…… 제가 어린아이일 때…… 돌아가셨죠."

"미안해요." 마리아나가 말했다. "저도 어머니가 돌아가셨어요."

"그래요?" 프레드는 눈이 커졌다. "그건 몰랐네요. 그럼 우리 둘 다 고아였군요."

"난 고아는 아니에요. 아버지가 계셨죠."

"그렇죠." 프레드는 고개를 끄덕이더니 작은 목소리로 말했다. "저도요."

그는 술병으로 손을 뻗더니 마리아나의 잔에 술을 다시 채우기 시작했다.

"그만 됐어요." 그녀는 말했다.

그러나 그는 그녀의 말을 무시한 채 술잔을 가득 채웠다. 그녀는 별로 신경 쓰지 않았다. 그녀는 며칠 만에 처음으로 기분이 느긋했고, 프레드에게 고맙다는 생각이 들었다.

"있잖아요." 프레드는 자신의 술잔에도 와인을 더 따르며 말했다. "어머니의 죽음이 바로 저를 이론 수학, 평행 우주 이론 쪽으로 이끌었죠. 제 논문도 그쪽이에요."

"무슨 말인지 제대로 이해하지 못했어요."

"그건 솔직히 저도 마찬가지예요. 하지만 만일 우리가 사는 우주와 똑같은 다른 우주가 있다면, 그건 어딘가 다른 우주가 존재한다는 거죠. 제 어머니가 돌아가시지 않은 우주요." 그는 어깨를 으쓱했다. "그러니까…… 저는 어머니를 찾아 나선 거예요."

그는 슬프게 먼 곳을 보는, 길을 잃은 어린아이 같은 눈빛을 보여주었다. 마리아나는 프레드가 불쌍하다는 생각이 들었다.

"어머니를 찾았어요?" 그녀는 물었다.

그는 어깨를 으쓱했다. "어떻게 보면 그렇죠…… 저는 시간은 존재하지 않는다는 걸 발견했죠. 실제로는 시간이 존재하지 않으니, 어머니는 어디로든 간 게 아니에요. 어머니는 바로 여기에 있어요."

마리아나가 그의 말을 이해하려 애쓰고 있을 때 프레드는 술잔을 내려놓더니 안경을 벗고 그녀를 바라보았다.

"마리아나, 들어봐요."

"제발, 그러지 말아요."

"뭘요? 제가 무슨 말을 하려는 건지도 모르잖아요."

"뭔가 로맨틱한 선언을 하려는 거잖아요. 그리고 난 그런 말 듣고 싶지 않아요."

"선언요? 아뇨. 그냥 질문이에요. 질문은 해도 되죠?"

"뭔지에 따라 다르죠."

"당신을 사랑해요."

마리아나는 얼굴을 찡그렸다. "그건 질문이 아니잖아요."

"저와 결혼해주겠어요? 그게 질문이에요."

"프레드, 제발 입 좀 다물어요."

"사랑해요, 마리아나. 저는 열차에 앉아 있을 때, 처음 본 순간 당신과 사랑에 빠졌어요. 당신과 함께하고 싶어요. 당신을 보살피고 싶어요. 당신을 돌보고 싶어요."

프레드는 잘못된 말을 하고 있었다. 마리아나는 체온이 오르는 느낌이 들었다. 짜증으로 뺨이 달아올랐다.

"난, 보살핌 받기 싫어요! 그것보다 더 나쁜 건 생각도 할 수 없어요. 곤경에 처한 아가씨나, 구출되기를 기다리는 처녀가 아니라고요. 빛나는 갑옷을 입은 기사는 필요 없어요. 내가 원하는 건, 나는……."

"뭐죠? 뭘 원해요?"

"나를 혼자 두기를 원해요."

"안 돼요." 프레드는 고개를 흔들었다. "그 말은 믿지 않아요." 그러곤 바로 이어서 말했다. "제 예감을 기억하세요. 언젠가 저는 결혼해달라고 말할 거고, 당신은 받아들일 거예요."

마리아나는 웃음을 터뜨릴 수밖에 없었다. "미안해요, 프레드. 이 우주에서는 그럴 일은 없어요."

"글쎄요, 어딘가 다른 우주에서 우린 이미 결혼했어요."

마리아나가 밀어낼 틈도 없이 프레드는 몸을 앞으로 숙여 입술을 부드럽게 그녀의 입술에 포갰다. 그녀는 키스의 부드러움을, 따뜻하고 부드러운 그의 입술을 느꼈다. 그녀는 키스에 놀란 동시에 무장이 해제되는 기분이었다.

키스는 시작만큼 재빨리 끝났다. 프레드는 뒤로 물러나 그녀와 눈을 맞췄다.

"미안해요. 어쩔 수가 없었어요."

마리아나는 고개를 흔들었다. 그녀는 아무 말도 하지 않았다. 도저히 설명할 수 없는 감정을 느꼈다.

"당신에게 상처 주고 싶지 않아요, 프레드."

"신경 안 써요. 당신이 내게 상처 줘도 괜찮아요. 어차피 '한 번

도 사랑해보지 않는 것보다는, 사랑했다가 잃는 편이 낫다는 것을'
이라고 하잖아요."

프레드는 웃음을 터뜨렸다. 그러더니 그는 마리아나의 실망스러
워하는 얼굴에 걱정스러운 표정을 지었다.

"왜요? 제가 뭘 또 잘못 말했나요?"

"아무것도 아니에요." 그녀는 시계를 확인했다. "늦었어요. 가야
겠어요."

프레드는 괴로운 표정이었다. "벌써요? 좋아요. 아래층까지 배웅
할게요."

"그럴 필요는 없어요."

"그러고 싶어요."

프레드의 태도가 살짝 변한 것 같았다. 더 날카로워진 것 같았
다. 그의 따뜻함이 조금 사라져버린 것 같았다. 그는 그녀를 보지
않은 채 일어섰다.

"가시죠." 그가 말했다.

17

프레드와 마리아나는 아무 말 없이 계단을 내려갔다. 그들은 길
거리에 나서고 나서야 다시 서로 이야기를 했다.

마리아나는 그를 바라보았다. "그럼 잘 자요."

프레드는 움직이지 않았다. "전 좀 걸을래요."

"지금요?"

"전 가끔 밤에 산책해요. 그게 문제인가요?"

그의 목소리에서 가시 돋친 것처럼 적개심이 느껴졌다. 그는 거절당했다고 느끼고 있었다. 그녀는 알 수 있었다. 부당할 수도 있지만, 그녀는 프레드에게 짜증이 났다. 하지만 그의 상심은 그녀의 걱정거리가 아니었다. 그녀는 걱정해야 할 더 중요한 것이 있었다.

"좋아요." 그녀는 말했다. "안녕."

프레드는 움직이지 않았다. 계속 그녀를 바라보고만 있었다. 그러더니 갑자기 말했다.

"기다려요." 그는 뒷주머니에서 접은 종이 몇 장을 꺼냈다. "나중에 드리려고 했어요. 하지만 지금 받으세요."

그는 종이를 그녀에게 내밀었지만, 받지 않았다.

"뭔데요?"

"편지예요. 당신에게 쓴 편지. 제가 직접 말하는 것보다 제 감정을 더 잘 설명하는 편지죠. 읽어요. 그럼 당신도 이해할 거예요."

"받고 싶지 않아요."

그는 다시 편지를 든 손을 내밀었다. "마리아나, 받아요."

"싫어요, 그만. 난 괴롭힘당하지 않을 거예요."

"마리아나."

그러나 그녀는 돌아서서 걷기 시작했다. 도로를 따라 걷던 그녀는 처음에는 화가 났지만 이내 놀라울 정도로 따끔거리는 슬픔을 느꼈다. 그러다 후회가 찾아왔다. 그에게 상처를 준 것 때문이 아니라 그를 거절했다는 것, 그래서 다른 이야기가 될 수도 있는 상황에 문을 닫아버린 것에 대한 후회였다.

가능했을까? 마리아나는 그를, 이 심각한 젊은이를 사랑할 수 있게 되었을까? 밤에 그를 끌어안고 그녀의 이야기를 들려줄 수 있었을까? 마리아나는 그런 생각을 하면서도, 그런 일은 불가능하다는 걸 알았다. 어떻게 그녀가 그럴 수 있을까?

그녀는 할 말이 너무 많았다. 그리고 그 이야기는 오직 서배스천에게만 할 수 있었다.

성 크리스토퍼 칼리지로 돌아온 마리아나는 바로 자기 방으로 가지 않았다. 그 대신 메인 코트를 걸어 다녔다. 그리고 식당이 있는 건물로 들어갔다.

그녀는 어두워진 복도를 따라 돌아다니다가 그림과 마주 섰다.

테니슨의 초상화.

그림은 그녀의 머릿속에 자리 잡고 있었다. 왜 그런지 이유를 도무지 알 수 없었지만, 그림이 계속 떠올랐다. 슬프고 잘생긴 테니슨.

아니, 슬픔은 그의 눈에 드러난 표정을 표현하기에 적절한 말이 아니었다. 무슨 말이 필요할까.

그녀는 테니슨의 얼굴을 자세히 살피며 표정을 읽으려 애썼다. 이번에도 테니슨이 그녀를 지나쳐 그녀의 어깨 바로 너머를 바라보는 것 같은, 이상한 느낌이 들었다. 뭔가 눈에 보이지 않는 걸 보는 것 같았다.

이게 뭐지?

그 순간, 갑자기 마리아나는 알 수 있었다. 테니슨이 뭘 보고 있는지, 아니 누구를 보고 있는지 알았다.

핼럼이었다.

테니슨은 핼럼을 바라보고 있었다. 빛이 미치는 곳을 벗어난 곳, 베일 뒤에 서 있는 그를. 그런 표정을 담은 눈빛이었다. 죽은 사람과 이야기하는 남자의 눈. 테니슨은 자포자기했다. 그는 유령과 사랑에 빠져 있었다. 삶에 등을 돌린 채 살았다. 마리아나도 그런 걸까?

한때는 그녀도 그렇게 살았다.

그럼 지금은?

지금은 어쩌면…… 확신할 수 없었다.

마리아나는 그곳에 한참 서서 생각했다. 그러다가 돌아서서 걸음을 옮기는데…… 어디선가 발소리가 들렸다. 그녀는 멈춰 섰다.

남자가 신는 딱딱한 바닥을 댄 신발이 길고 어두운 복도의 돌바닥을 따라 천천히 걷고 있었다. 그리고 그 소리는 점점 가까이 다가왔다.

처음에 마리아나는 아무도 볼 수 없었다. 하지만 그 순간…… 상대방이 더 가까이 다가오자 그녀는 어둠 속에서 움직이는 뭔가를 포착했다. 그리고 번쩍이는 칼날도.

그녀는 그곳에 얼어붙은 채 서서 감히 숨소리도 내지 못하고 상대가 누군지 알아보려 애썼다. 그리고 그 순간 천천히…… 헨리가 어둠 속에서 모습을 드러냈다.

그는 마리아나를 노려보았다.

끔찍한 눈빛이었다. 제정신이 아니라 살짝 미친 사람처럼 보였다. 누구와 싸웠는지 코에서는 피를 흘리고 있었다. 얼굴로 흘러내린 피가 셔츠까지 튄 모습이었다. 그는 길이가 20센티미터는 되어 보이는 칼을 손에 쥐고 있었다.

마리아나는 차분하고 겁먹지 않은 목소리를 내려 애썼다. 하지만 목소리가 살짝 떨리는 걸 감출 수 없었다.

"헨리? 제발 칼을 내려요."

그는 대답하지 않았다. 가만히 그녀를 바라보기만 했다. 마치 램프처럼 눈을 크게 치켜뜬 모습이 뭔가에 취해 있는 것이 분명했다.

"여기서 뭘 하는 거예요?" 그녀가 말했다.

헨리는 한참 뒤에야 대답했다. "내가 당신을 만나야 한다고 했잖아요. 런던에서 날 만나주지 않으려고 하니까 내가 멀리 여기까지 와야 하잖아요."

"날 어떻게 찾았어요?"

"TV에서 봤어요. 경찰이랑 같이 서 있었어요."

마리아나는 조심스럽게 말했다. "기억나지 않아요. 난 카메라에 잡히지 않으려고 최선을 다했어요."

"내가 거짓말하는 것 같아요? 그럼 내가 당신 뒤를 따라서 여기 왔다고 생각해요?"

"헨리, 내 방에 몰래 들어온 사람이 당신이었어요?"

그의 목소리는 발작적으로 변했다. "당신은 날 버렸어, 마리아나. 당신이 날 희생시켰다고."

"네?" 마리아나는 불안한 마음으로 헨리를 바라보았다. "왜…… 그런 말을 하죠?"

"사실이잖아요, 안 그래요?"

헨리는 칼을 들어 올리고 그녀에게 한 걸음 다가섰다. 그러나 마리아나는 물러서지 않았다.

"칼 내려놔요, 헨리."

그는 계속 다가왔다. "난 이런 식으로는 계속할 수 없어요. 나 자신을 해방시켜야 해요. 날 풀어줘야 한다고요."

"헨리, 제발 멈춰요."

헨리는 찌를 준비를 하는 것처럼 칼을 들어 올렸다. 마리아나는 심장이 마구 뛰었다.

"난 지금 당신 앞에서 스스로 목숨을 끊을 거예요." 그가 말했다. "그리고 당신은 그걸 지켜보겠지."

"헨리."

헨리가 칼을 더 높이 치켜드는 순간.

"어이!"

헨리는 뒤에서 들리는 목소리를 듣고 돌아섰다. 그 순간 모리스가 어둠 속에서 뛰쳐나와 헨리에게 달려들었다. 두 사람은 칼을 차지하려고 씨름을 벌였다. 그리고 모리스는 헨리가 허수아비라도 되는 것처럼 쉽게 제압해 던져버렸다. 헨리는 뭔가 구겨진 덩어리처럼 바닥에 나뒹굴었다.

"그러지 말아요." 마리아나는 모리스에게 말했다. "그 사람 아프게 하지 마세요."

그녀는 헨리에게 다가가 몸을 일으키도록 도왔다. 하지만 헨리는 그녀의 손길을 뿌리쳤다.

"당신이 미워." 그는 마치 어린아이처럼 말했다. 빨개진 눈에 눈물이 차올랐다. "당신이 미워요."

모리스는 경찰을 불렀고 헨리는 도착한 경찰에게 체포되었지만, 마리아나는 헨리는 정신병 치료가 필요한 사람이라고 주장했다. 결국 헨리는 병원으로 가 그곳에 구금되었다. 헨리는 병원에서 정신과 약물을 처방받았고, 마리아나는 아침이 되면 병원의 정신과 의사와 연락하기로 했다.

그녀는 물론 자기 때문에 벌어진 일이라고 자책했다.

헨리가 옳았다. 그녀는 그를, 그리고 자신이 돌보는 다른 취약한 사람들을 희생했다. 만일 그녀가 헨리가 원했던 대로 시간을 낼 수 있었더라면, 상황은 이렇게 되지 않았을 수도 있었다. 그것은 진실이었다. 이제 마리아나는 이렇게 큰 희생이 헛수고가 되지 않도록 해야만 했다. 어떤 대가가 따르더라도.

18

마리아나가 방으로 돌아온 시간은 거의 새벽 1시가 다 되어서였다. 그녀는 기진맥진했지만, 정신은 맑았고 너무 긴장하고 흥분한 나머지 잠이 오지 않았다.

방이 추워 벽에 붙은 낡은 전기 히터를 켰다. 지난겨울 이후 사용한 적이 없는지 열기가 오르기 시작하면서 먼지 타는 냄새가 심하게 났다. 마리아나는 딱딱하고 등받이가 수직인 나무 의자에 앉아 어둠 속에서 빨갛게 이글거리는 전기 히터의 램프를 멍하니 보면서 열기를 느끼고 히터가 내는 윙 소리에 귀를 기울였다. 그녀는 그 자리에 앉아 생각하고 있었다. 에드워드 포스카에 대해서.

그는 자부심이 강하고 자신감이 넘쳤다. 그는 빠져나갔다고 생각하고 있어. 그는 자신이 이겼다고 생각했다.

하지만 사실이 아니었다, 아직은. 그리고 마리아나는 그보다 한 수 앞서 나가기로 마음먹었다. 그래야만 했다. 밤새 앉아 생각하고 해결해낼 것이다.

몇 시간 동안 밤샘 기도라도 하듯 일종의 무아지경에 빠져, 월요일 밤 조이가 처음 전화한 이후 벌어진 모든 일을 찬찬히 돌아보았다. 이야기 속 모든 사건을 모든 다양한 각도에서 검토했고, 그것들을 이해하고 명확하게 보려고 애썼다.

매우 확실했다. 대답은 바로 그녀 앞에 있었다. 그러나 그럼에도 그녀는 실체를 파악할 수 없었다. 마치 어둠 속에서 조각 그림을 맞추려고 애쓰는 것 같았다. 프레드라면 다른 우주에서는 마리아나가 이미 문제를 해결했다고 말했을 것이다. 그곳에서 그녀는 더 똑똑할 것이다. 그러나 불행하게도 여기에선 그렇지 못했다.

그녀는 머리가 아파질 때까지 그 자리에 앉아 있었다. 그러다가 새벽이 되어 지치고 우울해져 포기하고 말았다. 그녀는 침대로 기어 올라가 즉시 잠에 곯아떨어지고 말았다.

마리아나는 자는 동안 악몽을 꾸었다. 황량한 곳에서 바람과 눈을 헤치고 서배스천을 찾아 헤매는 꿈이었다. 그녀는 눈보라 속 허름한 한 호텔 바에서 마침내 그를 찾아냈다. 외딴 곳 높은 산에 있는 호텔이었다. 그녀는 기쁨에 겨워 인사를 건넸지만, 무시무시하게도 서배스천은 그녀를 알아보지 못했다. 그는 그녀가 변했다고, 다른 사람이 되었다고 말했다. 마리아나는 자신이 변하지 않았다고 맹세하듯 반복해 말했다. 나야, 나란 말이야. 그녀는 울부짖었다. 하지만 그녀가 키스하려고 하자 서배스천은 뒤로 물러섰다. 서배스천은 그녀를 두고 바깥의 눈보라 속으로 나가버렸다. 마리아나는 슬픔을 가눌 길이 없어 주저앉아 울었다. 그리고 조이가 파란색 담요로 몸을 덮은 모습으로 나타났다. 마리아나는 조이에게 자신이 얼마나 서배스천을 사랑했는지 말했다. 숨 쉬는 일보다 더, 목숨보다 더. 조이는 고개를 흔들더니 사랑은 슬픔만을 가져온다면서 잠에서 깨어나야 한다고 말했다. "일어나요, 마리아나."

"뭐?"

"일어나…… 일어나라고!"

그 순간 갑자기 마리아나는 놀라며 잠에서 깼다. 몸에는 식은땀이 흐르고 가슴은 두근거렸다.

누군가 문을 두드리고 있었다.

19

침대에 일어나 앉은 마리아나는 가슴이 쿵쾅거렸다. 문 두드리는 소리는 멈추지 않았다.

"네." 마리아나는 소리쳤다. "나가요."

지금 몇 시지?

커튼 주위로 밝은 햇빛이 기어 들어오고 있었다. 8시? 9시?

"누구세요?"

대답은 없었다. 문 두드리는 소리는 더 커졌다. 마치 머릿속을 두드리는 것처럼 들렸다. 머리가 욱신거리며 아팠다. 생각보다 술을 많이 마신 것이 틀림없었다.

"알았어요. 잠시만요."

마리아나는 침대에서 몸을 일으켰다. 몸이 비틀거려 방향을 제대로 잡을 수 없었다. 그녀는 무거운 몸을 이끌고 문으로 다가갔다. 자물쇠를 풀고 문을 열었다.

문 앞에는 엘시가 다시 문을 두드리려는 자세로 서 있었다. 그녀는 환하게 웃었다.

"좋은 아침이에요."

엘시는 겨드랑이에 먼지떨이를 끼운 채 청소도구가 든 양동이 손잡이를 손으로 쥐고 있었다. 눈썹을 너무 진하게 그려서 얼굴이 무섭게 보였다. 그녀는 흥분으로 눈빛이 번쩍거렸다. 마리아나가 보기에는 사악한 포식자의 눈빛이었다.

"지금 몇 시죠, 엘시?"

"11시가 막 넘었어요. 나 때문에 잠을 깬 거유?"

엘시는 마리아나를 피해 몸을 숙여 엉망인 침대를 바라보았다. 마리아나는 엘시의 몸에서 담배 냄새를 맡을 수 있었다. 술 냄새도 엘시의 입에서 나는 건가? 아니면 자기 입에서 나는 술 냄새인지도 몰랐다.

"잠을 제대로 자지 못했어요. 악몽을 꿨거든요."

"오, 이런." 엘시는 가엾다는 듯 혀를 찼다. "요새 돌아가는 꼴을 보면 놀랄 일도 아니지. 내가 더 끔찍한 소식을 가져온 것 같네요. 하지만 알아두셔야 할 것 같아서."

"네?" 마리아나는 눈이 휘둥그레져서 엘시를 바라보았다. 그녀는 갑자기 잠이 완전히 깼고 두려워졌다. "무슨 일이에요?"

"나한테 말할 기회를 줘야 말을 해드리지. 엘시더러 들어오라고도 안 할 거유?"

마리아나는 뒤로 물러섰고, 엘시는 방 안으로 들어왔다. 그녀는 마리아나를 향해 웃더니 양동이를 내려놓았다.

"이제 좀 낫군. 단단히 준비하는 게 좋을 거유."

"무슨 일인데요?"

"또 시체가 나왔어요."

"네? 언제요?"

"오늘 아침에요. 강가에서. 또 다른 여학생이야."

마리아나는 잠깐 목소리가 나오지 않았다.

"조이, 조이는 어디 있죠?"

엘시는 고개를 흔들었다. "조이에 대해서는 걱정일랑 말아요. 아주 안전하니까. 아마 잘은 몰라도 침대에서 꾸물거리고 있겠지." 그녀는 웃었다. "집안 내력인 것처럼 보이니까 말이유."

"오, 맙소사, 엘시. 누구예요? 말해봐요."

엘시는 웃었다. 그녀의 표정은 정말이지 불쾌하기 그지없었다.

"세리나라는 아이예요."

"오, 세상에." 마리아나의 눈에 갑자기 눈물이 차올랐다. 그녀는 흐느낌을 속으로 삼켰다.

엘시는 동정하듯 혀를 차며 말했다. "불쌍한 세리나. 아, 정말 하나님께서는 알 수 없는 방법으로 움직이시네. 그나저나 얼른 일해야지. 일복 하나는 타고난 팔자니까." 그러고는 돌아서더니 다시 멈춰 섰다. "세상에 나 좀 봐. 깜빡할 뻔했네…… 이게 문 아래에 끼워져 있더군요."

엘시는 양동이 속에서 뭔가를 꺼내더니 그걸 마리아나 앞으로 내밀었다.

"여기."

엽서였다. 엽서의 그림은 마리아나가 아는 내용이었다. 검은색과 흰색이 섞인 모습인 고대 그리스의 꽃병은 수천 년 전의 물건인데, 겉에는 아가멤논에 의해 희생물로 바쳐진 이피게니아의 그림이 그려져 있었다.

엽서를 뒤집어 보는 마리아나의 손이 떨렸다. 그리고 엽서 뒷면에는 그녀가 예상한 그대로 손으로 쓴 고대 그리스어 인용문이 적혀 있었다.

τοιγάρ σέ ποτ᾽οὐρανίδαι
πέμψουσιν θανάτοις· ἦ σὰν
ἔτ᾽ ἔτι φόνιον ὑπὸ δέραν
ὄψομαι αἷμα χυθὲν σιδάρῳ

손에 든 엽서를 멍하니 보는 마리아나는 이상하게 현기증이 나는 것처럼 어지러웠다. 마치 아주 높은 곳에서 엽서를 내려다보는 것 같았다. 그리고 그녀는 균형을 잃은 채 깊고 어두운 심연 속으로 떨어질 위기에 처해 있었다.

20

마리아나는 잠시 꼼짝도 하지 않았다. 몸이 마비된 것처럼 그 자리에 선 채 얼어붙었다. 엘시가 방에서 나가는 것도 거의 알아차리지 못했다.

그녀는 두 손으로 든 엽서를 계속 바라보았다. 선 채로 굳어버린 것처럼 시선을 다른 곳으로 돌릴 수 없었다. 고대 그리스 문자들이 그녀의 마음속에서 불타오르며 머릿속에 박히는 것 같았다.

간신히 힘을 내 엽서를 눈앞에서 내리며 주문에서 풀려났다. 명확하게 생각할 필요가 있었다. 뭘 해야 할지 정해야 했다. 물론 경찰에 신고해야 했다. 경찰이 그녀를 미친 사람 취급한다고 해도, 어쩌면 이미 그러고 있다고 해도 이제 엽서 문제를 혼자만 알고 있을 수 없었다. 상가 경감에게 말해야 했다. 상가를 찾아야 했다.

엽서를 뒷주머니에 넣고 방에서 나왔다.

흐린 아침이었다. 아침 해가 아직 구름을 뚫지 못하고 있었고, 희미한 카펫 같은 안개가 여전히 연기처럼 땅바닥 위에서 밀려다니고 있었다. 마리아나는 어두침침한 안마당 건너편에 어떤 남자가 서 있는 모습을 발견했다.

에드워드 포스카가 그곳에 서 있었다.

뭘 하는 거지? 엽서에 대한 마리아나의 반응을 기다리고 있나? 그녀의 고통을 즐기면서 흥분을 느끼는 건가? 그의 표정을 볼 수는 없었지만, 웃고 있다는 걸 분명히 느낄 수 있었다.

마리아나는 격분하기 시작했다.

분별을 잃는 건 그녀답지 않은 일이었다. 하지만 잠도 거의 자지 못했고 너무 화가 나고 두렵고 흥분했기 때문에…… 마음 가라앉히기를 포기했다. 절망은 아니었지만 그렇다고 용기도 아니었다. 그저 에드워드 포스카를 향한 괴로움의 격렬한 분출이었다.

마리아나는 자기도 모르게 안마당을 가로질러 그를 향해 뛰어가고 있었다. 그가 살짝 몸을 움츠렸을까? 그럴 수도 있다. 마리아나가 갑자기 다가오는 모습에도 그는 뒤로 물러서지 않았다. 그녀가 뺨이 붉게 물든 채 미치광이 같은 눈빛을 하고 거칠게 숨을 몰아쉬면서 바로 앞에 멈춰 섰음에도 그는 꼼짝하지 않았다.

그녀는 아무 말도 하지 않았다. 솟구치는 분노를 담아 그냥 그를 노려보고만 있었다.

그는 마리아나에게 어정쩡한 웃음을 보여주었다. "좋은 아침이에요, 마리아나."

마리아나는 엽서를 들어 보였다. "이게 무슨 뜻이죠?"

"흠?"

포스카는 엽서를 받아들었다. 그는 엽서 뒷면에 쓰인 글을 발견했다. 그는 그리스어로 중얼거리며 글을 읽었다. 입가에 살짝 미소가 스쳤다.

"그게 무슨 뜻이에요?" 그녀가 재차 물었다.

"이건 에우리피데스의 〈엘렉트라〉에 나오는 구절이에요."

"무슨 뜻인지 알려주세요."

포스카는 웃더니 마리아나의 눈을 바라보았다. "이런 뜻입니다. '신들은 네게 죽음을 내릴 것이니, 이제 곧 너의 목은 칼을 맞고 피가 솟구쳐 흐를 것이다.'"

그의 말을 듣고 있던 마리아나는 분노가 터져버리고 말았다. 불타오르는 분노의 거품이 터져 나왔고 그녀의 양손은 주먹을 꽉 쥐었다. 그녀는 있는 힘껏 포스카의 얼굴을 때렸다.

포스카는 뒤로 휘청거렸다. "맙소사."

그러나 그가 숨을 돌리기도 전에 마리아나는 다시 주먹을 날렸다. 그리고 또 날렸다. 포스카는 자신을 지키기 위해 양손을 들어올려 공격을 막았지만 마리아나는 소리를 지르면서 계속 포스카를 때렸다.

"이 개자식, 이 구역질 나는 놈!"

"마리아나, 그만! 그만 좀 해요."

그러나 마리아나는 멈출 수 없었고, 멈출 생각도 없었다. 결국 누군가 뒤에서 두 손으로 그녀를 붙잡고 잡아당기는 느낌이 들었다.

경찰관 한 명이 달려들어 억지로 그녀를 제지했다.

구경꾼이 잔뜩 몰려들었다. 줄리언도 사람들 사이에 서서 믿을 수 없다는 듯 그녀를 바라보고 있었다.

다른 경찰관이 포스카를 도우려 다가갔지만, 그는 화를 내며 손을 내저었다. 포스카는 코에서 피를 흘리고 있었다. 그의 빳빳한 흰 셔츠에도 피가 잔뜩 튀었다. 그는 화가 났고 창피해하는 것 같 았다. 마리아나는 처음으로 차분함을 잃은 그의 모습을 보았다. 그 런 모습에서 그녀는 조금이지만 만족을 느낄 수 있었다.

상가 경감이 나타났다. 그는 깜짝 놀라 마리아나를 노려보았다. 마치 미친 사람을 보는 것 같았다.

"도대체 무슨 일입니까?"

21

얼마 지나지 않아 마리아나는 학장실에 앉아 자신의 행동에 대 한 설명을 요구받고 있었다. 그녀는 상가 경감, 줄리언, 학장 그리 고 에드워드 포스카와 책상을 두고 마주 앉아 있었다.

어떻게 말해야 할지 알 수 없었다. 말을 하면 할수록 사람들이 더 믿지 않는다는 걸 느낄 수 있었다. 자기가 말하면서도 믿기 어 려운 내용이라는 걸 깨달았다.

에드워드 포스카는 평정을 되찾은 상태였다. 그는 이야기하는 내내 그녀를 향해 웃고 있었다. 마치 그녀가 긴 농담을 하고 있고 그는 결정적인 순간의 대사를 기대하고 있는 것 같았다.

마리아나 역시 차분해졌고, 차분함을 유지하기 위해 애쓰고 있 었다. 그녀는 최대한 간단하고 명확하게 이야기를 전달했고, 감정 은 최소한으로 섞으려 애썼다. 그녀는 어떻게 포스카 교수가 자신 이 가르치는 학생 세 명을 살해했다는 놀라운 추정을 하게 되었는지 차근차근 설명했다.

처음에는 처녀들이라는 집단이 의심스러웠다고 그녀는 말했다. 포스카가 편애하는 학생들은 전부 젊은 여자들이었다. 그들이 따로 모여서 뭘 하는지 아무도 알지 못했다. 집단 상담 전문가이자 여자인 마리아나는 걱정할 수밖에 없었다. 포스카 교수는 그의 학생들에게 일종의 묘한 종교 지도자 같은 힘을 발휘하고 있다고 마리아나는 말했다. 그녀는 그런 모습을 직접 목격했다. 심지어 그녀의 조카도 포스카와 학생들 무리를 배신하는 데는 말을 아끼고 있었기 때문이다.

"이건 전형적으로 건강하지 못한 집단적 행동입니다. 순응하고 복종하려는 충동이죠. 무리나 지도자에 반하는 의견을 말하려면 엄청난 수준의 불안감을 견뎌야 합니다. 그런 의견을 조금이라도 입에 담으려면 말이죠. 저는 조이가 포스카 교수에 관해 말할 때 그런 느낌을 받았습니다. 아주 이상했어요. 저는 조이가 교수를 두려워한다는 걸 느낄 수 있었습니다."

처녀들처럼 이렇게 작은 집단은 특히 이런 식의 무의식적이고 교묘한 속임수나 학대에 취약하다고 마리아나는 설명했다. 여학생들은 무리의 리더를 그들이 아주 어렸을 때 아버지를 대했던 것처럼 의존하거나 감수하는 방식으로 대할 수도 있었다.

"그리고 상처받은 적이 있는 여자 아이로서 어린 시절을 견뎌내야 했던 괴로움을 받아들이지 못하는 심리 상태라면, 자신의 심리적 거부를 유지하기 위해 자신을 학대하는 다른 사람에게 협조할 수도 있습니다. 그러면서 학대하는 사람의 행동이 완벽하게 정상인 것처럼 스스로 생각하는 거죠." 마리아나는 말을 이었다. "만일 눈을 뜨고 그를 비난하게 된다면 스스로 자신의 인생에 속한 다른 사람들을 비난해야만 하는 겁니다. 나는 처녀들에 속한 여학생들의 어린 시절이 어떤지 알지 못해요. 타라는 특권층의 젊은 자제였으니 아무 문제 없었으리라 생각하기 쉬울 겁니다. 하지만 제가 보기에 타라가 술과 마약에 절어 있었다는 건 그녀가 괴로움을 겪었다는 걸 보여준다고 봅니다. 그리고 취약했겠죠. 아름답지만 인생을 엉망으로 사는 타라. 그런 그녀를 교수는 가장 좋아했습니다."

마리아나는 말을 이어가면서 포스카의 눈에서 눈길을 떼지 않았다. 스스로 자신의 목소리에서 분노가 강해지는 걸 느끼면서 자제하려고 최선을 다했다. 포스카는 아무렇지도 않은 척 그녀의 눈길을 받아내면서 얼굴에 웃음을 띠고 있었다. 그녀는 차분함을 유지하려고 애쓰면서 이야기를 계속했다.

"저는 벌어진 살인 사건들을 엉뚱한 방향에서 보고 있다는 걸 깨달았습니다. 이건 미치광이, 감당할 수 없는 분노에 휘둘리는 사이코패스 킬러의 짓이 아니었습니다. 다만 그렇게 보이도록 꾸며낸 거죠. 피해자들은 체계적이고 합리적으로 살해된 겁니다. 의도적으로 살해된 희생자는 타라뿐입니다."

"왜 그렇게 생각하시나요?" 에드워드 포스카가 처음으로 입을 열어 말했다.

마리아나는 그의 눈을 바라보았다. "왜냐하면 타라는 당신의 애인이었기 때문이에요. 그런데 일이 벌어졌죠. 당신이 다른 사람과 바람피우는 걸 그녀가 알아냈나요? 그리고 폭로하겠다고 위협했어요? 그럼 어떻게 되죠? 당신은 학교에서, 당신이 소중하게 여기는 엘리트 학문 세계에서 자리를 잃게 될 테고, 명성도 잃겠죠. 그런 상황을 견딜 수 없었을 거예요. 죽이겠다고 타라를 협박했겠죠. 그리고 그 협박을 수행했죠. 당신에게는 안된 일이지만, 타라는 죽기 전에 조이에게 그런 사실을 말했어요. 그리고 조이는 내게 말했죠."

포스카는 그녀를 노려보았다. 빛을 받아 번쩍이는 그의 검은 눈동자는 마치 검은 얼음 같았다.

"그게 당신의 이론인 겁니까?"

"그래요." 마리아나는 그와 눈싸움을 벌였다. "그게 내 이론이에요. 베로니카와 세리나는 다른 여학생들과 함께 당신에게 알리바이를 제공했어요. 그들은 모두 그렇게 할 정도로 당신의 마법에 사로잡혀 있었겠죠. 그런데 무슨 일이 벌어진 거죠? 두 사람이 마음을 바꿨나요? 아니면 털어놓겠다고 당신을 위협했어요? 아니면 그냥 그들이 폭로할 수 없도록 확실히 해두겠다고 마음먹은 거예요?"

그녀의 질문에 아무도 대답하지 않았다. 침묵만이 흘렀다.

상가 경감은 아무 말도 하지 않았다. 그는 자신의 잔에 차를 따랐다. 학장은 놀라 마리아나를 바라보고만 있었다. 자신의 귀를 믿을 수 없는 것이 분명해 보였다. 줄리언은 그녀와 눈을 마주치지 않으려고 그러는지 노트만 열심히 들여다보는 척하고 있었다.

에드워드 포스카가 맨 먼저 입을 열었다. 그는 상가 경감에게 말했다. "저는 이 주장을 분명히 부인합니다. 전부 말입니다. 그리고 경감님의 어떤 질문에도 기꺼이 대답할 용의가 있습니다. 하지만 그보다 먼저, 제가 변호사를 구해야 하나요?"

경감은 손을 들어 올렸다. "아직 그럴 단계는 아니라고 생각합니다, 교수님. 그냥 일단은 잠시 기다려주시기 바랍니다." 상가는 마리아나를 바라보며 말했다. "방금 말씀하신 내용을 뒷받침할 만한 증거가 혹시 하나라도 있습니까?"

마리아나는 고개를 끄덕였다. "네. 엽서 여러 장이 있어요."

"아, 그 유명한 엽서 말이군요." 상가는 눈앞에 놓인 엽서들을 내려다보았다. 그는 엽서들을 집어서 마치 트럼프 카드라도 되는 것처럼 천천히 섞었다.

"제가 제대로 이해하고 있는지 모르겠습니다." 그는 말했다. "당신은 살인 사건이 벌어지기 전에 피해자들에게 이 엽서가 일종의 명함처럼 보내졌다고 믿는 겁니까? 죽이겠다는 의도를 알리기 위해서?"

"네, 그래요."

"그리고 이번에는 당신이 엽서를 한 장 받았군요. 아마도 당신이 급박한 위험에 처했나 보죠? 범인이 왜 당신을 희생자로 선택했다고 생각하나요?"

마리아나는 어깨를 으쓱했다. "내 생각에는, 내가 그에게 위협이 되었기 때문일 거예요. 내가 너무 가까이 접근했거든요. 난 그의 머릿속에 있어요."

그녀는 포스카를 보지 않았다. 그를 보면서 평정심을 잃지 않을 자신이 없어서였다.

"있잖아요, 마리아나." 포스카의 목소리가 들렸다. "책에서 그리스어 인용문을 베껴내는 건 누구나 할 수 있어요. 하버드 학위가 필요하진 않습니다."

"나도 그건 알아요, 교수님. 하지만 내가 당신 방에 갔을 때, 당신이 보던 에우리피데스 책 속 같은 인용문에 밑줄이 그어져 있었어요. 그것도 그냥 우연의 일치인가요?"

포스카는 웃었다. "지금 당장 내 방으로 모두 함께 가서 책장에서 아무 책이나 꺼내서 보면 됩니다. 내가 거의 **모든 내용**에 밑줄을 그어둔 걸 볼 수 있을 겁니다." 그는 마리아나가 대꾸하기도 전에 말을 이었다. "그리고 내가 만일 여학생들을 죽였다면, 내가 그들에게 가르친 내용을 엽서에 적어 미리 보냈을 거라고 진짜로 믿고 있는 겁니까? 내가 그렇게 멍청하다고 생각해요?"

마리아나는 고개를 흔들었다. "그건 멍청한 게 아니에요. 당신은 이 메시지들을 누군가 이해할 수 있으리라 생각하지 않은 거예요. 아니, 경찰이나 다른 누구도 애초에 찾아낼 수 없으리라 생각했겠죠. 이건 당신의 개인적인 장난인 거예요. 죽은 여학생들을 대상으로 삼은 장난. 그래서 나는 범인이 당신이라고 확신했어요. 심리학적으로 딱 당신이라면 할 수 있는 짓이니까."

상가 경감이 포스카가 대꾸하기 전에 먼저 말했다. "포스카 교수님에겐 다행스럽게도 세리나가 살해당하던 정확한 시간인 자정에 학교에서 그를 목격한 사람이 있습니다."

"누가 봤죠?"

경감은 차를 더 따르려 했지만, 병이 비었다는 걸 알아차렸다. 그는 얼굴을 찡그렸다. "모리스입니다. 경비반장이죠. 그는 숙소 밖에서 담배를 피우는 교수와 만났고, 몇 분 이야기를 나누었습니다."

"거짓말이에요."

"마리아나."

"내 말을 좀 들어보세요."

상가가 제지하기도 전에 마리아나는 모리스가 포스카를 협박하는 게 아닌지 의심스럽다고 말했다. 그리고 모리스의 뒤를 밟았는데 그가 세리나와 함께 있는 걸 봤다고 말했다.

상가 경감은 조금 놀란 것처럼 보였다. 그러곤 몸을 앞으로 기울이고는 그녀를 바라보았다.

"그 두 사람이 묘지에 함께 있는 걸 봤다고요? 당신이 무슨 짓을 하려던 거였는지 있는 그대로 말하는 게 좋을 것 같습니다."

마리아나는 상가가 시키는 대로 더 자세하게 이야기했다. 그녀에게는 실망스럽게도 대화가 에드워드 포스카에게서 멀어질수록 경감은 모리스를 용의자로 생각하며 흥분하고 있었다.

줄리언도 같은 생각이었다. "그렇다면 범인이 모습을 드러내지 않고 돌아다니는 능력도 설명이 됩니다. 누가 대학 주변에서 눈에 띄지 않고 다닐 수 있겠습니까? 우리 눈에 보이지 않는 사람은 누구죠? 제복을 입은 사람입니다. 그곳에 있어야 할 완벽한 이유가 있는 사람이죠. 바로 수위입니다."

"바로 그렇습니다."

경감은 잠시 생각했다. 그러더니 부하 경찰관 한 명을 손짓으로 불러서 모리스를 데려와 심문하라고 말했다. 마리아나는 제지하려고도 해봤지만 그래 봐야 별 소용이 없다는 걸 그녀도 알았다. 그러나 그 순간 줄리언이 그녀를 향해 웃어 보였다.

그가 말했다. "들어봐, 마리아나. 나는 네 편이야. 그러니까 내가 하는 말을 화내지 말고 들어."

"뭐?"

"솔직히 말하자면 난 이곳 케임브리지에서 당신을 처음 봤을 때부터 알았어. 당신이 조금 이상하다는 건 첫눈에 알 수 있었어. 약간 편집증적인 거 말이야."

마리아나는 웃음을 터뜨렸다. "뭐라고?"

"듣기 쉽지 않다는 거 알아. 하지만 당신이 피해망상으로 고생하고 있는 건 분명해. 당신은 몸이 정상이 아니야, 마리아나. 도움을 받는 게 필요해. 그리고 내가 도움을 주고 싶어. 당신이 도울 수 있게만 해주면……."

"지랄하지 마, 줄리언."

경감은 들고 있던 병으로 책상을 쾅 내리쳤다. "그만 좀 해요!"

침묵이 흘렀다.

상가 경감이 단호하게 말했다. "마리아나, 당신은 반복적으로 내 참을성을 시험하고 있어요. 당신은 포스카 교수에 대해 아무 근거도 없는 의심을 제기하고 있어요. 신체적으로 위해를 가한 건 따로 말할 것도 없습니다. 교수님은 당신을 고소할 수 있는 권리가 있어요."

마리아나는 말을 끊으려 했지만, 상가는 계속 말을 이었다.

"아니요, 그만하세요. 이제는 당신이 내 말을 들어야 해요. 내일 오전까지 돌아가도록 하세요. 이 대학과 포스카 교수로부터 떠나시고, 사건 수사에도 끼어들지 말아요. 나한테도 오지 말고. 그러지 않으면 내가 직접 체포해서 공무집행방해로 재판에 넘기겠습니다. 알아들었습니까? 줄리언의 충고를 들어요, 네? 병원에 가보세요. 도움을 받으라고요."

마리아나는 입을 열었지만, 좌절의 울부짖음을 안으로 삼키고 말았다. 결국 분노를 삼키고 침묵 속에 앉아 있었다. 더 다퉈봐야 소용이 없었다. 분했지만 졌다는 생각에 고개를 숙였다.

그녀는 지고 말았다.

5부 사랑의 편지

스프링은 단단히 감겨 있다.
그것은 스스로 풀릴 것이다.
비극에서는 그것이 매우 편리하다.
손목으로 아주 살짝 돌리기만 해도 일은 해결될 것이다.

_ 장 아누이, 〈안티고네〉

1

한 시간 뒤 기자들의 눈을 피해 경찰차 한 대가 대학 뒤쪽으로 움직이더니 좁은 골목으로 연결되는 출입문 근처에 멈춰 섰다. 마리아나는 모리스가 수갑을 차고 체포되어 경찰차에 타는 광경을 구경하기 위해 모인 다양한 학생과 교직원들 사이에 서 있었다. 수위 몇 명은 붙잡혀가는 모리스를 향해 야유를 보내며 조롱하기도 했다. 모리스는 얼굴이 살짝 붉어졌지만 아무 반응도 보이지 않았다. 그는 입술을 꽉 깨물고 눈을 내리깔고만 있었다.

그리고 마지막 순간에 모리스는 고개를 들었다. 마리아나가 그의 시선을 따라갔더니…… 그곳에는 창문이 있었다. 창문 안쪽에는 에드워드 포스카가 서 있었다.

포스카는 얼굴에 살짝 웃음을 띠고 체포되는 모리스를 지켜보고 있었다.

우리를 비웃고 있어.

그리고 그와 눈길이 마주치는 순간 모리스의 얼굴에 잠깐이지만 경련처럼 분노의 빛이 스쳐 지나갔다.

그 순간 경찰관이 모리스의 중산모자를 벗겼다. 그리고 모리스는 경찰차 안으로 모습을 감추었다. 마리아나는 경찰차가 모리스를 태우고 떠나는 모습을 지켜보았다. 그리고 출입문이 닫혔다.

마리아나는 다시 포스카가 서 있는 창문을 쳐다보았다.

하지만 그는 사라지고 없었다.

"하느님, 맙소사." 학장의 목소리가 들렸다. "드디어 모두 끝났군."

물론 틀린 말이었다. 끝나려면 아직 한참 멀었다.

날씨가 변했다. 마치 대학에서 벌어지는 사건에 대꾸라도 하는 것처럼 그렇게 오랫동안 이어지던 여름이 마침내 물러섰다. 서늘한 바람이 안마당을 지나며 소리를 냈다. 추적추적 비가 내리기 시작했고, 멀리서 천둥이 우르릉거리는 소리가 들렸다.

마리아나와 조이는 클러리사와 함께 교수 휴게실에서 술을 마시고 있었다. 오늘 오후 휴게실에는 세 여자 말고는 아무도 보이지 않았다.

휴게실은 넓고 어두컴컴한 방으로 오래된 가죽 의자와 소파, 마호가니 책상을 갖추고 있고, 테이블에는 신문과 잡지가 준비되어 있었다. 벽난로 속에서 나무와 재 냄새가 풍겼다. 밖에서는 바람이 창문을 두드리고 빗물이 유리를 때리고 있었다. 클러리사가 벽난로에 작게라도 불을 피워달라고 요청할 정도로 날이 추웠다.

세 명의 여자는 낮은 팔걸이의자에 앉아 벽난로 앞에서 위스키를 마시고 있었다. 마리아나는 잔에 든 위스키를 흔들어 소용돌이를 만들면서 난로 불빛에 황갈색 액체가 빛나는 모습을 지켜보았다. 클러리사와 조이와 함께 난롯불 옆에서 보호받고 있는 것 같은 느낌이 편안해서 좋았다. 이 작은 무리는 그녀에게 힘과 용기를 주었다. 그녀는 지금 용기가 필요했다. 세 사람 모두 그랬다.

조이는 영문학과 수업을 마치고 돌아온 참이었다. 아마도 마지막 수업이 될 거라고 클러리사가 말했다. 경찰 수사에 따라 학교를 당장 폐쇄할 수도 있다는 말이 나오고 있었다.

조이는 오는 길에 비를 맞은 상태였다. 그녀가 난롯불에 몸을 말리는 동안 마리아나는 두 사람에게 무슨 일이 있었는지, 에드워드 포스카와 어떻게 맞섰는지 말해주었다. 이야기를 마치자 조이가 작은 목소리로 말했다.

"그건 실수예요. 그런 식으로 교수님과 맞서는 건…… 이제 이모가 안다는 걸 그가 알잖아요."

마리아나는 조이를 바라보았다. "너는 포스카가 결백하다고 말한 줄 알았는데?"

조이는 그녀와 눈을 맞추더니 고개를 흔들었다. "생각이 바뀌었어요."

클러리사는 두 사람을 번갈아 바라보았다. "그럼 두 사람은 포스카 교수가 범인이라고 아주 굳게 믿는 거네? 믿고 싶지 않은데."

"알아요." 마리아나가 말했다. "하지만 저는 믿어요."

"저도요." 조이가 말했다.

클러리사는 대꾸하지 않았다. 그녀는 디캔터로 손을 뻗더니 자신의 술잔을 다시 채웠다. 마리아나는 클러리사의 손이 떨리는 걸 알아차렸다.

"우린 이제 어쩌죠?" 조이가 말했다. "이모는 그냥 떠나지 않을 거죠?"

"물론 안 떠나지." 마리아나는 고개를 저었다. "경찰이 날 체포하라지. 신경 쓰지 않아. 난 런던으로 돌아가지 않을 거야."

클러리사는 놀란 것처럼 보였다. "뭐? 도대체 왜?"

"전 달아날 수 없어요. 더는 그럴 수 없어요. 서배스천이 죽은 뒤로 내내 도망 다니기만 했어요. 전 여기 머물러야 해요. 이게 무슨 일이든 맞설 필요가 있어요. 두렵지 않아요."

두렵지 않다는 말이 그녀의 입 안에서 익숙하게 느껴지지 않았다. 마리아나는 다시 시도해보았다. "저는 두렵지 않습니다."

클러리사는 혀를 찼다. "그건 술에 취해서 하는 말이겠지."

"그럴지도 모르죠." 마리아나는 웃었다. "술김에 낸 용기라도 겁쟁이가 되는 것보단 낫겠죠." 그녀는 조이에게 고개를 돌렸다. "우린 계속 가는 거야. 우린 그렇게 할 거야. 계속 밀고 나가서 그를 잡는 거지."

"어떻게요? 우리에겐 증거가 필요해요."

"그래."

조이는 망설였다. "살인에 쓰인 도구를 찾는 건 어때요?"

조이가 말하는 태도는 왠지 마리아나가 그녀를 바라보게 했다. "칼을 말하는 거니?"

조이는 고개를 끄덕였다. "경찰이 칼을 아직 못 찾았죠? 제 생각이지만, 칼이 어디 있는지 알 것 같아요."

마리아나는 조이를 멍하니 바라보았다. "네가 그걸 어떻게 알아?"

조이는 잠시 그녀의 눈길을 피했다. 대신 계속 난롯불만 바라보고 있었다. 마리아나는 조이가 어릴 때부터 뭔가 남몰래 죄를 지었을 때 그런다는 걸 알고 있었다.

"조이?"

"이야기가 길어요, 마리아나."

"지금이 얘기하기에 좋은 타이밍이야. 그렇게 생각하지 않니?" 마리아나는 목소리를 낮췄다. "있잖아, 처녀들과 만났을 때 걔들이 내게 뭔가 말해준 게 있어, 조이…… 그들은 네가 그들 무리의 일원이었다고 했어."

조이의 눈이 커지더니 고개를 저었다. "그건 사실이 아니에요."

"조이, 거짓말하지 말고."

"그렇지 않아요! 전 딱 한 번 나갔어요."

"어쨌거나 왜 내게 말하지 않았니?" 마리아나가 말했다.

"모르겠어요." 조이는 고개를 흔들며 말했다. "전 두려웠어요. 너무 창피하기도 했고…… 오래전부터 이모한테 말하고 싶었지만, 하지만 저는……."

조이는 아무 말도 하지 않았다. 마리아나는 손을 뻗어 조이의 손에 손을 얹었다.

"지금 말해줘. 우리 두 사람 모두에게."

조이는 입술이 살짝 떨리더니 고개를 끄덕였다. 그녀는 말하기 시작했고 마리아나는 마음을 굳게 먹었다. 조이가 제일 먼저 한 말에 마리아나는 온몸의 피가 얼어붙는 것 같았다.

"제 생각에는요. 시작은 데메테르, 그리고 페르세포네였어요." 조이는 마리아나를 흘깃 바라보았다. "그들을 알죠?"

마리아나가 목소리를 내기까지는 잠시 시간이 걸렸다.

"알아." 그녀는 고개를 끄덕였다. "그들을 알지."

2

조이는 남은 술을 모두 마셨다. 그녀는 빈 술잔을 벽난로 위에 올려놓았다. 난롯불에서 살짝 연기가 피어올랐고, 잿빛 연기가 그녀의 몸 주위를 맴돌았다.

마리아나는 조이를 바라보았다. 빨간색과 금색이 섞인 불꽃이 조이의 모습 아래에서 춤추는 것처럼 보였다. 마리아나는 재미있는 캠프파이어를 하는 기분이었다. 마치 누군가 무서운 이야기라도 들려줄 것 같았다. 어떻게 생각하면 맞는 말이었다.

조이는 처음에 주저했지만 조금씩 이야기하기 시작했다. 포스카 교수는 페르세포네를 기리기 위한 엘레우시스의 비밀 의식을 무척 좋아했다고 했다. 삶에서 죽음으로 여행을 떠났다가 다시 돌아올 수 있는 비밀 의식이었다.

교수는 자신이 의식의 비밀을 알고 있다고 말했다. 그리고 그는 그 비밀을 몇 명의 특별한 학생들에게만 가르쳐주었다.

"교수님은 저한테 비밀을 지키겠다는 서약을 하게 했어요. 무슨 일을 하는지 누구에게도 말할 수 없다는 거였어요. 이상하다는 걸 알았지만 교수님이 나를 특별하다고, 더 똑똑하다고 생각한다니까 우쭐한 마음이 들더라고요. 그리고 호기심도 생겼어요. 그런 다음에…… 내가 처녀들에 들어가기 위해서 새 멤버가 되는 의식을 치러야 했어요. 교수님은 의식을 위해 자정에 폴리로 오라고 했어요."

"폴리?"

"있잖아요, 파라다이스 근처 강가에 있는 정원 장식용 건물요."

마리아나는 고개를 끄덕였다. "계속해."

"자정이 되기 직전에 카를라와 디야가 보트하우스 앞에서 저랑 만나서 함께 갔어요. 펀트를 타고 강을 넘어서요."

"왜 펀트를 타고 갔지?"

"여기서 그리로 가려면 그 방법이 가장 쉬워요. 걸어서 가는 길에는 가시나무가 울창하거든요." 조이는 잠시 말을 멈췄다. "그곳에 가보니 모두 와 있었어요. 베로니카와 세리나가 폴리 입구에 서 있었어요. 걔들은 가면을 쓰고 있었어요. 페르세포네와 데메테르를 의미하는 가면을요."

"맙소사." 클러리사는 믿을 수 없다는 듯 자기도 모르게 탄성을 내뱉었다. 그녀는 얼른 조이에게 이야기를 계속하라는 손짓을 해 보였다.

"릴리언이 저를 폴리 내부로 안내했어요. 교수님은 안에서 기다리고 있었어요. 교수님이 제게 안대를 씌웠고, 그다음에 저는 키케온을 마셨어요. 교수님은 보리를 내린 물이라고 했어요. 하지만 그건 거짓말이었어요. 나중에 타라가 말해줬는데 GHB(무색무취의 신종 마약-옮긴이)를 탄 물이라고 했어요. 교수님은 콘래드한테서 그걸 사곤 했대요."

마리아나는 참을 수 없을 정도로 긴장했다. 더는 듣고 싶지 않았지만, 달리 선택의 여지가 없었다.

"그래서?"

"그런 다음." 조이가 말했다. "교수님이 제 귀에 대고 속삭였는데…… 제가 오늘 저녁에 죽을 거랬어요. 그리고 새벽에 새로 태어난다고. 그러더니 칼을 꺼내서 칼로 제 목을 건드렸어요."

"진짜 그랬다고?" 마리아나가 말했다.

"목에 상처를 내거나 하지는 않았어요. 교수님 말로는 그냥 희생의식이라고 했어요. 그리고 나서 제 눈에서 안대를 풀었어요. 그리고 그때 교수님이 칼을 어디에 두는지 제가 봤어요. 벽에 난 틈에 칼을 밀어 넣었어요. 두 개의 석판 사이에요." 조이는 잠시 눈을 감았다. "그리고 나서는 기억하기가 힘들어요. 두 다리가 젤리처럼 흐물거리고, 몸이 녹아내리는 것 같고…… 그리고 우리는 폴리를 떠났어요. 우리는 숲속에…… 나무들 사이에 있었어요. 여자애들 몇 명이 벌거벗은 채 춤췄고…… 다른 애들은 강에서 헤엄쳤어요. 하지만 저는, 저는 옷을 벗고 싶지 않아서……." 조이는 고개를 흔들었다. "정확히 기억이 나지 않아요. 하지만 어떻게 된 일인지 애들을 잃어버렸어요. 그리고 저는 혼자였어요. 약에 취했고 겁이 났는데…… 그 사람이 거기 있었어요."

"에드워드 포스카?"

"맞아요." 조이는 그의 이름을 말하고 싶지 않은 것 같았다. "저는 말하려고 했지만, 말이 나오지 않았어요. 그는 자꾸, 제게 키스하고 몸을 만졌어요. 절 사랑한다면서요. 격렬한 눈빛이었어요. 그의 눈빛이 기억나요. 미친 사람 같은 눈빛. 저는 달아나려고 했지만 그럴 수 없었어요. 그런데 그 순간 타라가 나타났고 두 사람이 키스하기 시작했어요. 그리고 어떻게 된 일인지 저는 빠져나올 수 있었어요. 저는 나무 사이를 달렸어요. 계속 뛰었는데……" 조이는 고개를 숙이더니 잠시 아무 말도 하지 못했다. "전 계속 달려서…… 빠져나왔어요."

마리아나는 재촉했다. "그다음엔 어떻게 했니, 조이?"

조이는 어깨를 으쓱했다. "없어요. 저는 타라 말고는 나머지 애들하고는 그 일에 관해 한마디도 하지 않았어요."

"그럼 포스카 교수와는?"

"그는 마치 아무 일도 없었다는 듯이 굴었어요. 그래서 저도 아무 일도 없던 것처럼 굴려고 했어요." 그녀는 어깨를 으쓱했다. "하지만 그날 밤 타라가 제 방으로 찾아와서는…… 그 사람이 자기를 죽이겠다고 위협했다고 했어요. 타라가 그렇게 겁먹은 건 처음 봤어요. 엄청나게 두려워했어요."

클러리사가 작은 목소리로 말했다. "애야, 그랬으면 학교에 알렸어야지. 누군가에게 말했어야지. 나한테 왔으면 되잖아."

"제 말을 믿으셨겠어요, 클러리사? 너무 미치광이 같은 소리잖아요. 저랑 교수님 말이 서로 다를 텐데요."

마리아나는 눈물이 흐를 것 같은 기분에 고개를 끄덕였다. 그녀는 팔을 뻗어 조이를 안아주고 싶었지만 그보다 우선 알아내야 할 것이 있었다.

"조이, 대체 그 이야기를 왜 지금 얘기하는 거야? 왜 지금에서야 우리에게 말하는 거냐고?"

조이는 잠시 말을 하지 못했다. 그녀는 재킷을 난롯불에 말리려고 걸어둔 팔걸이의자로 다가간 후 재킷 주머니에 손을 넣었다. 그리고 비에 젖어 약간 눅눅해진 엽서를 한 장 꺼냈다.

조이는 엽서를 마리아나의 무릎 위로 떨어뜨렸다.

"왜냐하면 나도 한 장 받았거든요."

3

마리아나는 무릎 위 엽서를 바라보았다.

어두운 로코코 양식 그림이었다. 이피게니아가 벌거벗은 채 침대에 누워 있고 아가멤논이 칼을 높이 들고 뒤에서 몰래 다가오고 있었다. 엽서 뒷면에는 고대 그리스어로 글이 적혀 있었다. 굳이 클러리사에게 번역을 부탁할 필요도 없었다. 그래봐야 소용없었다.

그녀는 조이를 위해 강해져야 했다. 그녀는 명확하고 빠르게 생각해야 했다. 그녀는 모든 감정을 목소리에서 빼냈다.

"이 엽서 언제 받았니, 조이?"

"오늘 오후에요. 제 방문 아래 있었어요."

"알았어." 마리아나는 혼자 고개를 끄덕였다. "이러면 상황은 달라져."

"아뇨, 그렇지 않아요."

"아니, 달라. 우린 널 여기서 빼내야만 해. 런던으로 돌아가자."

"제발 그렇게 하면 좋겠구나." 클러리사가 말했다.

"안 돼요." 조이는 고개를 저었다. 그녀 얼굴에는 사나워 보일 정도로 완고한 표정이 떠올랐다. "전 아이가 아니에요. 저는 어디로든 가지 않아요. 이모가 말했던 것처럼 여기 있을래요. 우린 싸울 거예요. 우린 그자를 붙잡을 거예요."

마리아나는 그런 말을 하는 조이를 보면서 더할 나위 없이 연약하고 피곤하고 가엾게 보였다. 최근 사건들은 조이에게 눈에 띄게 영향을 주고 그녀를 바꿔놓았다. 그녀는 정신적으로나 육체적으로나 지쳐 있었다. 너무나 연약하지만 그런데도 계속해내겠다고 결심한 것 같았다. 그런 모습이야말로 용기라고 마리아나는 생각했다. 이것이 바로 용기야. 클러리사도 같은 느낌을 받은 것 같았다.

"조이, 우리 아기." 그녀는 조용한 목소리로 말했다. "네 용기는 칭찬받을 가치가 있어. 하지만 마리아나의 말이 옳아. 우린 경찰에 가서 말해야 해. 그들에게 네가 방금 말한 전부를 다시 말해. 그런 다음 넌 케임브리지를 떠나는 거야. 너희 둘 다. 오늘 밤에."

조이는 얼굴을 찡그리더니 고개를 흔들었다. "경찰에게 말해봐야 소용없어요, 클러리사. 그들은 이모가 뒤에서 시켰다고 할 거예요. 시간 낭비일 뿐이에요. 우린 시간이 없어요. 증거가 필요해요."

"조이."

"아뇨, 들어보세요." 조이는 마리아나에게 말했다. "폴리에 가서 확인해봐요. 혹시 모르잖아요. 그 사람이 칼을 숨기는 걸 봤으니까요. 그리고 만일 칼을 못 찾으면…… 그때 런던으로 가면 되잖아요?"

마리아나가 미처 대답하기 전에 클러리사가 앞질러 대답했다.

"맙소사." 클러리사가 말했다. "그러다가 죽으려고 그러니?"

"아뇨." 조이는 고개를 흔들었다. "살인 사건은 항상 밤에 벌어져요. 우리에겐 아직 몇 시간이 남아 있어요." 그녀는 창밖을 바라보더니 마리아나에게 희망에 찬 표정을 지어 보였다. "그리고 비도 멈췄어요. 날이 밝아지고 있어요."

"아직은 아니야." 마리아나는 밖을 내다보며 말했다. "하지만 밝아지긴 하겠지." 그녀는 잠시 생각했다. "일단 가서 샤워하고 젖은 옷을 갈아입어. 그리고 20분 뒤에 네 방에서 만나자."

"좋아요." 조이는 기분이 좋아진 듯 고개를 끄덕였다.

마리아나는 소지품을 챙기는 조이를 지켜보았다. "조이, 제발 조심해."

조이는 고개를 끄덕이고 밖으로 사라졌다. 문이 닫히자마자 클러리사는 마리아나에게 고개를 돌렸다. 걱정스러운 표정이었다.

"마리아나, 난 말려야겠어. 이런 식으로 위험을 무릅쓰고 강으로 간다는 건 너희 둘 모두에게 너무 위험한 일이야."

마리아나는 고개를 흔들었다. "조이가 강 근처 어디든 접근하도록 둘 생각은 없어요. 조이가 최소한의 짐만 싸면 바로 떠날 거예요. 말씀하신 것처럼 저희는 런던으로 가겠어요."

"그럼, 그래야지." 클러리사는 안심하는 것 같았다. "그게 올바른 결정이야."

"하지만 잘 들으세요. 만일 제게 무슨 일이든 생기면, 교수님이 경찰에 가서 신고해주세요, 아셨죠? 교수님이 지금 들은 모든 이야기를 경찰에 하셔야 해요. 조이가 말한 모든 것을요. 아셨죠?"

클러리사는 고개를 끄덕였다. 기분이 매우 좋지 않은 것처럼 보였다.

"난 너희 둘이 지금 당장 경찰에 갔으면 좋겠구나."

"조이가 옳아요. 그래봐야 소용없어요. 상가 경감은 제 말은 듣지 않을 거예요. 하지만 교수님 말씀이라면 듣겠죠."

클러리사는 아무 말도 하지 않았다. 그저 한숨을 내쉬고 난롯불을 바라보았다.

"런던에 가면 전화할게요." 마리아나가 말했다.

대답이 없었다. 클러리사는 마리아나가 한 말을 아예 듣지도 못한 것 같았다.

마리아나는 실망스러웠다. 그녀는 더 많은 걸 기대했다. 클러리사가 힘의 중심이 되어주기를 기대했다. 하지만 상황 전체가 그녀에게 너무 부담스러운 것이 분명해 보였다. 어찌 됐든 클러리사는 나이를 먹었다. 조그맣게 쪼그라들었고 약해진 것 같았다.

마리아나는 클러리사가 전혀 소용이 없으리라는 걸 깨달았다. 그녀와 조이가 어떤 두려운 상황을 앞두고 있다고 해도, 그들은 오직 둘이서 맞서야만 했다.

마리아나는 클러리사의 뺨에 부드럽게 입술을 대며 작별 인사를 했다. 그리고 그녀를 난롯불 앞에 남겨두고 그곳을 나왔다.

4

안마당을 가로질러 조이의 방으로 가는 내내 마리아나는 현실에 초점을 맞췄다. 그들은 빨리 짐을 싼 다음 남들 눈에 띄지 않게 뒷문을 통해 대학에서 빠져나갈 것이다. 택시를 타고 기차역으로 가서 런던의 킹스크로스 역으로 가야 한다. 그러면 그들은 안전하고 평화로운 작은 노란 집에 도착하게 될 것이다. 그런 생각만 해도 가슴이 부풀어 올랐다.

그녀는 조이의 방으로 연결되는 돌계단을 올라갔다. 방은 비어 있었다. 조이는 아직 아래층 공동샤워실에 있는 모양이었다.

그 순간 마리아나의 전화가 울렸다. 프레드였다.

마리아나는 망설였지만, 전화를 받았다. "여보세요?"

"마리아나, 저예요." 프레드는 긴장한 목소리였다. "이야기할 게 있어요. 중요한 일이에요."

"지금은 때가 좋지 않아요. 해야 할 얘기는 어젯밤에 모두 한 것 같은데요."

"어젯밤에 하던 그런 얘기가 아니에요. 주의 깊게 제 말 들으세요. 진짜예요. 당신에 관한 예감이 떠올랐어요."

"프레드, 나 지금 그럴 시간이……."

"예감을 믿지 않는 거 알아요. 하지만 진짜라니까요. 당신은 중대한 위험에 처했어요. 바로 지금, 이 순간. 당신이 어디 있든, 당장 그곳에서 달아나요. 가요. 뛰어요."

마리아나는 너무 화가 나서 전화를 끊어버렸다. 그녀는 프레드의 말도 안 되는 소리 말고도 걱정할 일이 많았다. 그렇지 않아도 이미 불안해하고 있었다. 이제 훨씬 더 불안해졌다.

조이는 왜 이렇게 늦지?

마리아나는 기다리면서 안절부절못하며 방 안에서 서성거렸다. 그녀의 눈길은 여기저기 보이는 조이의 소지품을 훑고 있었다. 은색 액자 속 어린 시절의 사진, 마리아나의 결혼식에서 신부 들러리 복장을 한 조이의 사진, 여러 가지 행운의 부적과 장신구들, 휴가 여행에서 가져온 돌멩이와 유리 제품들. 그 밖에도 조이가 어릴 때부터 지니고 다니는 어린 시절의 기념품도 있었다. 오래되고 낡은 얼룩말 인형이 조이의 베개 위에 위태롭게 자리를 잡고 있었다.

마리아나는 이런 잡동사니를 보고 믿을 수 없을 정도로 감정이 끓어 올랐다. 갑자기 조이가 아주 어렸을 때 침대 위에서 무릎을 꿇고 양손을 모으고 기도하던 모습이 떠올랐다. 마리아나를 축복해주세요, 서배스천을 축복해주세요, 할아버지를 축복해주세요, 얼룩말을 축복해주세요. 그런 식으로 조이는 이름도 알지 못하는 사람들, 이를테면 버스정류장에서 본, 불행해 보이던 여자나 서점에서 본 감기 걸린 남자까지 축복해달라고 기도하곤 했다. 마리아나는 조이의 어린애다운 의식을 애정이 담긴 눈으로 지켜봤지만, 한순간도 조이가 하는 기도를 실제로 믿어본 적은 없었다. 마리아나는 그렇게 쉽게 만날 수 있는 신은 믿지 않았다. 아니, 하나님의 냉혹한 심장이 어린 소녀의 기도에 흔들릴 거라고 믿지 않았다.

하지만 지금 갑자기 그녀는 무릎을 꿇고 싶어졌다. 뭔가 보이지 않는 힘이 오금을 미는 것처럼 느껴졌다. 그녀는 바닥으로 무너져 양손을 모으고 고개를 숙인 채 기도했다.

그러나 마리아나는 하나님이나 예수님에게, 또는 서배스천에게 기도하지 않았다. 그녀는 밝고 새 한 마리 보이지 않는 하늘을 배경으로 서 있는, 지저분하고 비바람에 거칠게 변한 언덕 위 몇 개의 돌기둥에 기도하고 있었다.

"용서해주소서." 그녀는 여신에게 기도를 했다. "제가 무슨 잘못을 했는지, 제가 무슨 짓을 해서 화나게 해드렸는지 모릅니다. 신께서는 서배스천을 데려가셨습니다. 그것만으로 충분합니다. 제발 바라오니, 조이만은 데려가지 말아주세요. 제발, 그럴 수는 없습니다. 제가……."

그녀는 갑자기 제정신이 들었고 입에서 흘러나오던 말에 부끄러워져 기도를 멈췄다. 스스로도 살짝 미친 것 같았다. 마치 정신 나간 어린아이가 우주와 거래를 하는, 그런 기분이었다.

그럼에도 마리아나는 깨달았다. 아주 깊은 어디선가 오랜 세월 끝에 어디론가 향하며 이어지던 모든 상황이 목적지에 도달한 순간이었다. 한참 뒤로 미루어졌지만 피할 수 없었던 처녀 신과의 조우이자 심판.

마리아나는 천천히 바닥에서 몸을 일으켰다.

그 순간 얼룩말 인형이 베개에서 굴러 내려와 침대 아래 바닥으로 떨어졌다. 마리아나는 인형을 집어 다시 베개 위에 올려놓았다. 그러는 사이 얼룩말의 배를 꿰맨 봉제선이 살짝 벌어졌다. 바늘땀 세 개가 보이지 않았다. 그 틈으로 봉제 인형 배 속에서 뭔가가 삐쭉 튀어나와 있었다.

마리아나는 망설였다. 뭘 하는 건지 생각하지도 않은 채 삐져나온 물건을 잡아 뺐다. 물건을 바라보았다. 몇 번을 접고 접어 봉제 인형 몸속에 숨겨둔 몇 장의 종이였다.

마리아나는 종이를 바라보았다. 그러면 안 될 것 같다는 생각이 들었지만, 한편으로는 무슨 내용인지 궁금했다. 알아야만 했다.

그녀는 조심스럽게 종이를 펼쳤다. 펼치고 보니 노트를 찢어낸 여러 장의 종이였다. 타자로 친 편지 같은 것으로 보였다.

마리아나는 침대에 앉았다. 그리고 읽기 시작했다.

5

그러다가 어느 날 어머니가 떠났다.

어머니가 정확히 언제 떠났는지 마지막으로 작별 인사를 했는지 기억나지 않지만, 인사를 분명히 했을 것이다. 작별 인사를 할 때 아버지가 있었는지도 기억나지 않는다. 어머니가 달아날 때 아버지는 분명히 들에 나가 있었을 것이다. 어머니는 결국 날 데리러 사람을 보내지 않았다. 사실 그 뒤로 어머니를 한 번도 보지 못했다.

어머니가 떠난 날 밤, 나는 위층 내 방으로 가 작은 책상에 앉았다. 나는 몇 시간 동안 일기를 썼다. 글쓰기를 마쳤을 때 내가 쓴 글을 읽지 않았다.

그 뒤로 나는 한 번도 일기를 쓴 적이 없다. 일기장은 상자에 넣어 내가 잊기를 원하는 다른 물건과 함께 숨겨두었다. 하지만 오늘 나는 처음으로 숨겨둔 일기장을 꺼내 읽었다. 전부.

거의 전부라고 할 수 있을 거다……

그러니까 일기장은 두 페이지가 사라지고 없었다.

두 페이지가 찢겨 나갔다. 두 페이지 속 내용은 위험했기 때문에 내가 없애 버렸다. 왜냐고? 그 두 페이지에는 다른 이야기가 적혀 있기 때문이다.

뭐 그래도 괜찮을 것이다. 어떤 이야기든 내용이 살짝 바뀌어도 괜찮으니까.

그 이후 농장에서의 삶을 다시 바꿔 쓸 수 있다면 좋았을 텐데. 다시 쓰거나 아니면 잊거나. 고통, 두려움, 수치심. 매일 나는 달아나겠다는 결심을 더 굳혔다. 언젠가. 난 달아날 거야. 난 자유로워질 거야. 난 안전해질 거야. 난 행복해질 거야. 난 사랑받을 거야.

나는 밤마다 이불을 뒤집어쓰고 이런 말을 스스로 반복하고 또 반복했다. 그 말은 괴롭던 시절 내 주문이 되었다. 그걸 넘어 내게 그 주문은 소명이 되 었다.

그 소명이 날 네게 이르게 한 거야.

나는 내가 사랑을 할 수 있을 거라고는 절대 생각하지 않았어. 난 오직 증 오만 알았지. 언젠가 너마저도 증오하게 될까 너무 두려워. 하지만 네게 상처 를 주게 된다면 나는 칼을 내게 돌려서 내 심장 깊숙이 박아넣을 거야.

사랑해, 조이.

내가 이 글을 쓰는 이유도 널 사랑하기 때문이야.

네가 있는 그대로의 날 봐주길 바라. 그런 다음에? 넌 날 용서해주겠지, 안 그래? 내 모든 상처에 키스하고 낫게 해주는 거야. 넌 내 운명인 걸 너도 알 지? 어쩌면 넌 아직 믿지 않을지도 몰라. 하지만 난 처음부터 알았어. 나는 예감했어. 맨 처음 널 본 바로 그 순간부터 알았어.

넌 처음엔 너무 수줍어했고 믿지 않았지. 나는 천천히 네게서 사랑을 끄집어내야 했어. 하지만 나는 인내심을 빼면 아무것도 아닌 사람이야.

우린 함께하게 될 거야, 약속할게. 언젠가 내 계획이 완벽해지면. 내 멋지고 아름다운 계획. 내 계획은 피를 부른다는 걸 경고할 수밖에 없어. 그리고 희생도.

우리만 있을 때 내가 설명할게. 그때까지 믿고 있어.

그럼, 영원히⋯⋯.

키스를 보내며.

6

마리아나는 편지를 무릎에 내려놓았다.

그녀는 편지를 멍하니 내려다보았다.

생각하기가 힘들었다. 숨쉬기도 힘들었다. 마치 숨이 찬 것 같고 복부를 연이어 주먹으로 맞은 것 같았다. 자신이 읽은 것이 뭔지 이해할 수 없었다. 이 괴물 같은 문서는 대체 뭘까?

앞뒤가 맞지 않았다. 사실을 적은 문서라는 걸 믿을 수 없었다. 믿지 않을 터였다. 그녀가 생각하는, 그런 의미일 리 없었다. 그럴 수는 없었다. 그런데도, 아무리 받아들일 수 없거나 말이 되지 않는다고 해도, 또는 끔찍하다고 해도 끌어낼 수 있는 결론은 하나뿐이었다.

이 소름 끼치는 사랑 편지는 에드워드 포스카가 쓴 글이었다. 더구나 그가 조이에게 쓴 편지였다.

마리아나는 고개를 흔들었다. 안 돼. 조이는, 그녀의 조이는 안 돼. 그녀는 믿지 않았다. 조이가 그런 괴물과 엮일 수도 있다는 걸 믿지 않았다.

그 순간, 그녀는 갑자기 안마당 너머 포스카를 멍하니 보던 조이의 얼굴에 보이던 이상한 표정이 떠올랐다. 마리아나는 그 표정을 두려움이라고 생각했다. 만일 훨씬 더 복잡한 감정이었다면?

만일 맨 처음부터 마리아나가 모든 걸 잘못된 시각으로, 너무 높은 곳에서 보고 있었다면?

만일…….

계단을 오르는 발소리가 들렸다.

마리아나는 얼어붙었다. 어떻게 해야 할지 알 수 없었다. 그녀는 뭔가 말해야 하고, 뭔가 해야 했다. 하지만 지금, 이런 상황에서는 아니었다. 우선 생각부터 해야 했다.

그녀는 손에 움켜쥔 편지를 주머니에 쑤셔 넣었고, 바로 그 순간 조이가 문가에 나타났다.

"미안해요, 마리아나. 최대한 빨리하고 온 거예요." 조이는 방에 들어서며 마리아나를 향해 웃었다. 뺨은 불그레하고 머리칼은 젖어 있었다. 가운 차림에 손에는 수건 두 장을 들고 있었다. "옷만 입으면 돼요. 잠깐만요."

마리아나는 아무 말도 하지 않았다. 조이는 옷을 입었다. 그리고 아주 잠깐 젊고 매끄러운 피부의 벌거벗은 몸이 보였는데 마리아나는 잠시 그녀가 사랑했던 아름다운 아기였던 조이를 떠올렸다. 아름답고 순결했던 아기. 그 아기는 어디로 간 걸까? 무슨 일이 생긴 거지?

눈에 눈물이 고였지만 감상적인 눈물이 아니라 괴로움, 그것도 육체적 고통으로 인한 눈물이었다. 마치 누군가 그녀의 뺨을 후려친 것 같았다. 그녀는 조이가 보지 못하도록 얼른 돌아서서 허둥지둥 눈가를 닦아냈다.

"준비됐어요." 조이가 말했다. "갈까요?"

"간다고?" 마리아나는 멍하니 조이를 바라보았다. "어딜 가?"

"당연히 강가에 가야죠. 칼 찾으러."

"뭐? 아……."

조이는 놀라 마리아나를 바라보았다. "괜찮아요?"

마리아나는 천천히 고개를 끄덕였다. 달아나야 한다는 모든 희망도, 조이와 함께 런던으로 피해야 한다는 생각도 그녀 머릿속에서 모두 희미해졌다. 갈 곳도 달아날 곳도 없었다. 이제 더는 없었다.

"좋아." 마리아나가 말했다.

그리고 마치 몽유병 환자처럼 마리아나는 조이를 따라 계단을 내려가 안마당을 가로질렀다. 비는 그친 상태였다. 하늘은 잿빛으로 무거웠고 답답해 보이는 숯덩이 같은 구름이 바람에 이리저리 뒤틀리며 머리 위로 몰려오고 있었다.

조이는 그녀를 바라보았다. "강을 통해 가야 해요. 그쪽이 가장 쉬운 길이에요."

마리아나는 아무 말도 하지 않은 채 간단히 고갯짓만 했다.

"제가 펀트를 저을 수 있어요." 조이가 말했다. "서배스천처럼 잘 젓지는 못하지만, 나름 괜찮다고요."

마리아나는 고개를 끄덕이고 조이를 따라 강으로 향했다.

보트하우스 밖에 펀트 일곱 척이 쇠사슬로 강둑에 연결된 채 삐걱거리고 있었다. 조이는 보트하우스 벽에 기대어놓은, 노로 쓰는 막대를 가져왔다. 조이는 마리아나가 펀트에 올라타기를 기다렸다가 펀트를 강둑에 묶어두고 있던 묵직한 쇠사슬을 풀었다.

마리아나는 낮은 나무 의자에 앉았다. 비가 와서 축축했지만, 그녀는 눈치조차 채지 못했다.

"오래 안 걸릴 거예요."

조이는 막대로 강 바닥을 밀어 배가 강둑에서 멀어지게 했다. 그런 다음 막대를 하늘 높이 들어 올렸다가 물속에 박아 넣어 두 사람의 여정을 시작했다.

두 사람만의 여정이 아니었다. 처음부터 마리아나는 알고 있었다. 누군가 그들의 뒤를 밟고 있다는 걸 느낄 수 있었다. 뒤를 돌아보고 싶은 유혹을 견뎌냈지만 결국 고개를 돌렸을 때, 예상했던 것처럼 멀리 떨어진 곳에서 나무 뒤로 사라지는 어떤 남자의 그림자를 흘깃 볼 수 있었다. 그러나 마리아나는 자신이 헛것을 보고 있는 게 틀림없다고 생각했다. 왜냐하면 자신이 생각했던 사람이 아니었기 때문이었다. 뒤에서 따라오는 사람은 에드워드 포스카가 아니었다.

프레드였다.

7

조이가 예상한 것처럼 그들은 빠른 속도로 이동했다. 두 사람은 금세 대학을 뒤로하고 강의 양측으로 펼쳐진 텅 빈 들판에 둘러싸였다. 수백 년 동안 바뀌지 않고 살아남은 자연 그대로의 경치였다.

풀밭 위에 검은 소 몇 마리가 풀을 뜯고 있었다. 눅눅하고 곰팡이가 핀 떡갈나무와 젖은 진흙이 냄새를 풍겼다. 마리아나는 어딘가 피워놓은 모닥불에서 나는 젖은 낙엽이 타는 퀴퀴한 냄새를 맡을 수 있었다.

강물 위로 옅은 안개가 피어올라 배를 젓는 조이의 몸을 휘감았다. 배 위에 선 조이는 산들바람에 휘날리는 머리칼과 어딘가 먼 곳을 보는 것 같은 눈길이 무척 아름다웠다. 마치 강을 따라 파멸의 마지막 여정을 떠나는 샬럿의 여인을 떠올리게 했다.

마리아나는 생각하려 애썼지만, 쉽지 않았다. 긴 장대가 둔탁한 소리를 내며 강바닥을 찍을 때마다, 강물 위에 뜬 배가 갑자기 앞으로 쑥 밀려 나갈 때마다, 남은 시간이 사라지고 있다는 걸 알았다. 그들은 금세 폴리에 도착할 터였다.

그러고 나면 어쩌지?

그녀는 주머니 속에 넣은 편지가 불타는 걸 느낄 수 있었다. 그녀는 편지의 내용이 무슨 뜻인지 이해해야만 했다. 하지만 그녀의 생각이 맞을 리 없었다. 오해여야만 했다.

"너무 말이 없으시네요." 조이가 말했다. "무슨 생각해요?"

마리아나는 고개를 들었다. 말하려고 했지만 목소리를 낼 수 없었다. 그녀는 고개를 흔들고 어깨를 으쓱했다.

"아무것도 아니야."

"이제 금방 도착해요." 조이는 강물이 굽는 곳을 가리켰다.

마리아나는 고개를 돌려 그쪽을 바라보았다. "아……."

백조 한 마리가 강물 위에 불쑥 나타나 마리아나는 깜짝 놀랐다. 백조는 전혀 힘들이지 않은 채 그녀를 향해 미끄러지듯 다가왔다. 지저분한 하얀색 깃털이 산들바람에 부드럽게 흔들렸다. 배로 다가오던 백조는 길쭉한 머리를 돌려 마리아나를 똑바로 바라보았다. 녀석의 검은 눈이 그녀의 눈을 뚫어지게 보고 있었다.

전율이 마리아나의 등줄기를 훑고 내려갔다. 그녀는 고개를 돌렸다. 다시 돌아봤을 때 백조는 사라지고 없었다.

"다 왔어요." 조이가 말했다. "봐요."

마리아나는 강둑 위에 서 있는 폴리를 바라보았다. 크지 않은 구조물이었다. 네 개의 돌기둥이 경사진 천장을 받치고 있었다. 원래 흰색이었던 건물은 200년 동안의 끝없는 비바람에 색이 변했고 녹과 조류 때문에 금색과 녹색으로 지저분해졌다.

장식용 건물을 세우기에는 섬뜩한 위치였다. 건물은 덩그러니 강가에 붙어 숲과 늪에 둘러싸여 있었다. 조이와 마리아나는 폴리를 지나고 물속에서 자라는 야생 붓꽃들을 지나고 강둑으로 접근하는 통로를 막은, 가시투성이 장미꽃들을 지나 배를 몰았다.

조이는 배를 강둑에 댔다. 강바닥의 진흙에 장대를 깊숙하게 박아 넣고 배를 장대에 묶어 강둑에 고정했다. 조이는 강둑으로 올라갔다. 그리고 마리아나가 내리는 걸 돕기 위해 손을 뻗었다. 하지만 마리아나는 그녀의 손을 잡지 않았다. 도저히 조이의 몸에 손을 델 수 없었다.

"진짜 괜찮아요?" 조이가 말했다. "이모, 진짜 이상해 보이는데."

마리아나는 대답하지 않았다. 그녀는 배에서 내려 강둑의 풀밭으로 올라서서 조이를 따라 폴리로 향했다. 그러곤 건물 밖에 멈춰 서서 높이 서 있는 폴리를 쳐다보았다.

입구 위쪽에 문장(紋章)이 돌에 새겨져 있었다. 폭풍 속 백조 모양의 문장이었다. 마리아나는 문장을 보고 얼어붙었다. 그녀는 잠시 멍하니 보고 있었다.

하지만 계속 앞으로 걸었다. 그녀는 조이를 따라 안으로 들어갔다.

8

폴리 내부에서는 돌벽에 난 두 개의 창문을 통해 바깥의 강을 내다볼 수 있었고, 창문 앞에 돌로 만든 의자가 하나씩 놓여 있었다. 조이는 창문 밖으로 보이는 가까운 곳의 녹색 숲을 가리켰다.

"타라의 시체가 발견된 곳이 저기예요. 숲을 지나면 있는 늪이죠. 제가 보여줄게요." 조이는 무릎을 꿇고 의자 아래쪽을 더듬거렸다. "그리고 여기가 교수님이 칼을 둔 곳이에요. 이 속에……."

조이는 두 개의 석판 사이 공간 속으로 팔을 넣더니 웃었다.

"여기 있다."

조이는 손을 꺼냈고, 손에는 칼을 쥐고 있었다. 칼은 길이가 20

센티미터쯤 되었다. 칼날은 붉은색 녹으로 살짝 지저분해 보였다. 아니, 말라붙은 피인가?

마리아나는 조이가 칼자루를 움켜쥐는 모습을 보았다. 아주 익숙한 손놀림이었다. 그 순간 조이가 일어서더니 칼을 마리아나 쪽으로 돌렸다.

그녀는 칼끝으로 마리아나를 가리켰다. 그러곤 눈도 깜박거리지 않고 마리아나를 노려보았다. 그녀의 파란 눈이 어둠 속에서 빛났다.

"가요." 조이가 말했다. "같이 좀 걸을 거예요."

"뭐?"

"저쪽으로, 나무들 사이로 가자고요. 얼른."

"잠깐. 그만." 마리아나는 고개를 흔들었다. "이건 네가 아니야."

"네?"

"이건 네가 아니야, 조이. 이건 그자야."

"무슨 말을 하는 거예요?"

"들어봐. 난 알아. 편지를 찾았어."

"무슨 편지요?"

대답 대신 마리아나는 주머니에서 편지를 꺼냈다. 그녀는 편지를 펼쳐서 조이에게 보여주었다.

"이 편지 말이야."

조이는 잠시 아무 말도 하지 않았다. 마리아나를 노려보기만 했다. 아무런 감정적 반응이 없었다. 아무 표정도 없는 얼굴이었다.

"읽었어요?"

"일부러 뒤진 게 아니야. 그냥 우연히……."

"그 편지 읽었어요?"

마리아나는 고개를 끄덕이고 속삭였다. "그래."

조이의 눈이 분노로 번쩍였다. "당신이 그걸 읽을 권리는 없잖아!"

마리아나는 멍하니 조이를 바라보았다. "조이, 이해가 되지 않아. 그게 설마, 정말 그럴 리는……."

"뭐가? 뭐가 그럴 리 없다는 거야?"

마리아나는 어떻게 반응해야 할지 알 수 없었다. "네가 이번 살인 사건들과 관련이 있다는 거…… 너랑 그자가…… 뭔가 연관이 있다는……."

"그이는 날 사랑했어. 우린 서로 사랑했는데……."

"아냐, 조이. 이건 중요해. 내가 이렇게 말하는 이유는 널 사랑하기 때문이야. 넌 이번 일에서 희생자야. 네가 어떤 식으로 생각하든, 그건 사랑이 아니었어."

조이가 끼어들려고 했지만, 마리아나는 허락하지 않았다. 그녀는 계속 말을 이었다.

"네가 듣기 싫어한다는 건 알아. 네 생각에는 더할 나위 없이 낭만적이겠지만, 그자가 네게 뭘 주었든 그건 사랑이 아니야. 에드워드 포스카는 사랑하는 능력이 없는 사람이야. 그 사람은 너무 큰 상처를 받았고, 너무 위험한……."

"에드워드 포스카?" 조이는 놀란 표정으로 마리아나를 바라보았다. "지금 에드워드 포스카가 그 편지를 썼다고 생각하는 거야? 그래서 내가 그 편지를 내 방에, 안전하게 숨겨두었다고 생각해?" 그녀는 경멸하듯 고개를 흔들었다. "편지를 쓴 건 그 사람이 아니야."

"그럼 누가 쓴 거야?"

태양이 갑자기 구름 뒤로 들어갔고, 시간은 기어가듯 느리게 흐르는 것 같았다. 마리아나는 막 떨어지기 시작하는 빗방울 소리가 폴리의 창문 턱을 때리는 소리, 올빼미가 어딘가 멀리에서 내지르는 새된 소리를 들을 수 있었다. 이렇게 시간이 사라진 공간에서 마리아나는 뭔가를 깨달았다. 그녀는 이미 조이가 하려는 말이 뭔지 알고 있었고, 어쩌면 어느 정도는 전부터 알고 있었다.

그 순간 태양이 다시 구름 밖으로 나왔다. 갑작스러운 충격과 함께 시간이 느려졌던 만큼 빠르게 현재를 따라잡았다. 그리고 마리아나는 같은 질문을 다시 던졌다.

"편지, 누가 쓴 거야, 조이?"

조이는 눈물 가득한 눈으로 그녀를 바라보았다. 그러곤 속삭이듯 말했다.

"그야 물론 서배스천이지."

6부 끔찍한 진실

슬픔은 마음을 약하게 하고
겁을 먹고 퇴보하도록 만든다고 들었지.
그러니 울음을 그치고 복수할 궁리를 해야 해.

_ 윌리엄 셰익스피어, 『헨리 6세』 2부

1

마리아나와 조이는 아무 말도 없이 서로 노려보았다.

이제 비가 내리고 있었고 마리아나는 빗물이 건물 밖 진흙 바닥을 때리는 소리를 들을 수 있고 그 냄새를 맡을 수 있었다. 강물에 비친 채 떨리고 흔들리는 나무들 모습을 떨어지는 빗방울이 깨뜨리는 모습도 보였다.

마침내 그녀는 침묵을 깨뜨렸다.

"거짓말이지."

"아니." 조이는 고개를 흔들었다. "거짓말 아니야. 그 편지는 서배스천이 썼어. 그이가 내게 써준 거라고."

"그건 말도 안 돼. 그이는……." 마리아나는 무슨 말을 해야 할지 고심했다. "서배스천은 이 편지를 쓰지 않았어."

"서배스천이 쓴 편지라니까. 정신 좀 차려. 너무 아무것도 보지 못하고 있잖아, 마리아나."

마리아나는 손에 든 편지를 내려다보았다. 그녀는 속절없이 편지만 바라보았다.

"너랑…… 서배스천이……."

그녀는 말을 잇지 못했다. 고개를 들어 조이를 바라보았다. 조이가 그녀를 불쌍하게 봐주길 필사적으로 기도했다. 그러나 조이가 불쌍하게 여기는 건 자기 자신뿐이었다. 그녀의 눈은 차오른 눈물로 반짝거렸다.

"난 그이를 사랑했어, 마리아나. 사랑했다고."

"아니, 아니야……."

"사실이야. 나는 내가 기억할 수 있는 옛날부터 서배스천과 사랑했어. 내가 어릴 때부터. 그리고 그이도 날 사랑했지."

"조이, 그만. 제발."

"이제 그만 받아들여. 눈을 좀 뜨라고. 우린 서로 사랑했다고. 그리스에 여행 갔던 뒤로 연인 사이였지. 아테네에서 맞은 내 열다섯 번째 생일 기억해? 서배스천이 날 집 근처 올리브밭에 데려갔던 날이었어. 그이는 그때 흙바닥에서 날 가졌어."

"아니야." 마리아나는 웃음을 터뜨리고 싶었지만, 속이 울렁거려 웃을 수가 없었다. 끔찍했다. "거짓말이야."

"아니, 당신이 스스로 거짓말하는 거지. 그런 식이니까 엉망인 거야. 머릿속 깊은 곳에서는 진실을 알고 있잖아. 전부 거짓말이었어. 서배스천은 당신을 한 번도 사랑하지 않았어. 그이가 사랑한 사람은 나지. 언제나 나였다고. 그이는 나와 가까워지기 위해 당신과 결혼한 거라고. 물론 **돈을** 보고 결혼한 거고. 당신도 그거 알고 있었잖아?"

마리아나는 고개를 흔들었다. "나는, 난 이런 이야기는 더 이상 듣지 않겠어."

그녀는 돌아서서 폴리 밖으로 나왔다. 그리고 계속 걸었다.

그러다 뛰기 시작했다.

2

"마리아나." 조이가 그녀를 불렀다. "어디 가는 거야? 달아날 수 없어. 이젠 못 달아나."

마리아나는 조이를 무시한 채 계속 걸었다. 조이가 그녀를 따라왔다. 머리 위 검은 구름이 우르릉 소리를 내더니 갑자기 거대한 번개가 번쩍였다. 하늘이 거의 녹색에 가까웠다. 그러더니 하늘이 열렸다. 비가 엄청나게 쏟아지면서 대지를 때리고 강 수면을 휘저었다.

마리아나는 숲속으로 뛰어들었다. 나무들 사이는 어둡고 음침했다. 땅은 축축하고 끈적거리고 눅눅한 냄새를 풍겼다. 서로 뒤엉킨 나뭇가지를 얽히고설킨 거미줄이 뒤덮고 있었다. 미라가 되어버린 파리들과 다른 벌레들이 머리 위 실크 가닥에 매달려 있었다.

조이는 그녀를 비웃으며 따라왔다. 나무들 사이에서 조이의 목소리가 울렸다.

"언젠가 할아버지가 올리브밭에 우리가 함께 있는 걸 봤어. 할아버지는 이모한테 말하겠다고 위협했지. 그래서 서배스천이 할아버지를 죽여야 했어. 바로 그 자리에서 거대한 두 손으로 입을 막았어. 그래서 할아버지는 이모한테 전 재산을 남기게 된 거야. 엄청나게 많은 재산을. 서배스천은 그 재산에 현혹되었어. 그걸 차지해야 했어. 그이는 날 위해 그 재산을 원한 거야. 우릴 위해서. 하지만 당신이 방해되니까……."

힘겹게 지나가려는 마리아나를 나뭇가지들이 붙잡고 손과 팔을 찢고 할퀴었다.

바로 뒤에서 복수의 여신처럼 나무 사이를 뚫고 따라오는 조이의 목소리가 들렸다. 조이는 따라오는 내내 말을 멈추지 않았다.

"서배스천은 이모에게 무슨 일이든 생기면 자신이 첫 번째 용의자가 될 거랬어. '우린 관심을 돌릴 대상이 필요해.' 그이가 말했어. '마술할 때 속임수처럼 말이야.' 내가 어렸을 때 그이가 날 위해 하곤 했던 마술 기억해? '우리는 모든 사람이 엉뚱한 곳에 있는 엉뚱한 걸 보게 할 필요가 있어.' 나는 포스카 교수와 처녀들에 관해 그에게 말했어. 그러다가 그가 생각해낸 거야. 아이디어는 그이의 머릿속에서 아름다운 꽃처럼 자라났다고 그이가 말했어. 어쩜 그렇게 시적으로 말하는지, 기억하지? 그는 아주 세세한 부분까지 계획을 짜두었어. 계획은 아름다웠고 완벽했어. 하지만 그때…… 이모가 그를 데려갔어. 그리고 다시는 돌아오지 않았지. 서배스천은 낙소스 섬에 가고 싶어 하지 않았어. 당신이 억지로 끌고 갔어. 그이가 죽은 건 전부 다 네 책임이야."

"아니야." 마리아나는 속삭였다. "그건 말도 안 돼."

"맞아." 조이는 새된 소리를 냈다. "당신이 그이를 죽였어. 그리고 당신이 나도 죽인 거야."

갑자기 두 사람 앞의 나무들이 드문드문해졌다. 그들은 숲속 빈 터에 도착했다. 그들 앞에는 늪지가 펼쳐져 있었다. 깨끗한 녹색 물이 찬 커다란 웅덩이 주변을 잡초와 덤불이 무성하게 뒤덮고 있었다. 쪼개진 채 천천히 썩고 있는 쓰러진 나무 한 그루를 황록색 이끼가 뒤덮었고, 그 주위를 반점이 박힌 버섯들이 뒤덮고 있었다.

그리고 뭔가 상해 썩어가는 이상한 냄새가 풍겼다. 고인 물이 썩은 걸까? 아니면 죽음의 냄새?

조이는 헐떡거리며 칼을 고쳐잡더니 마리아나를 노려보았다. 빨갛게 충혈된 눈에는 눈물이 가득 고여 있었다.

"그이가 죽었을 때, 난 칼에 찔린 것 같았어. 내 모든 분노와 고통을 어떻게 해야 할지 알 수 없었다고. 그러다가 어느 날 깨달았어. 알게 된 거야. 서배스천의 계획을 그이를 위해, 그이가 원했던 그대로 실행해야 한다는 걸. 그이를 위해 내가 마지막으로 할 수 있는 일이었어. 그이와 그이에 관한 기억을 기리면서 내 복수도 할 수 있었으니까."

마리아나는 믿을 수 없다는 표정으로 조이를 바라보았다. 도저히 목소리를 낼 수 없었다. 그녀는 속삭임처럼 말했다.

"무슨 짓을 한 거니, 조이?"

"내가 아니야. 그이지. 모두 서배스천이 한 거야. 난 그저 그이가 하라고 한 일을 한 것뿐이야. 사랑하는 사람을 위해 한 거지. 나는 그이가 선택한 인용문을 베껴서 그이가 말한 대로 엽서에 적었고, 포스카의 책에도 같은 내용에 밑줄을 쳤어. 개인 수업을 받을 때 화장실을 쓰는 척하면서 준비해둔 타라의 머리카락을 포스카의 목욕 가운 뒤쪽에 붙여두었어. 타라의 피도 조금 묻혔고. 경찰이 아직 찾아내지는 못했지만. 하지만 찾아낼 거야."

"에드워드 포스카가 결백하다고? 네가 그 사람에게 죄를 뒤집어씌운 거야?"

"아니지." 조이는 고개를 흔들었다. "당신이 그 사람에게 죄를 뒤집어씌웠잖아. 서배스천은 내가 포스카를 두려워한다고 이모가 생각하도록 하기만 하면 된다고 했어. 나머지는 당신이 다 한 거야. 이 모든 상황에서 가장 재미있던 부분은 바로 이모의 탐정 놀이를 구경하는 거였어." 조이는 웃었다. "미안하지만 당신은 탐정이 아니야…… 희생자지."

마리아나는 조이의 눈을 바라보았다. 머릿속에서 모든 조각이 맞춰지면서 그녀는 마침내 보고 싶지 않았던 끔찍한 진실을 마주하게 되었다. 그리스 비극에는 이런 순간을 뜻하는 단어가 있다. 아나그노리시스(anagnorisis), 즉 인식이다. 영웅이 마침내 진실을 알게 되어 자신의 운명을 이해하는 순간을 뜻한다. 그러면서 운명이 내내 자기 앞에 늘 모습을 드러내고 있었다는 걸 알게 되는 것이다. 마리아나는 그런 순간의 느낌이 어떨지 궁금해하곤 했다. 이제 그녀는 알았다.

"네가 여학생들을 죽였구나. 어떻게 그럴 수가……?"

"처녀들은 전혀 중요하지 않아, 마리아나. 그들은 그저 눈속임일 뿐이야. 서배스천은 그저 미끼일 뿐이라고 했어." 그녀는 어깨를 으쓱했다. "타라는 좀…… 힘들었어. 하지만 서배스천은 내가 어쩔 수 없이 치러야 할 희생이랬어. 그이의 말이 옳았어. 어떻게 보면 위로가 되기도 했어."

"위로?"

"마침내 나 자신을 명확히 보게 됐으니까. 이제 난 내가 누군지 알아. 난 마치 클리템네스트라 같아. 아니면 메데아나. 나는 그런 사람이었던 거야."

"아니. 아니야, 넌 그렇지 않아." 마리아나는 고개를 돌렸다. 조이를 더는 보고 있을 수 없었다. 뺨 위로 눈물이 흘러내렸다. "너는 여신이 아니야, 조이. 넌 괴물이야."

"만일 내가 괴물이면……." 조이가 말했다. "서배스천이 날 그렇게 만든 거야. 이모도 같이 그랬고."

그 순간 뭔가가 마리아나의 등을 세게 밀쳤다.

그녀는 땅바닥에 앞으로 고꾸라졌고 조이가 등에 올라타 앉았다. 마리아나는 발버둥 쳤지만 조이는 몸으로 그녀를 짓누르며 진흙 속에서 마리아나가 꼼짝 못 하게 했다. 마리아나의 얼굴이 처박힌 흙은 차갑고 축축했다. 조이가 그녀의 귀에 대고 속삭였다.

"내일, 경찰이 이모의 시체를 찾아내면 나는 이모에게 절대 폴리에 혼자 조사하러 가지 말라고 매달렸다고, 이모를 막으려고 애썼지만 이모가 말을 듣지 않았다고 경찰에 진술할 거야. 클러리사는 내가 포스카 교수에 관해 한 말을 경찰에 전하겠지. 경찰이 포스카의 방을 조사하면 내가 넣어둔 증거가 나올 거야."

조이는 등에서 내려와 마리아나의 몸을 뒤집었다. 그리고 칼을 들어 올리며 다가왔다. 그녀의 거친 눈빛은 괴물 같았다.

"그러면 당신은 에드워드 포스카의 또 다른 희생자로 기억되겠지. 네 번째 희생자. 아무도 진실이 뭔지 추측하지 못할 거야. 우리가, 서배스천과 내가 이모를 죽였다는 진실을."

조이가 칼을 더 높이 치켜들고 내리찍으려는 순간…….

마리아나는 갑자기 힘이 났다. 손을 뻗어 조이의 팔을 잡았다. 두 사람이 잠시 난투를 벌인 뒤 마리아나는 조이의 손을 있는 힘껏 뿌리쳐 칼을 잡은 손을 느슨하게 만들었다.

조이의 손에서 칼이 빠져나가 공중으로 휙 날아가더니 둔탁한 소리와 함께 근처 풀밭에 떨어져 사라졌다.

조이는 비명을 지르며 펄쩍 일어서 칼을 찾으러 뛰어갔다. 조이가 칼을 찾는 사이 마리아나는 몸을 일으켰다. 그리고 누군가 나무 뒤에서 모습을 드러내는 걸 발견했다.

프레드였다.

그는 걱정스러운 표정으로 서둘러 다가왔다. 그는 풀밭에 무릎을 꿇고 칼을 찾는 조이를 보지 못했고, 마리아나는 그에게 경고하려 애썼다.

"프레드, 멈춰요. 오지 마."

그러나 프레드는 멈추지 않고 재빨리 그녀 옆으로 왔다.

"괜찮아요? 당신을 따라왔어요. 걱정스러워서……."

그의 어깨 뒤에서 조이가 칼을 손에 쥔 채 일어서는 모습이 보였다. 마리아나는 비명을 질렀다.

"프레드!"

하지만 너무 늦었다. 조이는 프레드의 등 깊숙이 칼을 박아넣었다. 프레드의 눈이 커졌다. 그러고는 충격에 빠져 마리아나를 바라보았다.

그는 무너지듯 땅바닥에 주저앉았다. 그리고 쓰러진 채 꼼짝도 하지 않았다. 그의 몸 아래에서 번져나온 피가 웅덩이처럼 고였다. 조이가 칼을 뽑더니 그가 죽었는지 보려고 칼로 몸을 쿡 찔러보았다. 확실하지 않은 것처럼 보였다.

마리아나는 자신도 모르게 진흙 속에 박혀 있던 단단하고 차가운 돌멩이를 움켜쥐었다. 돌을 흙에서 뽑아냈다. 프레드 위로 몸을 숙이고 있는 조이에게 비틀거리며 다가갔다.

조이가 프레드의 가슴에 칼을 꽂으려는 순간 마리아나는 돌멩이로 조이의 뒤통수를 내리쳤다.

돌에 맞은 조이는 옆으로 쓰러졌다. 쓰러지면서 진흙에 미끄러진 그녀는 들고 있던 칼 위로 엎어지고 말았다.

조이는 잠시 꼼짝도 하지 않았다. 마리아나는 조이가 죽었다고 생각했다. 그러나 그 순간 짐승 같은 신음을 내며 조이가 몸을 뒤집었다. 그녀는 상처 입은 동물처럼, 겁을 먹어 눈을 크게 뜬 채 누워 있었다. 그녀는 자신의 가슴에 꽂힌 채 튀어나와 있는 칼을 바라보았다.

그러더니 비명을 지르기 시작했다. 그녀는 비명을 멈추지 않았다. 발작이 난 것처럼 고통과 두려움, 전율에 차 비명을 질렀다. 두려움에 빠진 아이 같은 비명이었다.

난생처음으로 마리아나는 조이를 도우러 다가가지 않았다. 그 대신 전화기를 꺼내 경찰에 신고했다. 그러는 내내 조이는 비명을 질렀고, 결국 그녀의 비명은 다가오는 사이렌 소리와 뒤섞였다.

3

조이는 두 명의 무장한 경찰관의 감시를 받으며 구급차에 실려 갔다. 조이는 아이로 퇴행했기 때문에 감시할 필요는 없었다. 그녀는 무방비 상태로 겁에 질려 있었고, 다시 평범한 어린 여자아이가 되었다. 그렇지만 조이는 살인 미수 혐의를 지고 있었고, 다른 죄목들은 추가될 예정이었다. 살인 미수의 원인인 프레드가 공격에서 간신히 살아남아서였다. 그는 심한 상처를 입은 채 다른 구급차로 병원에 실려갔다.

마리아나는 충격에 빠졌다. 그녀는 강가 끄트머리에 있는 벤치에 앉았다. 손에는 상가 경감이 자신의 보온병에서 부어준 향이 강하고 달콤한 차를 한 잔 들고 있었다. 충격을 받은 그녀에게 경감이 내민 화해의 선물이었다.

비는 그친 상태였다. 하늘은 이제 맑았다. 구름은 비가 되어 내렸는지 창백한 햇빛 속에 잿빛 조각만 조금 남기고 사라졌다. 해는 천천히 나무 뒤로 내려앉으며 하늘에 분홍색과 금색 기운을 뻗어내고 있었다.

마리아나는 벤치에 앉아 따뜻한 컵을 입으로 가져가 차를 한 모금 마셨다. 여자 경찰관 한 명이 그녀를 위로하려는 듯 그녀 어깨에 팔을 둘렀지만, 마리아나는 거의 알아차리지도 못했다. 경찰관이 무릎 위에 담요를 덮어주었다. 담요도 거의 의식하지 못하고 있었다. 머릿속이 텅 빈 채 강을 따라 눈길을 보내고 있었다. 그리고 백조를 발견했다. 백조 한 마리가 강을 따라 속도를 내며 움직이고 있었다. 그녀가 지켜보는 가운데 백조는 두 날개를 펼치더니 날아올랐다. 녀석은 하늘로 날아올랐고 그녀의 눈은 백조를 따라 하늘로 올라갔다.

상가 경감이 옆에 와 벤치에 앉았다. "알고 싶어 하실 것 같군요. 포스카는 해고되었습니다. 알고 보니 처녀들 모두와 잠자리를 하고 있었습니다. 모리스는 그를 협박하고 있었다고 털어놓았습니다. 그러니까 당신의 말이 옳았던 겁니다. 조사만 제대로 이루어지면 그들은 제대로 벌을 받을 겁니다."

마리아나를 보던 상가는 그녀가 아무 얘기도 듣고 있지 않다는 걸 알았다. 그는 차를 향해 고갯짓했다. 그리고 조용히 말했다.

"어때요? 기분이 조금 나아졌습니까?"

마리아나는 상가를 바라보았다. 그녀는 고개를 살짝 저어 보였다. 기분이 나아지지 않았다. 기분은 나빠졌다고 말할 수 있었다.

뭔가가 완전히 달랐다.

이게 무슨 느낌이지?

그녀는 왠지 모르게 정신이 초롱초롱해졌다. 아마도 깨어 있다는 말이 더 어울릴 터였다. 모든 것이 안개 걷힌 것처럼 명확했고, 색깔은 더 선명하고 사물의 끝이 더 분명해졌다. 세상은 이제 더는 아무 소리 없는, 칙칙하고 멀리 떨어진, 베일 뒤에 숨은 느낌을 주지 않았다.

세상은 다시 살아난 느낌이었고, 가을비에 젖은 자연의 색깔이 생생한 느낌으로 가득 차 있었다. 끝없는 탄생과 죽음의 영원한 울림에 맞춰 떨리고 있었다.

에필로그

그 뒤로 오랫동안 마리아나는 충격에 빠진 상태로 지냈다.

집으로 돌아온 그녀는 밤에 아래층 소파에서 잤다. 다시는 침대에서 잘 수 없을 것 같았다. 그와 함께 쓰던 침대, 같이 자던 침대였다. 그녀는 서배스천이 누군지 더는 알 수 없었다. 그가 이방인이자 그저 그녀와 오래 함께 살았던 사기꾼처럼 보였다. 그녀와 함께 침대를 쓰면서 그녀를 죽일 계획을 세웠던 배우였다.

사람인 척 가장하던 그는 누구였을까? 그의 아름다운 가면 속에는 무엇이 있었을까? 모든 것이 전부 다 꾸며낸 연극이었을까? 그 모든 것이?

이제 쇼는 끝났고, 마리아나는 그 속에서 자신이 했던 역할을 자세히 들여다봐야 했다. 쉽지 않은 일이었다.

눈을 감고 그의 얼굴을 그려보려고 애썼고, 그의 생김새를 떠올리려고 몸부림쳐보기도 했다. 그는 꿈속 기억처럼 희미하게 사라졌다. 그리고 그의 얼굴 대신 자꾸 아버지의 얼굴이 보였고, 서배스천의 눈 대신 아버지의 눈이 보였다. 마치 근본적으로 둘이 같은 사람인 것처럼.

루스가 뭐라고 했더라? 그녀의 아버지가 그녀의 이야기에서 중심이라고 했던가? 마리아나는 그때는 그게 무슨 말인지 이해하지 못했다. 이제 겨우 이해하기 시작하는 것인지도 몰랐다.

그녀는 다시 루스를 만나러 가지 않았다. 아직은. 그녀는 울거나 이야기하거나 느낄 준비가 되어 있지 않았다. 아직 너무 날것 그대로의 감정 상태였다.

마찬가지로 마리아나는 그녀가 진행하던 집단 상담을 재개하지도 못했다. 어떻게 다른 사람을 돕는다든지 조언을 제공한다는 생각을 다시 할 수 있을까?

그녀는 앞이 보이지 않았다.

조이는 미친 것처럼 비명을 질러대던 상태에서 전혀 회복하지 못하고 있었다. 칼에 찔린 상처는 낫고 있었지만, 칼에 찔리면서 심각한 심리적 붕괴를 겪은 모양이었다. 체포된 뒤 조이는 여러 차례 자살을 시도했고, 이후 엄청난 정신 분열로 괴로워했다.

조이는 재판을 받을 수 없는 정신 상태라는 진단을 받았다. 그녀는 결국 노스 런던에 있는 격리 정신 병동인 그로브에 수용됐다. 바로 마리아나가 테오에게 일자리를 구해보라고 추천했던 그 병원이었다. 알고 보니 테오는 그녀의 조언을 따랐다. 그는 현재 그로브에서 일하고 있었고, 조이는 그의 환자가 되었다.

테오는 조이에 관한 일로 마리아나에게 여러 번 연락을 시도했다. 하지만 마리아나는 그와 이야기하기를 거부하고 그에게 답신을 보내지 않고 있었다.

그녀는 테오가 원하는 것이 뭔지 알았다. 그는 마리아나가 조이와 대화하기를 원하고 있었다. 그녀는 그를 비난하지 않았다. 만일 마리아나가 그의 입장이었다고 해도 그녀 역시 같은 생각을 했을 것이기 때문이었다. 두 여자 사이에 어떤 식이든 긍정적인 의사소통이 오간다면 조이의 회복에 매우 중요한 역할을 할 수 있을 것이다.

그러나 마리아나는 우선 자신의 회복을 걱정해야 했다.

조이와 다시 이야기한다는 건 생각만 해도 견뎌낼 수 없었다. 생각만 해도 속이 뒤집혔다. 그냥 참아낼 수가 없었다.

용서의 문제가 아니었다. 어쨌거나 용서는 마리아나가 결정할 수 있는 것이 아니었으니까. 루스는 늘 용서는 강제할 수 없는 거라고 했다. 용서는 당사자가 준비되었을 때만 나타나는, 은혜를 베푸는 행위로 즉흥적 경험이라고 했다.

마리아나는 아직 준비가 되지 않았다. 아무리 오랜 시간이 흘러도 준비가 될 것 같지 않았다. 그녀는 엄청난 분노와 상처를 느꼈다. 만일 다시 조이를 만나게 된다면 무슨 말을 할지, 무슨 짓을 할지 스스로 알 수 없었다. 자신이 취할 행동에 책임을 질 수 없게 될 것이 분명했다. 그러니 멀리 떨어져서 조이를 자신의 운명에 맡겨야 했다.

마리아나는 그래도 병원에 입원해 있는 프레드를 몇 번 찾아갔다. 프레드에게는 책임감과 감사함을 느끼고 있었다. 어쨌거나 그는 그녀의 목숨을 구했다. 그건 절대로 잊을 수 없었다. 처음에는 상태가 좋지 않아 말도 하지 못했지만, 마리아나가 병문안을 가 있는 동안에는 내내 얼굴에 웃음을 띠고 있었다. 두 사람은 다정한 침묵 속에 함께 앉아 있었고, 마리아나는 참 묘하게도 편안하고 익숙한 기분이 들었다. 잘 알지도 못하는 남자와 함께 있는데도. 두 사람의 관계가 어떻게 발전할 수도 있을지 말하는 것은 너무 일렀다. 하지만 그녀는 이제 그들이 절대 이루어질 수 없는 관계라고 생각하지 않았다.

모든 것에 대한 느낌이 매우 달라졌다.

마리아나가 그동안 알고 있었거나 신뢰했던 모든 것 하나하나가 그저 텅 빈 자리만 남긴 채 사라져버린 것 같았다. 그녀는 이런 공허함의 림보 속에 존재했고, 그런 상황은 몇 주, 몇 달째 계속 이어졌다. 그러던 어느 날 그녀는 테오의 편지 한 통을 받았다.

편지에서 테오는 마리아나에게 조이를 찾아와줄 수 없겠느냐고 다시 한번 물었다. 그는 조이에 관해 공감하고, 깊게 통찰한 결과를 이야기한 다음 관심을 마리아나에게로 돌렸다.

내가 보기에 둘이 만나는 건 조이에게는 물론 당신에게도 좋은 영향을 미칠 것 같아요. 그리고 당신에게 일종의 마무리가 될 것도 같습니다. 즐겁지 않으리라는 걸 알지만 내 생각에는 분명 도움이 될 것 같아요. 당신이 어떤 일을 겪었는지 나로서는 상상조차 하지 못하겠어요. 조이는 조금씩 더 이야기하기 시작했어요. 저는 그녀가 당신의 죽은 남편과 공유했던 비밀 세계 이야기에 엄청난 충격을 받았습니다. 정말 무시무시한 이야기들을 듣고 있어요. 이런 말을 할 수밖에 없네요, 마리아나. 내 생각에 당신이 살아남은 건 엄청난 행운이었어요.

테오는 이런 말로 편지를 마무리했다.

쉽지 않다는 건 알아요. 하지만 제가 하고 싶은 말은 이거예요. 당신처럼 조이 역시 희생자라는 걸 고려해봐달라는 겁니다.

마지막 말에 마리아나는 무척 화가 났다. 그녀는 편지를 찢어 쓰레기통에 처박았다.

그러나 그날 밤 침대에 누워 눈을 감고 있는데 머릿속에 얼굴 하나가 떠올랐다. 서배스천이나 아버지의 얼굴은 아니었다. 한 어린 여자아이의 얼굴이었다.

작고 겁에 질린 여섯 살짜리 여자아이.

조이의 얼굴이었다.

이 아이에게 무슨 일이 생긴 거지? 이 아이에게 무슨 짓을 한 거야? 마리아나의 코앞에 있던 아이는 어둠 속에서, 무대 뒤에서, 막간 동안 기다리면서 무슨 일을 겪어내야 했던 거지?

마리아나는 실패했다. 그녀는 조이를 보호하는 데 실패했다. 제대로 눈을 뜨고 보지도 못했다. 그리고 그녀는 그 실패에 책임을 져야 했다.

어떻게 그렇게 아무것도 보지 못할 수 있었을까? 그녀는 알아야 했다. 이해해야 했다. 그녀는 마주 보아야 했다. 직접 맞서야 했다.

아니면 미쳐버릴 것 같았다.

그런 이유로 어느 눈 내리는 2월 아침에 마리아나는 결국 노스런던에 있는 에지웨어 병원의 그로브로 향하고 있었다. 테오가 접수 창구에서 기다리고 있었다. 그는 따뜻하게 인사를 건넸다.

"당신을 여기서 볼 거라고는 전혀 생각도 못 했어요." 그가 말했다. "일이 돌아가는 게 재미있네요."

"그래요, 그런 것 같네요."

테오는 그녀를 데리고 보안 출입구를 통과해 병동의 낡은 복도를 따라 안내했다. 두 사람이 함께 걷는 동안 테오는 조이가 마지막으로 봤을 때와는 전혀 다른 상태라고 경고했다.

"조이는 극도로 좋지 않은 상태예요, 마리아나. 그녀가 엄청나게 달라진 걸 알게 될 거예요. 마음의 준비를 하는 게 좋을 것 같아요."

"알았어요."

"당신이 와주다니 무척 기뻐요. 정말 서로에게 큰 도움이 될 겁니다. 사실 조이는 당신에 관해 가끔 말하거든요. 당신과 만나고 싶다고 자주 말했어요."

마리아나는 아무 말도 하지 않았다. 테오는 그런 그녀를 곁눈질로 바라보았다.

"저, 쉽지 않다는 거 알아요." 그는 말했다. "어떤 식으로든 조이에게 친절하게 대하는 모습을 기대하지는 않습니다."

그럴 생각 없어요. 마리아나는 생각했다.

테오는 그녀의 마음을 읽은 것 같았다. 그는 고개를 끄덕였다. "이해해요. 그녀가 당신을 해치려고 했다는 걸 아니까요."

"걘 날 죽이려고 했어요, 테오."

"그렇죠. 하지만 그렇게 간단하다고 생각하지 않아요, 마리아나." 테오는 머뭇거렸다. "당신을 죽이려고 한 건 그 사람이죠. 조이는 그저 그자의 대리인에 지나지 않아요. 그의 꼭두각시죠. 조이는 그자에게 전적으로 조종당했어요. 하지만 조종당한 건 오직 그녀의 일부였어요. 그녀의 마음속 다른 부분은 여전히 당신을 사랑해요. 그리고 당신이 필요하죠."

마리아나는 점점 더 불안한 마음이 생겼다. 여기 온 것은 실수였다. 그녀는 조이를 만날 준비가 되지 않았다. 조이를 만나 어떤 기분을 느끼게 될지에 대한 준비가 되어 있지 않았다. 그리고 그녀가 무슨 말을 할지 무슨 행동을 할지에 대한 준비도 되어 있지 않았다.

두 사람이 테오의 사무실 앞에 도착했을 때 테오는 복도 끝에 있는 다른 문을 향해 고개를 끄덕여 보였다.

"조이는 저 문 안쪽 휴게실에 있어요. 다른 환자들과 섞이려고 하지 않지만, 자유 시간이 되면 우리는 늘 그녀를 환자들과 함께 있도록 하고 있어요." 그는 시계를 보더니 얼굴을 찌푸렸다. "너무 미안해요. 잠깐만 좀 기다려주겠어요? 내가 사무실에서 잠깐 꼭 봐야 하는 다른 환자가 있어서요. 그다음에 당신과 조이가 만날 수 있도록 해줄게요."

마리아나가 대답도 하기 전에 테오는 사무실 밖의 벽을 따라 놓인 긴 나무 벤치를 가리켰다.

"좀 앉아 있을래요?"

마리아나는 고개를 끄덕였다. "고마워요."

테오는 자신의 사무실 출입문을 열었다. 열린 문틈으로 마리아나는 아름다운 붉은 머리의 여자가 의자에 앉아 철창이 쳐진 창문 밖으로 멍하니 잿빛 하늘을 바라보는 모습을 슬쩍 볼 수 있었다. 여자가 고개를 돌리더니 사무실로 들어와 문을 닫는 테오를 경계하듯 바라보았다.

마리아나는 벤치를 바라보았다. 하지만 앉지 않았다. 그 대신 그녀는 계속 걸어가 복도 끝에 있는 문까지 걸어갔다.

문밖에서 멈춰 섰다. 망설였다.

그런 다음 손을 뻗어 손잡이를 돌렸다.

조이가 있는 문 안으로 들어갔다.

|감사의 말|

이 책의 대부분은 코로나19 바이러스가 대유행하던 시기에 썼다. 오랜 기간 봉쇄 중인 런던에서 혼자 지내며 집중할 수 있는 일이 있다는 사실이 다행이었다. 내가 사는 아파트에서 내 머릿속 세상으로 탈출할 수 있어 고마웠다. 일부는 진짜고 일부는 상상으로 만들어낸 이 책을 쓰는 일은 향수를 불러일으키는 작업이었고, 내 젊음과 사랑했던 장소를 다시 찾아가려는 시도였다.

또한 내가 10대일 때 푹 빠졌던 특정한 장르소설에 대한 동경이기도 했다. 바로 탐정소설, 미스터리, 범인을 찾아내고 어떻게 될지 추측하는 추리소설이다. 아주 오랜 세월 내게 많은 영감과 즐거움을 준 고전 범죄 소설가들(모두 여성분들이다)에게 엄청난 빚을 지고 있다는 사실에 우선 감사의 말씀을 드려야겠다. 이 소설로 그분들께 경의를 표한다. 애거사 크리스티, 도로시 L. 세이어스, 나이오 마시, 마거릿 밀러, 마저리 앨링엄, 조지핀 테이, P. D. 제임스 그리고 루스 렌들이다.

두 번째 소설을 쓴다는 건 데뷔작을 쓰는 것과는 전혀 다르다는 사실은 널리 알려져 있다. 『사일런트 페이션트』는 철저히 고립된 상태에서 썼으며, 머릿속으로 독자를 생각하지도 않았다. 잃을 것이 없었던 것이다. 하지만 그 책은 내 인생을 바꾸고, 기하급수적으로 확장했다. 반대로 『메이든스』를 쓸 때는 큰 압박을 느꼈지만 다행히 이번에는 혼자가 아니었다. 믿을 수 없을 정도로 재능 있고 멋진 사람들로 이루어진 작은 동네가 내 주위를 둘러싸고 지지와 조언을 보내주었다. 감사해야 할 사람이 너무 많은데 한 사람이라도 빠뜨리지 않고 언급해보려고 한다.

내 에이전트이자 친애하는 친구인 샘 코플런드는 마치 단단한 바위처럼 지혜와 유머를 담아 친절하게 날 대해주었다. 마찬가지로 로저스 콜리지 앤드 화이트에서 훌륭하고 헌신적인 팀을 이뤄 날 지원해준 사람들에게도 감사한다. 피터 스트라우스, 스티븐 에드워즈, 트리스탄 켄드릭, 샘 코츠, 카타리나 볼크머, 오너 스프레클리 같은 사람들이다.

이 책을 편집하는 일은 창조적인 면에서 내가 겪은 가장 즐겁고 전문적인 경험이었다. 이번에 아주 많은 걸 배웠다. 그리고 셀러던의 멋진 미국판 편집자 라이언 도허티에게도 마음 깊은 곳에서 감사를 전한다. 런던에서는 마찬가지로 재주가 뛰어난 오리온의 에마 드 아흐타르와 케이티 에스피너가 수고해주었다. 그들 모두와 재미있게 작업했으며, 그들의 도움에 매우 감사한다. 그들과 영원히 함께 일할 수 있기를 고대하고 있다.

이 빌어먹을 책에 끝없이 집착하는 나를 우정으로 견뎌내주고,

믿을 수 없을 정도로 뼈와 살이 되는 조언을 준 핼 젠슨에게 감사한다. 많은 지원을 해주고 수많은 위기에서 벗어나도록 조언해준 네디 안토니아데스에게 감사한다. 나는 그에게 많이 의지하고, 진심으로 고마워하고 있다. 마찬가지로 이반 페르난데스 소토에게도 감사를 전한다. 세인트 루시 그리고 그 외 다른 모든 아이디어에도 감사하고, 지난 3년 동안 내가 이 미친 이야기를 뒤틀 때마다 반응을 보여준 일에 감사한다. 우마 서먼에게도 그 모든 엄청난 의견과 제안 그리고 뉴욕에서 해준 집밥에 감사한다. 언제나 고마워할 것이다. 다이앤 메닥의 우정과 지지, 내가 얼마든지 집에 머물 수 있게 해준 걸 감사한다. 얼른 또 찾아가고 싶어서 기다릴 수가 없다.

내가 배웠던 최고의 선생님인 에이드리언 풀 교수의 매우 유용한 의견과 고대 그리스에 관해 준 도움에 감사한다. 애초에 그리스 비극에 내가 애정을 품도록 만들어주기도 했다. 돌아온 나를 따뜻하게 반겨주고 성 크리스토퍼 칼리지를 구상할 수 있도록 해준 점에 대해 케임브리지의 트리니티 칼리지에 감사한다.

셀러던의 모든 멋진 내 친구들에게 감사를 전한다. 친구들이 없는 내 인생은 상상도 할 수 없다. 제이미 라브와 데브 퍼터에게 영원히 고마워하고 있으며, 그들의 모든 도움에 감사한다. 레이철 차우와 크리스틴 미키티신은 모두 똑똑한 사람들이다. 지난번에 냈던 책이 성공한 것은 대부분 두 사람 덕분이었다. 감사하고 있다. 또 세실리 밴 뷰런프리드먼의 조언은 진짜로 책을 좋은 방향으로 바꾸었고, 그 점에 매우 감사한다. 또한 셀러던에서 함께 해준 앤 투미, 제니퍼 잭슨, 제이미 노번, 애나 벨 힌덴랭, 클레이 스미스, 랜

디 크레이머, 헤더 올랜도 예라베크, 레베카 리치, 로렌 둘리에게도 감사를 보낸다. 그리고 정말 멋진 표지를 만들어준 윌 스텔레와 이렇게 짧은 기간에 모든 걸 이뤄낸 제러미 핑크, 그리고 맥밀런의 영업팀에게도 큰 감사를 전한다. 여러분은 정말 최고입니다!

오리온 앤드 아셰트에서 여러 가지로 지원해준 데이비드 셸리에게 감사하고 싶다. 그 덕분에 용기를 얻었고 옹호를 받을 수 있었다. 아주 고맙게 생각하고 있다. 또한 세라 벤턴, 마우라 윌딩, 린지 서덜랜드, 젠 윌슨, 에스더 워터스, 빅토리아 로스에게도 환상적으로 일을 해내준 것에 감사한다. 홍보를 맡아준 에마 미첼과 FMCM에게도 감사하다. 또한 마드리드의 마리아 파쉬에게도 통찰력 넘치고 유용한 조언 그리고 격려에 특별한 감사를 보낸다.

크리스틴 마이클리디스에게 표현들에 도움 준 점에 감사한다. 표현의 90퍼센트는 책 내용에 포함되지 않았지만, 적어도 나는 뭔가 배운 것이 있다! 늘 격려해주고 도움이 되는 조언을 해준 에밀리 홀트에게 감사한다. 또한 비키 홀트와 아버지 조지 마이클리디스의 지원에도 감사드린다.

케이티 헤인즈에게 큰 감사를 전한다. 다시 한번 함께 일하게 된 것은 정말 기쁜 일이었다. 우리가 다시 연극을 보러 갈 수 있을 때까지 기다리기가 힘들 정도다.

내가 파리에서 작업할 때 따뜻하게 맞아주고 엄청난 격려를 아끼지 않았던 티파니 가수크와, 격려와 지지를 아끼지 않은 토니 파슨스에게도 진정으로 감사하고 있다. 아니타 바우만과 에밀리 코흐, 한나 베커먼에게도 격려와 도움이 되는 조언에 감사한다. 끊임없이 격려를 보내준 다정한 친구 케이티 마시에게도 감사한다. 또한 젊은 시절 테니슨의 초상화를 보여준 국립 초상화 미술관에도 감사한다. 이름을 빌려준 캄 상가에게도 감사한다. 마지막에 언급하지만, 데이비드 프레이저에게도 작지 않은 감사를 보낸다.

알렉스 마이클리디스

메이든스

초판 1쇄 2022년 1월 19일

지은이 | 알렉스 마이클리디스
옮긴이 | 남명성
펴낸이 | 송영석

주간 | 이혜진
기획편집 | 박신애 · 최미혜 · 최예은 · 조아혜
외서기획편집 | 정혜경 · 양한나 · 송하린
디자인 | 박윤정 · 기경란
마케팅 | 이종우 · 김유종 · 한승민
관리 | 송우석 · 황규성 · 전지연 · 채경민

펴낸곳 | (株)해냄출판사
등록번호 | 제10-229호
등록일자 | 1988년 5월 11일(설립일자 | 1983년 6월 24일)

04042 서울시 마포구 잔다리로 30 해냄빌딩 5 · 6층
대표전화 | 326-1600 **팩스** | 326-1624
홈페이지 | www.hainaim.com

ISBN 979-11-6714-012-8

잘못 만들어진 책은 구입하신 서점에서 교환해드립니다.